Tom Wood

Dark Day

Thriller

Aus dem Englischen
von Leo Strohm

GOLDMANN

Die Originalausgabe erschien 2015 unter dem Titel
»The Darkest Day« bei Sphere,
an imprint of Little, Brown Book Group, London.

Dieses Buch ist auch als E-Book erhältlich.

FSC MIX
Papier aus verantwortungsvollen Quellen
FSC® C014496
www.fsc.org

Verlagsgruppe Random House FSC® N001967

1. Auflage
Deutsche Erstveröffentlichung März 2016

Umschlaggestaltung: UNO Werbeagentur, München
Umschlagfoto: Nik Keevil/Arcangel Images; FinePic®, München
Redaktion: Gerhard Seidl
AB · Herstellung: Str.
Satz: omnisatz GmbH, Berlin
Druck und Bindung: GGP Media GmbH, Pößneck
Printed in Germany
ISBN: 978-3-442-48389-1
www.goldmann-verlag.de

Besuchen Sie den Goldmann Verlag auch im Netz:

Kapitel 1

Alan Beaumont trat durch die Automatiktür seines Bürogebäudes und ging die breite Treppe zum Bürgersteig hinunter. Eine dichte graue Wolkendecke hing am Himmel über Washington, D. C. Es nieselte leicht, aber das bisschen Regen störte ihn nicht. Feuchte Kleidung? Na und? Eine zerzauste Frisur? Er hatte keine Haare, schon lange nicht mehr. Weder Pillen noch Wässerchen hatten den Verlust seiner einst so wunderschönen Lockenpracht verhindern können.

Er ließ mit Daumen und Mittelfinger sein Zippo aufschnappen und zündete die Zigarette an, die zwischen seinen Lippen klemmte. Rauchen war vielleicht das einzige wirkliche Vergnügen, das ihm noch geblieben war.

Er betrachtete den Verkehr in der Innenstadt, die vorbeihastenden Fußgänger. Alle hatten sie schlechte Laune. Tja. Sollten die anderen ruhig unzufrieden sein, Hauptsache, ihm ging es gut. Und keineswegs nur aus reinem Egoismus. Glück war ein Nullsummenspiel. Es war einfach nicht genug für alle da.

Er saugte den Rauch tief in die Lunge und hielt den Atem an, machte die Augen zu, legte den Kopf in den Nacken und atmete erst wieder aus, als die Regentropfen auf seine Wange, seine Stirn und seine Augenlider platschten.

»Sie sehen so aus, als würden Sie es wirklich genießen.«

Er schlug die Augen auf. Eine junge Frau stand neben ihm. Sie trug einen langen, cremefarbenen Regenmantel, einen Hut und braune Lederhandschuhe. Sie war blass und groß – fast so groß wie Beaumont – und hatte welliges blondes Haar. Ihre Lippen waren leuchtend rot geschminkt. Ein bisschen übertrieben für das Büro. Ein bisschen zu anzüglich. Das konnte nur bedeuten, dass sie neu war. Vermutlich eine der zahlreichen Arbeitsbienen der Firma. Zweifellos war er ihr schon hundert Mal oder noch öfter begegnet. Sie kannte höchstwahrscheinlich seinen Namen, wusste, welche Position er bekleidete, ja womöglich sogar, wie er seinen Kaffee trank. Aber für Beaumont war sie ein Niemand.

Achselzuckend wandte er sich ab. Er war nicht in Plauderstimmung, schon gar nicht mit einer Unbekannten, deren Gesicht er sich nicht zu merken brauchte. Obwohl, zugegeben, das Hingucken hätte sich gelohnt. Sie war ein Klasseweib. Üppig und wohlgeformt, genau dort, wo üppige Formen gefragt waren. Aber er wollte jetzt seine verdammte Zigarette genießen, und zwar alleine, genauso, wie der Schöpfer es gewollt hatte.

»Ich habe früher auch geraucht«, sagte die Frau, ohne seine Botschaft zu begreifen. Sie hatte einen leichten Südstaatenakzent. Stammte vermutlich aus irgendeinem Bundesstaat, an dessen Boden sich Beaumont glücklicherweise noch nie die Schuhsohlen schmutzig gemacht hatte.

»Tatsächlich?«, fühlte er sich genötigt zu sagen.

Er rückte noch ein Stück weiter von ihr ab. Das ist nicht unhöflich, sagte er sich. Die junge Frau hatte sich schließlich in seine einsamen fünf Minuten gedrängt.

Und jetzt tat sie es schon wieder, machte ein paar Schritte um Beaumont herum und stand ihm schließlich genau gegenüber.

»Ungefähr zehn Jahre lang«, fuhr sie unbeirrt fort. »Zwei Schachteln Marlboro am Tag. Ich hatte praktisch ständig eine Zigarette zwischen den Fingern. Habe schon als junges Mädchen angefangen, verstehen Sie? Aber irgendwann habe ich den Absprung geschafft. Jetzt genehmige ich mir gelegentlich eine Zigarre. Besser als nichts, hab ich recht? Aber manchmal überfällt mich der Gedanke an eine richtig schöne Zigarette, und dann werde ich fast verrückt.«

Sie lächelte, aber es war ein trauriges Lächeln, und Beaumont empfand so langsam ein wenig Mitleid mit ihr. Sie erinnerte ihn an seine Tochter.

»Sie sind neu hier, stimmt's?«, sagte er.

Sie nickte. »Sieht man mir das so deutlich an?«

An der Art, wie sie lächelte, wurde deutlich, dass der Hexenzirkel sie nicht mit offenen Armen empfangen hatte. Er sah ihr die Einsamkeit an, und dann zuckten seltsame Bilder seiner eigenen Zukunft vor seinem inneren Auge auf – er in zwanzig Jahren, übergewichtig und geschieden, während sein Sohn und seine Tochter sich nicht bei ihm meldeten, weil er früher nie mit ihnen auf dem Spielplatz war. Würde auch er sich nach menschlicher Nähe sehnen, so sehr, dass er jeden Versuch eines Fremden, ihm die kalte Schulter zu zeigen, einfach ignorieren würde? Weil jede Form des Kontakts besser war als kein Kontakt?

»Wie kommen Sie klar?«

Sie rümpfte achselzuckend die Nase.

»So schlimm, hmm?«

Sie gab keine Antwort.

»Also«, fing Beaumont an. »Wollen Sie vielleicht eine rauchen? Um der alten Zeiten willen? Dann geht es Ihnen bestimmt gleich besser.« Er rang sich ein Lächeln ab.

Die junge Frau fing an zu strahlen, als hätte sie im Lotto gewonnen.

Beaumont empfand jetzt noch mehr Mitleid. Er steckte die Hand in die Tasche, um seine Schachtel herauszuholen.

»Nein«, sagte die Frau und hob die Hand. »Keine ganze Zigarette. Sonst fange ich bloß wieder an. Eine ist immer eine zu wenig, stimmt's? Aber einen Zug, einen einzigen nur, den würde ich nicht ablehnen. Wenn Sie nichts dagegen haben.«

Sie deutete auf Beaumonts kostbare Zigarette. Beaumont folgte ihrem Blick. Er war nicht der Typ, der mit anderen teilte, auch nicht mit einer scharfen Braut, die halb so alt war wie er. Sein

Blick wanderte zurück zu der groß gewachsenen jungen Frau. Zu ihren leuchtend roten Lippen. Sie schien nicht krank zu sein. Sie sah nicht so aus, als würde sie ein tödliches Retrovirus mit sich herumschleppen. Das hoffnungsvolle Strahlen in ihren Augen ließ seinen inneren Widerstand schmelzen und erinnerte Beaumont daran, dass er doch nicht ganz so herzlos war, wie er geglaubt hatte.

Wenn ein Mann ihn gefragt hätte, ob er seine Zigarette mit ihm teilen wollte, er hätte den Idioten zum Teufel gejagt. Aber sie war kein Mann.

Wenn er ihr gestattete, seine Zigarette zwischen ihre Lippen zu nehmen, vielleicht gestattete sie ihm dann …

Er reichte ihr die Zigarette. Die junge Frau klemmte sie zwischen Zeige- und Mittelfinger ihrer linken Hand. Führte sie an ihre roten Lippen, umschloss den Filter, spannte die Lippen … aber inhalierte nicht. Beaumont beobachtete sie fasziniert.

»Das war knapp«, sagte die junge Frau und nahm die Zigarette mit der rechten Hand aus dem Mund. »Ich wäre beinahe schwach geworden.« Bevor sie ihm die Zigarette zurückgab, rollte sie den Filter einen Augenblick lang zwischen ihren behandschuhten Fingerspitzen hin und her. »Das hat mir schon gereicht«, fuhr sie fort, während Beaumont sie immer noch musterte.

»Wie Sie wollen«, sagte er und nahm das kostbare Stück wieder an sich.

Ihr Lippenstift hatte auf dem Filter einen Streifen hinterlassen. Er nahm einen Zug.

Die junge Frau beobachtete ihn. Irgendetwas an ihrem Blick hatte sich verändert. Sie zog die Handschuhe aus und steckte sie in die Tasche ihres Regenmantels. Dann fing sie mit der ausgestreckten Hand ein paar Regentropfen auf und befeuchtete sich die Lippen, holte ein Taschentuch aus einer anderen Tasche und wischte sich den Mund ab.

»Wollen Sie den Geschmack loswerden?«, erkundigte sich Beaumont. Er war jetzt ein klein wenig erregt.

Die Frau lächelte ihn an, sagte aber nichts. Sie wirkte irgendwie selbstzufrieden. Fast schon überheblich.

»Also«, fing Beaumont an. »Wie heißen Sie?«

Sie gab keine Antwort. Starrte ihn nur an.

»Hallo? Ist jemand zu Hause?« Beaumont fuchtelte ihr mit der Hand vor der Nase herum und lachte.

Keine Reaktion. Kein Wunder, dass sie mit den Kolleginnen nicht zurechtkam, wenn sie so durchgeknallt war.

»Na, dann.« Er stieß vernehmlich den Atem aus. Seine Erektion verabschiedete sich, und er bedauerte bereits, dass er dieser merkwürdigen Figur gestattet hatte, ihm etwas von seiner Zeit zu stehlen. Er spürte den aufkommenden Ärger, spürte die Wut, und ihm wurde heiß, trotz des kühlen Regens, der auf seine Glatze tropfte.

»Also gut, Schätzchen. Jetzt habe ich mich lange genug mit dir abgegeben. Lass mich einfach in Ruhe und verzieh dich. Sei ein braves Mädchen.«

»Gleich«, erwiderte die Frau, ohne ihn aus den Augen zu lassen.

»Wie du willst.«

Beaumont wandte sich ab und lockerte seine Krawatte. Verdammt noch mal, wie ihn das Ganze ankotzte. Sein Herz wummerte wie wild. Er sagte sich, dass er nie wieder Mitleid mit einem anderen Menschen haben wollte. Nie wieder. Die Menschen waren Abschaum und immer nur auf ihren eigenen Vorteil erpicht.

Er wollte schlucken, aber seine Kehle fühlte sich an wie Schmirgelpapier. Das regte ihn gleich noch mehr auf. Durch den Rauch musste er husten. Mit rotem Kopf warf er die Zigarette weg. War das Schweiß auf seiner Stirn, zwischen den Regentropfen?

Er wandte den Blick zurück Richtung Büro, nur um festzustellen, dass die junge Frau sich nicht von der Stelle gerührt hatte.

»Hast du dich immer noch nicht verpisst?«

»Gleich«, wiederholte sie.

»Hör zu, du hast mir meine Pause ruiniert, also warum machst du nicht einfach …«

Beaumont wurde schwindelig. Er streckte die Hand aus und hielt sich an der Schulter der Frau fest.

»Ist alles in Ordnung?«, erkundigte sich die Frau ohne jede Spur von Mitgefühl. »Sie sehen mit einem Mal furchtbar blass aus.«

»Ich …«

Beaumont hatte keine Kraft mehr. Hätte er sich nicht an der Schulter der Frau festgehalten, er hätte sich gar nicht auf den Beinen halten können. Wasser lief ihm im Mund zusammen.

»Oh«, meinte die junge Frau. »Wenn man eine schwache Konstitution hat, dann kann das passieren. Daran sind bestimmt die Zigaretten schuld.«

Sie trat einen Schritt zurück und ließ Beaumont behutsam auf die Knie sinken. Beaumont übergab sich. Er sah, wie Erbrochenes und Blut vom Regen weggewaschen wurden.

»Was … hast du mit mir gemacht?«

»Leider kann ich nicht das ganze Lob für mich in Anspruch nehmen, so gerne ich das auch täte. Mein Chemiker ist wirklich ein Genie, oder etwa nicht?«

Beaumont gab keine Antwort. Er kippte nach vorn, landete mit dem Gesicht in einer Lache aus Erbrochenem und Blut. Sein Atem ging flach, sein Puls war schwach und ungleichmäßig.

»Ich verabschiede mich dann mal«, sagte die junge Frau. »Adieu.«

Das Letzte, was Beaumont sah, war seine erloschene Zigarette. Sie lag auf dem Bürgersteig und wurde vom Regen durchweicht.

Während Beaumont auf dem Bürgersteig lag und seine letzten Atemzüge tat, entfernte sich die groß gewachsene Frau. Als sie den Bereich, den das Weitwinkelobjektiv der Überwachungskamera vor dem Eingang erfassen konnte, verlassen hatte, zog sie ihren cremefarbenen Regenmantel aus und drehte ihn von innen nach außen – eine oft geübte Folge von Handgriffen, die genau fünf Sekunden in Anspruch nahm –, um anschließend in ihren neuen, feuerroten Mantel zu schlüpfen.

Einen halben Straßenzug weiter landete ihre auffällige Lederhandtasche in einem Abfalleimer. Und am Ende der Straße wanderte auch die blonde Perücke in den Müll.

Nachdem sie sich mehrmals entschlossen mit einem feuchten Baumwolltuch über das Gesicht gewischt hatte, war auch von dem blassen Make-up nichts mehr zu sehen. Dann waren die blauen Kontaktlinsen an der Reihe, gefolgt von den Ohrclips und den Polstern in ihrem BH und dem Hüftgurt. Dann blieb sie stehen und hob den Fuß bis an den Hintern, um den zehn Zentimeter langen Absatz ihres Schuhs abzuschrauben. Zum Schluss folgte der zweite Absatz.

Keine Minute, nachdem Beaumonts Herz aufgehört hatte zu schlagen, bestieg sie den Bus Nummer 1115 nach Arlington. Sie hatte sich vollkommen verändert.

Kapitel 2

Der Himmel über Prag sah aus wie ein blau-weißer Flickenteppich. Dünne Wolkenfetzen ließen die Sonne des späten Vormittags verblassen. Trotzdem reichte das Licht, um sich in den polierten Karosserien der Autos am Straßenrand und in den Pfützen, die sich im Rinnstein gebildet hatten, zu spiegeln. In dem gewundenen Kopfsteinpflastersträßchen reihten sich Boutiquen, Cafés und Stadthäuser aneinander. Um diese Tageszeit gab es hier nur wenige Passanten und noch weniger Verkehr.

Vor einem Café saß ein einzelner Mann an einem kleinen, runden Metalltisch. Er war groß und trug einen holzkohlegrauen Anzug unter einem schwarzen Wollmantel, dazu schwarze Oxford-Schuhe. Sein Hemd war weiß und seine einfarbige Krawatte burgunderrot. Die schwarzen Haare waren länger als sonst und reichten ihm bis zu den Ohren und, wenn er sie nicht zurückstrich, fast bis zu den Augenbrauen. Zwei Wochen ohne Rasur hatten ihm einen dichten Bart beschert, der sein Kinn etwas weicher wirken ließ und auch die Wangenknochen bedeckte. Die Fensterglasbrille war einfach und funktional und trug ihren Teil dazu bei, dass sein Gesicht konturlos und unauffällig wirkte. Um die Schultern hatte er sich einen braunen Wollschal gelegt, locker und nicht verknotet. Die Enden verschwanden in den Aufschlägen des offenen Mantels, der ihm bis zu den Oberschenkeln reichte. Er nippte an einem schwarzen Americano. Die feine Porzellantasse war ebenso dekorativ wie zart, und er musste sich konzentrieren, um nicht versehentlich den kleinen Henkel abzubrechen.

Sein Tisch war der mittlere von dreien, die draußen auf dem Bürgersteig aufgebaut waren, allesamt weiß lackiert und mehr oder weniger verbeult. An dem Tisch zu seiner Linken saßen zwei blonde Frauen, gut gekleidet und mit Schmuck behangen. Vermutlich Mutter und Tochter. Sie redeten über das Wetter und überlegten, wo sie nach der morgendlichen Shoppingtour zu Mittag essen sollten. Zu ihren Füßen standen viele große Tüten. Zur Rechten des Mannes unterhielten sich zwei ältere Männer mit faltigen Gesichtern und grauen Haaren darüber, wie sie sich bei ihren jüngeren, hipperen Mandanten beliebt machen konnten.

Der Mann im Anzug hätte lieber an einem der anderen Tische gesessen, um wenigstens nach einer Seite freie Bahn zu haben, doch die anderen waren schon vor ihm da gewesen, und beide Paare machten den Eindruck, als ob sie länger bleiben wollten als er selbst. Er tat so, als würde er die Blicke nicht bemerken, die die blonde Mutter ihm in regelmäßigen Abständen zuwarf.

Seine Hände und Ohren waren rot, und bei jedem Ausatmen bildete sich eine dicke Kondenswolke. Trotzdem ließ er den Mantel aufgeknöpft und den Schal ungebunden, trug auch weder Handschuhe noch eine Mütze, ganz so, wie er es gewöhnt war.

Auf die Mütze verzichtete er, weil jedes Mal beim Absetzen die Gefahr bestand, dass DNA-haltige Haarzellen in die Luft gewirbelt wurden. Und Handschuhe trug er keine, weil selbst die besten Handschuhe die Beweglichkeit der Finger einschränkten. Seine Fingerfertigkeit bedeutete ihm mehr als alles andere. Mit bloßen Händen konnte man sehr viel besser zupacken, man konnte besser jemandem die Augen ausstechen oder die Kehle zudrücken. Der Mantel war offen, weil sich dann eine versteckte Waffe leichter ziehen ließ. Er war jedoch unbewaffnet, wie meistens. Eine Waffe hatte nur dann einen Sinn, wenn er sie auch benutzen musste. Ansonsten war sie eher hinderlich. Aber er war ein Mann der Gewohnheit: Ein offener Mantel hatte den zusätzlichen Vorteil, dass er, wenn nötig, leicht abzustreifen war. Der ungebundene Schal sollte verhindern, dass ein eventueller Gegner ihn als Würgeschlinge nutzen konnte. Andererseits ließ er sich schnell abziehen und gegen einen Angreifer zum Einsatz bringen.

Er hatte sich im Lauf seiner beruflichen Karriere viele Feinde gemacht. Und für jeden Widersacher, den er sich vom Leib geschafft hatte, stand bald schon der nächste bereit. Er hatte gelernt, dass das Überleben von Kleinigkeiten abhing, ganz egal, wie unbedeutend sie zunächst auch scheinen mochten. Er hatte gelernt, niemals seinen Schutzschild herunterzufahren, ganz egal, wie sicher er sich fühlte. Diese Lektionen hatten sich tief in sein Fleisch eingegraben. Er würde sie niemals vergessen.

Er wartete. Warten machte mehr als die Hälfte seiner gesamten Arbeitszeit aus. Er war geduldig und blieb jederzeit konzentriert. Das musste er auch. Er war ein Mann, der sich Zeit ließ und dem Perfektion mehr bedeutete als Schnelligkeit. Nur wenn es unabdingbar war, beeilte er sich, aber das kam selten vor. Er hatte es zu einer gewissen Kunstfertigkeit gebracht und empfand dabei wenn schon nicht Freude, so doch zumindest eine gewisse Befriedigung.

Er nippte an dem Tässchen. Der Kaffee war hervorragend, doch die Qualität stand in keinem Verhältnis zu der Anstrengung, die es ihn kostete, die Tasse festzuhalten ohne sie zu zerbrechen. Bedauerlich, aber der Kaffee lieferte eine glaubhafte Begründung für seine Anwesenheit und war somit ein unverzichtbares Requisit.

Am hinteren Ende der Straße stand, eingeklemmt zwischen zwei Stadtvillen, ein schmal gebautes Hotel. Ein Vordach und der Portier waren die einzigen beiden sichtbaren Hinweise auf die Existenz dieses Hotels. Weder flatternde Fahnen noch prunkvolle Ornamente buhlten um die Aufmerksamkeit der Passanten. Die Gäste legten Wert auf Diskretion und Privatsphäre. Und da das Hotel ihnen beides bieten konnte, waren sie gerne bereit, die überhöhten Preise zu bezahlen.

Der Mann im Anzug interessierte sich für einen ganz bestimmten Hotelgast: ein Mitglied des Hauses Sa'ad, der weitverzweigten Königsfamilie Saudi-Arabiens. Es handelte sich um einen der vielen Prinzen der Familie, einen dekadenten, dreißig Jahre alten Mann, der den Reichtum seiner Familie fast ebenso schnell verprasste, wie er entstand. Hätte sein Vater seinen Etat nicht begrenzt, der Prinz hätte ihn innerhalb von achtzehn Monaten in den Ruin getrieben.

Al-Waleed bin Saud war auf einer ununterbrochenen Urlaubsreise rund um die Welt. Er zog immer weiter von Stadt zu Stadt, nur begleitet von einer bescheidenen, sechzehnköpfigen Entourage. Dazu gehörten zwei persönliche Assistenten, ein Buchhalter, ein Koch, eine neunköpfige Wachmannschaft und drei junge Frauen, die offiziell als Praktikantinnen geführt wurden, die aber nichts weiter zu tun hatten, als zu shoppen und ab und zu ein paar zweisame Stunden mit dem Prinzen zu verbringen. Er stieg nur in den teuersten Hotels ab, und zwar nur in solchen, die in der Lage waren, seine ganz speziellen Wünsche zu erfüllen. Trotz seines extravaganten, hedonistischen Lebensstils versuchte er, nach außen hin das Bild des respektablen, frommen und stolzen Saudis aufrechtzuerhalten. Aus diesem Grund – und um sicherzugehen, dass kein Wort über das Leben, das er führte, in seine Heimat drang – scheute er vor zu großen Hotels oder Häusern mit zu strikten Regeln zurück. Lieber stieg er irgendwo ab, wo das Personal bestechlich war und er gleich ein ganzes Stockwerk für sich und sein Gefolge mieten konnte. Und wo man auch in der Lage war, den anspruchsvollen Gast mit diversen Extras zu versorgen, beispielsweise mit Prostituierten und Betäubungsmitteln seiner Wahl.

Obwohl er sich mit Freuden jeder nur vorstellbaren westlichen Dekadenz hingab, unterstützte Al-Waleed die Aktivitäten zahlreicher Extremisten und Fundamentalisten von Mali bis Malaysia. Für den Prinzen waren diese Spendenbeträge kaum der Rede wert. Aber für etliche Gruppen, die bekanntermaßen bereits mehrere grauenhafte Anschläge durchgeführt und weitere geplant hatten, war dieses Geld eine unverzichtbare Finanzierungsquelle.

Der Prinz war bei Weitem nicht der einzige reiche Saudi, der den Terrorismus unterstützte, aber er war einer der umtriebigsten. Seine Spenden wurden oft in bar oder in Form von Edelsteinen übergeben, sodass sie nur schwer zu verfolgen und noch schwerer abzufangen waren. Aus diesem Grund war man zu der Entscheidung gelangt, seiner Spendentätigkeit ein für alle Mal ein Ende zu bereiten.

Das Problem – nicht nur in diesem Fall, sondern ganz allgemein in Bezug auf die saudi-arabische Unterstützung des Terrorismus – bestand in der Abhängigkeit des Westens vom saudischen Öl. Eine Symbiose, die auf keinen Fall gefährdet werden durfte. Das Haus Sa'ad würde die Ermordung eines der Ihren genauso wenig hinnehmen wie die Tatsache, dass einer ihrer Angehörigen die Unterstützung des Westens gefährdete, die die Königsfamilie benötigte, um an der Macht zu bleiben.

Darum war man zu einem Kompromiss gelangt.

Der Prinz musste sterben. Allerdings durften weder die CIA, die für die Durchführung dieses Plans zuständig war, noch das Haus Sa'ad, das keine andere Wahl gehabt hatte, als dieser Maßnahme zuzustimmen, mit seinem Tod irgendwie in Verbindung gebracht werden.

Darum war Victor engagiert worden.

Kapitel 3

In dem psychologischen Gutachten, das im Dossier mit enthalten war, wurde behauptet, dass Al-Waleed durch die aktive Unterstützung von Terroristen versuchte, seinen exzessiven Lebensstil wieder mit seinem religiösen Gewissen in Einklang zu bringen. Victor hielt nicht viel von solchen Theorien. Er stützte sich lieber auf nützliche und verwertbare Fakten. Ihn interessierte das beweisbare Wo und das Wann, nicht das spekulative Wie und Warum. Es gab nur ein einziges Urteil, dem er vertraute, und das war sein eigenes.

Die beiden Männer zu seiner Rechten erhoben sich und machten sich zum Gehen bereit, obwohl sie ihr Frühstück kaum angerührt hatten. Dann blieben sie einen Meter von ihrem Tisch entfernt stehen und setzten ihre Diskussion fort. Einer setzte eine Sonnenbrille auf. Der andere kniff die Augen zusammen und hob zum Schutz vor den Sonnenstrahlen schützend die Hand. Sie blockierten Victors Blickachse.

Aber er brauchte den Hoteleingang gar nicht durchgehend im Auge zu behalten. Da bis jetzt kein Rolls-Royce vorgefahren war, würde der Prinz sich in nächster Zeit auch nicht sehen lassen.

Die Buchungsdaten des Hotels, die Victors Auftraggeber ihm zur Verfügung gestellt hatte, zeigten, dass der Prinz noch mindestens drei Tage in der Stadt bleiben wollte. Wie zu erwarten gewesen war. Im Verlauf des letzten Jahres hatte er, abgesehen von den Sommermonaten, durchgehend europäische Städte bereist und es auf eine durchschnittliche Aufenthaltsdauer von vier Nächten gebracht. Gestern Abend nach seiner Ankunft hatte Al-Waleed bis in die frühen Morgenstunden gefeiert, was zu zahlreichen Beschwerden der Gäste aus dem darunterliegenden Stockwerk geführt hatte. Victor rechnete nicht damit, dass er sich in nächster Zeit blicken lassen würde. Aber trotzdem musste er wachsam sein. Selbst beschaffte Informationen waren in jedem Fall besser als solche aus sekundären Quellen.

Er hatte auch gar nichts dagegen. Der Kaffee war gut, auch wenn das Porzellan etwas zu zerbrechlich war, und die Sonne wärmte ihm zumindest das Gesicht und bildete so ein Gegengewicht zu der Kälte in den anderen Körperteilen. Er hatte eine Zeitung vor sich liegen, aber nur zur Tarnung. Darum las er nicht darin, sondern blätterte sie lediglich oberflächlich durch. Für ihn war es selbstverständlich, wenig bis gar keine Aufmerksamkeit zu erregen, darum war das hier, abgesehen von dem beiläufigen Interesse der blonden Frau am Nebentisch, ein ganz normaler Vormittag. In aller Öffentlichkeit unsichtbar zu sein war eine der wichtigsten Fähigkeiten, die er sich angeeignet hatte. Je weniger Menschen Notiz von ihm nahmen, desto freier konnte er agieren und desto besser standen seine Chancen, im Anschluss unerkannt entkommen zu können.

Er hatte das Hotel schon vor der Ankunft des Prinzen ausgekundschaftet und sich zwei Tage lang in einer Suite auf demselben Stockwerk eingemietet, das der Prinz jetzt bewohnte. Diese Zeit hatte er genutzt, um die Flure und Korridore gründlich zu studieren und die zweidimensionalen Grundrisse, die er sich bereits angesehen hatte, mit seinen eigenen, dreidimensionalen Beobachtungen anzureichern. Er hatte die Gesichter und Namen und Dienstpläne des Personals ebenso auswendig gelernt wie die Positionen der verschiedenen Überwachungskameras, er wusste, wie lange der Zimmerservice brauchte, um eine Bestellung zu liefern, und wie lange ein Tablett unangetastet vor der Zimmertür stehen blieb, bevor es wieder abgeräumt wurde.

Es fiel ihm nicht weiter schwer, den regulären Gast zu spielen, da er – genau wie Al-Waleed – einen Großteil seines Lebens in Hotels zubrachte. Aber während der Prinz aus reiner Langeweile von Stadt zu Stadt zog, auf der Suche nach immer neuen und immer noch aufregenderen Erfahrungen, war es für Victor die schiere Notwendigkeit. Ein bewegliches Ziel war bedeutend schwerer zu treffen als ein stationäres.

Das Foyer des Hotels war mit bequemen Sesseln und Sofas ausgestattet, doch da er bereits einmal Gast gewesen war, kam die Lobby als Warteraum nicht infrage. Im besten Fall würde er von den Überwachungskameras erfasst, im schlimmsten Fall von einem Angestellten erkannt werden. Da sich im Lauf seiner Recherchen herausgestellt hatte, dass das Hotel ohnehin kein geeigneter Ort für ein Attentat war, würde er es nicht mehr betreten. Auch wenn die Gefahr einer Entdeckung minimal war. Aber er ging niemals Risiken ein, die nicht notwendig waren.

Die beiden grauhaarigen Männer beendeten ihr Gespräch, verabschiedeten sich mit einem Händedruck und gingen in unterschiedliche Richtungen auseinander. Ein Kellner nahm das Geld, das sie auf dem Tisch hinterlassen hatten, und fing an, die Teller einzusammeln.

Als schließlich ein silberfarbener Rolls-Royce vor dem Hotel vorfuhr, waren auch die beiden blonden Frauen bereits gegangen. Trotzdem war der Wagen früher da, als es das Dossier der CIA prophezeit hatte. Kein wirkliches Problem, aber eine erneute Bestätigung für Victor: Es war absolut sinnvoll, sich nur auf seine eigenen Recherchen zu verlassen.

Einen Augenblick später traten drei Leibwächter aus dem Hoteleingang auf die Straße und näherten sich dem Fahrzeug. Es waren Saudis in schicken Anzügen und mit Sonnenbrillen. Sie sahen aus, als wüssten sie genau, was sie zu tun hatten, aber über Personenschutz wussten sie kaum mehr als das, was man sich in einem zweiwöchigen Kurs aneignen konnte. Trotzdem stellten sie ein Problem dar, weil sie in Dreiergruppen arbeiteten, die sich alle acht Stunden abwechselten, sodass Al-Waleed rund um die Uhr gut geschützt war. Außerdem waren sie bewaffnet. Der Prinz besaß Diplomatenstatus und konnte daher alles, was er wollte, über die Grenze bringen. Auch Schusswaffen.

Nachdem die Leibwächter ein paar flüchtige Blicke in alle Richtungen geworfen hatten, kam der Prinz aus dem Hotel und stieg in den wartenden Rolls. Al-Waleed trug den traditionellen weiten Umhang der Saudis. Er war weder besonders groß noch besonders klein und besaß eine rundliche Taille. Nach ihm kam einer seiner Assistenten, und dann stiegen auch die Leibwächter in den Wagen. Der letzte setzte sich anstelle des Parkwächters, der den Wagen geholt hatte, hinter das Steuer.

Der Rolls-Royce fuhr los und bog um die nächste Ecke.

Victor wartete weiter. Erst als der Buchhalter des Prinzen fünf Minuten später das Hotel verließ, stand er auf. Es handelte sich um einen groß gewachsenen, hageren Mann Mitte fünfzig mit Glatze und einem schmalen, kerzengerade getrimmten Ziegenbärtchen. Auch er war ein Saudi, wie alle in der Entourage des Prinzen, und außerdem mit dessen Vater befreundet. Er war mit auf die Reise geschickt worden, um den verlorenen Sohn auf seinen Abenteuern zu begleiten und dafür zu sorgen, dass er sein Budget nicht überzog und keine Schulden anhäufte, die der Vater nicht gewillt war zu bezahlen.

Al-Waleed saß im Vorstand etlicher Unternehmen im Besitz der Familie Sa'ad, allerdings nur der Form halber. Seine ausgedehnten Urlaubsreisen wurden als Geschäftsreisen deklariert, auch wenn er niemals einen Geschäftspartner zu sehen bekam oder an irgendwelchen Sitzungen teilnahm. Selbst wenn er gewollt hätte, sein Vater hätte niemals zugelassen, dass sein unzuverlässiger Sohn die geschäftlichen Interessen der Familie in irgendeiner Weise gefährdete. Darum war der Buchhalter für alles zuständig. Der Prinz besaß keinerlei eigene Unternehmen und fand alles, was damit zusammenhing, langweilig und öde. Er gab sein großzügiges Taschengeld lieber für Dinge aus, die ihm wirklich Spaß machten. Und für die Unterstützung von Terrorgruppen.

Al-Waleed verabscheute den Buchhalter und alles, wofür er stand. Daher behandelte er ihn mit Verachtung und Geringschätzung. Es war wirklich abstoßend. Jede Aufgabe, die Al-Waleed als unter seiner Würde betrachtete, gab er an den Buchhalter weiter, oft genug nur, um ihn noch zusätzlich zu erniedrigen. So musste er auch Drogen kaufen, Callgirls engagieren und Treffen mit irgendwelchen Mittelsmännern von Terroristen arrangieren.

Solche Mittelsmänner waren notwendig. Für Terroristen gab es gute Gründe zur Vorsicht, und zur Geldbeschaffung wollte sich niemand aus der Deckung wagen. Da es sich als ausgesprochen schwierig erwiesen hatte, die zahlreichen sehr unterschiedlichen Terrorgruppen zur Strecke zu bringen – zumal aus der Asche der zerstörten in einem endlosen Kreislauf immer wieder neue Organisationen auferstanden –, hatte der Krieg gegen den Terror mittlerweile verstärkt die Quellen ins Visier genommen, die den Terrorismus finanzierten. Ohne Geld konnten weder Bomben gebaut noch Munition gekauft werden. Es ging nicht mehr primär um die Bekämpfung der Krankheit, sondern um Vorsorge. Eine Maxime, nach der übrigens auch Victor zu leben versuchte.

Einer dieser Mittelsmänner sollte im Verlauf des heutigen Tages in Prag ankommen. Es handelte sich um einen türkischen Banker namens Ersin Caglayan. Er verwaltete die Bankkonten mehrerer Wohltätigkeitsorganisationen. Von dort wurden immer wieder Gelder an diverse Dschihadisten-Gruppen im Nahen Osten überwiesen. Der Prinz hatte sich schon öfter mit Caglayan getroffen und würde es auch jetzt wieder tun.

Victor beobachtete den Buchhalter und überlegte gleichzeitig, wie er den Prinzen ermorden konnte, ohne dass dabei die CIA in Verdacht geriet. Die Möglichkeit, einen »natürlichen Tod« zu arrangieren – zum Beispiel einen tödlichen Unfall oder einen Herzinfarkt –, schied von vornherein aus. Dazu mussten umfangreiche Vorbereitungen getroffen werden, die bei einer Zielperson wie Al-Waleed nicht zu realisieren waren. Dazu war Al-Waleed zu viel unterwegs und viel zu gut bewacht.

Aber es bot sich eine einfache Lösung an: Man konnte Caglayan die Schuld in die Schuhe schieben.

Kapitel 4

In der Anzeige hatte die Frau ihr Alter mit fünfundzwanzig angegeben. In Wirklichkeit war sie mindestens zehn Jahre älter. Das sanfte Glimmen der schwachen Glühbirne begünstigte diese Lüge, indem es die leichten Falten in ihrem Gesicht glättete. Großzügig aufgetragenes Make-up überdeckte die dunklen Augenringe. Victor spielte das Spiel mit und ging auch mit keinem Wort darauf ein, dass die Fotos auf ihrer Webseite ausgiebig retuschiert worden sein mussten. Es gab keinen Grund, unhöflich zu sein.

Sie war schließlich immer noch eine attraktive Frau mit langen dunklen Haaren und blauen Augen, die Lebendigkeit und Ehrgeiz ausstrahlten. Sie öffnete die Tür ihrer Wohnung im zweiten Stock eines Wohnhauses in der Pařížská, der unweit des Wenzelsplatzes gelegenen *Pariser Straße*. Sie trug einen seidenen Morgenmantel und hatte ein strahlendes Lächeln im Gesicht. Ihre Zähne waren blendend weiß und viel zu gerade und zu perfekt, um ihre eigenen zu sein.

Sie hatte sich in der Anzeige als Escort-Dame bezeichnet. Es war ein sanftes, beinahe harmlos klingendes Wort. Victor verstand, warum das notwendig war, genauso wie er verstand, warum Menschen wie er sich gerne als Söldner oder Kunstschützen bezeichneten. Er selbst hielt sich für nichts anderes als einen professionellen Mörder. Er hatte nicht das Bedürfnis, seine berufliche Tätigkeit irgendwie schönzufärben, genauso wenig wie die Tatsache, dass er zu Prostituierten ging.

Sie ergriff seine Hand und führte ihn wortlos in ihre Wohnung. Während sie die Tür hinter ihm ins Schloss zog, deutete sie auf den Wohnzimmerbereich. Victor drehte nur ungern anderen Menschen den Rücken zu, aber in diesem Fall spielte er einen gewöhnlichen Kunden. Also wahrte er den Schein und ging voraus. Sein Alltag bestand zu einem erheblichen Teil aus Schauspielerei. Trotzdem war es nicht ganz einfach, einerseits den Normalbürger zu spielen und andererseits ununterbrochen wachsam zu bleiben. Er machte sich nur ungern verwundbarer, als unbedingt erforderlich, aber manchmal war es besser, ein bisschen mehr Verletzlichkeit in Kauf zu nehmen, um später bessere Chancen auf das Überleben zu haben. Und das hier war ein solcher Fall.

Er rieb sich die Hände, als Zeichen seiner Nervosität, aber auch, weil er dem Buchhalter des Prinzen einen Nachmittag lang durch die kalte Stadt gefolgt war.

Die Wohnung war klein, aber teuer möbliert, klar und modern – und so spartanisch, dass er sich fragte, ob sie nur für geschäftliche Zwecke genutzt wurde und die Frau vielleicht irgendwo anders wohnte. Doch die vollgepackten Bücherregale belehrten ihn eines Besseren. Vielleicht gefiel ihr die minimalistische Einrichtung einfach.

»Du kennst den Stundensatz, oder?«, fragte die Frau, während sie ihm ins Wohnzimmer folgte.

Sie sprach Englisch, aber mit einem starken tschechischen Akzent. Ihre hohen Absätze klickten über den nackten Fußboden. Damit war sie genauso groß wie er.

Er hatte sich bereits zu ihr umgewandt und stand jetzt dicht vor der westlichen Wand, seitlich neben den Fenstern, um einem Heckenschützen auf der gegenüberliegenden Straßenseite kein Ziel zu bieten.

»Ja«, erwiderte er.

»Dann würde ich jetzt gerne mein Geschenk entgegennehmen«, sagte sie mit einem Lächeln, das die Unschuld ihrer Bitte noch unterstrich.

»Selbstverständlich.«

Er zog sein Portemonnaie hervor und zählte ein paar brandneue Scheine ab.

Sie kam zu ihm und nahm sie ihm aus der Hand. Dabei lächelte sie immer noch. Aber als sie sich umdrehte, um das Geld zu zählen, und es anschließend zwischen zwei Bücher in ihrem Regal schob – historische Romane, wie er mit einem Blick feststellte –, verschwand das Lächeln.

»Ich gehe davon aus, dass du die Regeln gelesen hast«, sagte sie, ohne sich umzudrehen. »Du weißt also, was erlaubt ist und was nicht.«

»Ja.«

»Gut zu wissen. Ich wiederhole mich nicht gern. Damit vergeuden wir nur unsere Zeit.«

»Ich bin nicht hier, um Zeit zu vergeuden«, sagte er.

Sie drehte sich um und musterte ihn aufmerksam, als wolle sie aus der Art, wie er stand, und dem Schnitt seines Anzugs auf seine Sehnsüchte und Perversionen schließen. Vielleicht war es auch nur ein Spiel, das sie mit jedem ihrer Kunden spielte, weil sie schon längst ganz genau wusste, was die Männer von ihr wollten.

»Wie soll ich dich nennen?«, fragte sie ihn und spielte mit ihren Haaren.

Victor blieb stumm.

Die Frau sagte: »Du kannst mir ruhig sagen, wie du heißt,

Schätzchen. Ich sage es bestimmt nicht weiter, ich schwöre. Diskretion gehört zum Service, versprochen.«

Victor erwiderte: »Schätzchen reicht.«

Sie neigte den Kopf zur Seite. »Hättest du gern, dass ich nachher im Bett laut Schätzchen schreie?«

»Sie müssen mir nichts vorspielen.«

Sie lächelte. »Ich glaube, bei dir wird das auch gar nicht nötig sein, hab ich recht?«

Er hatte diese Sätze natürlich schon öfter gehört. Es war nicht das erste Mal, dass er für Sex bezahlte. Manchmal war es einfach notwendig, da er sich keinerlei wirkliche Bindung mit anderen Menschen gestattete. Gleichzeitig konnte er es sich auch nicht leisten, von Sehnsüchten abgelenkt zu werden. Es war ein Trieb, der sich nur schlecht allein durch Willenskraft unter Kontrolle bringen ließ.

Er lächelte ebenfalls, weil sie genau das von ihm erwartete, und spielte weiter die Rolle des normalen Kunden – ein Geschäftsmann, der seine Frau betrog, vielleicht, oder ein Politiker, der die schäbigen Überreste seines Privatlebens auslebte, aber jedenfalls kein Auftragsmörder, der zu Huren ging, weil er keine persönlichen Beziehungen oder gar Freundschaften riskieren konnte. Persönliche Beziehungen schwächten seinen eigenen Schutzwall und brachten die andere Person zugleich automatisch ins Fadenkreuz derjenigen, die Victor schaden wollten. Das letzte Mal, als jemand seine Nähe gesucht hatte, hatte er die Betreffende davon überzeugt, dass ihre Gefühle nicht auf Gegenseitigkeit beruhten.

»Wollen Sie mir nichts zu trinken anbieten?«

Er deutete auf ein Beistelltischchen mit einem schweren Silbertablett, auf dem ein Dekanter aus Bleikristall stand. Er war mit einer blassgelben Flüssigkeit gefüllt, vermutlich Scotch.

»Nein«, erwiderte sie. »Ich fürchte, der Whisky war ein Geschenk eines sehr lieben Kunden. Es wäre unhöflich, ihn mit einem anderen zu teilen. Ich bin sicher, dass du das verstehst.«

Er nickte.

»Was magst du denn am liebsten?«, wollte sie dann wissen. Eine gewisse neugierige Spannung lag in ihrer Stimme. Sie wollte erfahren, ob sie mit ihrer ersten Einschätzung richtiggelegen hatte.

»Ich tue es lieber, anstatt darüber zu reden.«

Das schien sie zu überraschen. »Das klingt ... vielversprechend.« Sie tippte sich mit einem langen roten Fingernagel gegen die Unterlippe. »Und ich habe schon gedacht, du wärst langweilig.«

»Ich kann Ihnen versichern, dass ich ein unerträglich uninteressanter Mensch bin.«

»In diesem Punkt würde ich mir gerne ein eigenes Urteil bilden.«

Einen Augenblick lang standen sie einander schweigend gegenüber.

Sie deutete mit gehobenen Augenbrauen – ausgezupft und wieder aufgemalt – in eine Richtung. »Das Badezimmer ist da drüben.«

»Ja, natürlich«, sagte Victor. »Jeder Kunde muss vorher duschen.«

»Genauso steht es auf meiner Liste.«

»Und wenn ich Ihnen sage, dass ich nur sehr ungern dusche?«

»Dann würde ich dich höflich, aber bestimmt bitten zu gehen.«

»Ohne Erstattung?«

Sie lächelte ohne Worte.

»Gibt es auch Kunden, die sich weigern?«, wollte er wissen.

»Ganz vereinzelt, ja. Aber die meisten Männer akzeptieren meine Regeln und verhalten sich wie Gentlemen.«

»Was passiert in diesen vereinzelten Fällen?«

»Ich zeige ihnen die Tür.«

»Auch, wenn es sich um sehr liebe Kunden handelt?«

Sie lächelte weiter, gab jedoch keine Antwort. »Nimm dir einen Bademantel.«

Er nickte und schlug einen Bogen, weil er nicht direkt vor den Fenstern entlanggehen wollte. Dabei kam er dicht an der Frau vorbei. Sie streichelte kurz seinen Arm.

Das Badezimmer ging vom Flur ab. Er trat ein und machte die Tür hinter sich zu. Schob den kleinen Messingriegel vor. Nicht, dass er gegen einen gewaltsamen Eindringling viel genützt hätte, aber Victor wollte nicht, dass die Frau hereinplatzte und ihn bei seinem Unterfangen störte.

Kapitel 5

Victor zog an der Schnur neben der Tür, und das Licht ging an. Ein Abluftventilator erwachte mit leisem Summen zum Leben. Victor drehte den Wasserhahn in der Dusche auf. Dann klappte er den Toilettendeckel herunter und stellte sich darauf, um den Ventilator zu erreichen, der hoch oben über dem kleinen Fenster in der Wand befestigt war.

Er holte eine kleine Münze aus seiner Hosentasche und schraubte die Plastikabdeckung ab. Jetzt spürte er den Luftzug der Rotorblätter, die die Abluft aus dem Badezimmer nach draußen saugten. Sie waren zwar nur aus weichem Plastik, aber durch die hohe Umdrehungszahl nicht ganz ungefährlich. Er holte einen Aluminiumkugelschreiber aus der Innentasche seines Jacketts.

Jetzt nahm er den Kugelschreiber fest in die Hand und steckte ihn zwischen die Rotorblätter. Sie kamen abrupt zum Stehen.

Es klickte und knackte, und dann war ein mechanisches Jaulen zu hören, bis der Widerstand schließlich zusammenbrach. Es wurde still. Victor zog den Kugelschreiber zurück. Die Ventilatorblätter bewegten sich nicht mehr. Er machte die Abdeckung wieder fest.

Er wartete ein paar Minuten ab, bis sich eine Dampfwolke gebildet hatte. Dann begann er, sich auszuziehen, und zwar auf eine ganz bestimmte Art und Weise, in einer ganz bestimmten Reihenfolge, um währenddessen möglichst wenig Angriffsfläche zu bieten. Er verfügte über ein ausgezeichnetes Gleichgewichtsgefühl sowie hervorragende Reflexe, aber wenn er sich bückte, in die Hocke ging oder auf einem Bein stand, war das Risiko natürlich größer als im Sitzen. Darum nahm er zunächst auf dem Toilettendeckel Platz, auf dem äußersten Rand, Kopf und Hüfte in einer senkrechten Linie, jederzeit bereit aufzuspringen, falls es nötig sein sollte. Er löste die Schnürsenkel an beiden Schuhen und zog sie so schnell wie möglich aus. Mit nur einem Schuh konnte man schlecht laufen oder kämpfen, ganz abgesehen davon, dass Victor nicht die Absicht hatte, unter solch unwürdigen Umständen zu sterben. Dann waren die Strümpfe an der Reihe, weil man barfuß einen besseren Stand hatte als auf Wolle. Anschließend stand er auf, um das Jackett mitsamt Krawatte auszuziehen, gefolgt von dem Hemd, der Hose und der Unterwäsche. Er legte alle Sachen zu einem handlichen Stapel auf dem Toilettendeckel zusammen und wusch sich dann am Waschbecken.

Als er fertig war, drehte er die Dusche ab, trocknete sich mit einem der weißen Handtücher ab, die am Handtuchhalter bereithingen, und wickelte es sich um die Taille. Dabei stellte er fest, dass zwei Stangen am Halter bereits leer waren. Er versuchte, den Gedanken an die beiden Kunden, die heute schon vor ihm hier gewesen waren, aus seinem Kopf zu verdrängen. Dann schlüpfte er in einen Bademantel, ohne jedoch den Gürtel zu schließen.

Die Frau erwartete Victor im Wohnzimmer.

»Du lässt dir gerne Zeit, hab ich recht, Schätzchen?«

Er entgegnete achselzuckend: »Ich glaube, Ihr Abluftventilator ist kaputt. Der Wasserdampf zieht jedenfalls nicht ab.«

»Oh, wie ärgerlich. Sei doch so nett und mach schnell das Fenster auf.«

Er legte seine zusammengefalteten Kleider auf einen Sessel im Flur und tat, worum sie ihn gebeten hatte.

Er hörte sie sagen: »Entschuldigst du mich bitte für einen Moment?«

»Selbstverständlich.«

Er nutzte die Zeit, um sich neben das Wohnzimmerfenster zu stellen und vorsichtig über den Balkon hinweg nach draußen zu spähen. Nachdem er keine Stelle entdeckt hatte, wo ein potenzieller Scharfschütze hätte auf der Lauer liegen können, gestattete er sich ein paar Extrablicke auf die Stadt.

Der Himmel war bewölkt, die Sonne nicht zu sehen. Schräge Ziegeldächer und hohe Schornsteine bildeten eine unruhige Stadtlandschaft, die unter einer leichten Schneedecke lag. Auf den westlich ausgerichteten Dachflächen war die Schneeschicht etwas dicker als auf den östlichen. Die Häuser mit den blass pastellfarbenen Fassaden und Fensterbogen strahlten eine unaufdringliche Schönheit aus. Glockentürme und Kirchturmspitzen ragten in den grauen Himmel. Für einen kurzen Moment genoss er den Anblick der weißen Wölkchen, die aus den Schornsteinen emporkräuselten und sich dann, so schien es, in der Wolkendecke auflösten. Als stellten sie eine Verbindung zwischen dem irdischen und dem himmlischen Leben dar. Dann hörte er die Frau zurückkommen und verabschiedete sich von dieser tröstlichen Fantasie.

»Gefällt dir die Stadt?«, erkundigte sich die Frau.

»Ja«, erwiderte er wahrheitsgemäß und fügte dann hinzu: »Ich bin das erste Mal hier.« Das war eine Lüge.

Von all seinen Fähigkeiten war die Lüge die, die er am häufigsten anwandte. Er sagte öfter die Unwahrheit als die Wahrheit, gab ununterbrochen vor, jemand zu sein, der er nicht war – ein Geschäftsmann, ein Tourist, ein Niemand. Immer unauffällig, immer unscheinbar. Das war ihm in Fleisch und Blut übergegangen, weil er nur selten überhaupt in die Rolle seines wahren Ichs schlüpfte.

Dieses wahre Ich bekam niemand zu sehen, abgesehen von seinen Opfern und dem Spiegel, in dem sich ein Gesicht spiegelte, das nicht mehr länger sein eigenes war.

Sie machte einen Schritt auf ihn zu, knüpfte ihren Morgenmantel auf und ließ ihn mit einer Bewegung, die Victor als elegant empfunden hätte, hätte er darüber hinwegsehen können, dass sie sie bereits zahllose Male zur Aufführung gebracht hatte, zu Boden gleiten. Jetzt stand sie in einem weißen Mieder vor ihm. Er betrachtete sie gebührend, wie sie es erwartete.

Sie streckte die Hände aus und streifte ihm den Bademantel von den Schultern. Dann ließ sie sich Zeit, um die zahlreichen Narben und Verletzungen an seinem Körper zu betrachten. Er war diese Blicke gewöhnt, genau wie die Fragen, die sich daran anschlossen. Er hatte Messerstiche, Verbrennungen, Schusswunden, Risse, Bisswunden und noch mehr erlitten. Und für jede einzelne Wunde hatte er sich eine Geschichte zurechtgelegt. So waren die größeren Narben auf einen Autounfall zurückzuführen, die kleineren auf Sportverletzungen. Wenn die fragende Person sich mit Schusswunden auskannte, dann konnte er ihr mit Geschichten aus dem Militär dienen, die jedoch nichts mit seinen tatsächlichen Erlebnissen zu tun hatten.

Aber als die Frau mit ihren Betrachtungen fertig war und ihm wieder in die Augen blickte, stellte sie keine einzige Frage. Das kam nur selten vor, und er hatte nicht damit gerechnet. Stattdessen sagte sie: »Ich wusste doch, dass du kein Langweiler bist.«

Kapitel 6

Der Schneider hatte während des Zweiten Weltkriegs angefangen, Anzüge zu schneidern. Das erzählte er Victor, während dieser im Anprobezimmer des niedrigen Ateliers stand. Es war eine kleine, aber feine Werkstatt, und die Warteliste war lang und mit vielen prominenten Namen bestückt. Alleiniger Inhaber und Betreiber des Ateliers war ein Mann, der so klein war, dass er sich auf einen wackeligen, dreibeinigen Hocker stellen musste, um Victors Schulterbreite zu messen.

»Schon als Junge habe ich Nazioffiziere eingekleidet«, sagte der Schneider. Es sah so aus, als könnte er jeden Augenblick vom Hocker in den sicheren Tod stürzen. »Können Sie sich das vorstellen?«

Victor erwiderte: »Ich glaube, kaum.«

Der Schneider schnaubte. Es war kein richtiges Lachen und auch kein Räuspern. Vielmehr hörte es sich so an, als hätte der Mann eine Lungenentzündung oder eine chronische Atemwegserkrankung. Was seiner emsigen Geschäftigkeit keinen Abbruch zu tun schien.

»Ich rauche sechzig Stück pro Tag«, sagte er voller Stolz. »Und habe all meine Nichtraucher-Freunde aus meiner Kindheit überlebt.«

Victor wollte ihm beim Heruntersteigen behilflich sein, doch der Alte schlug seine Hand voller Verachtung beiseite und landete mit einem Sprung auf den Dielen, die daraufhin ein leises Quietschen von sich gaben. Oder waren es seine Knie?

Seine Finger hatten sich durch das lebenslange Rauchen, auf das er so stolz war, gelb verfärbt. Gerahmte Schwarz-Weiß-Fotografien schmückten die Wände seines Ateliers. Sie zeigten den alten Schneider mit Kunden, vielleicht sogar Berühmtheiten von anno dazumal, die Victor nicht kannte. Und auf jedem dieser Fotos rauchte der Schneider, genau wie seine Kunden auch. Auf einem Bild war er sogar inmitten von Tabakpflanzen auf irgendeiner Tropenplantage zu sehen.

Der Schneider trug einen dreiteiligen, braunen Anzug inklusive Einstecktuch und Taschenuhr, dazu eine Bifokal-Brille mit dicken Gläsern. Die Blockabsätze seiner Schuhe hätten ihn – wenn er aufrecht gestanden hätte, was nicht der Fall war – mit der Oberkante seiner spiegelglatten Glatze auf die Marke von 1,52 Meter gehievt.

Er holte den maßgefertigten Anzug aus einem Hinterzimmer und hängte ihn an eine fahrbare Kleiderstange, damit Victor ihn anprobierte.

»Ich verstehe wirklich nicht, was in Ihnen vorgeht, junger Mann. Sie haben doch schon einen holzkohlegrauen Anzug. Von der Stange, ganz offensichtlich, aber doch immerhin so anständig, dass Sie sich nicht dafür schämen müssen. Also warum wollen Sie noch so einen haben?«

»Wollen Sie mein Geld etwa nicht?«, erwiderte Victor.

»Ich möchte, dass Sie möglichst gut aussehen«, gab der Schneider zurück. »Ist das denn so schwer zu begreifen? Haben Sie ein kleineres Hirn bekommen, als Ihnen eigentlich zusteht?«

Victor konnte nicht anders, er mochte diesen kleinen Mann.

»Holzkohle ist so wenig abenteuerlich«, sagte der Schneider unter missbilligendem Zungeschnalzen. »Es ist nichts weiter als der kränkliche Cousin von Schwarz. Ein Almosenempfänger, den jedermann übersieht, nicht der Gentleman, den jeder beneidet. Schwarz ist eine Farbe. Holzkohle ist eine Schattierung.«

»Schwarz ist die Abwesenheit jeder Farbe.«

Der Schneider tat, als hätte er ihn nicht gehört. »Wie wäre es? Schwarz wäre so viel imposanter. Sie würden in Schwarz eine sehr gute Figur machen.«

»In Schwarz macht jeder eine gute Figur«, erwiderte Victor.

Der Schneider sah ihn hoffnungsvoll an. »Ist das ein Ja?«

Victor schüttelte den Kopf. »Schwarz trage ich nur zu Beerdigungen.«

Der Schneider bemühte sich nach Kräften, nicht zu seufzen. Er schien große Schmerzen zu leiden. Ein Spinnennetz aus tiefen Falten zog sich über sein Gesicht. »Aber gewiss doch. Warum sollten Sie auch zu anderen Anlässen Schwarz tragen? Warum sollte überhaupt jemand das Bedürfnis haben, so gut wie möglich auszusehen? Was ist das für eine Welt, wo jedermann das anzieht, was ihm am wenigsten steht? Wie wäre es denn mit einem schönen Dunkelblau? Ein wenig eleganter, aber immer noch unaufdringlich.«

Wortlos nahm Victor das Jackett vom Haken und schlüpfte hinein.

»Wenn Sie doch wenigstens Nadelstreifen oder ein farbiges Futter gewählt hätten«, fuhr der Schneider fort.

Anzüge spielten in Victors Leben eine wichtige Rolle. Er trug öfter Anzüge als alles andere. Sie verliehen ihm eine gewisse Autorität und garantierten ihm Respekt. Mit einem Anzug sah er aus wie ein Mann, der zumindest eine gewisse Bedeutung hatte, und konnte gleichzeitig in der Masse der Büroangestellten, Rechtsanwälte und Banker in fast jeder größeren Stadt untertauchen. Ein Anzug war die ideale Tarnung für das städtische Umfeld, in dem er lebte und arbeitete.

Victor knöpfte das Jackett zu und ließ die Schultern kreisen.

»Perfekt«, sagte er, nachdem er den extraweiten Sitz, um den er gebeten hatte, überprüft hatte. So würde es ihm leichterfallen, eine versteckte Waffe zu tragen, zu kämpfen, zu schlagen oder um sein Leben zu rennen.

Die Augenbrauen des alten Schneiders hoben sich, und die dicht gestaffelten Falten auf seiner Stirn wurden noch tiefer. Er rümpfte die Nase und stieß zwischen gespitzten Lippen den Atem aus. Er war nicht erfreut.

»Nein, nein, nein«, sagte er. »Das geht so nicht. Wir müssen das ändern. Das sieht ja schrecklich aus, die reinste Scheußlichkeit. Ich schäme mich vor mir selbst.«

»Ich finde es aber gut so. Genau das wollte ich haben.«

»Dann muss ich Ihnen leider den Schädel aufsägen, um nachzusehen, ob Sie überhaupt ein Hirn haben, junger Mann. Sehen Sie doch. Viel zu viel Platz im Brustbereich. Was haben Sie denn vor? Dick werden? Wollen Sie sich zwei Brüste wachsen lassen?«

Victor schüttelte den Kopf.

Der Schneider kaute auf seiner Unterlippe. Er wirkte gestresst. Schweißperlen traten ihm auf die Stirn. »Lassen Sie mich wenigstens das da einnähen, wenigstens einen Hauch. Dann sieht er besser aus. Bitte! Ich kann Sie doch unmöglich so auf die Straße lassen.«

»Aber mir gefällt er genauso, wie er ist«, gab Victor zurück. »Sie haben ganz hervorragende Arbeit geleistet.«

»Ich habe meinen Namen und den meines Vaters besudelt. Nur ein winziges Stück?« Er streckte Victor die nur wenige Millimeter voneinander entfernten Daumen und Zeigefinger entgegen. »Nur so viel? Ich verspreche Ihnen, dass Sie dann immer noch genügend Luft bekommen. Für mich. Bitte!«

»So ist er aber bequem.«

»*Bequem?* Ein unanständigeres Wort gibt es überhaupt nicht. Geradezu barbarisch. Wenn wir uns immer nur darum scheren würden, was bequem ist, dann wären wir eine riesige, abscheuliche Masse aus synthetischen Materialien, völlig ohne Form und nicht voneinander zu unterscheiden. Mein Herr, wenn Sie zu mir gekommen sind, weil Sie Bequemlichkeit suchen, dann haben Sie sich in der Tür geirrt. Ich verkaufe keine Bequemlichkeit. Ich verkaufe Anzüge. Ich verkaufe Stil.«

Victor blieb stumm.

»Also gut.« Der Schneider stieß laut und vernehmlich den Atem aus. »Ich gebe auf. Sie bekommen Ihren Willen. Verlassen Sie mein Geschäft in dem Bewusstsein, dass ich die letzten Jahre meines Lebens in Unglück und Scham zubringen werde.«

»Schön, dass wir uns einig geworden sind.«

Der Schneider zog ein silbernes Zigarettenetui aus der Innentasche seines Jacketts und klappte es mit dem Daumen auf. Er hielt es Victor hin, aber der schüttelte den Kopf.

»Ein Gentleman sollte rauchen«, sagte der Schneider, während er sich eine Zigarette nahm. Er zündete sie nicht an. »Und ein Mann, der einen maßgefertigten Anzug zu schätzen weiß, *muss* sogar rauchen. Er muss seinen Tabak ebenso gut kennen wie seine Stoffe.« Der Schneider hielt sich die Zigarette unter die Nase und sog den Atem ein. »Anzüge sind meine große Liebe, aber Tabak ist meine Passion.«

»Ich habe es aufgegeben«, sagte Victor.

»Dann fangen Sie wieder an«, beschwor ihn der Schneider. »Bevor es zu spät ist. Aber nur die besten. Eine gute Zigarette ist wie ein guter Anzug. Nicht zu vergleichen mit dem massenhaft produzierten Müll, der einem heutzutage überall angeboten wird. Wenn sie gut gemacht sind, dann schmeckt jede Sorte anders. Dann entfaltet sich ein ganzes Spektrum aus Düften und Geschmäckern, die den Gaumen kitzeln. Fast wie ein guter Wein.«

»Ich finde, die meisten Weine schmecken wie Essig.«

Der Schneider sah ihn angewidert an. »Ihre Barbarei kennt keine Grenzen.«

Victor nickte.

Der Schneider half ihm, das Jackett auszuziehen. »Ich muss nur noch die Fäden hier vernähen. Sie können das gute Stück heute Nachmittag abholen. Sie können aber auch warten, dann erledige ich es sofort. Ganz, wie Sie wollen.«

»Wenn es Ihnen recht ist, dann warte ich.«

Der Schneider zuckte mit den Schultern. »Machen Sie, was Sie wollen, junger Mann. Möchten Sie vielleicht etwas trinken? Oder etwas zu lesen? Es wird ungefähr zwanzig Minuten dauern. Oder erwarte ich zu viel, wenn ich annehme, dass ein Barbar wie Sie tatsächlich liest? Zu viel verlangt, nicht wahr?«

Es klang, als erwarte er tatsächlich eine Antwort darauf.

»Ich komme schon zurecht«, erwiderte Victor. »Lassen Sie sich ruhig Zeit.«

Der alte Mann nickte und wandte sich zum Gehen. Hielt inne und drehte sich noch einmal um. »Ein Haarschnitt und eine Rasur würden Sie auch nicht umbringen …«

Dann wackelte er davon, murmelte irgendetwas vor sich hin und zog die Tür hinter sich ins Schloss.

Victor stand alleine im Anprobezimmer, umgeben von Schaufensterpuppen, Kleiderbügeln und Stoffen. Er bewegte sich nicht, sondern lauschte auf die beständig leiser werdenden Schritte des alten Schneiders. Dann wurde eine weitere Tür geöffnet und wieder geschlossen. Victor stellte sich vor, wie der Schneider sich auf einen bequemen Stuhl sinken ließ, um die letzten Änderungen an seinem holzkohlegrauen Anzug vorzunehmen.

Er hatte zwanzig Minuten.

Victor griff in seine Hosentasche und holte eine kleine Plastikflasche heraus. Dem Etikett zufolge handelte es sich um eine antibakterielle Handlotion. Zwar enthielt das Fläschchen auch ein klein wenig Ethanol, um den richtigen Geruch zu erzeugen, aber die eigentliche Füllung bestand aus durchsichtigem Silikon-Gel. Die Konsistenz war zwar nicht ganz mit der eines Alkohol-Gels vergleichbar, aber bei einer oberflächlichen Überprüfung fiel das nicht weiter auf. Sogar die Sicherheitsbeamten am Flughafen hatten nur kurz daran gerochen. Niemand war auf die Idee gekommen, sich etwas davon auf die Hand zu schmieren und mit einer richtigen Handlotion zu vergleichen.

Er drückte also einen Klecks Silikon-Gel in seine Handfläche und nahm sich zwei Minuten Zeit, um es gründlich zu verteilen, wobei er besonderes Augenmerk auf die Handflächen und die Fingerspitzen legte. Das Gel fühlte sich kühl und ölig an. Es dauerte noch eine Minute, dann war es trocken. Jetzt waren seine Hände von einer wasserdichten, für das bloße Auge unsichtbaren Schicht umhüllt, die dafür sorgte, dass er nirgendwo Talgspuren hinterließ. Und also auch keine Fingerabdrücke.

Drei Minuten waren bisher vergangen. Blieben noch siebzehn.

Er steckte das Fläschchen in seine Hosentasche zurück und trat an das einzige Fenster des Zimmers. Es war ein Schiebefenster und stand einen Spaltbreit offen. Die halb durchsichtigen Vorhänge bauschten sich leicht in der Brise. Victor zog sie beiseite und schob das Fenster auf, bis der Spalt groß genug war, dass er sich hindurchschieben und nach draußen auf den Balkon klettern konnte.

Kapitel 7

Der Balkon war schmal und befand sich rund vier Meter über einer Gasse, die quer durch den Häuserblock lief. Sie war sauber und aufgeräumt, nirgendwo lag Müll oder Unrat herum. Gewissenhafte Boutiquebesitzer oder Lagerarbeiter hatten alles fein säuberlich in Fässer oder Kartons gepackt. Der Lärm der Stadt war nur gedämpft zu vernehmen. Victor stellte sich auf das schwarz gestrichene Eisengeländer des Balkons und stützte sich mit der Handfläche an der Hauswand ab, bis er das Gleichgewicht gefunden hatte.

Dann streckte er den Arm nach oben. Seine Fingerspitzen reichten bis knapp unter den darüberliegenden Balkon. Er ging in die Knie, sprang senkrecht in die Höhe und bekam das kalte Mauerwerk mit acht Fingerspitzen zu fassen. Ohne die Daumen fehlten ihm zwar vierzig Prozent der Kraft seiner Unterarme, aber die verbliebenen sechzig Prozent reichten, um sich nach oben zu ziehen.

Als sein Kopf über den Balkonrand ragte, ließ er seine linke Hand nach oben schnellen und packte eine Eisenstrebe. Dann folgte die rechte Hand. Jetzt konnte er auch die Beine nachziehen. Als er schließlich auf dem Balkon stand, klopfte er sich den Staub und Schmutz vom Anzug.

Der Balkon sah genauso aus wie der des Schneiders, nur dass die Glastür zu einer Privatwohnung gehörte. Victor duckte sich, um von den beiden Gestalten im Inneren möglichst nicht gesehen zu werden. Es handelte sich um einen nackten Mann und eine nackte Frau. Sie waren so sehr miteinander beschäftigt, dass es sie ohnehin nicht interessierte, was sich draußen vor dem Fenster abspielte.

Er wartete trotzdem ab. Schließlich hatte er immer noch mehr als fünfzehn Minuten Zeit, bis der alte Schneider mit seinem Anzug fertig war.

Neun Minuten später taumelten die beiden Gestalten aus dem Wohnbereich in das Schlafzimmer. Victor trat an die Balkonkante. Einen Meter entfernt befand sich ein weiteres Fenster. Es stand einen Spaltbreit offen.

Victor setzte sich auf das Balkongeländer und drehte sich. Er hielt sich mit einer Hand am Geländer fest und schob mit dem gestreckten anderen Arm das Fenster noch ein Stückchen weiter nach oben. Als es so weit offen stand, dass er hindurchpasste, packte er das Fensterbrett mit festem Griff, ließ das Geländer los und schwang sich hinüber. Dann zog er sich nach oben und stand im Badezimmer.

Noch sechs Minuten. Nicht mehr viel.

Das Badezimmer war voller Wasserdampf. Auf dem Fußboden hatten sich mehrere kleine Pfützen gebildet. Victor bemühte sich, keine Fußspuren zu hinterlassen, und machte vorsichtig die Tür auf.

Er hörte Stöhnen und die regelmäßigen Stöße eines Kopfbretts gegen die Wand. Vor dem Badezimmer, auf demselben Sessel, den er am Vortag auch benutzt hatte, lag ein Kleiderstapel.

In einer Jacketttasche fand er das Smartphone des Buchhalters.

Es war gesperrt, aber damit war zu rechnen gewesen. Victor nahm die SIM-Karte heraus und steckte sie in einen Scanner, der nicht größer war als eine Kreditkarte. Er war über ein Kabel mit einem gebrauchten Telefon verbunden, das er heute Morgen bar gekauft hatte. Er aktivierte die App und wartete, während der Scanner alle Daten von der SIM-Karte auf die leere Karte in seinem Handy übertrug. Den Scanner hatte er von Muir erhalten, seinem CIA-Kontakt.

Während seiner Zeit als Freiberufler hatte er mit verschiedenen Maklern zusammengearbeitet. Die meisten hatte er nie persönlich kennengelernt. Eine direkte Zusammenarbeit mit Kunden war die absolute Ausnahme gewesen, da sowohl die Kunden als auch Victor den Kontakt lieber über professionelle Vermittler abwickelten, die etwas von Diskretion verstanden und genau wussten, wer für welchen Job geeignet war. Gelegentlich kam es auch vor, dass sie in irgendeiner Form mit dem Kunden verbunden waren. Manche betrieben ihr Geschäft als unabhängige Berater, andere waren Angehörige eines Geheimdiensts oder für eine private Sicherheitsagentur tätig. Und sogar Vorstandsmitglieder multinationaler Konzerne mit einem harmlosen Image, aber mehr als skrupellosen Geschäftspraktiken waren darunter zu finden. In den Anfangsjahren hatte er für Makler und Klienten gearbeitet, die er persönlich kannte und die auch ihn gekannt hatten, soweit das überhaupt möglich war. Jahrelang hatte er jede persönliche Berührung mit seiner Arbeit vermieden und war dadurch sehr viel länger am Leben geblieben, als er je geglaubt hatte. In jüngster Zeit war der Großteil seiner Aufträge von Einzelpersonen innerhalb der CIA gekommen, obwohl der Tötungsbefehl, den die Agency gegen ihn in Kraft gesetzt hatte, nach wie vor Bestand hatte. Das Arrangement war nicht das Schlechteste, und das lag nicht nur an den gelegentlichen Spendeneingängen auf seinem Konto. Seine Auftraggeber hielten ihm den Rest der Agency vom Leib, und allein das war es wert, die Verbindung aufrechtzuerhalten. Er bekam zwar nur unregelmäßig Aufträge, und sie waren oft gefährlich, aber dafür beauftragte die CIA niemanden mit seiner Ermordung, und das war mehr als ein Ausgleich. Zumal sie nicht schlecht bezahlten.

Eine bessere Geschäftsbeziehung war aus Victors Sicht im Grunde genommen nicht denkbar.

Nach einer kurzen Pause teilte das Display ihm mit, dass die neue SIM-Karte jetzt ein Klon der Karte des Buchhalters war.

Das war einer der Vorteile, wenn man für die Agency arbeitete: Man hatte Zugang zu modernster Technologie.

Er nahm die SIM-Karte des Buchhalters aus dem Scanner, steckte sie wieder in dessen Smartphone und das Telefon zurück in die Tasche.

Ihm blieben noch vier Minuten, vorausgesetzt, der Schneider wurde nicht schneller als erwartet mit den Änderungen fertig.

Victor ging zu dem Bücherregal und entdeckte das Geld zwischen den beiden historischen Romanen.

Er steckte noch ein paar Scheine dazu, als Entschädigung für den kaputten Abluftventilator im Bad, und verließ die Wohnung dann auf dem Weg, auf dem er auch gekommen war. Den Geräuschen nach zu urteilen, war der Buchhalter bald fertig.

Er kletterte zum Fenster hinaus, hangelte sich Zentimeter für Zentimeter am Fenstersims entlang, bis er den Arm ausstrecken konnte und das Balkongeländer zu fassen bekam.

Er saß noch keine Minute wieder im Anprobezimmer, da ging die Tür auf, und der alte Schneider trat ein.

»Fertig«, sagte er und hängte den Anzug auf den Ständer. »Und wenn ich sage ›fertig‹, dann meine ich damit, dass die Abscheulichkeit vollendet ist.«

Victor sagte: »Ich brauche noch eine Krawatte.«

»Lassen Sie mich raten.« Der Schneider stieß einen übertriebenen Seufzer aus. »Etwas Unauffälliges? Ohne die geringste Andeutung von Stil? Etwas unerträglich Langweiliges?«

Victor zog eine Augenbraue in die Höhe. »Wie haben Sie das erraten?«

Kapitel 8

Muir hatte ihm eine Menge Informationen über Al-Waleed und den Buchhalter zukommen lassen, aber Zeitpunkt und Ort des Treffens mit dem türkischen Banker namens Caglayan hatte die CIA nicht in Erfahrung gebracht. Die wurden immer erst am Tag des Treffens festgelegt, mit einer kurzen Vorlaufzeit. Die CIA war natürlich mit Unterstützung der NSA absolut in der Lage, jedes Telefonat, jede E-Mail oder jede andere Form der elektronischen Kommunikation abzufangen, aber Caglayan vertraute niemandem – schon gar keinem verwöhnten saudi-arabischen Prinzen, der Geld an Terroristen spendete, um damit sein Gewissen zu beruhigen. Der Türke würde den Buchhalter mit einem Prepaidhandy kontaktieren, das er am selben Tag gekauft hatte, und er bestand darauf, dass der Buchhalter es ebenso hielt. Dann würde bei einer persönlichen Begegnung nur zwischen Caglayan und Al-Waleed die Übergabe stattfinden. Andere Mitglieder aus dem Gefolge des Prinzen waren nicht zugelassen.

Es war beinahe unmöglich, sich in ein solch engmaschiges Kommunikationsnetz einzuklinken. Darum hatte Victor die neue SIM-Karte des Buchhalters geklont. Wenn Caglayan jetzt dem Buchhalter eine Nachricht mit dem Ort und dem Zeitpunkt des Treffens schickte, dann würde Victor diese Nachricht ebenfalls erhalten.

Das Dossier über Caglayan, das Muir ihm geschickt hatte, war fast genauso umfangreich wie das über den Prinzen. Auch inhaltlich war es fast so belanglos. Das Wichtigste war, dass der Türke ein sadistischer, rachsüchtiger Mann war, der im Verdacht stand, Konkurrenten und Gegenspieler, die ihn hintergangen hatten, gefoltert und ermordet zu haben. Ein Mensch, der auf einen Mordversuch mit extremer Gewalttätigkeit reagieren würde. Wenn also Caglayan und Al-Waleed tot aufgefunden wurden und die kriminaltechnischen Indizien darauf hindeuteten, dass sie sich gegenseitig erschossen hatten, dann würden alle davon ausgehen, dass hier ein Geschäft zwischen einem Terrorunterstützer und einem Mittelsmann der Terroristen schiefgelaufen war. Muir war mehr als zufrieden damit, dass eine unangenehme Figur wie Caglayan bei der Ermordung des Prinzen zum Kollateralschaden werden sollte.

Das Treffen sollte im Keller eines unbenutzten Bürogebäudes stattfinden. Das Gebäude bildete den Eckpfeiler eines Straßenzugs, der gerade einen Restaurierungsprozess durchlief. Der hässliche, jahrzehntealte Beton aus der Mitte des vergangenen Jahrhunderts wurde abgerissen und durch elegantere, moderne Formen ersetzt. Das Kellergeschoss war entweder über das Hauptgebäude oder durch einen Seiteneingang mit einem Holztor zugänglich.

Gegen 21 Uhr, genau wie in der Nachricht verlangt, näherte Victor sich dem Holztor. Durch die kurze Vorlaufzeit hatte er das Gelände nicht ausgiebig erkunden oder gar eine Angriffsstrategie erarbeiten können. Er musste improvisieren.

Die breite Straße vor dem Kellereingang war leer. Auf der gegenüberliegenden Straßenseite befand sich der hintere Teil eines großen Bürokomplexes – ein modernes, fünfstöckiges Gebäude, dessen Fenster sich nicht öffnen ließen. Sehr gut. Das bedeutete, dass dort keine Scharfschützen mit Präzisionsgewehren im Anschlag liegen konnten. Aber vielleicht ja auf dem Dach? Victor konnte nichts erkennen, aber da die Straßenlaternen bereits eingeschaltet waren, wäre ein Scharfschütze auf dem dunklen Dach ohnehin so gut wie unsichtbar gewesen.

Der Kellereingang lag zehn Meter von der nächsten Kreuzung entfernt. Auf diesen zehn Metern war Victor vollkommen ungeschützt und verletzlich. Das reichte für jemanden mit einem Gewehr, um ihn ins Visier zu nehmen und zu erschießen.

Das Taxi war pünktlich und stellte sich, genau wie verlangt, direkt vor dem Kellereingang an den Straßenrand. Erfreut stellte Victor fest, dass es sich um ein Großraumtaxi handelte – ebenfalls genau wie bestellt.

Er zählte bis zehn, dann bog er um die Ecke. Falls ein Scharfschütze auf dem Dach saß, dann hatte er jetzt bereits das Gewehr im Anschlag und das Fadenkreuz des Zielfernrohrs genau auf das Taxi gerichtet, jederzeit bereit, denjenigen zu erschießen, der aus der Schiebetür nach draußen kommen musste.

Victor beeilte sich. Er wusste, dass er durch das Sichtfeld des Zielfernrohrs huschen würde. Dann musste der überraschte Scharfschütze, sofern es ihn gab, ein neues Ziel anvisieren, und das würde Zeit kosten. Genügend Zeit, damit er hinter der Tür verschwinden konnte.

Das Holz war alt und verzogen. Die Farbe war an vielen Stellen rissig und blätterte ab. Neu war dafür der magnetische Schließmechanismus, der mit einer Schlüsselkarte aktiviert wurde. Die Tür war nur angelehnt.

Er betrat das Gebäude. Kein Schuss ertönte. Kein brennender Schmerz durchzuckte ihn.

Entweder hatte das Ablenkungsmanöver funktioniert, oder es hatte gar keinen Scharfschützen gegeben, der abgelenkt werden musste. Vorbeugen ist besser als heilen.

Er gelangte in einen Vorraum. Von dort führte eine Metalltreppe nach unten ins Kellergeschoss. Außerdem befand sich hier ein Lastenaufzug. Kaum hatte die Tür sich wieder geschlossen, erwachte eine Lampe zum Leben. An einer Wand, kurz unterhalb der hohen Decke, war ein Bewegungsmelder zu sehen. Die Glühlampe verbarg sich hinter einem kugelförmigen Lampenschirm, der ebenso hässlich wie deplatziert wirkte. Die Wände bestanden aus ursprünglich weiß gestrichenen Gasbetonsteinen, die mittlerweile jedoch schmutzig grau geworden waren. Es sah so aus, als ob sie noch nie sauber gemacht worden waren. Ein grünlich schimmernder Kartenleser hing an der Wand. Damit wurde vermutlich die Tür entriegelt. Zahlreiche Kabel und Rohre zogen sich kreuz und quer über die Mauer zu seiner Rechten und führten zu einer Reihe Sicherungskästen.

Das Taxi würde in wenigen Minuten wieder abfahren, sobald klar war, dass sich kein Fahrgast würde blicken lassen. Ihm war nicht wohl bei dem Gedanken, dass er dem Fahrer kostbare Zeit gestohlen hatte.

Die Treppe war steil und schmal. Sie wurde zu beiden Seiten von einem abgenutzten Holzgeländer gesäumt. An etlichen Stellen trat bereits das blanke Holz unter der Lackierung hervor. Am Fuß der Treppe verengte sich der Raum zunächst, bevor er sich zu einer Kreuzung weitete, von wo man in die beiden Hälften des Kellers gelangen konnte. Ein schmaler Fahrstuhl führte nach oben in die Büroetagen, und daneben ging es in ein noch schmaleres Treppenhaus. Unter der Treppe befand sich eine Tür, die mit zahlreichen Warnschildern bepflastert war. Wer dort eintrat, musste offensichtlich mit einem Stromschlag rechnen. Der Fußboden war größtenteils mit unbenutzten Paletten, zerbrochenen Stühlen und nicht benötigten Tischen zugestellt. Auf der gegenüberliegenden Seite war eine Tür zu sehen. Direkt daneben führten dicke Kupferrohre in die Wand. Auf dieser Tür prangten keine Schilder, aber Victor nahm an, dass sich dahinter ein kräftiger Gasboiler befand.

Eine gläserne Doppeltür führte in einen Bereich, wo die Renovierung bereits abgeschlossen war. An der linken Tür klebte ein Raumplan. Er blieb kurz stehen und prägte sich die Aufteilung ein, ganz besonders die Mauervorsprünge und ungewöhnlichen Winkel, die sich im Fall eines Falles gut als Versteck oder Deckung nutzen ließen. Der beigefarbene Teppichboden war neu und makellos. Victor nahm den Geruch nach frischer Farbe und Reinigungsmitteln wahr. Die Luft roch metallisch.

Das Großraumbüro bestand aus zwei Bereichen, die ähnlich groß und ungefähr im rechten Winkel zueinander angeordnet waren. Im ersten Raum standen mehrere große Schreibtische. Dazu gab es eine kleine Einbauküche mit Spülbecken, Schränken, Kühlschrank und einer Kaffeemaschine. Neben einem niedrigen Couchtisch in der Nähe stand ein Sofa. Es schien, im Gegensatz zu allem anderen, schon länger zur Einrichtung zu gehören. Das Leder war zwar abgenutzt und spröde, aber trotzdem machte das Sofa einen einladenden Eindruck. Victor stellte sich vor, wie gestresste Angestellte sich daraufplumpsen ließen oder ein Mittagsschläfchen machten, während die anderen beim Essen waren. Bei allen Gefahren, die seine Arbeit mit sich brachte, aber die Vorstellung, fünf Tage pro Woche an einen Schreibtisch angekettet zu sein, erschien ihm weitaus grässlicher. Und war unter Umständen sogar gefährlicher. Er würde jedenfalls nicht danebenschießen, wenn er sich irgendwann eine Pistolenmündung an die Schläfe setzte, um dem Elend ein Ende zu machen.

Keine Spur von Caglayan. Keine Spur von dem Prinzen.

Victor ging zurück in den Vorraum und trat durch die zweite Doppeltür, die in die andere Kellerhälfte führte. Hier wurde noch fleißig gearbeitet. An der Wand hing kein Raumplan, weil die genaue Aufteilung der Räume noch nicht feststand. Hinter der Tür lagerten, fein säuberlich aufgeschichtet, allerhand Baumaterialien: Zement, Werkzeuge, Rohrleitungen, Regale sowie Schachteln voller Schrauben und Nägel. Gegenüber an einer Wand, die an eine kleine Kammer grenzte, türmte sich Bauschutt, der aus den Tiefen des Kellers ans Tageslicht befördert worden war – Isolationsmaterial, Gipskartonplatten, Deckenfliesen und rollenweise schmutziger Teppichboden. Die Arbeiter hatten den ganzen Stapel mit Absperrband umwickelt und notdürftig an ein paar links und rechts stehenden Rohren festgeknotet, damit er nicht umkippte.

Die kleine Kammer lag in einer Ecke ohne Deckenbeleuchtung. Hier führte eine Stehlampe einen einsamen und mühsamen Kampf gegen die Düsternis. Zum Teil gab es hier noch keinen Fußbodenbelag. Die Löcher im Boden waren durch Absperrband gekennzeichnet und so tief, dass das schwache Licht der Lampe nicht einmal bis hinunter auf die Fundamente reichte. Eine kalte Luftströmung wehte um Victors Knöchel. Auf der anderen Seite des Schachbrettfußbodens lehnten gelbe Trittleitern neben einer Feuerleiter an der Wand.

Der Hauptflur wurde von Leuchtstoffröhren erhellt, die ansprangen, sobald Victor durch die Öffnung gekrochen war. Rohre und Kabel liefen an der Decke entlang. Der Flur war etwa drei Meter breit und zwanzig Meter lang. Dort gab es mehrere geschlossene und offene Türen, dazu mit Plastikfolie verhängte Türrahmen. Sie führten in noch nicht restaurierte Zimmer oder andere Baustellenbereiche.

Am Ende des Flurs gelangte Victor in ein großes Areal, wo ebenfalls noch gebaut wurde. Genau wie in der kleinen Kammer am anderen Flurende gab es hier keine fest montierte Beleuchtung. Mehrere Stehlampen tauchten das Ganze in einen düsteren weißlichen Schimmer. Victor warf einen langen Schatten.

Auch hier waren diverse Löcher im Boden mit Absperrband markiert. Die Stellen, die noch ganz ohne Fußboden waren, waren mit kleinen Plastikbarrieren abgesperrt. Die Decke wurde von Streben gestützt, die zum Teil bereits mit frischen Trennwänden verkleidet worden waren. An anderen Stellen liefen Stahl- oder Kupferrohre von oben nach unten. Weitere Rohrleitungen lagen ausgebreitet auf dem Fußboden und warteten darauf, eingebaut zu werden. Von den Deckenträgern hingen Plastikplanen herab, um die verschiedenen Bereiche, je nach Stand der Renovierungsarbeiten, voneinander abzutrennen.

Auch hier keine Spur von Caglayan oder Al-Waleed. Der Keller war menschenleer. Victor zog seine Pistole – eine FN Five-Seven –, weil ihm klar geworden war, dass er geradewegs in eine Falle getappt war.

Dann ging das Licht aus.

Kapitel 9

Noch bevor sein Gegner sich sehen ließ, setzte Victor sich in Bewegung. Er wusste, dass er von vielen Seiten her angreifbar war. Er warf sich auf den Boden. Gleichzeitig schob sich ein Schatten in den äußersten Rand seines Blickfelds, eine Silhouette, die im Umgebungslicht, das zu den hoch gelegenen Fenstern hereindrang, nur schemenhaft erkennbar war. Durchschnittliche Körpergröße, aber schlank, zierlich und weiblich.

Er hatte keine Zeit, sich über diese ungewöhnliche Erscheinung Gedanken zu machen. Schallgedämpfte Schüsse hallten durch den Keller, während der Umriss einer Maschinenpistole in seine Richtung schwenkte.

Kugeln schlugen ins Mauerwerk ein oder prallten von Stahlstreben ab. Es war eine kurze, kontrollierte Salve, und die MP verstummte, sobald er in Deckung abgetaucht war.

Er wartete kurz ab, um sich etwas Klarheit über die Intentionen der Angreiferin und ihre Entschlossenheit zu verschaffen. Würde sie sofort nachsetzen, um ihn zu erledigen, solange er noch auf dem Boden lag? Oder würde sie abwarten, bis er sich erneut sehen ließ?

Die zweite Möglichkeit stellte sich als die richtige heraus. Er hörte keine Schritte. Die Angreiferin war geduldig. Sie wollte nicht hastig handeln und sich dadurch selbst verwundbar machen.

In der Dunkelheit hatte er nicht viel mehr als ihre Umrisse erkennen können, aber das hatte ausgereicht, um festzustellen, dass sie kein Nachtsichtgerät trug.

Er drückte sich flach auf den Boden und kroch vorsichtig bis zu der Stelle, wo er sie als Erstes gesehen hatte. Der Boden war rau und der Beton kalt. Er konnte das leise Knistern von Plastikfolie, seine eigenen Atemzüge, das Rascheln seiner Kleider und das Scharren seiner Schuhe hören. So dicht am Boden ging er fast vollständig in der Dunkelheit auf. Das war gut. Schlecht war, dass er umgekehrt kaum etwas sehen konnte. Darum stemmte er sich auf ein Knie, um zwischen aufgestapelten Rohrleitungen und Säulen und von der Decke hängenden Kabeln hindurch die Stelle anzuvisieren, wo seine Gegnerin die ersten Schüsse abgegeben hatte. War sie weitergehuscht oder versteckte sie sich dort? Wenn sie gut war, dann war sie nicht mehr da. Weil sie genau wusste, dass keine Stellung unangreifbar war.

Victor schwenkte seine Pistole, versuchte, eine Route zu finden, die die Attentäterin genommen haben könnte. Dabei entdeckte er eine dichte Wand aus senkrechten Rohren und dazu etliche Säcke und Kisten, die ihr auf dem Weg dorthin als Deckung gedient haben konnten. Victor selbst hätte es jedenfalls so gemacht. Er hätte sich hinter die Rohre gehockt und sich eine Lücke gesucht, durch die er schießen konnte.

Er ließ sich zu Boden fallen, während gleichzeitig über ihm Kugeln Löcher in die Luft brannten.

Er gab ein paar blinde Schüsse ab, nicht, weil er glaubte, dass er damit tatsächlich Schaden anrichten konnte. Die Chance, dass ein Zufallsschuss durch eine zwanzig Meter entfernte dichte Wand aus Rohren ins Ziel traf, war lächerlich gering. Aber er wollte seine Gegnerin glauben machen, dass er tatsächlich solche Illusionen hegte.

Victor zählte im Kopf seine Schüsse mit – eins, dann drei, fünf – noch vierzehn im Magazin, eine in der Kammer. Wenn man den Überblick verlor, stand man womöglich im denkbar schlechtesten Moment ohne Munition da. So etwas konnte der sichere Tod sein. Das wusste Victor, weil er mehr als einmal dafür gesorgt hatte, dass es tatsächlich so gekommen war.

Nachdem er das halbe Magazin seiner FN geleert hatte, um die Täuschung möglichst glaubhaft erscheinen zu lassen, sprang er auf, rannte los, wich diversen Pfeilern aus, wandte sich nach links, dann nach rechts und durchquerte im Zickzack eine leere Fläche, während sein Herz in rasendem Tempo Blut in seine brennenden Muskeln pumpte. Hinter ihm schlugen mehrere Kugeln in Holzbretter und tief hängende Kabel ein, doch die Säulen und die Dunkelheit sorgten gemeinsam für eine nahezu perfekte Tarnung.

Victor drehte sich um und lehnte sich an einen Pfeiler, den Blick starr über den Lauf der FN hinweg auf den Bereich gerichtet, wohin seine Gegnerin sich zurückgezogen hatte. Wenn sie noch weiter zurückwich, würde Victor sie sehen. Aber wenn sie sich seitlich wegbewegte, konnte sie zwischen all den Kisten und Rohren und anderen Hindernissen so gut wie unsichtbar bleiben. Allein die Betonpfeiler boten schon einen sehr guten Schutz. Victor beobachtete gespannt jedes Staubwölkchen, lauschte auf jedes Geräusch.

Da schlugen mehrere Kugeln in den Pfeiler ein, hinter dem er sich versteckte. Er unterdrückte den Impuls, sich wegzuducken, während er in der Dunkelheit nach dem unterdrückten Mündungsfeuer oder aufsteigenden Gasen aus der schallgedämpften Waffe suchte.

Direkt neben Victors Arm wurde eine Plastikplane zerfetzt. Er wirbelte herum und wich zurück, erwiderte das Feuer. Ein Querschläger durchschlug das Schulterpolster seines Jacketts. Er ließ sich hinter eine halb fertige Mauer sinken und schob das zweite Magazin in den Munitionsschacht seiner Waffe.

Anschließend reckte er den Kopf ein wenig höher, blieb jedoch in der Hocke und versuchte, seine Angreiferin zu lokalisieren. Sie trug Schwarz, darum war sie in der Dunkelheit fast nicht zu erkennen. Er nutzte das niedrige Mäuerchen als Deckung und gab ein paar Schüsse ab. Die leeren Hülsen prallten klirrend von der Mauer ab, während er sich bereits wieder in Deckung gebracht hatte. Die schwarze Gestalt schoss zurück. Durch den Schalldämpfer war davon kaum etwas zu sehen und zu hören. Die Kugeln zischten über Victors Schulter hinweg. Er reckte den Kopf in die Höhe, um zurückzuschießen, nur für einen kurzen Moment, um kein Risiko einzugehen. Natürlich hatte er keine Zeit, um vernünftig zu zielen, aber seine Schüsse waren präzise genug, um die Attentäterin zu veranlassen, sich eine bessere Deckung zu suchen.

Sie schoss in der Bewegung. Ihre Kugeln schlugen in die halb fertige Mauer ein, hinter der Victor sich versteckte. Er legte den Arm über die Augen, um sich vor dem Staub und herabfallenden Mauerstückchen zu schützen.

Jetzt folgte noch eine Salve und dann noch eine – ein erbarmungsloses Sperrfeuer, das immer mehr und immer größere Löcher in den Beton riss. Als es endlich verstummte, war Victor komplett von einer Staub- und Geröllschicht bedeckt. Er hielt die Luft an, wagte nicht einzuatmen … der unweigerlich folgende Husten- oder Niesanfall hätte seine Position auf den Zentimeter genau verraten.

Stattdessen wischte er sich den Staub vom Gesicht und rutschte auf dem Rücken weiter, Stück für Stück, hielt sich immer hinter der Mauer, um so lange wie möglich unsichtbar zu bleiben.

Sein Körper reagierte auf Gefahr ganz genau wie jeder andere auch. Er setzte Hormone und Neurotransmitter frei. Der Instinkt übernahm das Ruder. Der Steinzeitmensch hatte immer nur zwei Möglichkeiten gehabt: wegrennen oder kämpfen. Und sein Körper stellte die dafür notwendigen physiologischen Reaktionen zur Verfügung. Aber Victors Situation war ein klein wenig komplizierter.

Er holte tief und langsam Luft, füllte seine Lunge nach jedem bewussten Ausatmen wieder neu. Die kontrollierte Atmung sollte das vegetative Nervensystem beruhigen und die Wirkung des massenhaft ausgeschütteten Adrenalins dämpfen, das seinen Pulsschlag beschleunigen wollte, um die Muskeln mit dem zum Kampf oder zur Flucht dringend benötigten Sauerstoff zu versorgen. Das Problem dabei war, dass ein erhöhter Pulsschlag auch den Verlust der Feinmotorik bewirkte. Um vor einem Säbelzahntiger zu flüchten oder einen Rivalen niederzuschlagen, brauchte man keine Feinmotorik. In der Steinzeit hatte es keine Autos, die kurzgeschlossen, Schlösser, die geknackt, oder Pistolen, die gezielt abgefeuert werden mussten, gegeben.

Eine Kugel durchschlug ein Fass in Victors Nähe. Dieselöl lief aus. Victor hielt die Hand unter den Strahl und schmierte sich das Gesicht und die Hände, jede sichtbare Hautstelle mit der öligen Flüssigkeit ein. Die Haut wurde dadurch ein klein wenig dunkler.

Gleichzeitig fing der ölige Film das Licht ein, sodass er jetzt deutlich besser zu sehen war … aber nur, bis er jede Stelle mit Asche und Staub beworfen hatte. Es war alles andere als eine perfekte Tarnung, aber so sah seine Gegnerin ihn vielleicht eine Sekunde später. Und mehr brauchte er nicht.

Er wich an eine der Außenwände zurück und schlich durch den Verbindungsgang. Er wollte die Frau umgehen und sie dann von der Flanke her angreifen. Der Gang war schmal und der Fußboden uneben, voller Geröll und mit einer dicken Schmutz- und Müllschicht überzogen. Schließlich gelangte Victor in einen großen Raum. Glitzernde, verzinkte Stahlstreben stützten die Decke. Kisten und Paletten mit Baumaterial standen fein säuberlich aufeinandergestapelt überall herum. Öllachen glitzerten im Dämmerlicht, das sich in Rohrleitungen und unebenen Oberflächen spiegelte. Mit schnellen, kontrollierten Schritten wich er Hindernissen aus und duckte sich unter tief hängenden Kabelsträngen hindurch.

Wieder zurück in dem Bereich, den er gerade erst verlassen hatte, kroch er durch die von vereinzelten Lichtstreifen durchzogene Dunkelheit. Staubflocken und Schimmelsporen wirbelten durch das Licht, aber keineswegs gemächlich und gleichmäßig, wie es zu erwarten gewesen wäre, hätte nicht erst vor Kurzem jemand ihre Bahn gekreuzt und sie gehörig durcheinandergewirbelt.

Seine Gegnerin war ganz in der Nähe.

Er erfasste ein schwarzes Beben in der Dunkelheit und ließ sich auf ein Knie sinken. Er wartete und lauschte. Aus dem Beben wurde ein verschwommener Schatten. Victor folgte ihm mit Kimme und Korn, und zwar so, dass er dem Schatten immer ein kleines Stück voraus war. Aber er drückte nicht ab. Für einen Schuss, der sein Ziel höchstwahrscheinlich verfehlt hätte, wollte er seine Position nicht preisgeben.

Er huschte weiter, schnell und geduckt, während die Attentäterin sich wieder in die Deckung zurückzog. Als sie sich erneut sehen ließ, hatte sie schon wieder den Standort gewechselt. Der folgende Schusswechsel dröhnte trotz Schalldämpfer laut durch das Kellergeschoss. Scheppernd prallten die Kugeln gegen Metall oder bohrten sich in das Mauerwerk. Ein Querschläger ließ Victor zurückzucken. Er drehte sich um neunzig Grad zur Seite, um weniger Angriffsfläche zu bieten, holte das zu drei Vierteln geleerte Magazin aus der FN und steckte es in seine Tasche. Er wollte die wenigen verbliebenen Patronen weder wegwerfen noch wollte er, dass seine Gegnerin hörte, wie das Magazin auf dem Boden landete.

Sie wiederum schien keine derartigen Skrupel zu haben. Victor hatte sie jetzt schon zweimal nachladen gehört. Und er nahm nicht an, dass sie mehr als drei Reservemagazine eingesteckt hatte. Neunzig Schuss waren eine ganze Menge, um einen einzigen Mann zu töten. Würde das Wissen, dass sie bereits zwei Drittel ihrer Munition aufgebraucht hatte, sie zusätzlich unter Druck setzen? Würde sie etwas Unüberlegtes tun?

Ja.

Sie huschte zwischen ein paar Kisten hervor und duckte sich hinter eine Wand aus Rohrleitungen. Victor gab einen Schuss ab, aber die Frau war schnell und schlitterte die letzten Meter über den Boden.

Durch die kürzere Entfernung gab es auch weniger Hindernisse, und so vergrößerte sich die Chance für beide, einen Treffer zu landen. Aber Victors Widersacherin hatte eine vollautomatische Waffe und dadurch einen entscheidenden Vorteil.

Sie wartete, bis Victor sich wieder sehen ließ, und feuerte dann eine Salve ab, die das Metall rings herum zum Dröhnen brachte. Funken und Kugelsplitter streiften seinen Arm und seine Schulter. Er ließ sich wieder fallen. Keine Zeit zu zielen, ohne einen Schädel voller Blei zu riskieren. Aber er hatte genug gesehen, um seinen nächsten Zug zu planen.

Victor rutschte weiter bis zu einem hohen Stapel mit Zementsäcken und umrundete ihn, sodass er die Frau von der Flanke her ins Visier nehmen konnte. Er zuckte aus der Deckung hervor und gab ein paar schnelle Schüsse ab, die seine Gegnerin zwar verfehlten, ihm aber ihre volle Aufmerksamkeit garantierten.

Sie schoss nicht zurück, da der Winkel sehr spitz war – schließlich wollte sie keine ihrer restlichen Patronen verschwenden –, aber Victor war klar, dass der Winkel besser wurde, wenn sie sich bis ans Ende der Wand aus Rohrleitungen bewegte.

Er wartete ab, stellte sich vor, wie die Frau das tat, was er getan hätte. Und als Victor das nächste Mal seinen Kopf aus der Deckung streckte, hatte er sich tief in die Hocke geduckt, weil die schützenden Rohre an diesem Ende nicht bis ganz auf den Boden reichten. Daher waren ihre Schienbeine und Füße ungedeckt.

Sie merkte, was er vorhatte, und huschte weg, kurz bevor Victor das Feuer eröffnete.

Er sprang auf, um sie zu verfolgen, doch sie hatte bereits ihre Deckung erreicht und drehte sich zu ihm um. Sie konnte seine Handlungen ebenso präzise vorhersehen wie er ihre.

Damit hatte er nicht nur das Überraschungsmoment verloren, sondern einer Gegnerin mit einer überlegenen Waffe auch noch verraten, wo er war.

Jetzt war er es, der ungeschützt und verwundbar war, und falls es ihm nicht gelang, sie irgendwie auszutricksen, war er so gut wie tot. Er zog sich zurück. Als er glaubte, weit genug weggekrochen zu sein, drehte er sich auf den Bauch, zog ein Bein an, stemmte sich auf das Knie und hielt den Kopf gesenkt.

Dann sprintete er los.

MP-Feuer dröhnte durch das Kellergeschoss. Er jagte zwischen den Pfeilern hindurch, während in seinem Rücken Funken sprühten und die bleihaltige Luft glühte. Er rannte und schlug unentwegt Haken, schnell und unberechenbar, schwer zu treffen, kaum zu sehen in der Dunkelheit, von Betonpfeilern abgeschirmt.

Am Ende des Gangs angelangt, warf Victor sich zu Boden und schlitterte die letzten Meter über den Zement, zerriss sich den Anzug, schürfte sich Ellbogen und Knie auf, erreichte eine Tür. Dahinter lag die Stadt.

Aber er flüchtete nicht.

Kapitel 10

Stattdessen wartete er eine Sekunde lang ab, drückte sich neben dem Türrahmen an die Wand und machte sich schussbereit. Seine Verfolgerin war ein Phantom – verschwommenes Schwarz in dunkler Nacht –, geschmeidig und lautlos, aber sie glaubte, dass Victor auf der Flucht war. Glaubte, dass sie die Jägerin war, die die Situation unter Kontrolle hatte.

Er drückte zweimal ab. Seine letzten beiden Kugeln bohrten sich mitten in ihre Brust.

Sie krümmte sich und sackte zu Boden. Die Maschinenpistole fiel ihr mit lautem Klappern aus der Hand.

Er kam näher. Vorsichtig, obwohl es keinen Zweifel geben konnte, dass er sie tödlich verletzt haben musste, aber ohne Zögern. Er wollte Antworten haben, bevor sie endgültig starb. Sie lag auf dem Rücken. Kopf, Arme und Oberkörper waren vollkommen regungslos, aber ihre Beine zitterten. Er konnte hastige, fast maschinengewehrartige Atemzüge hören. Die rechte Hand hatte sie auf die beiden Löcher in ihrer Brust gedrückt.

»Für wen arbeitest du?«

Sie gab keine Antwort. Unter Stöhnen versuchte sie, den Kopf zu drehen und ihn anzuschauen. Er sah Tränen in ihren Augen glitzern. Ihre Kiefer- und Wangenknochen waren klar definiert, aber sie wirkte nicht abgemagert oder sonst irgendwie krank. Bezüglich ihrer Abstammung war er sich nicht sicher. Ihre Haut war kaum dunkler als seine – und er war ein echtes Bleichgesicht –, aber er glaubte, persische Spuren in ihren Gesichtszügen zu erkennen: die geschwungenen Augenbrauen, die vollen Lippen, die großen Augen. Augen, die dunkler waren als seine, und dazu die noch dunkleren Haare.

»Caglayan?«, bohrte er nach. »Der Prinz?«

Sie war schlank und kräftig, hatte den Körper einer Sportlerin. Ihre Körpergröße und ihre wohlproportionierten Schultern ließen darauf schließen, dass sie von Kindesbeinen an eine gute und ausgewogene Ernährung genossen hatte.

Victor sagte: »Wenn du nicht redest, dann tue ich dir noch mehr weh.«

Sie gab keine Antwort. Als er näher trat, wurden ihre hastigen Atemzüge lauter.

»Viel mehr«, fügte er hinzu. »Du glaubst vielleicht, dass das nicht möglich ist, aber du kannst mir glauben: Es geht immer noch schlimmer. Aber wenn du mir alles sagst, was ich wissen will, dann kann ich dich erlösen. Keine Schmerzen mehr. Kein Leiden.«

»Okay«, stieß sie zwischen zwei Atemzügen hervor. Er blieb stehen. »Ich sag dir alles.«

»Ich warte.«

»Bitte«, stöhnte sie. »Ich mache doch bloß meine Arbeit.«

»Ehrlich gesagt, ich kann sehr unangenehm werden, wenn ich das Gefühl habe, dass man mich hinhalten will.«

Victor kam noch einen Schritt näher. Jetzt erkannte er, dass zwischen den Fingern ihrer rechten Hand kein Blut hervorquoll.

Und wo war eigentlich ihre linke Hand?

Er reagierte, noch bevor ihr linker Arm emporschnellte und im Dämmerlicht die scharfen Kanten einer kleinen Pistole zu erkennen waren.

Sie schoss auf ihn, während er das Weite suchte. Jeder ungedämpfte Schuss klang wie ein lautes Bellen. Das Mündungsfeuer tauchte die Umgebung in helle Lichtblitze.

Er sprang in Deckung, und die Schüsse verstummten. Dann hörte er, wie sie sich aufrappelte. Sie hatte sich von den Einschlägen seiner beiden Projektile in ihre kugelsichere Weste einigermaßen erholt.

Was für ein dämlicher Fehler! Er war auf denselben Trick hereingefallen wie sie auch, hatte geglaubt, dass er die Situation unter Kontrolle hatte. Eines sollte man wirklich niemals tun, und das war, einen Gegner zu unterschätzen. Er zog ein Klappmesser aus der Tasche und ließ die Klinge herausschnappen. Nicht gerade optimal im Vergleich zu einer Pistole, aber besser als nichts.

Dann hörte er sie näher kommen.

»Du hast verloren«, sagte sie. »Ich habe den nackten Lauf gesehen. Der Schlitten war hinten. Wenn du könntest, hättest du garantiert nachgeladen. Aber du kannst nicht.«

Er gab keine Antwort, sondern konzentrierte sich auf die Planung seiner Flucht. Wie standen die Chancen, dass sie in der Dunkelheit mit einer relativ unpräzisen Waffe ein bewegliches Ziel traf?

Doch dann hörte er ein metallisches Scharren und verwarf diesen Plan. Sie hatte die MP wieder an sich genommen. Selbst wenn nicht mehr viele Patronen übrig waren … eine einzige Salve würde ihr reichen.

»Du hast Glück gehabt, dass dieses Taxi sich genau vor den Eingang gestellt hat«, sagte die Attentäterin. »Sonst hättest du eine Sieben-Zweiundsechziger in den Rücken bekommen.«

»So etwas wie Glück gibt es nicht«, erwiderte Victor.

»Nenn es, wie du willst. Für dich ist jedenfalls nichts mehr übrig«, sagte sie. »Darum tauschen wir jetzt die Rollen, und du beantwortest mir meine Fragen.«

Victor war verdutzt. Er hatte eigentlich gedacht, dass sie ihn nur ermorden wollte. Aber wenn sie ihn ausfragen wollte, dann bedeutete das, dass er mehrere Optionen hatte.

»Na gut, suchen wir uns irgendwo ein Café und unterhalten uns. Ich könnte jetzt einen Espresso vertragen.«

Sie lachte. Es hallte laut. »Um diese Uhrzeit? Lieber nicht. Außerdem glaube ich kaum, dass ich auf ein Date mit dir scharf bin.«

»Selbst schuld«, meinte er. »Ich bin nämlich ein höchst unterhaltsamer Gesellschafter.«

»Ich finde es schön, dass du sogar in dieser Situation deinen Sinn für Humor behalten kannst, aber ich fürchte, das wird nichts daran ändern, dass ich die Einzige von uns beiden bin, die hier lebend wieder weggeht.«

Ein metallisches Kratzen ertönte, als sie ihre Maschinenpistole nachlud, dann hörte er ihre näher kommenden Schritte. Anschließend bewegte sie sich seitwärts, um ihn in den Blick zu bekommen. Es war nicht weiter überraschend, dass sie sich in sicherer Entfernung halten und nicht in nächster Nähe um die Ecke biegen wollte. Sie hatte bereits bewiesen, dass sie sehr gut war. Besser als er, bis jetzt jedenfalls … immerhin hatte sie zwei Schusswaffen und er keine mehr.

Aber dann sah er, dass er gar keine nötig hatte. Wenn sie freie Sicht auf ihn bekommen wollte, musste sie an dem abgesperrten Haufen mit dem Bauschutt vorbei.

Er drehte das Messer so, dass die Klinge nach oben zeigte. Dann sprang er mit einem Satz nach vorn, riss das Messer nach oben und schnitt das dicke Absperrband durch.

Er musste in Bewegung bleiben, weil er jetzt keine Deckung mehr hatte. Noch während er weiterlief, hörte er das dumpfe Klacken eines schallgedämpften Schusses.

Die Kugel schlug ein Loch in eine nahe gelegene Wand, aber es blieb die einzige. Da der Stapel mit dem Bauschutt jetzt nicht mehr stabilisiert wurde, gerieten Ziegelsteine und Betonbrocken ins Rutschen und wurden zu einer Lawine, die über der Attentäterin zusammenstürzte.

Er hörte das Rumpeln, hörte ihren verblüfften, erschrockenen Schrei, aber er drehte sich nicht um – er hatte nicht vor, sich ein zweites Mal von ihrer Schauspielkunst an der Nase herumführen zu lassen. Dann jagte er bis ans Ende des Kellergeschosses. Die Schuttlawine würde sie bestenfalls verletzen, ja vielleicht auch nur kurz aufhalten. Er würde jetzt kein Risiko eingehen. Sie war immer noch bewaffnet, im Gegensatz zu ihm.

Mit einem Tritt flog die Brandschutztür auf.

Es kam nicht oft vor, dass Victor sich glücklich schätzte, am Leben zu sein, aber kalte Nachtluft hatte sich schon lange nicht mehr so gut angefühlt.

Er rannte auf die Straße und lief immer weiter.

Kapitel 11

Prag war eine Stadt mit niedriger Bebauung. Bereits auf Höhe des fünften Stocks fühlte Victor sich wie auf dem Dach der Welt. Die kalte Morgenluft ließ seine Wangen rot und seine Finger taub werden. Eine dünne Schneeschicht bedeckte das Flachdach und die winterfesten Topfpflanzen, die den Dachgarten bildeten.

Fußspuren und eine sauber gewischte Bank zeigten, dass es Büroangestellte gab, die sich durch das Wetter nicht davon abhalten ließen, den Dachgarten zu nutzen. In einem unbepflanzten Topf zwischen den Bänken steckten frische Zigarettenstummel. Der Garten nahm etwa ein Viertel der Dachfläche ein, abgetrennt durch ein niedriges Metallgeländer. Victor trat in die schon vorhandenen Fußstapfen, stieg über das Geländer und näherte sich der südlichen Dachkante.

Abluftrohre und mehrere unförmige Klimaanlagen bildeten ein Hindernis, das er vorsichtig umging, um sich dann an die richtige Stelle zu stellen. Er blickte über die hüfthohe Brüstung nach unten auf die Straße.

Auf der gegenüberliegenden Straßenseite sah er den Eingang in das Kellergeschoss, wo er am Abend zuvor in einen Hinterhalt gelaufen war.

Du hast Glück gehabt, dass dieses Taxi sich genau vor den Eingang gestellt hat, hatte die Attentäterin gehöhnt. Das war noch keine zwölf Stunden her. *Sonst hättest du eine Sieben-Zweiundsechziger in den Rücken bekommen.*

Damit war ein 7,62-x-52-Millimeter-Geschoss gemeint: eine Kugel aus einem Präzisionsgewehr. Sehr gut geeignet in einem städtischen Umfeld, weil die entsprechenden Waffen nicht so lang und daher leichter zu positionieren und zu transportieren waren als großkalibrigere Gewehre. Er sah es richtiggehend vor sich, wie sie die einzelnen Bestandteile aus einem Aktenkoffer nahm und die Waffe zusammensetzte.

Al-Waleed bin Saud saß derweil in irgendeinem Flugzeug – einem Charterflugzeug, wie er in einer verschlüsselten E-Mail von Muir erfahren hatte – und war auf dem Weg zu seinem nächsten Ziel. Caglayan war spurlos verschwunden.

Muir wollte Antworten haben. Sie wollte wissen, was passiert war und wie Victor seinen Fehler wiedergutmachen wollte.

Seinen Fehler!

Victor hatte beschlossen, nicht zu antworten. Er wusste nicht, was passiert war. Er war in einen Hinterhalt gelockt und überfallen worden. Nicht zum ersten und vermutlich auch nicht zum letzten Mal. Aber er wollte Antworten, die weiter reichten als das, was seine Auftraggeber ihm sagen konnten – oder wollten.

Nachdem er dem Tod um Haaresbreite von der Schippe gesprungen war, hatte er das Interesse an dem Auftrag mit Al-Waleed verloren. Das Wichtigste war immer noch, am Leben zu bleiben. Das Honorar kam an zweiter Stelle.

Er ging in die Hocke, stellte sich vor, wie die Attentäterin genau das auch getan hatte. Vielleicht hatte sie das Gewehr zur Stabilisierung mit einem Zweibein auf der Brüstung abgestützt. Im Schnee waren weder die Abdrücke eines Zweibeins noch Fußspuren zu sehen, und zwar aus einem ganz einfachen Grund: Es hatte über Nacht geschneit.

Victor rutschte einige Zentimeter nach vorn, um dieselbe Perspektive wie die Frau zu bekommen. Wie lange hatte sie hier oben gewartet? Das konnte er nicht wissen. Bei seiner routinemäßigen Überprüfung der Umgebung vor Betreten des Kellers hatte er sie nicht gesehen, aber ihm war auch da schon klar gewesen, dass er für eine gründliche Auskundschaftung gar nicht genügend Zeit hatte. Die Nachricht, der er Zeit und Ort des Treffens entnommen hatte, war erst eine Stunde vorher eingetroffen, und Victor wusste nicht, wo oder wodurch sie ihre Informationen bekommen hatte.

Er selbst war ohne besondere Vorkehrungen in das Gebäude und auf das Dach gelangt. Es war ein Bürohaus, und die Sicherheitsmaßnahmen beschränkten sich auf einen gelangweilten Typen hinter einem Empfangstresen. Victor war einfach an ihm vorbeigegangen, mit dem Fahrstuhl in das oberste Stockwerk gefahren und der Beschilderung zum Dach gefolgt. Vielleicht hatte sie es genauso gemacht, vielleicht hatte sie auch einen Termin mit irgendjemandem vereinbart, um einen Vorwand zu haben. Womöglich hatte sie sich als Putzfrau ausgegeben oder den Portier bestochen oder sich durch sonst ein Ablenkungsmanöver oder eine Täuschung Zutritt verschafft.

Es war kalt gewesen gestern, und die Frau war schlank und hatte keine Winterkleidung getragen. Wie er hatte auch sie sich für mehr Beweglichkeit und gegen die Behaglichkeit entschieden.

Mit den Fingerknöcheln wischte er jetzt den Schnee – nur die oberste Schicht, um genau zu sein – in seiner näheren Umgebung beiseite. Nichts.

Er machte den Kreis ein Stück größer. Zellophanfolie knisterte. Er zog den Handschuh aus und pickte das Zellophan mit Daumen und Zeigefinger aus dem Schnee.

Es war zerknittert und nicht mehr in der ursprünglichen, rechteckigen Form: siebeneinhalb Zentimeter lang, fünf breit und einen guten Zentimeter tief. Er kannte diese Maße noch aus seiner Zeit als Raucher. Obwohl er seinen Müll nie einfach so weggeworfen hatte.

Er suchte in der näheren Umgebung seines Funds weiter, aber ohne Erfolg.

Das Dach war groß. Er konnte unmöglich jeden Quadratzentimeter Schnee durchsuchen. Außerdem war es gut möglich, dass die Attentäterin die Zigarettenstummel vom Dach geworfen hatte.

Er wusste noch, dass gestern ein starker, kalter Südwind geweht hatte. Er hatte nicht besonders darauf geachtet, darum konnte er die genaue Windgeschwindigkeit nicht einschätzen. Aber wozu gab es Wetterberichte? Er warf einen Blick über die Brüstung. Stand auf und führte den rechten Daumen und den Zeigefinger an die Lippen. Inhalierte und führte den Arm zur Seite, um dann mit dem Zeigefinger einen imaginären Zigarettenstummel wegzuschnipsen. Er stellte sich vor, wie er durch die Luft segelte, von der Schwerkraft nach unten gezogen und vom Wind wieder zurückgeblasen wurde. Er drehte sich um und sah den imaginären Stummel wieder über die Brüstung auf das Dach zurückfliegen.

Direkt neben dem Gehäuse einer Klimaanlage, unter der Schneeschicht, wurde er fündig.

Er nahm den Stummel mit den Fingernägeln am verbrannten Ende auf. Er war feucht, aber nicht durchweicht, da der über Nacht gefallene Schnee noch nicht geschmolzen war.

Eine Spur von dunkelrotem Lippenstift klebte am Filterende.

In der Dunkelheit hatte er gar nicht gesehen, dass die Frau Lippenstift getragen hatte – er war zu sehr damit beschäftigt gewesen, am Leben zu bleiben, als dass er auf solche Details geachtet hätte –, aber vor dem Filter war noch ein guter Zentimeter Tabak übrig. Niemand warf so viel Tabak einfach weg, es sei denn, es gab einen guten Grund dafür – beispielsweise den, dass man beide Hände brauchte, um ein Gewehr zu bedienen, weil die Zielperson aufgetaucht war. Deshalb hatte sie vermutlich auch nicht gemerkt, dass der Stummel wieder auf das Dach zurückgeweht war. Sie hatte nur noch einen einzigen Gedanken gehabt: Victor zu töten.

Er wischte die Asche von der Spitze und roch an dem unverbrannten Tabak. Er hatte vor etlichen Jahren aufgehört zu rauchen, aber jetzt, in diesem Augenblick, war die Versuchung groß, wieder anzufangen.

Er verdrängte den Gedanken, atmete noch ein letztes Mal den Duft ein und steckte den Stummel dann in eine Tasche seines neuen Anzugs.

Ein Taxi brachte ihn einmal quer durch die Stadt, und dann fuhr er mit zwei verschiedenen Bussen auf einer kreisförmigen Route wieder zurück. Das letzte Stück bis zum Wenzelsplatz ging er zu Fuß, ohne den geringsten Hinweis auf eine Attentäterin zu erkennen, die ihm nach dem Leben trachtete. Ob sie ihm immer noch auf der Spur war? Vielleicht hatte sie ja auch die Flucht ergriffen oder bereitete schon den nächsten Anschlag vor? Das Einzige, was er sicher wusste, war, dass sie lebte, weil in keiner Leichenhalle der ganzen Stadt eine von Bauschutt erschlagene Tote eingeliefert worden war.

Der alte Schneider grinste, als Victor das niedrige Atelier betrat, und begrüßte ihn mit beinahe jugendlichem Überschwang.

»Sie haben es sich noch einmal überlegt«, fing er mit hoffnungsvollem Blick an. »Sie haben Vernunft angenommen, endlich, und sind als Mann mit Geschmack wiederauferstanden. Ja?«

»Nicht unbedingt«, erwiderte Victor.

Der Glanz schwand aus den Augen des Alten. »Sie wollen nicht, dass ich Ihren Anzug enger mache?«

Victor schüttelte den Kopf. »Ich versichere Ihnen, dass ich es mir noch einmal ernsthaft überlege, aber nur, wenn Sie mir in einer anderen Sache behilflich sind.«

Der Schneider blickte ihn misstrauisch an. »Das klingt verdächtig nach Bestechung.«

»Weil es genau das ist.«

»Ja, na gut, dann raus damit.«

»Sie haben gesagt, dass kein Tabak dem anderen gleicht. War das übertrieben?«

»Keineswegs.«

Victor zog den Zigarettenstummel hervor. »Was können Sie mir über diese Zigarette hier sagen?«

Der Schneider nahm das kleine Stück in die Handfläche und betrachtete es ausführlich. Anschließend roch er daran.

»Das ist keine gewöhnliche Zigarette«, sagte er dann. »Das ist ein Kunstwerk. Mit Liebe gemacht und von Hand gerollt.« Der Schneider drückte etwas von dem Tabak in seine Handfläche, verrieb ihn zwischen den Fingern und roch dann an jeder einzelnen Fingerspitze, bevor er sich den ganzen Stummel unter die Nase hielt. »Eine besonders exquisite Tabakmischung, stark und süß. Mit einem Hauch Schokolade, glaube ich. Das hier ist der Château Lafite unter den Zigaretten. Handgerollt aus den besten Blättern und perfekt getrocknet unter glühend heißer Sonne.«

Victor hörte zu.

»Stammt von den Westindischen Inseln«, sagte der Schneider. »So gut wie sicher. Dominikanische Republik, schätzungsweise.«

»Schätzungsweise?«

»Bitte, junger Mann. Die Dinger haben schließlich keine Seriennummer.«

»Müssen Sie sie nicht anzünden?«, erkundigte sich Victor.

»Sie bitten mich um meine Meinung als Experte und stellen dann meine Methoden infrage?«

»Tut mir leid. Danke, dass Sie sich die Zeit genommen haben.«

Der Schneider nickte knapp, zum Zeichen, dass er die Entschuldigung akzeptierte. »Und Ihr Anzug?«

»Vielleicht können Sie das Jackett noch ein wenig enger machen.«

Noch nie hatte Victor einen glücklicheren Menschen gesehen.

Kapitel 12

Janice Muir lief jeden Tag, entweder auf dem Laufband oder ganz traditionell im Freien. Manchmal sogar zweimal am Tag, und zwar ausschließlich der Gesundheit zuliebe und nicht etwa, um abzunehmen. Sie war schon immer sehr schlank gewesen. Ihre Mutter war der Meinung, dass sie mit ein paar Pfund mehr auf den Rippen besser ausgesehen hätte, und es konnte durchaus sein, dass sie damit recht hatte, aber das war Muir egal. Sie war noch nie eitel gewesen, hatte sich noch nie für Mode interessiert und jetzt war sie zu alt, um damit anzufangen. Ihre Gesundheit war das Wichtigste, danach kam die Arbeit. Und für eine Nummer drei war in ihrem Leben kein Platz. Was die Typen einfach nicht zu kapieren schienen.

Nachdem sie ihre abendliche Einheit beendet hatte, duschte sie und schlüpfte in ihren Büroanzug. Wenn sie nach Hause kam, würde sie noch einmal die Kleider wechseln und irgendetwas Bequemes anziehen, vielleicht sogar gleich den Schlafanzug. Sie trug nur selten etwas anderes als gepflegte Geschäftskleidung, Laufsachen oder einen Pyjama. Sie hatte nicht oft Gelegenheit auszugehen und fühlte sich in Zivilklamotten nie so richtig wohl. Muir wollte, dass ihr äußeres Erscheinungsbild ihrer Stimmung entsprach, und sie war nun einmal so gut wie nie in der Stimmung, Jeans und ein Trägertop zu tragen.

Sie ging auf den Parkplatz, wo ihr kobaltblauer Acura rückwärts in der Parkbucht stand. Kurz vor der Fahrertür drückte sie auf den Sender für die Zentralverriegelung, stieg ein und warf ihre Sporttasche auf den Beifahrersitz.

Sie ließ den Motor an, wurde aber das Gefühl nicht los, dass irgendetwas nicht stimmte. Erst als sie sich anschnallte und einen Blick in den Rückspiegel warf, erkannte sie, was es war …

Die dunkle Silhouette eines Mannes auf der Rückbank.

Trotz ihrer langjährigen Beschäftigung bei der CIA, trotz ihrer Ausbildung zögerte sie, aber nur für einen Moment.

Dann zuckte ihre Hand zu der Sporttasche, in der ihre vernickelte SIG-Sauer lag.

Keine Sekunde später lag sie schussbereit in ihrer Hand. Sie wirbelte herum, nahm den Mann ins Visier und …

Erkannte ihn.

»Guten Abend, Janice.«

»Großer Gott, Sie Arschloch. Ich hätte Sie beinahe erschossen.«

»Nein, hätten Sie nicht. Die SIG ist nicht geladen.«

Sie zögerte kurz, dann merkte sie, dass die Waffe leichter war als normal. Sie löste den Verschluss und holte das Magazin heraus. Es war tatsächlich leer.

»Wie haben Sie …?«

»Das ist nicht wichtig.«

Muir runzelte die Stirn und legte die leere SIG wieder in ihre Sporttasche. »Ich fürchte, da bin ich anderer Meinung.«

Sie kannte ihn nur unter der Bezeichnung Tesseract. Das war ein Deckname, den er bekommen hatte, weil niemand wusste, wie er wirklich hieß. Sie war ihm in der Vergangenheit vielleicht vier, fünf Mal persönlich begegnet, und jedes Mal hatte sie Angst vor ihm gehabt, obwohl sie sich gerne einredete, dass sie sich diese Angst nicht hatte anmerken lassen. Bei ihrer ersten Begegnung hätte er sie um ein Haar getötet. Es war das einzige Mal in ihrer gesamten CIA-Laufbahn gewesen, dass sie wirklich geglaubt hatte, sterben zu müssen. Und diese Angst hatte sie nie verlassen.

»Aber was wirklich zählt, ist Ihre Antwort auf meine Frage«, fuhr der Mann fort. »Waren Sie das?«

»Was meinen Sie? Prag?«

Er nickte.

»Nein«, erwiderte sie. »Was immer Sie meinen, ich habe nichts damit zu tun.«

Sie sah, wie er sie musterte, und ihr war klar, dass sie, falls er ihr nicht glaubte, nicht mehr lange zu leben hatte.

»Okay«, sagte er. »Ich glaube Ihnen.«

Muir konnte einen Seufzer der Erleichterung nicht unterdrücken, aber verärgert war sie immer noch. »Das liegt daran, dass ich die Wahrheit gesagt habe.«

»Darum glaube ich Ihnen ja.«

»Ich dachte eigentlich, Sie kennen mich mittlerweile gut genug, um zu wissen, dass ich Sie niemals in eine Falle locken würde.«

»Ich gebe mich nicht der Illusion hin zu glauben, dass ich einen Menschen jemals kennen könnte.«

»Wie deprimierend für Sie. Und das ist meine ehrliche Meinung«, sagte Muir.

»Das sehe ich. Sehen Sie auch, dass mir das vollkommen gleichgültig ist?«

Sie überhörte seine rhetorische Frage. »Hätten wir das Ganze nicht per E-Mail oder telefonisch erledigen können, so wie zivilisierte Menschen?«

»Ich bin alles andere als zivilisiert, Janice. Ich dachte eigentlich, Sie kennen mich mittlerweile gut genug, um das zu wissen.«

»Erzählen Sie mir doch einfach, was passiert ist.«

Tesseract erzählte. Er fasste die Ereignisse aus seiner Sicht zusammen, wohl wissend, dass Muir bereits den einen oder anderen Bericht gelesen haben musste. Sie hörte sich seine Schilderung von der Konfrontation mit der Attentäterin an, ohne ihn einmal zu unterbrechen.

Als er fertig war, sagte sie: »Ist das etwas Persönliches? Geht es dabei um Sie?«

»Ich weiß es nicht«, erwiderte er. »Ich habe mehr als genug Feinde, das wissen Sie. Und ich lebe in dem Bewusstsein, dass jeder Tag mein letzter sein kann. Ich weiß, dass ich gejagt werde. Auch jetzt gerade sind irgendwelche Menschen damit beschäftigt, mich aufzuspüren, und früher oder später wird es ihnen gelingen. Ich weiß nicht, wer mir als Nächstes auflauert, ich weiß nicht, wann und wo, aber letztendlich ist es unausweichlich.«

»Soll das ein Ja sein?«

Er schüttelte den Kopf. »Prag fühlt sich einfach nicht so an.«

»Es *fühlt* sich nicht so *an*?«

Sie befürchtete kurz, dass er ihren überraschten Tonfall als Sarkasmus deuten könnte, aber er zeigte keine Reaktion.

»Ja, genau«, erwiderte er. »Es fühlt sich nicht so an.«

»Ich hätte nicht gedacht, dass Sie dem Instinkt mehr Bedeutung beimessen als der Logik.«

»Der Instinkt ist unbewusste Logik, die tief in unserem Stammhirn verwurzelt ist.«

»Also gut. Dann erklären Sie mir dieses Gefühl doch mal.«

»Ich bin nicht leicht aufzuspüren. Am besten noch dann, wenn meine Feinde wissen, wo ich bin. Also in der Regel kurz nachdem ich sie mir zu Feinden gemacht habe. Wenn sie zu lange warten, bin ich schon wieder weg.«

»Soll das heißen, dass Sie in letzter Zeit niemanden in den Arsch getreten haben?«

Er ging nicht auf ihre Obszönität ein. Hoffentlich registrierte er, dass sie nur aus Rücksicht auf ihn die Frequenz ihrer Kraftausdrücke erheblich reduzierte.

»Ja, genau, ich war ein braver Junge.«

»Und es ist unvorstellbar, dass jemand aus Ihrer Vergangenheit Sie aufgespürt hat?«

»Das habe ich nicht gesagt. Es ist lediglich *unwahrscheinlich*. Darum bin ich hier. Zumal meine Feinde in der Regel in Gruppen auftreten oder ganze Teams schicken. Eine einzelne Attentäterin bildet da die Ausnahme.«

»Sie haben aber nicht wirklich geglaubt, dass ich dahinterstecke, oder?«

»Natürlich nicht«, erwiderte er tonlos.

»Warum sind Sie dann hierhergekommen?«

»Um sicherzugehen. Und um zu erfahren, wer Ihnen die Zielperson genannt hat.«

Sie zögerte. »Das ist geheim.«

»Von Ihnen hätte ich eigentlich etwas anderes erwartet, Janice.«

»Ach, kommen Sie, Sie wissen genau, dass ich über solche Dinge nicht sprechen kann. Das haben wir doch längst hinter uns. Sie wissen, wie die Agency funktioniert.«

»Nein«, entgegnete er. »Weiß ich nicht. Außerdem bin ich nicht bei der Agency. Sie benützen mich nur für Dinge, die selbst der CIA zu schmutzig sind.«

»Das entspricht nicht unbedingt unserer Sicht der Dinge.«

»Es ist mir gleichgültig, wie Sie sich das alles schönreden, damit Sie nachts noch schlafen können. Aber wenn ich verraten werde, nur weil Sie irgendeinen Beamten vor einer möglichen Senatsanhörung in zehn Jahren beschützen wollen, dann ist mir das alles andere als gleichgültig.«

»Ich beschütze Sie ja auch«, entgegnete Muir.

»Aber jetzt gerade tun Sie das nicht.«

»Ich weiß nicht, was ich dazu sagen soll.«

»Dann trennen sich unsere Wege, und zwar hier und jetzt.«

Sie holte tief Luft. »Ich glaube, das wird nicht nötig sein.«

»Sie haben doch gerade unmissverständlich klargemacht, was Sie für nötig halten und was nicht.«

Muir sagte: »Jetzt werden Sie doch nicht kindisch.«

»Aber keineswegs. Ich kann nur einmal darauf hinweisen, dass ich nicht Ihr Angestellter bin. Und dass ich unter keinen Umständen dulde, dass mir Informationen vorenthalten werden.«

»Was den Auftrag angeht«, sagte sie hastig, »wissen Sie alles, was ich auch weiß. Was das angeht, war ich immer absolut offen und ehrlich zu Ihnen.«

Schweigend saßen sie da.

»Irgendjemand will mich umbringen, und das steht höchstwahrscheinlich in einem direkten Zusammenhang mit meinem letzten Auftrag. Darum muss ich wissen, wer Al-Waleed bin Saud als Zielperson festgelegt hat.«

Muir erwiderte: »Das ist unwichtig.«

»Nicht unwichtig ist die Tatsache, dass ich weiß, dass Ihre neun Monate alte Jack-Russell-Hündin Diabetes hat. Und dass sie ganz verrückt danach ist, am Bauch gekrault zu werden.«

Sämtliche Angst fiel von Muir ab, und sie empfand nur noch Wut. Sie versuchte auch gar nicht, es zu verbergen. »Ich werde Sie nicht fragen, woher Sie das wissen.«

»Gut«, entgegnete Tesseract. »Ich würde es Ihnen auch nicht sagen.«

»Aber ich möchte wissen, wieso Sie sich diese Informationen beschafft haben.«

»Als Versicherung. Und tun Sie ja nicht so, als hätten Sie keine, Janice. Tun Sie nicht so, als wüssten Sie nicht ganz genau, was Sie sagen müssten, wenn ich Ihnen jetzt eine Pistole an die Schläfe halten würde. Sie sind viel zu schlau, als dass Sie sich nicht auf den Moment vorbereitet hätten, in dem ich mich gegen Sie wende. Das wird sich gar nicht vermeiden lassen, stimmt's? Ich bin ein Auftragskiller. Keine Moral. Keine Loyalität. Sie werden mir niemals vertrauen, und genauso soll es auch sein. Wie gesagt, Sie sind zu schlau, um keine Versicherung zu haben. Und Sie sind auch schlau genug, um zu wissen, dass jeder Widerspruch reine Zeitverschwendung wäre.«

»Deshalb haben Sie das über Daisy gesagt? Um mich zu bedrohen?«

»Ich bin nur ehrlich zu Ihnen. Ich möchte Sie daran erinnern, dass Sie – ganz egal, wie schlimm die Lage irgendwann wird, ganz egal, wie sehr Sie unter Druck geraten – mich niemals ans Messer liefern dürfen. Ich möchte Sie daran erinnern, dass Sie – ganz egal, wovor Sie in dieser Welt Angst haben – mich noch mehr fürchten müssen.«

Sie antwortete mit leiser Stimme: »Daran brauchen Sie mich nicht zu erinnern. Ich weiß ganz genau, was Sie sind.«

»Nein, das wissen Sie nicht. Und beten Sie, dass Sie es niemals erfahren.«

Er machte die Tür auf und stieg aus.

Kapitel 13

Victor hatte bereits fünfzehn Meter zurückgelegt, da hörte er Muir in seinem Rücken rufen.

»Hey!«

Er blieb stehen, drehte sich um und sah, wie sie auf ihn zugelaufen kam. Anmutige, effiziente Bewegungen. Eilig, aber nicht gehetzt. Über ihrer Bürokleidung trug sie eine braune Lederjacke. Dieselbe Jacke, die sie auch bei ihrer letzten Begegnung getragen hatte. Sie bauschte sich in Hüfthöhe und ließ Muir weiblicher wirken, als sie in Wirklichkeit war.

»Sie haben länger gewartet, als ich dachte«, sagte Victor.

»Ja, na ja, es ist nicht so einfach, jemanden zu rufen, wenn man seinen Namen nicht kennt, oder?«

Ihrem Akzent nach stammte sie aus dem Mittleren Westen. Wenn sie noch einen speziellen, regionalen Akzent gehabt hatte, dann war er durch die vielen Jahre im Schmelztiegel der Hauptstadt ausgemerzt worden.

Er antwortete nicht.

»Sie haben recht«, sagte sie. »Ich sollte eigentlich genauso offen zu Ihnen sein, wie Sie es zu mir sind, aber ich befinde mich in einer etwas schwierigen Lage.«

Sie rückte etwas dichter an ihn heran. Bei ihrer letzten Begegnung hatte sie mager und kränklich ausgesehen. Jetzt war sie zwar immer noch dünn, sah aber insgesamt besser aus. Ihre Haut und ihre Haare ließen erkennen, dass sie ausreichend Schlaf bekam und sich vernünftig ernährte. Die kleinen Fettpölsterchen in ihrem Gesicht glätteten die eine oder andere Falte und ließen sie jünger aussehen als damals. Sie war kaum geschminkt, zumindest tagsüber nicht, und das stand ihr gut. In ziviler Kleidung schien sie sich nicht recht wohlzufühlen. Während der langen Arbeitsstunden trug sie wahrscheinlich immer Bürokleidung. Und wenn sie nicht arbeitete, dann schlüpfte sie in Schlabbersachen oder Pyjamas oder Sportkleidung. Sie besaß bestimmt nicht viele Kostüme. Und wohl auch kaum Schuhe mit hohen Absätzen.

»Sie sind mir nachgelaufen, nur um mir das zu sagen?«

»Nein, sondern um Ihnen zu sagen, dass ich zwar keine persönlichen Informationen über meinen Klienten herausgeben kann und das auch nicht tun werde, aber dass ich bereit bin, Ihre Befürchtungen weiterzugeben.«

»Das reicht mir nicht«, erwiderte Victor und wandte sich um.

Sie streckte die Hand aus und wollte ihn aufhalten, doch dann verharrte sie wenige Zentimeter vor der Berührung. Er sah ihre Finger an, stellte sich vor, wie er mit der einen Hand Zeige- und Mittelfinger und mit der anderen Ring- und kleinen Finger packte und ihre Hand mithilfe seiner starken Schultermuskulatur in zwei Stücke riss.

»Entschuldigung«, sagte sie und zog den Arm zurück, blitzschnell, als hätte sie seine Gedanken gelesen.

Er wusste, dass sie Angst vor ihm hatte. Genauso sollte es auch sein. Er wollte nicht bewusst Angst und Schrecken verbreiten, aber falls er Muir jemals begegnete und keine Angst in ihren Augen sah, dann wusste er, dass er in einen Hinterhalt geraten war.

»Hören Sie mich doch bitte wenigstens an«, sagte sie. »Ich gebe Ihre Befürchtungen weiter und bitte ihn, mit Ihnen Kontakt aufzunehmen. Vielleicht können Sie die Sache ja auf direktem Weg aus der Welt schaffen.«

»Nein«, sagte Victor. »Wir treffen uns von Angesicht zu Angesicht, und zwar in einer Woche. Auf der O'Connell Bridge in Dublin. Samstag, zwölf Uhr mittags.«

Sie blickte ihn forschend und neugierig an. »Warum wollen Sie ihn persönlich treffen?«

»Aus demselben Grund, aus dem ich Sie persönlich treffen wollte.«

Der Wind blies ihr eine Haarsträhne ins Gesicht. Sie strich sie wieder hinters Ohr. »Damit Sie sehen können, ob ich lüge?«

»Das, und damit ich Sie, falls Sie gelogen hätten, umbringen kann.«

Sie holte tief Luft und schluckte. »Ich kann nicht zulassen, dass Sie meinen Klienten umbringen.«

»Die Entscheidung müssen Sie schon mir überlassen.«

»Das werde ich ihm sagen müssen.«

»Bitte sehr. Wenn er nichts zu verbergen hat, dann braucht er sich auch keine Gedanken zu machen.«

»Also gut«, erwiderte Muir. »Ich verstehe das, aber ich kann nicht garantieren, dass er das genauso empfindet. Warum Dublin?«

»Ich mag Guinness.«

Sie sah ihn an, als wüsste sie nicht genau, ob er einen Scherz gemacht hatte oder nicht. Genau das hatte er beabsichtigt.

Victor sagte: »Bitte machen Sie Ihrem Klienten klar, dass er unbedingt absolut pünktlich zu sein hat.«

»Gut. Und vermutlich soll ich ihm auch sagen, dass er alleine kommen soll, oder?«

»Er kann so viele Leute mitbringen, wie er will. Richten Sie ihm aus, dass das keinen Unterschied macht.«

Kapitel 14

Noch nie hatte Victor in Irland einen wolkenlosen Tag erlebt, aber jetzt leuchtete der Himmel über der Stadt so blau wie nie zuvor. Die Temperaturen waren angenehm. Man sah viele Sonnenbrillen und T-Shirts, aber wenig Shorts. Er befand sich am Südufer des Liffey und genoss die Sonne auf seinem Gesicht und den Wind in seinen Haaren. Er kannte keine andere Hauptstadt, die sauberer war als Dublin. Auf einem Dach fünf Stockwerke über dem Boden duftete die Luft genauso frisch wie irgendwo auf dem Land.

Irland gefiel ihm. Unter anderem deshalb, weil es eines der wenigen Länder in Europa war, in denen er noch nie beruflich zu tun gehabt hatte. Dadurch konnte er sich hier so frei und sorglos bewegen, wie es ihm eben möglich war.

Victor hatte freie Sicht auf die O'Connell Bridge und die Straßen, die sich hier trafen. Die Brücke war breiter als der Fluss, über den sie sich spannte. Insgesamt sechs Fahrspuren führten darüber hinweg, drei in jede Richtung, getrennt von einem Mittelstreifen mit zahlreichen Pflanzenkästen. Kunstvoll verschnörkelte Straßenlaternen säumten in regelmäßigen Abständen die Fahrbahn. Die Brücke war ein wichtiges Verbindungsglied zwischen den Hauptverkehrsadern der Stadt und daher oft sehr stark befahren, aber heute nicht. Heute war sie für den Autoverkehr gesperrt.

Dank seines erhöhten Standorts konnte Victor jedes einzelne Mitglied des Teams deutlich erkennen. Er zählte insgesamt elf Bedrohungen. Sie hatten sich verteilt – vier standen auf der Südseite des Flusses, um die vier Straßen zu beobachten, die auf die Brücke führten. Drei hatten die gleiche Aufgabe auf der Nordseite übernommen. Die übrigen vier hatten sich auf der Brücke verteilt, jeweils zwei auf der West- und zwei auf der Ostseite.

Der Klient war noch nicht da.

Entweder hatte er Muir geglaubt und rechnete damit, dass Victor ihn umbringen würde – was keineswegs ausgeschlossen war –, oder er hielt Victor für ein Problem, das er überhaupt nicht gebrauchen konnte. Im Augenblick war es schwer zu sagen, welche dieser beiden Möglichkeiten die Anwesenheit eines elfköpfigen Teams rechtfertigte.

Momentan verhielten sie sich jedenfalls wie reine Beobachter, aber es war ihnen anzusehen, dass sie mehr waren als das. So handelte es sich zum Beispiel um eine reine Männertruppe. Damit hatte er nicht gerechnet. Gemischtgeschlechtliche Teams waren als Beschatter sehr viel besser geeignet. Paare fallen in der Öffentlichkeit immer weniger auf als Einzelpersonen.

Über die Hälfte des Teams waren keine weißen Mitteleuropäer, und diejenigen, die es waren, waren sonnengebräunt. Victor schloss daraus, dass es sich nicht um Einheimische handelte, sondern um ehemalige Angehörige des US-Militärs, wo Minderheiten überdurchschnittlich zahlreich vertreten waren. Daher lag die Vermutung nahe, dass auch der Klient ein Militär war. Er wusste genau, mit wem er es zu tun hatte. Darum würde er sein Leben nicht in die Hände von Außenstehenden legen. Militärs hatten tendenziell mehr Vertrauen zu ihren eigenen Leuten als zu Geheimdienstmitarbeitern. Umgekehrt vertrauten auch Spione eher anderen Spionen als Marine- oder Heeressoldaten. Die Beschatter waren leicht auszumachen, da sie rechtzeitig ihre Position eingenommen und sich dann nicht wieder von der Stelle gerührt hatten. Sie taten ihr Möglichstes, um unauffällig zu wirken, aber es gab nun einmal nicht allzu viele Varianten, wie man herumstehen und nichts tun konnte. Ihre Fahrzeuge standen sicherlich nicht allzu weit entfernt, aber in unmittelbarer Nähe der Brücke gab es kaum Parkmöglichkeiten, und von nirgendwo hätte man freie Sicht gehabt. Deshalb mussten sie ihre Aufgabe zu Fuß erledigen und konnten sich nicht verstecken. Es war auch nicht davon auszugehen, dass der Klient noch weitere Teammitglieder in der

Hinterhand hatte. Er hatte so viele Leute zu seinem Schutz mitgebracht, dass es die reinste Verschwendung gewesen wäre, noch mehr Personal untätig irgendwo warten zu lassen.

Victor hatte fast damit gerechnet, auch auf dem Dach, auf dem er kauerte, einen Beobachter vorzufinden. Aber der Klient, oder wer immer für dessen Sicherheit verantwortlich war, hatte entschieden, dass die Schutztruppe lieber am Boden und in der Nähe bleiben sollte. Vom Dach aus hätte man Victor vielleicht besser kommen sehen, aber man hätte nichts gegen ihn unternehmen können.

Höchstens, wenn Victor vorgehabt hätte, den Klienten mit einem Gewehr zu erschießen. Interessant, dass sie an diese Möglichkeit gar nicht gedacht hatten. Oder hatten sie doch?

Die Tatsache, dass auf den Dächern keine Beobachter positioniert waren, konnte bedeuten, dass es ihnen nicht gelungen war, Scharfschützengewehre ins Land zu schmuggeln. Das wiederum hätte Rückschlüsse auf den Klienten und seinen Einfluss – beziehungsweise seinen mangelnden Einfluss – zugelassen. Aber natürlich war es ebenso denkbar, dass sie mitten in Dublin keine Schießerei provozieren wollten, ganz unabhängig von Victors oder ihren eigenen Intentionen. Falls sie ihn töten wollten, dann würden sie ihn in einen Lieferwagen verfrachten und an einen einsamen und verlassenen Ort schaffen. Schließlich gab es keinen Grund, die Einheimischen zu verschrecken.

Bis jetzt funktionierte Victors Plan. Es war zehn Minuten vor zwölf, und er hatte die Teammitglieder lokalisiert und ihre Fähigkeiten abgeschätzt. Sie waren gut. Sie hatten sich sinnvoll positioniert und sich, so gut es unter den gegebenen Umständen eben ging, unsichtbar gemacht.

Profis, aber nicht die besten.

Was wiederum ebenfalls auf ehemalige Militärs hindeutete. Sie waren zwar für alle möglichen Gefechtssituationen ausgebildet worden, aber nicht für die innerstädtische Überwachung. Daher waren sie, falls es gewalttätig wurde, eine ernsthafte Gefahr, aber wenn alles so funktionierte, wie Victor es geplant hatte, dann würde es gar nicht so weit kommen.

Er trug eine Khakihose und eine Jeansjacke über einem schwarzen T-Shirt mit dem verblassten Emblem einer Band, die er nicht kannte. Eine Baseballmütze in Tarnfarben saß auf seinem Kopf. Das alles hatte er sich in diversen Secondhandläden zusammengekauft und dann in einer Pfütze schmutzig gemacht. Eine Brille mit Kassengestell vervollständigte seine Aufmachung.

Es war keine besonders aufwendige Verkleidung, und jeder, der wusste, wie er aussah, und gezielt nach ihm Ausschau hielt, hätte ihn sicherlich erkannt, aber für diese Zwecke hier reichte es.

Um fünf Minuten vor zwölf traf der Klient ein.

Kapitel 15

Er betrat die Brücke vom Südufer her. Victor sah ihn nicht sofort, aber er registrierte die versteckten Reaktionen der Beschatter. Sie sahen ihn nicht direkt an, konnten aber nicht verhindern, dass ihre Muskeln sich spannten, sich zum Eingreifen bereit machten. Profis, aber nicht die besten.

Jetzt dauerte es keine Minute mehr, bis Victor den Klienten identifiziert hatte. Es war ein Militär – gerade Haltung, gerader Gang, unbeugsam und aufmerksam. Er trug eine Jeans und eine Bomberjacke, war groß gewachsen und muskulös, mit pechschwarzer Haut und einem kahl rasierten Schädel. Er hatte Victor den Rücken zugewandt und ging auf die Mitte der Brücke zu. Daher war es schwierig, sein Alter zu schätzen, bis er schließlich genau in der Mitte stehen blieb.

Er drehte sich einmal komplett um die eigene Achse und musterte dabei sämtliche unbegleiteten Männer, die in der Nähe standen oder vorbeigingen. Als klar war, dass Victor nicht unter ihnen war, lehnte er sich mit dem Rücken gegen die Mauerbrüstung. Er neigte das Kinn Richtung Schlüsselbein und sagte etwas in das Mikrofon an seinem Jackenaufschlag. Victor konnte seine Lippen nicht lesen, aber das war auch gar nicht nötig.

Der Mann war jünger, als Victor angenommen hatte ... aus der Entfernung höchstens vierzig. In seinen Bartstoppeln war noch keine Spur von Grau zu erkennen. Dieser Mann hatte sich dem Zivilistenleben mit all seinen Exzessen keinesfalls hingegeben. Und hätte Victor darauf spekuliert, dass er durch die Schreibtischtätigkeit, dadurch, dass er täglich Befehle gab, weich geworden war, er hätte sich eingestehen müssen, dass er sich getäuscht hatte.

Es war zwei Minuten vor zwölf. Victor machte keine Anstalten, sich in Bewegung zu setzen. Er ging davon aus, dass der Klient bis fünf Minuten nach der vereinbarten Zeit warten würde. Er war nicht einmal quer über den Atlantik geflogen, um nun zu gehen, ohne Victor eine reelle Chance zu geben. Aber länger als fünf Minuten würde er nicht bleiben. Victor hatte Muir ausdrücklich mitgegeben, dass der Klient auf jeden Fall pünktlich sein sollte. Falls Victor sich verspätete, war das ein Hinweis darauf, dass er gar nicht erscheinen würde. Dann würde der Klient eine Falle wittern. Je länger er dann gut sichtbar auf der Brücke stand, desto mehr machte er sich zu einem einfachen Ziel.

Victor blieben also noch sieben Minuten. Es gab keine Veranlassung zur Eile. Im Gegenteil. Er musste tatsächlich bis zur letzten Minute warten.

Der Klient stand da und war so ruhig, wie man es von einem Mann, dem eine Begegnung mit einem Auftragskiller bevorstand, erwarten konnte. Er war aufgeregt. Wäre er das nicht gewesen, dann hätte Victor mit einer Falle gerechnet. Aber das tat er ohnehin.

Um eine Minute nach zwölf machte er sich auf den Weg zur Dachtür. Er würde drei Minuten brauchen, um über die Treppe auf die Straße zu gelangen. Und dann noch eine Minute, um zu dem Klienten zu kommen.

Als seine Armbanduhr drei Minuten und neunundvierzig Sekunden nach zwölf zeigte, trat Victor durch den Haupteingang hinaus auf die Straße.

Er würde die Straße entlanggehen und die Brücke betreten, und zwar so, dass die Beschatter ihn nicht sehen konnten.

Der Klient hatte sich dicht neben einen der verschnörkelten Laternenpfähle gestellt, sodass ein Kopfschuss von Victors Position aus schwierig gewesen wäre. Ohne Zweifel eine ganz bewusste Entscheidung. Außerdem trug der Mann eine weite Bomberjacke, trotz der milden Temperaturen. Vermutlich befand sich darunter eine schusssichere Weste. Mehrere Schichten Kevlar, zusätzlich verstärkt durch Keramikplatten zum Schutz von Herz und Lunge, sowohl auf dem Rücken als auch auf der Brust.

Victor hätte ihn, wenn er gewollt hätte, trotz Panzerung und Laternenpfahl erschießen können. Das musste dem Klienten auch klar sein.

Aber er hatte ja gar nicht vor, den Mann zu töten, zumindest nicht, bevor er sich mit ihm unterhalten hatte.

Abgesehen davon ... dieser Kerl da war gar nicht der Klient. Sie wollten nur, dass Victor das dachte.

Es hätte beinahe funktioniert. Das Team, ihre Positionierung, der »Klient« selbst, das hatte alles gestimmt. Aber der Schwarze mit der Bomberjacke hatte einen Fehler begangen, nur einen einzigen. Er hatte, während er auf die Brücke gekommen war, alle Beschatter ignoriert, aber als er sich dann neben den Laternenpfahl gestellt hatte, hatte er einen davon angesehen.

Es war ein Reflex gewesen, eine unbewusste Handlung, die nur schwer zu verhindern war. Die anderen hatten ihn nicht interessiert. Er hatte diesen einen Mann angesehen, weil dieser Mann eine besondere Bedeutung hatte.

Er war der echte Klient.

Er war auch auf der Brücke, war als einer der Ersten eingetroffen. Ein kluger Schachzug. Er hatte sich frühzeitig zu erkennen gegeben und dadurch erreicht, dass Victor ihn nicht weiter beachtet hatte. Bis jetzt.

Auf der Straße war Victor für die Beschatter noch viel schwieriger zu identifizieren als oben auf dem Dach. Das lag daran, dass er sofort von einer großen Menschenmenge verschluckt wurde.

Die Demonstration war pünktlich und steuerte jetzt, genau wie geplant, die O'Connell Bridge an. Es waren etliche Hundert Protestierer und damit deutlich weniger als in den Schätzungen, die die Organisatoren zuvor über die sozialen Netzwerke verbreitet hatten. Aber das spielte keine Rolle.

Er wäre auch in einer halb so großen Menschenmenge unsichtbar gewesen.

Es waren mehr Frauen als Männer, aber aus allen Altersstufen. Sie hatten selbst gemalte Plakate und bedruckte Spruchbänder dabei, mit denen sie gegen eine Kürzung der Sozialleistungen protestierten. Sie waren laut und nicht zu überhören, aber nicht aggressiv. Ihre Triebfedern waren ihr Wille zum Engagement und die soziale Verantwortung, aber nicht die Wut.

Victor reihte sich ein und beteiligte sich auch an den Sprechgesängen und Pfeifkonzerten.

Schritt für Schritt schob er sich neben einen alten Mann mit einem bis zu den Hüften reichenden Vollbart. »Ich gebe Ihnen fünfzig Euro, wenn Sie mich fünf Minuten lang Ihr Plakat tragen lassen.«

Der Alte sagte: »Das kannst du ganz umsonst kriegen, mein Junge«, und drückte Victor die Stange in die Hand. »Meine Arme bringen mich um.«

Als sie sich der Brücke näherten, sah er, wie die Beschatter in Panik verfielen. Mit einer Demonstration hatten sie nicht gerechnet. Das hatten sie zuvor nicht überprüft. Dabei hätten sie sich doch fragen müssen, weshalb die Brücke für den Autoverkehr gesperrt war. Sie hätten sich fragen müssen, wieso Victor ausgerechnet diesen Ort und diese Zeit gewählt hatte. Profis, aber nicht die besten.

Jetzt würden sie erst einmal wertvolle Zeit mit Debatten und Argumenten und der Abwägung verschiedener Optionen vergeuden. Sie hatten versucht, ihn zu täuschen, aber jetzt wurde genau dieser Täuschungsversuch für sie zum Problem. Bis sie entschieden hatten, ob sie sich um den wahren Klienten zusammenziehen oder mit ihm gemeinsam den Rückzug antreten sollten, würde es zu spät sein.

Der Demonstrationszug hatte jetzt die Brücke erreicht, und Victor sah den Klienten immer noch an Ort und Stelle stehen und die Protestierer anstarren. Er suchte nicht nach Victor, aber er überlegte, was das alles zu bedeuten hatte. Es war bemerkenswert, dass er sich nicht zurückzog. Offensichtlich war er entschlossen, die Sache durchzuziehen.

Die Beschatter taten ihr Möglichstes, um Victor unter den Demonstranten auszumachen. Mittlerweile war auch ihnen klar geworden, dass er sich dort irgendwo verstecken musste, aber selbst wenn sie genau gewusst hätten, wie er aussah, wäre es so gut wie unmöglich gewesen, ihn in der dichten, wogenden Menge zu entdecken.

Fußgänger und Touristen wichen an den Rand der Brücke zurück, um dem Protestzug auszuweichen. Die Beschatter waren jetzt isoliert und handlungsunfähig. Sie konnten weder einander noch ihren Boss länger im Auge behalten, von Victor ganz zu schweigen. Er gab dem Bärtigen das Plakat zurück.

»Vielen Dank, Sir.«

Jetzt, wo sich Dutzende von Menschen zwischen Victor und dem Klienten befanden, war es unmöglich, ihn ständig im Blick zu behalten, aber der Mann tat das einzig Richtige und blieb an Ort und Stelle stehen. Er wollte abwarten, bis die Demonstranten wieder abgezogen waren.

Victor näherte sich. Dabei hielt er sich immer hinter dem Bärtigen mit dem Plakat, damit der Klient während der letzten Meter auf keinen Fall sein Gesicht zu sehen bekam.

Kaum war der Bärtige mit dem Plakat an dem Klienten vorbei, packte Victor den Mann am Arm und sagte: »Mitkommen.«

Noch bevor er reagieren konnte, stieß Victor ihm zwei Knöchel seiner freien Hand in den unteren Rücken. Knöchel wirkten überzeugender als Fingerspitzen – größer und fester –, und der Klient wehrte sich nicht.

Victor nahm seine Baseballmütze ab und setzte sie dem Klienten auf den Kopf, zog ihm den Schirm tief in die Stirn, um sein Gesicht möglichst großflächig zu verdecken. Dann riss er ihm das Mikrofon vom Kragen und schob ihn in die Mitte des Demonstrationszugs.

Victor hielt den Blick nach vorn gerichtet. Er hätte gerne gewusst, wo die Beschatter waren und was sie machten, aber mit jeder Kopfbewegung hätte er riskiert, dass sie auf ihn aufmerksam wurden.

Sie gingen umringt von Demonstranten bis zum nördlichen Ende der Brücke. Dort wandte Victor sich nach rechts auf den Bürgersteig neben der Uferstraße.

Er führte den Klienten über die Straße, zwischen parkenden Autos hindurch und an Fußgängern vorbei.

»Wo bringen Sie mich hin?«, wollte der Klient wissen.

»Das werden Sie noch früh genug erfahren. Und jetzt kein Wort mehr, falls Ihnen an Ihrem Rückenmark etwas liegt.«

Wenige Sekunden später stießen sie auf eine kleine Gasse zwischen zwei Gewerbegebäuden.

»Hier rein«, sagte Victor.

Der Klient gehorchte.

Als sie von der Straße aus nicht mehr gesehen werden konnten, drückte Victor den Klienten an die Wand und durchsuchte ihn. Er fand ein Portemonnaie und ein Handy, aber keine Pistole.

Der Mann blieb während der Prozedur regungslos stehen. Victor nahm ihm das Handy ab.

»Das ist doch wirklich nicht nötig«, sagte der Klient. »Das da ist mein privates Handy.«

Victor gab keine Antwort. Er zertrat das Handy mit dem Absatz. »Da lang.«

Er ließ den Klienten noch einmal zehn Meter weiter gehen. Dann standen sie vor der verwitterten Hintertür eines Gewerbegebäudes mit einem Schild »ZU VERMIETEN«.

Die Tür war nicht abgeschlossen, weil Victor das Schloss schon vorher geknackt hatte. Er stieß die Tür auf und den Klienten hinein.

Kapitel 16

Ursprünglich hatte sich hier ein Internetcafé befunden, bis es durch Smartphones und die drahtlosen Technologien in den Konkurs getrieben worden war. Die Computer waren zwar abgebaut worden, aber die billigen Tische und Stühle waren noch da. Die Luft war voller Staub und roch abgestanden. Der Strom war abgeschaltet, daher gab es kein Licht, aber durch die weiß übertünchten Fenster drang so viel Tageslicht herein, dass Victor und der Klient einander deutlich erkennen konnten.

»Kann ich jetzt diese lächerliche Mütze abnehmen?«

Die Stimme des Klienten klang wie ein tiefes Knurren. Dem Akzent nach war er an der Ostküste aufgewachsen, Virginia vielleicht, oder Maryland.

Victor nickte.

Der Klient legte die Mütze auf einen Schreibtisch.

Jetzt sah Victor auch die Narben an seinem Hals, die unter dem Kragen des Poloshirts hervorlugten. Sie waren alt und schon ziemlich blass, aber immer noch klar und deutlich auf der sonnengebräunten Haut erkennbar. Es waren Brandnarben. Der Mann hatte graue Augen. Seine wettergegerbte Haut war von tiefen Krähenfüßen und kraterähnlichen Narben durchzogen, die auf eine Jahrzehnte zurückliegende Akne- oder Pockenerkrankung hindeuteten. Er machte einen abgehärteten und durchtrainierten Eindruck, ein ehemaliger Militär, der zwar schon lange nicht mehr im aktiven Dienst war, sich aber nach wie vor keine Schwäche gestattete. Aufrecht und stramm stand er da. Er wankte nicht. Seine Hände hingen, zu lockeren Fäusten geballt, auf Hüfthöhe. An den Fingern waren kein Ehering und auch kein heller Streifen zu sehen, weil er den Ehering womöglich kurz vor dieser Begegnung abgezogen hatte. Seine Kleidung war von guter Qualität, aber ohne Designerlabel, das auf ein überdurchschnittliches Einkommen hingedeutet hätte. Die Ray-Ban-Sonnenbrille war das teuerste Stück, das er am Leib hatte. Seine Armbanduhr war einzig und allein dazu da, die Zeit zu messen, und kein demonstrativer Luxusartikel. Auf seiner Miene spiegelte sich die Erfahrung zahlreicher Schlachten, und seine Körperhaltung signalisierte, dass er wusste, wie sich Siege anfühlten.

Der Klient sah sich einen Augenblick lang um. Es schien ihm nichts auszumachen, Victor dabei den Rücken zuzukehren. Dann nickte er und blickte Victor an. Starrte auf seine Hände.

»Sie haben ja gar keine Pistole.« Es klang eher neugierig als überrascht. »Oder?«

Victor erwiderte: »Sind Sie etwa der Meinung, dass ich eine bräuchte?«

»Ich hätte nie gedacht, dass ich noch mal auf so einen alten Trick hereinfallen würde. Ich habe im Lauf der Jahre wohl ein bisschen abgebaut.« Er unterbrach sich. »Ich habe zu Muir gesagt, dass zwölf Mann mehr als genug sind, um mit Ihnen fertigzuwerden.«

»Und warum haben Sie dann nur elf mitgebracht?«

Ein Seufzer. »Einer ist auf dem Weg hierher krank geworden. Irgend so ein Magen-Darm-Virus. Durchfall, Erbrechen, das ganze Programm. Kein Plan ist vollkommen, stimmt's? Das wissen

Sie vermutlich besser als jeder andere. Aber um ehrlich zu sein, ich kann mir nicht vorstellen, dass er den entscheidenden Unterschied ausgemacht hätte. Sie?«

»Eigentlich nicht.«

Der Klient schien darüber nachzudenken, dann nickte er. »Also gut. Ich denke, wir wissen beide, dass Sie klargemacht haben, was Sie klarmachen wollten. Das war eine sehr eindrucksvolle Demonstration. Damit haben meine Leute natürlich nicht gerechnet. Und Sie haben die Situation perfekt ausgenützt. Die Botschaft ist unmissverständlich: Sie können sich jederzeit an mich heranmachen, ganz egal, was ich unternehme. Aber, wie ich bereits gesagt habe, das wäre alles nicht nötig gewesen. Wir sind keine Gegner. Wir stehen in diesem Fall auf derselben Seite.«

»Das ist unmöglich«, erwiderte Victor. »Auf meiner Seite steht niemand außer mir.«

Der Klient neigte den Kopf und ließ ein süffisantes Grinsen sehen. Dann zuckte er mit den Schultern. »Von mir aus. Muir hat mich über das informiert, was in Prag passiert ist. Sie haben versagt. Die ganze Sache hätte schön ruhig und sauber über die Bühne gehen sollen. Deswegen habe ich Sie engagiert. Man hat mir gesagt, dass Sie so etwas können. Muir hat sogar behauptet, dass Sie der Beste sind, verdammte Scheiße noch mal.«

»Muir hätte Ihnen auch sagen sollen, dass Sie nicht unflätig werden sollen, wenn Sie mit mir reden.«

»Oh, das hat sie. Ich weiß alles über Sie und Ihre kleinen Marotten. Aber ich habe mich entschlossen, Muirs Ratschläge zu missachten. Glauben Sie ernsthaft, dass Ihr empfindsames Gemüt mich einen feuchten Scheißdreck interessiert? Ich rede so, wie ich will. Wenn Ihnen das nicht passt, da ist die Tür.« Er zeigte in die entsprechende Richtung. »Aber Sie gehen hier doch ganz bestimmt nicht weg, nur weil Ihnen meine Wortwahl nicht passt, oder, junger Mann?«

»Ich glaube, Sie vergessen, wer hier am längeren Hebel sitzt.«

Der Klient schüttelte den Kopf. »Sparen Sie sich Ihre kaum verhüllten Drohungen. Ich hätte nicht fünfeinhalbtausend Kilometer weit fliegen müssen. Ich hätte mich nicht mit Ihnen treffen müssen. Bis jetzt hatten Sie keinen Schimmer, wer ich bin, und dabei hätte ich es belassen können. Aber das habe ich nicht gemacht. Ich bin hier, oder etwa nicht? Als höfliche Geste Ihnen und Muir gegenüber. Ich finde, dafür habe ich so etwas wie ein Dankeschön verdient, oder etwa nicht?«

»Ich bin ganz überwältigt vor Dankbarkeit«, sagte Victor.

Der Klient grinste. »Schön. Warum wenden wir uns dann nicht dem Geschäftlichen zu? Ich bin sicher, dass Sie genauso schnell wieder hier wegwollen wie ich. Unsere Zeit ist doch viel zu kostbar, um sie mit so einem Zirkus zu verschwenden. Also warum haben Sie mich hierhergeholt?«

»Um Ihnen eine Frage zu stellen«, erwiderte Victor. »Haben Sie sie geschickt?«

»Nein«, sagte der Klient mit fester, entschiedener Stimme. »Ich habe sie nicht geschickt.«

Victor sah ihm direkt in die Augen. Er erwiderte seinen Blick, ohne einmal zu blinzeln. Victor glaubte ihm.

»Dann hat es also doch mit Ihnen zu tun«, meinte der Klient. »Ihre Vergangenheit holt Sie ein. Und das ist eine ziemlich beachtliche Vergangenheit, nicht wahr?«

»Von der Sie nicht einmal die Hälfte kennen.«

»Was soll's. Wir sind geschiedene Leute. Ich werde Sie nie wieder beauftragen. Sie schleppen zu viel Ballast mit sich herum. Sie sind nicht mehr effektiv. Das hat Prag eindeutig bewiesen.« Er zeigte auf die Tür hinter Victor. »Darf ich?«

Victor rührte sich nicht von der Stelle. »Wenn meine Vergangenheit mich einholt, dann weiß ich das.«

»Ich habe keine Ahnung, was das heißen soll, und es kümmert mich auch nicht. Wie gesagt: Wir sind geschiedene Leute. Und ich gehe jetzt. Das ist doch die reinste Zeitverschwendung.«

Der Klient war jetzt nur noch eine Armlänge von ihm entfernt. Er wollte, dass Victor ihm Platz machte. Doch der blieb stehen.

Victor sagte: »Wenn sie mich töten wollte, warum hat sie es dann nicht noch einmal versucht?«

Der Klient wartete ab.

»Wenn sie die Vergangenheit ist, die mich eingeholt hat, warum hat sie mich dann entwischen lassen?«

»Muir hat gesagt, Sie seien ihr entkommen.«

»Mit knapper Not«, erwiderte Victor. »Wenn diese Frau mich wirklich bis nach Prag verfolgt hat, warum hat sie mich nicht schon früher aufgestöbert? Und warum hat sie seither keinen Versuch mehr unternommen?«

»Woher soll ich das wissen?«

»Ich weiß es auch nicht.«

»Sie reden wirres Zeug. Ich fange an, mich zu langweilen.«

»Nicht mehr lange«, sagte Victor. »Wenn ich ihr primäres Ziel wäre, dann hätte sie mich auch irgendwo anders attackieren können. Wenn sie wirklich von jemandem beauftragt worden ist, dem ich in der Vergangenheit auf die Füße getreten bin, warum wartet sie erst so lange und schlägt dann ausgerechnet in diesem Augenblick zu?«

»Fahren Sie fort«, sagte der Klient.

»Vielleicht bin ich gar nicht ihr primäres Ziel. Vielleicht hängt es mit der Person zusammen, die ich ausschalten sollte.«

»Sie wollen damit sagen, dass sie den Prinzen beschützen sollte.«

»Ich will damit sagen, dass das sehr viel schlüssiger klingt.«

»Also gut«, meinte der Klient. »Ich höre.«

»Sie ist eins fünfundsiebzig groß, Rechtshänderin, einundfünfzig bis zweiundfünfzig Kilo schwer, Anfang dreißig, dunkle Haare, helle Haut, braune Augen, stammt aus dem Nahen Osten, womöglich mit persischen Vorfahren, aber mit einem Knochenbau, der für kalziumreiche, westliche Ernährung spricht. Ich vermute, sie ist Amerikanerin. Vielleicht ist ihre Familie während der iranischen Revolution emigriert. Schätzungsweise ist sie eine von Ihren Leuten. Operativ ist sie genauso gut wie ich. Sie hat genau gewusst, was ich vorhabe, und ich habe sie erst eine Sekunde, bevor ich tot gewesen wäre, überhaupt bemerkt. Wer ist sie?«

Der Klient stieß den Atem aus und schüttelte den Kopf. »Ich ... ich bin mir unsicher ... die Beschreibung allein reicht nicht ...«

»Sie sind sich vielleicht nicht sicher, aber Sie haben eine Vermutung. Allerdings brauchen wir keine Ratespielchen zu veranstalten. Hier ...« Victor zog ein Blatt Papier aus seiner Jacketttasche und faltete es auseinander. »So sieht sie aus.«

Der Klient nahm Victor das Blatt ab und hielt es ins Licht. Sofort veränderte sich sein Gesichtsausdruck, aber er betrachtete die Skizze, die Victor von der Angreiferin angefertigt hatte, noch lange Zeit. Als er sich dann wieder zu Victor wandte, sah er traurig aus.

»Scheiße«, sagte der Klient. »Das ist eine von meinen Leuten.«

Kapitel 17

»Ich meine, sie *war* eine von meinen Leuten«, fügte er hastig hinzu.

»Wer sind Sie?«, wollte Victor wissen.

Der Klient gab ihm die Skizze zurück. »Ich heiße Jim Halleck.« Er streckte Victor die Hand entgegen. Sie sah kräftig, mitgenommen und rau aus. Victor betrachtete die Hand, die da zwischen ihnen in der Luft hing, ohne einen Finger zu rühren.

Halleck ließ die Hand wieder sinken. »Es gibt keinen Grund, unfreundlich zu sein.«

»Es gibt allen Grund.«

»Von mir aus. Muir hat gesagt, dass Sie Ihren Namen lieber für sich behalten wollen. Sie nennt Sie Tesseract.«

»Das ist ein Codename, den ich allem Anschein nach nicht wieder loswerde.«

»Besser als gar keiner. Dann halte ich es am besten so wie Muir und nenne Sie auch Mr Tesseract.«

»Etwas anderes wäre mir lieber.«

Halleck zuckte mit den Schultern. »Sie lassen mir ja keine große Wahl, oder?«

»Für wen arbeiten Sie? Die CIA?«

»Das trifft es nicht ganz. Genau wie Sie bin auch ich irgendwie mit der CIA verbunden, allerdings nicht offiziell. Ich leite meine eigene Spezialeinheit. Ein kleines Team von Fachkräften. Wir sind unabhängig, aber mit Verbindungen zu den üblichen Verdächtigen. Wir arbeiten für das Pentagon, die DIA, die NSA, den Heimatschutz, das FBI, die Auslandsgeheimdienste, aber auch für die CIA.«

»Sie sind Teil der *Activity*?«

Halleck winkte ab. »Das ist ein veraltetes Etikett. Die *Activity* existiert nicht mehr. Zumindest nicht mit den Strukturen von früher. Heutzutage ist sie in viele kleine Abteilungen und verdeckte Sondereinheiten zersplittert. Und ein paar Originalbestandteile sind auch noch im Spiel.«

»Sie kontrollieren also eine dieser Einheiten?«, hakte Victor nach.

Halleck nickte und kratzte sich im Nacken.

Victor sagte: »Erzählen Sie mir etwas über diese Frau.«

»Sie hat sich vor drei Jahren abgesetzt, während eines Einsatzes im Jemen. Zuerst haben wir gedacht, sie hätte sich einfach aus dem Staub gemacht. Das kommt gelegentlich vor, nicht nur bei der Armee. Geheimdienst-Deserteure. Nicht oft, aber eben doch. Dann ist sie zwölf Monate später wieder aufgetaucht, als freiberufliche Auftragskillerin. Natürlich haben wir versucht, ihr das Handwerk zu legen. Aber sie weiß ganz genau, wie wir arbeiten und wie sie uns aus dem Weg gehen kann. In letzter Zeit ist sie uns mehrfach sehr nahe gekommen, hat CIA-Unterstützer und Agenten im Nahen Osten und Europa ausgeschaltet. Ihr Deckname lautet Raven.«

»Und ihr richtiger Name?«

»Constance Stone. Sie haben recht mit Ihrer Vermutung. Sie ist in den USA aufgewachsen, aber ihr Vater ist Inder persischer Abstammung. Angefangen hat sie bei der CIA, war dort eine herausragende Mitarbeiterin in der Special Activities Division. Kam direkt vom College und hat eine Bilderbuchkarriere hingelegt. Keine militärische Ausbildung, jedenfalls nicht, soweit wir wissen. Ich habe mit ihr zusammengearbeitet und gleich gemerkt, dass sie dort ihr Talent verschleudert. Darum habe ich ihr einen Job in meiner Einheit angeboten und habe sie ausgebildet. Sie war meine beste Agentin.«

»Warum hat sie sich abgesetzt?«

Halleck schüttelte den Kopf. »Das weiß ich nicht. Warum wechselt jemand aus dem staatlichen in den privaten Sektor? Dort wird besser bezahlt.« Er warf Victor einen Blick zu. »War das bei Ihnen nicht genauso?«

»Wie das bei mir war, behalte ich lieber für mich, wenn Sie nichts dagegen haben.«

»Ich weiß, wie es bei Ihnen war.«

Victor erwiderte: »Dann lasse ich Sie gerne in dem Glauben.«

Halleck drehte sich um und lehnte sich mit dem Rücken an die Wand, ließ die Schultern kreisen, um seine Muskulatur zu entspannen. Er war jetzt schon ziemlich lange auf den Beinen.

Victor sagte: »Aus welchem Grund könnte sie Al-Waleed beschützt haben?«

»Wollen Sie etwa behaupten, das sei kein Zufall gewesen?«

Victor blieb stumm.

»Al-Waleed steht schon lange auf der Liste unserer Problemfälle. Schon damals, als Raven noch für mich gearbeitet hat.«

Noch bevor Halleck zu Ende gesprochen hatte, schüttelte

Victor den Kopf. »Nein, sie hat nicht drei Jahre lang Däumchen gedreht und abgewartet, bis Sie ihn ins Visier nehmen. Sie hat genau gewusst, wann und wo das Attentat stattfinden soll. Das heißt, dass ihre Informationen auf dem neuesten Stand sind.«

»Das ist ausgeschlossen.«

»Wenn es das wäre, würden wir dieses Gespräch jetzt nicht führen. Irgendwie hat sie erfahren, dass der Prinz die Zielperson war und ich der Attentäter. Das bedeutet, dass Sie entweder ein Leck haben oder dass sie immer noch Zugang zu Ihren Daten hat.«

»Scheiße«, meinte Halleck. »Aber warum? Warum sollte sie ihn schützen wollen?«

»Weil sie freiberuflich arbeitet. Weil der private Sektor besser bezahlt. Haben Sie doch selbst gesagt. Wenn sie weiß, wen Sie umbringen lassen wollen, dann kann sie ein hübsches Sümmchen damit verdienen, genau das zu verhindern. Wenn Ihnen jemand nach dem Leben trachten würde, was wäre es Ihnen wert, das zu unterbinden?«

Halleck wandte den Blick ab.

Victor fuhr fort: »Haben Sie in letzter Zeit jemanden von Ihren Leuten verloren?«

»Ob jemand getötet worden ist? Nein.«

»Vielleicht eine überraschende Gefangennahme während einer Spionageoperation?«

Halleck schnaufte. Seine Lippen wurden schmal.

»Sie liefert Ihre Leute ans Messer. Sie sabotiert Ihre Operationen. Warum?«

»Wegen des Geldes. Das hatten wir doch schon.«

»Was haben Sie ihr angetan?«

»Wie meinen Sie das?«

»Sie schädigt Ihre Einheit, so gut sie nur kann. Vielleicht verdient sie dabei auch noch eine schöne Stange Geld, das kann schon sein, aber wenn sie Ihnen wirklich so geschickt aus dem

Weg geht, wie Sie sagen, warum streckt sie dann den Kopf so weit nach draußen? Das ist doch unglaublich riskant. Das macht sie nur, wenn es dafür einen sehr guten Grund gibt. Und darum frage ich Sie noch einmal: Was haben Sie ihr angetan?«

Halleck schluckte. »Ihr nicht. Aber ihrem Freund.«

»Fahren Sie fort.«

»Sie hatte eine Liebesbeziehung mit einem meiner Männer. Er war im Jemen in ihrem Team. Sie waren einer Terrorzelle auf der Spur …« Er unterbrach sich und starrte an die Decke. »Aber unsere Informationen waren falsch. Sie ist nur mit knapper Not entkommen. Im Gegensatz zu ihrem Geliebten.«

»Sie gibt Ihnen die Schuld daran?«

»Ich hatte sehr zuverlässige Quellen zur Verfügung, aber hundertprozentige Sicherheit gibt es eben nicht, stimmt's? Es war einfach Pech. Allerdings hat sie es nicht so gesehen. Wie gesagt, sie hat sich dann abgesetzt.«

»Und jetzt will sie sich rächen.«

»Das ist Ihre Schlussfolgerung, nicht meine. Aber falls Sie recht haben sollten … sie besitzt Listen mit all unseren verdeckten Agenten und den geheimsten Geheimoperationen. Sie hat bereits dafür gesorgt, dass einer meiner Männer lebenslänglich in einem Gefängnis in Schanghai schmort, und sie hat den Prag-Auftrag sabotiert. Wer weiß, was ihr als Nächstes einfällt?«

Victor hielt einen Moment inne, weil draußen in der Gasse Schritte ertönten. Waren das Hallecks Männer? Doch dann hörte er Kinderlachen und entspannte sich wieder.

»Woher hat sie gewusst, dass ich auf Al-Waleed angesetzt war? Ich dürfte doch auf keiner Liste auftauchen.«

»Die CIA ist erst in zweiter Linie eine Spionageorganisation. In erster Linie ist sie eine Bürokratie. Alle stehen auf irgendeiner Liste. Wir haben sogar Listen von Listen angefertigt.«

»Warum höre ich heute das erste Mal davon?«

»Weil wir bis gerade eben, bis Sie sie eindeutig identifiziert haben, nicht wussten, wer sie ist und was sie will. Nur für den Fall, dass Sie es nicht bemerkt haben sollten: Sie ist gut. Schließlich habe ich sie ausgebildet.«

»Was ist wahrscheinlicher: ein Leck in Ihrer Organisation oder dass Raven immer noch Zugriff auf Ihre Daten hat?«

»Ein Leck. Ich kann mir zwar nicht vorstellen, dass irgendeiner meiner Leute so etwas machen würde, aber selbst wenn Raven eine gute Hackerin wäre, könnte sie sich niemals in unserem aktuellen System zurechtfinden. Drei Jahre sind eine lange Zeit. Da wird vieles geändert.«

»Suchen Sie das Leck.«

»Oh, das habe ich vor, ganz bestimmt. Und ich kümmere mich darum, dass es gestopft wird, da brauchen Sie sich keine Sorgen zu machen.«

»Ich mache mir niemals Sorgen. Sobald Sie wissen, wer dafür verantwortlich ist, sagen Sie mir Bescheid.«

»Moment mal, mein Freund«, sagte Halleck mit hoch erhobenen Händen. »Falls es tatsächlich jemanden gibt, der uns an Raven verraten hat, dann bekommt er seine gerechte Strafe. Aber durch die Gerichte. Ich werde den Verantwortlichen keinesfalls einem kaltblütigen Mörder ausliefern. Nichts für ungut.«

»Kein Problem«, erwiderte Victor. »Aber ich habe nicht vor, den Betreffenden umzubringen. Ich möchte ihn nur benutzen, um an Raven heranzukommen. Und als Erstes brauche ich ihre Akte. Jedes noch so winzige Detail, das Sie über sie haben.«

»Wieso?«

»Ist das nicht offensichtlich?«

»Sie wollen sich auf ihre Fährte setzen?«

Victor nickte. »Selbstverständlich.«

»Obwohl Sie glauben, dass sie Sie persönlich ins Visier genommen hat?«

»Das ist die Schlussfolgerung, die ich gezogen habe, allerdings auf einer sehr begrenzten Indizienbasis. Nicht wirklich überzeugend. Aber falls ich die Zielperson bin, dann will ich es wissen. Ich will die Gründe erfahren und vor allem will ich die Bedrohung dann auf meine Art und Weise beenden. Ich habe auch ohne Raven schon genügend Feinde am Hals, die mir das Leben schwer machen.«

»Aber wenn Sie sich auf die Suche nach ihr machen und nicht ihre Zielperson sind, dann werden Sie früher oder später dazu werden.«

»Ich muss mich ohnehin so verhalten, als wäre ich es. Und dann ist der Unterschied, falls es tatsächlich so sein sollte, nicht mehr besonders groß.«

»Also gut.« Der Klient nickte. »Ich sage Muir, sie soll Ihnen Ravens Akte schicken.«

»Nein. Ich bleibe im direkten Kontakt mit Ihnen. Keine Mittelsmänner.«

»Was haben Sie denn gegen Muir?«

»Nichts. Aber ich halte sehr viel davon, Informationen mit so wenigen Personen wie nötig zu teilen.«

»Ich weiß nicht, ob ich mich damit arrangieren kann. Schließlich habe ich mich zuerst an Muir gewandt. Ich kenne sie. Ich finde, sie sollte mit im Boot bleiben.«

»Was Sie finden, ist mir völlig gleichgültig. Sie haben mich mit der Ermordung einer Zielperson beauftragt, und jetzt habe ich eine Ihrer ehemaligen Mitarbeiterinnen an den Hacken. Sie sind mir etwas schuldig. Und darum machen wir es genauso, wie ich es will.«

Halleck überlegte. »Sieht nicht so aus, als hätte ich eine große Wahl.«

»So ist es.«

»Und wenn Muir sauer ist, weil wir sie nicht eingeweiht haben?«

»Sie ist eine erwachsene Frau. Sie ist Profi. Sie wird darüber hinwegkommen. Ich bin sicher, dass ihre psychologische Untersuchung keine irrationalen Eifersuchtstendenzen zutage gefördert hat.«

»Na gut. Ich bin also Ihr alleiniger Ansprechpartner.«

»Ich habe noch eine Frage zu Raven«, sagte Victor. »Hatte sie, bevor sie sich abgesetzt hat, vielleicht mal einen Auftrag in der Dominikanischen Republik?«

»Ja. Das ist jetzt vielleicht drei Jahre her. War einer ihrer letzten Aufträge, bevor sie verschwunden ist. Warum?«

»Hat sie damals alleine gearbeitet oder hatte sie Kontakt mit irgendwelchen Mittelsmännern vor Ort oder ehemaligen CIA-Mitarbeitern?«

»Mit einem ortsansässigen Kontaktmann. Wieso?«

»Könnte es sein, dass sie dort engere Kontakte geknüpft hat? Dass es einen Grund gab, dorthin zurückzukehren?«

»Sie war seitdem nicht mehr dort. Das wissen wir.«

»Wer war der Kontaktmann?«

»Jean-Claude Marte. Er ist ein professioneller Vermittler. Ausweise. Sie wissen schon. Hat sehr enge Verbindungen zu den Kartellen da unten. Macht all ihre Papiere. Sie kennen vermutlich ein Dutzend solcher Leute.«

»Zwei Dutzend«, entgegnete Victor. »Welche Tarnung benützt er?«

»Wie meinen Sie das?«

»Na ja, Marte hat ja wahrscheinlich keinen Laden, der Fälschungen & Co. heißt. Was arbeitet er? Welche legale Fassade benutzt er?«

Halleck überlegte, blickte an die Decke, blickte nach links, suchte nach Erinnerungen, die er seit drei Jahren nicht mehr gebraucht hatte. Dann sagte er: »Wenn ich mich nicht täusche, dann war er Tabakwarenhändler.«

Victor machte die Tür auf. »Schicken Sie mir bis heute Abend eine E-Mail mit allem, was Sie über Raven haben. Den Rest erledige ich.«

»Wissen Sie was?«, rief Halleck ihm nach. »Dass Sie einem überhaupt nichts erklären, das kann einem wirklich auf den Zeiger gehen.«

»Ich weiß«, erwiderte Victor. »Das ist ja gerade das, was den Spaß ausmacht.«

Kapitel 18

Die Dominikanische Republik nimmt fast zwei Drittel der Insel Hispaniola in der südlichen Karibik ein. Die restliche Fläche entfällt auf den Nachbarstaat Haiti. Victor landete, nachdem er erst nach Jamaika und dann auf die Turks- und Caicos-Inseln geflogen war, per Boot aus dem Norden, von Grand Turk Island kommend, in Haiti.

Der Hafen war kaum mehr als eine Uferstraße, heruntergekommen und halb verfallen … eine Folge ständiger Vernachlässigung und mehrerer Naturkatastrophen. Schlecht gekleidete, unterernährte Kinder spielten auf den Straßen. An ihren bloßen Fußsohlen hatte sich eine dicke, rissige Schicht Hornhaut gebildet. Sie schienen von ihrer Armut nichts zu wissen, spielten mit platten Fußbällen oder jagten verwilderten Hunden und Katzen nach.

Er fuhr mit dem Bus über die Grenze und gelangte nach San Fernando de Montecristi an der Nordwestküste. Von dort war es nur noch ein kurzer Inlandsflug in einer gecharterten zweimotorigen Cessna bis in die Hauptstadt Santo Domingo.

Die kreisförmige Route hatte die Reise um einen ganzen Tag verlängert, aber selbst ohne die akute Bedrohung durch Raven – er nahm nur im äußersten Notfall den direkten Weg. Raven war keineswegs die Einzige, die ihm nach dem Leben trachtete, und selbst Verbündete wie Halleck oder Muir konnten sich eines Tages gegen ihn wenden. Sie wussten oder vermuteten bereits, dass er in die Dominikanische Republik wollte. Und mit einem Direktflug hätte es nur eine einfache Überprüfung der Passagierlisten gebraucht, um eine seiner falschen Identitäten auffliegen zu lassen.

Der Cessna-Pilot war ein siebzig Jahre alter US-Amerikaner, ein ehemaliger Marineflieger, der darauf bestand, dass Victor vorn neben ihm auf dem Sitz des Kopiloten Platz nahm. So konnte er ihm von den vielen Luftgefechten berichten, die er im Vietnamkrieg mitgemacht hatte.

»Was führt Sie denn in die Dom Rep?«, erkundigte sich der Pilot.

»Die Frauen«, entgegnete Victor.

Sie folgten einem mehr oder weniger südöstlichen Kurs über das üppige Grün des Cibao-Tales und die Gipfel der Cordillera Central hinweg. Immer wieder flogen sie durch leuchtend weiße Wolkenfetzen hindurch.

»Lassen Sie mich wissen, wenn Sie das nächste Mal in Montecristi sind«, sagte der Pilot, als sie sich zum Abschied die Hand gaben. »Dann bringe ich Sie in ein Bordell, wo Sie nie wieder wegwollen.«

»Klingt verführerisch«, meinte Victor.

Jean-Claude Marte war nur schwer zu finden. Sowohl sein Vor- als auch sein Nachname waren in der Dominikanischen Republik weit verbreitet. Vor drei Jahren hatte er einen Tabakladen, aber das war nur seine Tarnexistenz gewesen. Ein Name, ein veraltetes Foto und eine überholte Berufsangabe, das war nicht viel.

Halleck hatte Victor dasselbe Foto geschickt, das er vor drei Jahren auch Raven gegeben hatte. Es war eine Kopie einer Polaroidaufnahme und schon damals nicht mehr aktuell gewesen – Marte beim Pokern in einem heißen, rauchgeschwängerten Zimmer. Er unterschied sich von den anderen Pokerspielern durch den roten Kreis, mit dem sein Gesicht markiert wurde. Halleck konnte Victor nicht sagen, von wann die Aufnahme stammte, aber sie war eindeutig schon mindestens zehn Jahre alt. Der Marte, der darauf abgebildet war, war ein hagerer Haitianer mit dunkler Haut. Er saß direkt unter einer nackten, leuchtenden Glühbirne. Sein Alter war nur schwer abzuschätzen, da das Bild von miserabler Qualität war. Eine Kopie oder vielleicht sogar die Kopie einer Kopie, dazu noch der Rauch, der wie ein Filter wirkte. Jedenfalls war Marte, nach allem, was auf dieser Aufnahme zu sehen war, zwischen zwanzig und vierzig Jahren alt.

Das bedeutete, dass er heute mindestens dreißig sein musste. Oder vielleicht auch Ende vierzig. Kein besonders hilfreiches Kriterium für eine Personensuche. Aber er hatte auch schon mit noch weniger Material Erfolg gehabt.

Zunächst einmal füllte Victor seine Energiereserven mit einem späten Frühstück nach landestypischer Art auf: gebratene Kochbananen mit Eiern und Salami. Die Portion war so groß, dass er nur die Hälfte essen konnte. Er versicherte dem niedergeschlagenen Barbesitzer, dass es köstlich geschmeckt hatte.

Draußen herrschte eine schwüle Hitze. Er trug ein billiges Leinenhemd und hatte die Ärmel bis zu den Ellbogen hochgekrempelt. Ein T-Shirt wäre angenehmer gewesen, aber die hässliche Narbe auf seinem rechten Trizeps war zu auffällig. Dasselbe galt für die weißen Flecken auf seinem linken Bizeps. Seine zahlreichen Wunden waren wie Brandzeichen, und obwohl er durch seine weiße Hautfarbe hier sowieso schon auffiel, hätten die Narben jedem klargemacht, dass er weder ein einfacher Tourist noch Mitarbeiter einer Hilfsorganisation war. Sie provozierten Neugier und Fragen und waren genauso eindeutige Identifikationsmerkmale wie ein Fingerabdruck. Er hatte zwar auch auf den Unterarmen die eine oder andere Narbe, aber die waren nach etlichen Schönheitsoperationen und durch die Behaarung so gut wie nicht mehr zu erkennen.

Er trug keine Waffe bei sich, da es praktisch unmöglich war, eine Pistole durch die Flughafenkontrollen zu schmuggeln. Das

Risiko war einfach zu groß. Und in der Dominikanischen Republik hatte er keine Kontaktleute und auch kein verstecktes Lager, wo er sich hätte bedienen können.

Mit einer Handbewegung verscheuchte er ein paar Fliegen und versuchte, nicht einzuatmen, während er an einem oberirdischen Abwasserkanal vorbeikam. Es war zu warm für einen Kaffee, aber es gab sowieso weit und breit keinen Stand, zu dem er genügend Vertrauen gehabt hätte.

Er verbrachte den Tag, indem er kreuz und quer durch Santo Domingo spazierte und Tabakgeschäfte suchte. Er sprach Spanisch und plauderte mit den Leuten, die ihm handgerollte Zigaretten verkauften. Jedes Mal, wenn er einen Laden verließ, zündete er sich eine davon an und zog kurz daran, damit der Tabak brannte, aber ohne zu inhalieren. Dann blies er den Rauch nach draußen und drückte die Zigarette aus. Sobald die Glut erloschen und der Stummel abgekühlt war, schnupperte er an den Rückständen. Anschließend warf er sie weg.

Nach dem dritten Tabakhändler hatte er einen ekligen Geschmack im Mund und weder hinsichtlich der Händler noch der Zigaretten irgendwelche Fortschritte erzielt.

Hinter den modernen Hotelkomplexen und den Wolkenkratzern lag die Altstadt, die sogenannte Zona Colonial. Er ging durch schmale Gassen, die kaum breiter waren als seine Schultern, vorbei an leuchtend bunten Haustüren und Fenstern mit dicken gusseisernen Gittern. Und er kam an Häusern vorüber, die von Wirbelstürmen, Erdbeben oder dem unbarmherzig nagenden Zahn der Zeit in Ruinen verwandelt worden waren.

Er trug einen Rucksack und hielt einen Reiseführer in der Hand, um auch garantiert wie ein Tourist auszusehen. Den Rücken des Reiseführers hatte er mehrfach umgeknickt und das Buch außerdem etliche Male gegen die Wand seines Hotelzimmers geworfen, damit es gebraucht und damit glaubwürdig aussah.

Sein Spanisch war gut, aber mit den afrikanischen Einflüssen auf den lokalen Dialekt war er nicht vertraut. Darum verstand er immer wieder einzelne Wörter nicht und hatte gelegentlich auch Probleme mit Grammatik und Satzbau. Seine Suche nach Jean-Claude Marte erwies sich jedenfalls als problematisch.

Auf den Straßen tummelten sich Dominikaner, Puerto-Ricaner und Haitianer, aber daneben auch viele Einwanderer und Touristen. Er sah Einheimische, die Baseballtrikots und -mützen dominikanischer, aber auch US-amerikanischer Teams trugen. Die New York Yankees schienen die größte Popularität zu genießen.

Zigarren- und Zigarettenstände gab es beinahe so viele wie Souvenirläden. Niemand schien einen Jean-Claude Marte zu kennen, und das, obwohl Victor reichlich Trinkgelder verteilte. Er hatte dominikanische Pesos dabei, aber auch eine ganze Menge US-Dollar.

Dann landete er auf einem belebten Platz voller Einheimischer, Touristen und Tauben. Zigarrenrauch hing in der Luft. Victor setzte sich auf einen umgekippten Plastikkorb im Schatten eines Mahagonibaums und ließ sich von einem zehn-, elfjährigen Jungen die Schuhe putzen. Es wäre eigentlich gar nicht nötig gewesen, aber der Junge schrubbte und polierte so lange, bis sie wie neu aussahen. Er trug kein Hemd, und Victor konnte jeden einzelnen Wirbel sehen, die sich wie ein Gebirgszug über seinen Rücken zogen.

Währenddessen suchte Victor die Umgebung nach eventuellen Beschattern ab. Ein Mann mit einer verspiegelten Sonnenbrille stand neben einer Bronzestatue von Christoph Kolumbus und trank Zuckerrohrsaft aus einer Plastikflasche. Nach einer Minute schraubte er den Deckel auf die Flasche und ging weg.

Als der Junge fertig war, rasselte er mit den Pesostücken in seiner Blechdose. Victor steckte ein paar Münzen hinein und dann, als der Junge gerade nicht hinsah, einen zusammengefalteten Hundertdollarschein.

Der Platz war von Steinhäusern umgeben. Überdachte Bogengänge führten in unterschiedliche Richtungen. Im Süden befand sich der doppelte Torbogen mit dem Eingang zur Kathedrale Santa María la Menor. Er trat aus der Hitze ins Innere der Kirche. Einige wenige Einheimische und Touristen hatten die gleiche Idee gehabt. Er bewunderte die Buntglasfenster und wartete gleichzeitig, ob ihm jemand folgte.

Doch es kam niemand.

Wie jeder gewöhnliche Tourist schlenderte er an Marktständen vorbei und durch die Geschäfte und Boutiquen. Gelegentlich blieb er irgendwo stehen und sah sich die angebotenen Waren an. Schmuckstücke aus Bernstein oder Larimar waren besonders verbreitet. Bei alledem behielt er ununterbrochen die Umgebung im Auge.

Er kam an Cafés vorbei, wo Touristen im Freien saßen und an ihren Fruchtsäften oder Cocktails nippten. In der Altstadt gab es zahlreiche Plätze mit jahrhundertealten Kolonialgebäuden, die Stolz und Eleganz ausstrahlten und ausreichend Gelegenheit boten, bewundernd stehen zu bleiben, während er gleichzeitig nach Beschattern Ausschau hielt.

Ein magerer Dominikaner mit einer kurzen Jeans und einem gelben T-Shirt kam auf ihn zu und stellte sich als offizieller Fremdenführer vor. Der Mann war barfuß und lächelte über das ganze Gesicht. Die Haare über der breiten Stirn waren glatt zurückgekämmt. Sein kurzer, aber ungepflegter, fleckiger Bart reichte bis hinauf zu den Wangenknochen. Kleine Augen blickten unter buschigen Augenbrauen hervor und fixierten Victor. Seine Nase war lang und ziemlich verbogen – entweder durch eine Verletzung oder durch eine unvorteilhafte genetische Disposition. Sein Hals war sehr muskulös, aber die Schultern waren schmal. Der Mann war fit und stark, aber nur infolge harter Arbeit. Von Natur aus schwach, hatte er diesen Nachteil durch schwere Arbeit und die Prüfungen des Lebens wieder wettgemacht.

Sein Körperfettanteil war so niedrig wie nur möglich, solange man nicht verhungern wollte. Die Adern an seinen Unterarmen bildeten ein deutlich sichtbares Labyrinth. Seine kleinen Hände waren gebräunt und rau, die Fingernägel abgebissen und abgerissen.

Der Kerl war kein Stadtführer. Er war ein Gauner, der Touristen abzocken wollte. Genau das, was Victor brauchte.

»Wie heißt du?«, wollte er wissen.

»Ich bin der Große Sylvester.« Er grinste. »Du kannst mich Sylvester nennen.«

»Wie viel verlangst du, Sylvester?«, erkundigte sich Victor.

»Fünfzig Dollar für einen Tag«, lautete die Antwort, begleitet vom nächsten breiten Grinsen.

»Du meinst, ich gebe dir fünfzig Dollar und du gehst mit mir zum Markt und dann verlieren wir uns leider in der Menge und ich sehe dich nie wieder?«

Das Grinsen erstarb. »Ich würde niemals …«

»Verschon mich«, sagte Victor und holte fünfzig Dollar aus seinem Portemonnaie. »Ich brauche Papiere. Reisepass und so weiter. Ich habe gehört, dass es hier einen gewissen Jean-Claude geben soll, der so etwas besorgen kann. Kennst du ihn?«

»Vielleicht habe ich einen Freund, der ihn kennt.«

»Tja, wenn du aus dem ›vielleicht‹ ein ›bestimmt‹ machst, dann gebe ich dir noch einmal hundert, sobald du uns bekannt gemacht hast. Einverstanden?«

Sylvester stopfte die fünfzig Dollar in eine seiner Hosentaschen und nickte.

»Wir treffen uns bei der Fortaleza Ozama, in zwei Stunden. Und bring deinen Freund mit.«

Kapitel 19

Nachdem er sich von Sylvester verabschiedet hatte, setzte Victor sich in Bewegung. Er verharrte nur sehr ungern an einer Stelle, besonders in einer Stadt, die er noch nicht kannte. Hier war er ein Fremder, war weder mit dem Rhythmus der Straße noch mit dem Lebensgefühl der Einwohner vertraut. Jeder Spaziergang vermittelte ihm Kenntnisse, die sich irgendwann als hilfreich, ja notwendig erweisen konnten, sowohl was sein konkretes Vorhaben anging als auch hinsichtlich der deutlich anspruchsvolleren Aufgabe, am Leben zu bleiben.

Die Stadt gefiel ihm, und das, obwohl er ständig genötigt wurde, irgendwelche Snacks oder wertlose Souvenirs zu kaufen. Aber alle Menschen schienen ununterbrochen zu lächeln, als ob selbst die banalsten Tätigkeiten ein Quell steter Freude wären.

Eine halbe Stunde vor dem vereinbarten Treffen mit Sylvester schlenderte er durch eine Fußgängerzone voller Cafés, Kneipen und Geschäfte, bis er schließlich am Meer angelangt war. Eine Zeit lang blieb er stehen und blickte auf die Bucht hinaus. Anschließend ging er durch eine von Bäumen und wunderschönen Kolonialbauten gesäumte, breite Straße.

Drei Musiker spielten eine Merengue. Viele der Einheimischen improvisierten im Vorbeigehen ein paar Tanzschritte. Victor lächelte und klatschte in die Hände, so, wie er es bei anderen Touristen gesehen hatte. Ein einheimisches Mädchen griff nach seiner Hand, wollte, dass er mit ihr tanzte, doch er schüttelte nur den Kopf und ging weiter. Ein Straßenhändler verkaufte Kokosnüsse. Für einen Dollar extra überließ der Verkäufer Victor die Machete, damit er die Nuss eigenhändig aufschlagen konnte. Dann steckte er einen Strohhalm hinein, und Victor trank die Kokosmilch, während er sich auf den Weg zu der im 16. Jahrhundert erbauten Festung Fortaleza Ozama machte.

Er wartete auf der Festungsmauer, gleich neben einer alten Kanone, die auf den Fluss gerichtet war und im vergangenen Jahrtausend dazu gedient hatte, Piraten und Eindringlinge angemessen zu empfangen.

Sylvester kam zu spät, und er war alleine.

»Er wollte nicht herkommen«, sagte er hastig. »Du musst zu ihm gehen.«

»Das war aber nicht vereinbart.«

»Ich konnte ihn nicht überreden.«

»Und dabei nennst du dich der *Große* Sylvester.«

Der Mann zuckte mit den Schultern. »Er kommt nicht hierher.«

»Du meinst, du wolltest das Geld, das ich dir gegeben habe, nicht teilen.«

Sylvester zuckte noch einmal mit den Schultern und wiederholte: »Ich konnte ihn nicht überreden.«

»Gehen wir«, sagte Victor.

Sylvester brachte Victor zu einem alten, ausgebleichten VW-Käfer im Schatten einer Palme. Er schloss den Wagen auf. Victor stand am Straßenrand und sah sich nach eventuellen Beobachtern um. Aber niemand schien sich für sie zu interessieren.

Begleitet von lautem, metallischem Kreischen zog Sylvester die Fahrertür auf. »Einsteigen.«

»Wo fahren wir hin?«

»Mein Freund wohnt außerhalb. Wie alle, die mit dem Kartell zu tun haben.«

»Wo genau?«

»In einem Dorf bei den Plantagen«, erwiderte Sylvester. »Ungefähr fünfzig Kilometer nördlich. Nur eine halbe Stunde, wenn wir Glück haben.«

Victor musterte den Mann misstrauisch. Normalerweise stieg er nicht zu einem Unbekannten ins Auto und ließ sich dann irgendwohin kutschieren. Aber er hatte keine große Wahl. Ohne

Hilfe würde er Marte nicht finden. Also zog er die Beifahrertür auf. Sie kreischte sogar noch lauter als die Fahrertür.

»Keine Sorge!« Sylvester grinste. »Der Wagen ist so sicher wie ein Haus.«

»Wenn das eine Falle ist ...«, sagte Victor. »Wenn du mich irgendwie austricksen willst, dann bin ich der schlimmste Feind, den du dir vorstellen kannst.«

Sylvester sagte nichts, aber das Grinsen verschwand von seinem Gesicht.

»Dir ist klar, dass ich das absolut ernst meine, oder?«, sagte Victor.

Der Dominikaner gab keine Antwort und setzte sich hinter das Steuer. Victor stieg ebenfalls ein. Erstaunlicherweise sprang der Wagen bei der ersten Umdrehung des Zündschlüssels an.

Sie verließen Santo Domingo in nordöstlicher Richtung und gelangten in eine Steppenlandschaft, überholten Touristenbusse, die auf dem Weg in das Zentralmassiv der Insel, die Cordillera Central, waren. Nach ungefähr zwanzig Minuten bogen sie von der Hauptstraße auf eine kleine Nebenstraße ab, die sich durch Dörfer und an Zuckerrohr- und Tabakplantagen vorbeischlängelte. Hier wurden Lasten oft nicht mit Autos, sondern mit Mulis befördert. Und überall schien Zuckerrohr zu wachsen.

Jetzt tauchten am Straßenrand ein paar Marktstände auf. Das Angebot bestand aus frischem Obst und Zuckerrohr. Mulis und parkende Autos machten die Fahrbahn noch schmaler, als sie ohnehin war, und Sylvester fuhr langsamer. An einem Stand wurden anzüglich grinsende Karnevalsmasken angeboten. Einheimische und Touristen feilschten lautstark um den besten Preis.

Ein Verkehrspolizist mit verspiegelter Sonnenbrille winkte sie an den Straßenrand.

»Was ist denn los?«, wollte Victor wissen.

»Kein Problem«, meinte Sylvester. »Er hat dein weißes Gesicht gesehen.«

»Bestechung?«

Victors Reiseführer lächelte stumm und stieg aus, um dem Polizisten einen Schein in die Hand zu drücken. Dieser klopfte ihm anschließend freundschaftlich auf die Schulter und ging weiter.

»Alles gut. Nur zehn Dollar.«

»Ein richtiges Sonderangebot«, meinte Victor.

Die Sonne näherte sich dem Horizont. Der Wind trieb Staubwolken vor einem orangerot leuchtenden Himmel über die Steppe. Flamingos, die beinahe rosa zu glühen schienen, standen im spiegelnden Wasser eines seichten Sees.

Sylvester hielt am Rand einer ziemlich heruntergekommenen kleinen Siedlung inmitten endlos scheinender Tabakfelder an.

Er stieg aus und ging ins Dorf. Victor folgte ihm. Alle Häuser waren aus Holz und in unterschiedlichen Pastelltönen gestrichen. Allerdings war die Farbe stark verblasst und an vielen Stellen abgeblättert. Die Straßen waren schmal und kurvig. Autos gab es fast keine. Zwei Frauen hängten Wäsche auf eine Leine, die über einem kleinen Balkon gespannt war. Eine winkte ihnen im Vorbeigehen zu. Jugendliche tanzten zur Merengue-Musik aus ihren Handys.

Victor kam an einer Grasfläche vorbei, auf die mit Sprühlack ein paar Baseballmarkierungen gesprüht worden waren. An den Bases war kein Gras mehr zu sehen, sondern nur nackte Erde. Auf einem kleinen Hügel, an der höchsten Stelle des Orts, stand ein gelbes Haus. Es wurde von einer Mauer umgeben. Rumpelnde Generatoren stießen Rauchwolken aus. Die Energieversorgung auf der Insel war – freundlich ausgedrückt – unberechenbar. Daher gingen viele Bewohner auf Nummer sicher. Er kam an ein paar jungen Frauen vorbei, die unter einer blinkenden Lichterkette saßen, auf ihren Oberschenkeln Tabakblätter zu Zigarren rollten und sich dabei lachend unterhielten.

Sie huschten geduckt durch einen niedrigen Torbogen und betraten eine Bar. Victor nickte den anderen Gästen, die in seine Richtung blickten, zu, und sie erwiderten sein Nicken, signalisierten ihm, dass sie seine guten Manieren zu schätzen wussten. Ein wenig kannte er sich mit den dominikanischen Sitten und Gebräuchen aus. Etliche Dutzend Männer und eine Handvoll Frauen tranken Rum und Kokosnussmilch aus gesprenkelten Gläsern. Die Tische und Stühle waren aus Mahagoni und mit zahlreichen dunklen Flecken übersät. Dominikanische Rapmusik wummerte aus den Boxen. Bunte Gemälde von berühmten dominikanischen Boxern zierten die Wände. In einer Ecke stand ein vergoldeter Messingkäfig mit einem grünen Hispaniola-Papagei, der sich gerade putzte. Es duftete nach Meeresfrüchten: gegrillte Garnelen und gebratene Makrelen.

»Warte hier«, sagte Sylvester, dann unterhielt er sich mit dem Barkeeper.

Auf einem Tisch in der Nähe stand eine große Schale mit Mangos, Orangen und Passionsfrüchten. Victor nahm sich eine Orange und ritzte die Schale mit dem Daumennagel in einer durchgehenden, kreisförmigen Linie an. Dann schälte er die eine Hälfte ab und biss kräftig hinein. Mit der anderen Hand kraulte er einem Leguan, der es sich auf dem Tisch gemütlich gemacht hatte, das Kinn.

Ein Mann torkelte auf den Ausgang zu und sagte dabei etwas auf Haitianisch. Victor hatte keine Ahnung, was die Worte bedeuteten, aber betrunkenes Lallen hört sich in jeder Sprache ungefähr gleich an.

Als etwa eine Minute vergangen war, winkte Sylvester Victor zu sich. Er trat an die Theke und wischte sich mit einer Papierserviette die Finger ab. Anschließend wickelte er die Orangenschale darin ein. Der Barkeeper hatte die Haare zu vielen kleinen, mit Perlen geschmückten Zöpfchen gebunden. Außerdem trug er eine Halskette aus blauem und schwarzem Bernstein.

»Du willst Reisepass?«, sprach ihn der Mann an.

Victor nickte.

»Du hast Geld?«

Victor nickte noch einmal.

Der Mann mit den Zöpfchen nickte ebenfalls und sagte dann: »Komm mit.«

»Geh mit«, fügte Sylvester hinzu. »Aber zuerst bekomme ich mein Geld. Hundert Dollar, bitte.«

»Fünfzig«, entgegnete Victor. »Weil du ihn nicht mitgebracht hast, wie vereinbart.«

Sylvester verzog das Gesicht, sagte aber nichts. Er winkte eine junge Frau zu sich, die am Ende der Theke auf einem Hocker saß, und bestellte sich etwas zu trinken.

Der Mann mit der Bernsteinkette und den Zöpfchen führte Victor in den hinteren Teil der Bar und durch die Küche. Dort war es so heiß und feucht, dass Victor kaum Luft bekam. Als sie auf den staubigen Hinterhof der Kneipe traten, war sein Gesicht schweißnass.

Hier standen mehrere Geländemotorräder und Quads. In der Nähe saßen fünf Dominikaner und Haitianer auf einer Bank und aßen. Es gab weißen Reis, rote Bohnen und Fisch, dazu tranken sie Mangosaft. Keiner der Haitianer war Marte – sie hatten weder das richtige Alter noch die Statur.

Einer – ein groß gewachsener Haitianer mit einer weißen Weste, die durch Schmutz und Schweiß an vielen Stellen dunkel geworden war – stand auf und trat zu dem Mann mit den Zöpfchen. Sie flüsterten kurz miteinander.

»Du willst einen Reisepass?«, wandte der Haitianer sich an Victor.

»Ja.«

»Zeig mir das Geld.«

»Wo ist der Fälscher?«, fragte Victor.

»Ich bin der Fälscher.«

Victor sah sich die Hände des Mannes an. Sie waren groß und kräftig.

»Nein, bist du nicht.«

Der Mann mit den Zöpfchen ging zurück in die Bar. Victor wäre ihm normalerweise gefolgt, aber er hielt den Blick auf den Haitianer gerichtet. Die vier Männer hinter ihm waren aufgestanden und kamen näher.

Victor hörte, wie die Hintertür der Bar ins Schloss fiel. Und obwohl er sonst kein anderes Geräusch vernahm, war er sicher, dass von innen ein Riegel vorgeschoben worden war.

»Zeig mir das Geld«, wiederholte der Haitianer und nahm eine Machete vom Tisch.

Kapitel 20

Abgesehen von Victor und den fünf Einheimischen war der Hinterhof menschenleer. Der einzige Ausgang – ein schmaler, überdachter Durchstich – lag hinter den Männern. Zwei Stockwerke darüber hängte eine Frau nasse Wäsche auf und beobachtete das Geschehen. Zwei der vier Kerle, die am Tisch gesessen hatten, hatten ein Messer gezogen. Sie waren zwar billig und stumpf, aber dennoch ausreichend, um Haut und Adern und Organe zu durchtrennen.

Eine Machete ist eine plumpe, aber durchaus effektive Waffe. Mit einem kräftigen Schwung kann man damit eine Kokosnuss in zwei Teile hauen oder einen Schädel spalten und gleichzeitig eine spontane Stirnlappenamputation durchführen. Diese spezielle Machete hier war alt und rostig, und die Klinge sah ziemlich stumpf aus, aber der Haitianer war so stark, dass er diesen Nachteil durch seine bloße Körperkraft wettmachen konnte.

»Ich habe fünfhundert Dollar bei mir«, sagte Victor. »Die kannst du haben.«

»Gut«, meinte der Haitianer. »Gib her.«

»Aber ich gebe dir das Doppelte, wenn du mir sagst, wo ich Jean-Claude Marte finde.«

»Hast du die anderen fünfhundert auch dabei?«

»Nein. Sie sind in meinem Hotelzimmer.«

»Was willst du von Marte?«

Der Haitianer hatte jetzt schon zwei Fragen gestellt, ohne das Wörtchen *Wer* zu benutzen.

»Ich möchte ihm ein paar Fragen stellen«, erwiderte Victor. »Du brauchst nichts weiter zu tun, als mir zu sagen, wo er ist, und schon hast du noch einmal fünfhundert Dollar dazuverdient.« Victor zog sein Portemonnaie hervor und warf es zwischen sich und dem Mann, der ein kleines Stück vor den anderen stand, auf den Boden. »Das sind die ersten fünfhundert. Fünfhundertdreißig, um genau zu sein.«

»Und der Rest?«

»Wie gesagt. Liegt in meinem Hotelzimmer.«

»Vielleicht hast du es ja auch dabei.« Er deutete auf Victors Hemd. »In einem versteckten Beutel. Oder im Gürtel.«

»Nein, habe ich nicht.«

Der Haitianer spitzte nachdenklich die Lippen.

Victor sagte: »Was du da gerade überlegst … tu es nicht.«

»Was denn?«, entgegnete der Haitianer mit abschätzigem Grinsen.

»Tu's nicht«, sagte Victor.

Der groß gewachsene Mann trat nervös von einem Bein auf das andere. Die anderen waren noch unruhiger. Sie gingen auf und ab, mahlten mit den Kiefern, spuckten aus oder kratzten sich.

Sie waren bewaffnet und Victor zahlenmäßig weit überlegen, aber sie waren nur einfache Kriminelle und keine Profis. Das Adrenalin tobte bereits durch ihre Adern, und es war nicht auszuschließen, dass einer etwas Unüberlegtes unternahm, bevor ihr Boss eine Entscheidung getroffen hatte.

Victor ließ den Blick ständig von einem zum anderen wandern, sodass er keinen länger als einige wenige Sekunden aus dem Auge verlor. Er verhielt sich passiv, weil er sie nicht provozieren wollte, aber gleichzeitig musste er ihnen deutlich machen, dass er keineswegs ein gewöhnliches Opfer war. Wenn er Schwäche zeigte, würde das nur ihr Selbstbewusstsein und damit auch ihre Gewaltbereitschaft erhöhen, falls sie nicht das bekamen, was sie wollten.

»Nehmt die fünfhundert und verdient euch ganz einfach noch einmal fünfhundert dazu«, sagte er. »Alles andere muss wirklich nicht sein.«

Der Haitianer starrte ihn aus blutunterlaufenen Augen an, ohne einmal zu blinzeln.

»Nun?«, hakte Victor nach, als er den Eindruck hatte, dass der große Kerl gar nichts mehr sagen wollte.

»Ich denke nach.«

Sein verkrampfter Gesichtsausdruck ließ darauf schließen, dass das Nachdenken eine große Herausforderung war.

Einer der vier anderen – derjenige, der am dichtesten bei Victor stand – spuckte aus. Ein dicker Speichelklumpen landete auf Victors Schuh. Ein Spuckefaden baumelte noch an der Unterlippe des Mannes.

Victor blickte zuerst auf seinen Schuh und dann zu dem Spucker. »Danke. Ein bisschen Politur kann nie schaden.«

Der Mann grinste. Victor wusste nicht, ob er ihn überhaupt verstanden hatte, aber das spielte auch keine Rolle.

Der Haitianer mit der weißen Weste schluckte. Zum ersten Mal blitzte so etwas wie Klarheit in seinen blutunterlaufenen Augen auf. Er lächelte.

»Nein«, sagte er. »Keine fünfhundert. Wir durchsuchen dich.«

»Ihr werdet nichts finden«, erwiderte Victor.

Der Haitianer machte einen Schritt auf ihn zu. »Dann werde ich sauer.«

Die anderen vier sprachen zwar vielleicht kein Englisch, aber der Tonfall ihres Anführers war unmissverständlich. Sie wussten, wie seine Entscheidung ausgefallen war. Trotzdem spannten sie weder die Muskeln noch sprach besondere Aggressivität aus ihren Blicken.

Der Haitianer hob die Machete. Es war mehr eine Drohgeste als tatsächlich ein Angriff, zumindest im Moment noch.

Die anderen vier kamen nun ebenfalls näher. Die beiden mit den Messern stellten sich vor die anderen beiden.

»Also gut.« Victor seufzte. »Also gut. Die anderen fünfhundert sind in meinem Gürtel.«

Er machte die Schnalle auf und zog den Gürtel aus den Schlaufen seiner Hose. Dann wickelte er ihn zu einem festen Bündel zusammen, sodass die Schnalle in der Mitte lag, und streckte es dem großen Haitianer hin.

»Hier«, sagte Victor. »Es steckt in einem Geheimfach.«

Der Haitianer lächelte triumphierend und griff nach dem Gürtel, den …

… Victor am langen Ende festhielt und gleichzeitig in seine Richtung schleuderte. Die Schnalle landete im Gesicht des Haitianers.

Rund um sein linkes Auge platzte die Haut auf. Blut lief ihm über die Wange und die Schläfe. Er taumelte beiseite, hielt sich mit der einen Hand das Gesicht und fuchtelte dabei wild mit der Machete herum.

Die beiden mit den Messern stürmten los.

Victor täuschte einen Angriff auf den ersten an. Als der zweite sich dazwischenwerfen wollte, traf er ihn mit der Gürtelschnalle an der Schläfe. Er landete mit dem Gesicht voraus auf dem Boden.

Ein Messer glitzerte im Dämmerlicht.

Victor blockte die Faust, die auf ihn zukam, mit dem Unterarm ab, ließ den Gürtel los, packte den Arm mit beiden Händen und schleuderte seinen Gegner gegen die nächste Hauswand. Der Kerl konnte zwar gerade noch rechtzeitig eine schützende Hand nach oben reißen, bevor er mit dem Gesicht auf die Mauer prallte, doch er konnte nicht verhindern, dass Victor ihm das Messer aus der Hand wand und es wegwarf.

Er blockte den Schlag von einem der beiden unbewaffneten Dominikaner ab, packte dessen Handgelenk, bevor er es zurückziehen konnte, zog den Mann ein Stück näher heran und verdrehte ihm den Arm, sodass der Ellbogen nach oben zeigte.

Mit einem kräftigen Ruck brach er ihm das Schultergelenk.

Der Mann schrie auf und versuchte erneut, Victor zu schlagen, diesmal mit der unverletzten Faust. Victor parierte den Schlag mit der Schulter, während er sich um die eigene Achse drehte. Er trat seinem Gegner auf den Spann und verpasste dem verletzten Bein anschließend einen kräftigen Tritt.

Der Kerl ging unsanft zu Boden.

Kräftige Arme packten ihn von hinten und nahmen ihn in den Schwitzkasten. Victor drehte sich um, brachte den linken Fuß zur Stabilisierung zwischen die Beine seines Angreifers und verpasste ihm einen Faustschlag in den Unterleib, gefolgt von einem Aufwärtshaken ans Kinn. Die Arme des Mannes erschlafften, und Victor stieß ihn beiseite.

Dann parierte er einen weiteren Schlag und klemmte die Faust des Angreifers zwischen Ellbogen und Rippen ein, sodass dieser den anschließenden Faustschlag auf das Brustbein wehrlos hinnehmen musste. Victor ließ den Mann los, und er taumelte benommen rückwärts, beugte sich nach vorn und rang um Atem.

Laut brüllend schwang der große Haitianer die Machete und ging zum Angriff über.

Victor schlug ihm die Waffe mit einem Unterarmhieb aus der Hand, sodass sie quer über den Boden schlitterte.

Ein Schlag in die Magengrube rammte Victor gegen eine Hauswand. Den nächsten Schlag blockte er mit erhobenem Unterarm ab, den übernächsten auch. Der Haitianer versuchte, ihn mit einem Bombardement aus Schlägen niederzuzwingen. Victor reagierte mit einem Handballenschlag auf den Wangenknochen des Angreifers, der daraufhin zur Seite taumelte.

Der Haitianer nahm die Arme hoch, wollte so Victors Attacke abblocken. Daraufhin ging Victor blitzschnell in die Knie, schlang die Arme um die Oberschenkel des anderen und warf ihn zu Boden.

Sämtliche Luft wurde aus der Lunge des Haitianers gepresst, und er war kurzzeitig wie gelähmt. Das nützte Victor aus. Er legte die Hand in den Nacken und rammte seinen Ellbogen mit aller Wucht und der gesamten Masse seines Oberkörpers auf das Brustbein seines Gegners.

Dessen Brustkorb wurde zusammengepresst, bis es nicht mehr weiter ging. Dann brachen die Rippen.

Das Geräusch erinnerte Victor an das von brechenden Zweigen in seinen Kindheitstagen. Der Haitianer stieß einen lautlosen Schrei aus.

Victor erhob sich. Der Mann lag so still wie nur möglich da. Mit mehreren gebrochenen Rippen tat auch die kleinste Bewegung mörderisch weh. Bei jedem seiner flachen Atemzüge standen ihm die Tränen in den Augen.

Victor blickte sich um, um sicherzugehen, dass auch die anderen vier sich nicht mehr wehrten, dann stellte er seinen Fuß auf den zerschmetterten Brustkorb des Haitianers.

»Wo ist Marte?«, fragte Victor und begann langsam, den Druck zu erhöhen …

Kapitel 21

Vor Martes gelb gestrichenem Haus standen keine Wachen, und auch sonst gab es keinerlei Sicherheitsmaßnahmen. So etwas war bis jetzt einfach nicht nötig gewesen. Jean-Claude Marte war ein Unantastbarer. Er wurde gefürchtet und respektiert und stand unter dem Schutz des Kartells.

Victor betrat das Haus durch die nicht abgeschlossene Hintertür. Der Flur des gelben Hauses war durch Deckenleuchten und andere Lampen hell erleuchtet, die Luft feucht und stickig, trotz der summenden Deckenventilatoren. Es roch nach gegrillten Garnelen, Zigaretten und Räucherkerzen. Ein wirres Durcheinander aus unterschiedlichen Stimmen, klirrenden Gläsern, kratzendem Besteck auf Porzellan und zischendem Fett auf glühend heißem Metall drang an sein Ohr. Er sortierte die diversen Geräusche und zählte vier, nein, fünf verschiedene Stimmen. Gut möglich, dass noch mehr Menschen da waren, die sich nicht am Gespräch beteiligten, sondern damit beschäftigt waren, zu trinken oder zu essen, zu kochen oder einfach nur zuzuhören.

Mit sorgfältig bemessenen Schritten ging er den Gang entlang. Dabei hielt er sich dicht an einer Wand, weil die Holzdielen alt waren und unter seinem Gewicht mit Sicherheit geknarrt hätten. Je näher er den Stimmen kam, desto deutlicher nahm er noch ein weiteres Geräusch wahr: ein rasselndes Kratzen, ziemlich leise. Er wusste, was das war. Da putzte jemand eine Pistole, stieß die kleine Bürste immer wieder mit schnellen Bewegungen durch den Lauf, um damit Pulverrückstände zu beseitigen.

Das bedeutete, dass zumindest ein potenzieller Gegner gerade unbewaffnet war. Vielleicht würde er es gerade noch schaffen, die ungeladene Waffe in die Hand zu nehmen, aber mehr nicht. Was mit den anderen war, ließ sich nicht mit Sicherheit sagen, aber wer Garnelen grillte oder mit Besteck aß oder eine Bierflasche in der Hand hielt, konnte nur eingeschränkt reagieren.

Er warf einen Blick durch die Türöffnung und erkannte das Problem. Die Anwesenden waren auf zwei Zimmer verteilt – die Küche und das Esszimmer. Dazwischen standen eine Frühstückstheke und eine halbe Wand. Bei einem Überraschungsauftritt konnte er also nicht alle gleichzeitig im Blick behalten.

Er ging gerade seine verschiedenen Optionen durch, da hörte er im ersten Stock eine Toilettenspülung. Er hatte oben kein Licht gesehen, also besaß das Badezimmer entweder kein Fenster oder es war bis vor Kurzem noch nicht belegt gewesen.

Victor huschte an der Tür vorbei und stellte sich mit gesenktem Kopf unter die Treppe. So musste er nicht in die Hocke gehen und blieb trotzdem unsichtbar.

Vierzig Sekunden später hörte er oben eine Tür gehen, dann Schritte. Die Treppe quietschte und knarrte laut. Die Person, die da herunterkam, war schwer – entweder übergewichtig oder sehr groß und muskulös. Der Rhythmus der Schritte ließ vermuten, dass die Person betrunken oder aus einem anderen Grund in ihrer Beweglichkeit eingeschränkt war.

Jetzt kam er in Victors Blickfeld. Es war ein Riese, so groß, dass er mit dem Schädeldach beinahe die niedrige Decke streifte. Victor sah ihn kurz im Profil, während er um die Ecke bog, und dann von hinten. Er war Gewichtheber oder etwas in der Art, jedenfalls trainierte er regelmäßig seine Arme, Schultern und den Rücken. Er schien nicht verletzt oder behindert zu sein, also nahm Victor an, dass er angetrunken war.

Mit vier langen Schritten war er direkt hinter dem Koloss. Er setzte die Füße unhörbar parallel zu den Schritten des Riesen und wurde durch dessen massige Gestalt vor den Blicken der anderen geschützt.

»Aleo«, rief jemand.

Der Riese ließ nur ein Knurren hören, und anschließend einen Aufschrei. Victor hatte ihm einen Fußtritt in die Kniekehle verpasst, und er war umgeknickt. Dadurch erhielt Victor die Gelegenheit, den Kerl so in den Schwitzkasten zu nehmen, dass sein Adamsapfel genau in Victors Ellenbeuge lag und er ihm mit Bizeps und Unterarm die Halsschlagadern blockieren konnte.

Eine Sekunde lang waren alle anderen wie gelähmt, viel zu verblüfft, um reagieren zu können. Victor nutzte diese Zeit, um sich die Räumlichkeiten und die Anwesenden genau einzuprägen: Zwei Männer saßen in einer Ecke an einem Tisch voller Bierflaschen, Spielkarten und Spielchips. Ein weiterer hing zusammengesunken in einem Sessel und rauchte eine Zigarette. In der Küche waren nur zwei Männer zu sehen. Der eine stand an der Frühstückstheke und aß, der zweite am Herd. Aber Victor wusste, dass da mindestens noch einer sein musste, den er nicht sehen konnte.

Er sagte: »Ruhig bleiben, sonst ist er tot.«

Im Esszimmer war es noch heißer als im Flur, was nicht nur an den Männern selbst, sondern auch an der Hitze aus der Küche lag. Deckenventilatoren wälzten den Zigarettenrauch um. Die Männer trugen T-Shirts oder Westen und kurze Hosen. Ihre Füße steckten in Turnschuhen oder Sandalen. Victor konnte drei Pistolen sehen – eine auseinandergenommen auf dem Tisch, die zweite auf dem Boden zu Füßen eines Mannes, die dritte auf der Armlehne eines leeren Sofas. Ein Armutszeugnis, selbst wenn es sich nur um Kriminelle handelte.

Insekten summten um eine nackte Glühbirne herum, die an der Decke baumelte und an der verbrannte Überreste von anderen Insekten klebten. Eine große Stehlampe neben dem Tisch trug ihren Teil zur Beleuchtung des Raums bei. Die nackten Bodenbretter waren in genauso schlechtem Zustand wie die draußen im Flur. Die Wände waren rissig, und überall bröckelte die Farbe ab. An einer Wand hing ein Bilderrahmen ohne Bild, krumm und schief. Der dünne Vorhang vor dem einzigen Fenster flatterte leise im Luftzug.

Die beiden am Tisch sahen einander ziemlich ähnlich. Wahrscheinlich waren sie verwandt. Der eine hatte sich den Schädel kahl rasiert, der andere einen Afro. Der Mann im Sessel war deutlich älter, wirkte aber auch deutlich gefährlicher. Er war ungefähr eins achtzig groß, schlank und drahtig. Den Schädel hatte er sich rasiert, aber auf seinem Kinn und seinen Wangen waren ein paar spärliche Barthaare zu sehen. Er war schätzungsweise Ende vierzig, hatte sich aber gut gehalten, obwohl er Raucher war. Er wirkte wie jemand, der schon viele schwierige Situationen durchlebt hatte und jedes Mal als Sieger daraus hervorgegangen war. Das war der Anführer, keine Frage. Solche Typen ließen sich nicht gerne herumkommandieren.

Der Kerl an der Frühstückstheke war, mit etwa Anfang zwanzig, der Jüngste im Bunde. Mehrere leere Bierflaschen standen fein säuberlich aufgereiht neben seinem Teller.

Der Riese besaß unglaubliche Kräfte. Es hätte nicht viel gefehlt und er hätte sich nur mit einer Hand aus Victors Griff befreit, doch dann erhöhte Victor den Druck noch einmal und presste den Kopf seines Gegners mit der freien Hand nach vorn.

Sekunden später erschlaffte der Kerl, und Victor ließ wieder ein bisschen locker, damit er nicht vollends bewusstlos wurde. Ansonsten hätte Victor ihn nur mit Mühe aufrecht halten können und damit seinen Schutzschild und sein Druckmittel zugleich verloren. Das wollte er nicht riskieren. Die anderen konnten ja nicht wissen, ob ihr Freund bewusstlos oder womöglich schon tot war.

»Alles cool«, sagte der im Sessel.

»Lasst die Hände da, wo ich sie sehen kann«, sagte Victor. »Und die beiden aus der Küche, hierher.«

Die drei im Esszimmer hoben die Hände in die Höhe. Die anderen reagierten trotz der Geisel nur zögerlich. Sie waren unsicher, wussten nicht genau, was Victor wollte, und warteten auf Anweisungen. Dann kamen sie mit erhobenen Händen, die Handflächen nach außen, in den Essbereich geschlurft.

»Der andere auch.«

»Wer?«, sagte der im Sessel.

Victor verdreifachte den Druck auf den Hals des Riesen. Der japste keuchend und mit verzerrtem, rot angelaufenem Gesicht nach Luft und kniff die Augen zusammen.

»Er hat nicht mehr viel Zeit«, sagte Victor.

»Okay, okay. Lucian, komm her.«

Der Mann mit der Zigarette machte eine Handbewegung, und ein junger Bursche kam aus der Küche in Victors Blickfeld. Er war groß und schlaksig. Lange Arme ohne jede Spur eines Muskelansatzes baumelten zu den Ärmeln seines T-Shirts heraus. Das Licht spiegelte sich in seinem von einer pubertären Talgschicht überzogenen Gesicht.

»Verschwinde«, sagte Victor. »Du bist zu jung für das hier.«

Der Junge blieb stehen, baute sich trotzig im Zimmer auf. Er starrte Victor mit weit aufgerissenen Augen und geblähten Nasenlöchern an.

Erneut verstärkte Victor den Druck auf die Halsschlagadern des Riesen.

»Sag ihm, dass er verschwinden soll«, wandte er sich an den Mann im Sessel.

Doch selbst der Befehl einer Autoritätsperson war für den Jungen kein Anlass, sich zu beeilen. Als Victor schließlich die Hintertür aufgehen und wieder ins Schloss fallen hörte, war der Riese fast bewusstlos. Er ließ wieder locker. Sein Gegner wehrte sich nicht länger, weil er Angst hatte, dass Victor dann den Druck noch weiter erhöhen würde. Der Schmerz war ein sehr wirkungsvolles Werkzeug.

»Was willst du?«, fragte der Raucher.

»Mach die Zigarette aus.«

Der Mann zuckte mit den Schultern und drückte seine Zigarette in den Metallaschenbecher, der auf der Sessellehne balancierte. »War's das?«

»Wo ist Marte?«

»Du stehst direkt vor ihm. Oder besser: vor dem Mann, der Martes Identität benutzt. Der echte Marte, der Mann, nach dem du offensichtlich suchst, ist schon lange tot.«

»Und was soll das Versteckspiel?«

Erneut zuckte der Mann mit den Schultern: »Nur zur Sicherheit. Wer sich nach mir erkundigt, will mir oder denen, die mir nahestehen, in der Regel an den Kragen.«

Victor würgte den Riesen weiter und sagte nichts.

Marte setzte sich auf. »Warum lässt du ihn nicht los?«

Victor suchte vergeblich nach einer zusätzlichen Botschaft in Martes Blick. Der Riese verkrampfte sich.

Marte deutete auf Victor. »Du brauchst keine Racheakte zu befürchten. Du wirst feststellen, dass meine Manieren deutlich besser sind als deine.«

Victor betrachtete die anderen Männer. Sie waren immer noch nervös und angespannt, aber jetzt war auch eine gewisse Bereitschaft zu spüren. Vielleicht hatten sie Marte schon einmal so reden hören und wussten, was als Nächstes passieren würde. Oder er hatte irgendein Codewort verwendet.

Victor wusste genau, wodurch Gewalt sich ankündigte.

Die ersten Anzeichen waren schon dreißig Sekunden vor der ersten aggressiven Handlung erkennbar. Er registrierte das behutsame, fast unsichtbare Vorspiel.

Der Kerl auf dem Sofa beugte sich ein wenig nach vorn, als wollte er es sich ein bisschen bequemer machen, aber Victor wusste, was das zu bedeuten hatte. Bewusst oder unbewusst, es war jedenfalls unmöglich, schnell aufzuspringen, wenn man zurückgelehnt irgendwo saß und den Kopf nicht über den Hüften hielt.

Die beiden an dem Tisch in der Ecke hatten schon vorher in seine Richtung geblickt. Winzige Veränderungen in ihrer Körperhaltung verrieten, was sie vorhatten. Der eine, der mit dem Rücken zu Victor saß, hatte sich so weit, wie seine Wirbelsäule es zuließ, zu ihm umgedreht. Eine Hand lag auf der Stuhllehne, die andere auf dem Tisch, während sein Bruder oder Cousin die Handflächen auf die Knie gelegt hatte, jederzeit bereit aufzuspringen.

»Nun?«, fragte Marte.

Victor nickte, weil er wusste, was seine Gegner vorhatten, und auch, was er dagegen tun würde. Es brachte nichts, noch länger zu warten.

»Manieren«, sagte Victor.

Marte lächelte erneut. Dann griffen seine Männer an.

Kapitel 22

Victor verdrehte dem Riesen den Kopf, nicht um ihn zu töten, sondern um ihn kampfunfähig zu machen. Mit gezerrten Bändern, gedehnten Sehnen, lädierten Muskeln und verrenkten Halswirbeln ließ er ihn nach vorn, auf Marte, fallen, der gerade dabei war aufzuspringen, und stürzte sich auf den Kerl auf dem Sofa.

Er trat mit voller Wucht gegen das ausgestreckte Knie des Mannes, sodass das Bein in die falsche Richtung wegknickte. Der Kerl sackte brüllend auf dem Sofa zusammen.

Ein weiterer Tritt aus der Drehung schlug dem Kerl mit dem Afro die Waffe aus der Hand, noch bevor er aufstehen konnte.

Da die Waffe des zweiten in ihre Einzelteile zerlegt war, stürmte er mit bloßen Händen auf Victor los. Allerdings fehlte ihm die nötige Technik. Er rammte den gesenkten Kopf in Victors Magengrube und wickelte ihm die Arme um die Oberschenkel.

Noch im Rückwärtsfallen stieß Victor den Kopf des Angreifers seitlich nach unten weg, schlang ihm die Arme um den Kopf, verschränkte die Finger fest ineinander und platzierte sein Handgelenk direkt über der Nase des Mannes und sein Brustbein an dessen Hinterkopf. Dann drückte er zu. Der Mann brüllte noch lauter als der Kerl mit der gebrochenen Kniescheibe. Sein Schädel war natürlich stabil genug, um dem enormen Druck zu widerstehen, den Victor mit seinen Unterarmen erzeugte … ganz im Gegensatz zu seiner Nase und seinen Wangenknochen. Als Erstes gab das Knorpelgewebe in der Nase nach, dann das relativ schwach ausgeprägte Nasenbein und schließlich brachen auch die hervorstehenden Wangenknochen.

Victor schleuderte den Mann zu Boden. Dann schnappte er

sich ein Sofakissen und benutzte es als Schutzschild gegen den Afro-Typen, der jetzt mit einem Messer auf ihn losgehen wollte. Die Klinge fuhr durch den Schaumstoff. Victor wickelte das Kissen blitzschnell fest um die Messerhand, zog den Kerl ruckartig zu sich heran und ließ ihn seinen Ellbogen spüren.

Der Kopf des Afro-Typen schnappte nach hinten. Seine Zähne flogen an die Zimmerdecke.

Victor schlug ihm die Beine weg, sodass er ungebremst und halb bewusstlos auf den Boden prallte. Sein Gesicht war blutverschmiert. Victor hatte den Fuß bereits gehoben und war kurz davor, ihm mit voller Wucht auf die Schläfe zu treten, da besann er sich eines Besseren. Er setzte den Fuß wieder ab. Er hatte ja gar nicht geplant, Martes Männer zu töten. Trotzdem kostete es ihn eine erhebliche Willensanstrengung, seinen Instinkten nicht zu folgen und ihn am Leben zu lassen. Er hatte gelernt, jede Bedrohung, wenn irgend möglich, auszuschalten, und zwar bei der ersten sich bietenden Gelegenheit.

Aber jetzt war es wichtiger, sich Martes Kooperationsbereitschaft zu sichern. Es war nicht ausgeschlossen, dass ihm das gelang, indem er seine gesamte Mannschaft umbrachte, aber genauso groß war die Chance, dass er damit nur eine Trotzreaktion provozierte. Außerdem konnten lebende Mitarbeiter, im Gegensatz zu toten, als Druckmittel benutzt werden.

Der Haitianer schien sich durch Victors Gewalttätigkeit nicht aus der Ruhe bringen zu lassen, und auch die Tatsache, dass niemand mehr schützend zwischen ihm und Victor stand, machte ihm offensichtlich nichts aus. Er war entweder ein guter Schauspieler oder ein Wahnsinniger. Er war Victor voll und ganz ausgeliefert.

»Wie viel willst du?« Marte blickte Victor gleichmütig an.

Victor hielt seinem Blick stand. »Um was zu tun?«

Marte deutete auf die fünf Männer, die allesamt kampfunfähig waren und sich schwer verletzt am Boden wanden. »Wie viel willst du haben, wenn ich dich als Ersatz für diese fünf nutzlosen Arschlöcher einstelle?«

»Das kannst du dir gar nicht leisten.«

Marte ließ sich gegen die Lehne sinken und sagte: »Was willst du dann?«

»Das weißt du genau. Ich brauche Informationen. Mehr nicht. Ich möchte alles über eine Frau wissen. Sie wird allgemein nur Raven genannt.«

»Willst du nicht. Weil das, was du erfahren würdest, deinen Tod bedeuten würde.«

»Wir müssen alle irgendwann sterben.«

Marte fragte: »Aber wozu die Eile?«

»Wenn ich dem Tod schon ins Auge sehen muss, dann am liebsten zu meinen Bedingungen.«

»Wenn du glaubst, dass du dein Ende selbst in der Hand hast, dann bist du ein Narr.«

Victor schüttelte den Kopf. »Das habe ich nicht gesagt. Und du weichst meiner Frage aus.«

»Du musst sie erst noch stellen.«

»Wo ist sie?«

Marte lächelte. Er glaubte, dass Victor zu früh klein beigegeben hatte. Das gab ihm das Gefühl, das Gespräch zu lenken, und genau das war Victors Absicht gewesen.

»Woher soll ich das denn wissen? Glaubst du etwa, dass sie mir vertraut? Dass sie überhaupt jemandem vertraut?«

Victor sagte nichts.

Marte wischte sich den Schweiß von der Stirn. Victor spürte, dass auch seine Haut von einem Schweißfilm bedeckt war, Feuchtigkeit, die die schwüle Luft einfach nicht mehr aufnehmen konnte.

Marte schluckte. »Und was bekomme ich als Gegenleistung für diese Informationen?«

»Ich glaube, viel interessanter ist, was du nicht bekommst.«

Er warf einen Blick auf die fünf stöhnenden Männer auf dem

Fußboden. Marte auch, allerdings voller Verachtung. Er nagte an seiner Unterlippe.

Victor sagte: »Findest du immer noch, dass ich keine Manieren habe?«

»Wer bist du?«

»Ich bin zwei Personen«, antwortete Victor. »Entweder bin ich niemand oder ich bin der schlimmste Feind, den du jemals haben wirst.«

»Das Kartell beherrscht diese Insel. Sie beschützen mich.« Er deutete mit dem Daumen auf sich selbst, um seine Worte zu unterstreichen.

»Und wo sind sie dann jetzt?«

»Du kannst mir nichts anhaben«, sagte Marte trotzig.

»Ich kann machen, was ich will.«

»Dann schneiden sie dir die Rübe ab«, meinte Marte mit verächtlichem Grinsen und zog dabei den Zeigefinger quer über seine Kehle.

»Hier bin ich«, sagte Victor. »Worauf warten sie noch?«

Marte wollte nach seiner Zigarettenpackung greifen.

»Nicht«, sagte Victor.

Marte blickte zuerst Victor an und dann die Zigaretten. Er ließ die Hand einen Augenblick lang auf dem Päckchen liegen, überlegte stumm, dann zog er sie wieder zurück. Was bedeutete, dass Victor sie nicht zu brechen brauchte.

Er machte zwei Schritte und trat dem Afro-Typen mit voller Wucht auf die Hand, die dieser nach der Pistole ausgestreckt hatte, die Victor vorhin beiseitegekickt hatte. Ein lauter Schrei drang zwischen seinen zerschmetterten Zähnen hervor. Victor hob die Pistole auf und steckte sie in seinen Gürtel.

»Ich will nichts anderes als Informationen über Raven«, sagte er. »Das Ganze hätte niemals so unangenehm werden müssen. Ich hätte sogar dafür bezahlt. Du hättest womöglich einen Verbündeten gewonnen, und das wäre durchaus nützlich gewesen, vor allem, wenn man bedenkt, dass du früher oder später einen verlieren wirst.«

Marte überlegte.

»Was gibt es denn da zu überlegen?«, machte Victor weiter. »Du hast gar keine andere Wahl. Jedes Zögern, jedes Ausweichen hat negative Folgen nur für dich, nicht für mich. Ich habe alle Zeit der Welt.«

»Sie wird mich umbringen, weil ich sie verraten habe.«

»Wird sie nicht«, meinte Victor.

Erneut verzog Marte verächtlich das Gesicht. »Aha. Und warum nicht? Sie verlangt Loyalität. Einen solchen Verrat wird sie mir nicht verzeihen.«

»Sie wird dich nicht umbringen, weil ich *sie* vorher umbringen werde.«

»Aber wieso? Was hat sie dir getan?«

»Willst du das wirklich wissen?«

Marte warf einen Blick an die Zimmerdecke und zuckte mit den Schultern. »Wahrscheinlich nicht. Ich glaube, ich könnte deine Gründe sowieso nicht verstehen. Aber ich habe sie immer gerngehabt.«

»Das richte ich ihr gerne aus, wenn du dich dann besser fühlst.«

»Ein bisschen schon.« Seufzend betrachtete Marte seine Hände, als ob er nach einer Antwort suchte, die nur dort zu finden war. Schließlich hob er den Kopf und sah Victor an. »Ich weiß nicht, wo sie ist. Das würde sie mir niemals sagen. Darum kann ich dir auch nicht helfen.«

»Du bist Vermittler. Sie ist eine Killerin. Du hast ihr also Papiere besorgt, Reisepässe und so was, stimmt's?«

»Das stimmt.«

»Ich will die Namen, die in diesen Papieren stehen. Kopien oder Fotos, wenn möglich.«

Der Haitianer schüttelte den Kopf. »Keine Kopien. Keine Fotos. Ich musste sämtliche Nachweise verbrennen.«

»Und du hast nichts zurückbehalten, als Versicherung, für den Fall, dass sie sich gegen dich wendet?«

»Das würde sie niemals machen.«

»Wie kannst du dir da so sicher sein?«

»Weil sie Ehrgefühl hat«, sagte Marte. »Im Gegensatz zu dir.«

Victor blieb stumm.

Marte blickte ihn aufmerksam an. »Du willst sie also wirklich umbringen?«

»So sicher wie die Nacht auf den Tag folgt.«

»Und du glaubst allen Ernstes, dass du dazu in der Lage bist? Du bist nämlich nicht der Erste, der das versucht.«

Victor sagte: »Alles Fleisch kann und wird irgendwann vergehen. Das gilt für Raven genau wie für alle anderen.«

»So ausgedrückt klingt es ganz einfach. Als wäre es ein Klacks.«

»Sie ist nicht kugelsicher, oder?«

Marte grinste schief, dann nickte er. Es schien ihm selbst ebenso zu gelten wie Victor. »Also gut. Du hast gewonnen. Ich schreibe dir eine Liste. Mit allen Identitäten, die ich ihr je verschafft habe. Reicht das?«

»Wenn du auch nur einen Namen auslässt, oder wenn sich nur eine deiner Informationen als falsch erweisen sollte, oder falls du versuchen solltest, sie zu warnen …«

»Ich weiß, ich weiß«, unterbrach ihn Marte mit einem tiefen Seufzer. »Ich habe Angst vor ihr, keine Frage. Aber im Augenblick habe ich mehr Angst vor dir.«

Victor sagte: »Dann bist du klüger, als es bis jetzt den Anschein hatte.«

Kapitel 23

Bevor er die Insel verließ, rief Victor von seinem Hotelzimmer in Santo Domingo aus Halleck an und las ihm die verschiedenen Identitäten vor, für die Raven im Lauf der letzten zwölf Monate Papiere bekommen hatte.

»Ich habe etwas gefunden«, sagte Halleck bei seinem Rückruf. »Angelica Margolis. Sie ist vor drei Tagen von Paris nach Los Angeles geflogen.«

»Das hilft mir nicht entscheidend weiter«, erwiderte Victor. »Die USA sind ein großes Land. Sie kann mittlerweile überall sein.«

»Aber ich habe noch mehr. Ein privater Vermieter in New York hat vor drei Monaten die Bonität von Miss Margolis prüfen lassen.«

»Geben Sie mir die Adresse«, sagte Victor.

Er brauchte zwei Tage bis nach New York. Ein Direktflug über Miami hätte gut fünf Stunden gedauert, aber Victor reiste grundsätzlich nicht auf direkten Wegen, und ganz besonders nicht in die Vereinigten Staaten. Also flog er zuerst von der Dominikanischen Republik nach Jamaika, dann nach Nicaragua und schließlich nach Mexiko. Die Einreise in die USA erledigte er per Mietwagen, um nach diversen Inlandsflügen schließlich in Newark, New Jersey, zu landen.

Er ging durch den Terminal. Die anderen Leute sahen ihn, ohne ihn wahrzunehmen. Sie waren mit ihren eigenen Dingen beschäftigt und beachteten den Mann im holzkohlegrauen Anzug in ihrer Mitte nicht. Seine Körpergröße hätte ihn zwar ein wenig aus der Masse herausragen lassen, doch das gesenkte Kinn und die leicht gekrümmte Haltung machten ihn klein genug, um nicht mehr aufzufallen. Die langweiligen Kleider, die blasse Haut, der billige Haarschnitt und die einfache Brille ließen seine eigentlich durchaus ansprechenden Gesichtszüge gewöhnlich wirken. Er bewegte sich weder so schnell, dass er aufgefallen wäre, noch so langsam, dass er für Verärgerung gesorgt hätte. Seine Miene war neutral. Niemand würde sich fragen, was er wohl gerade dachte. Und niemand würde das Bedürfnis haben, ihn anzulächeln.

Das einzig Auffallende an ihm waren seine Augen, die niemals ruhten.

Draußen, während er auf ein Taxi wartete, stellte er sich neben ein Paar, das edle Kleidung trug und sehr viel Haarpflegemittel verwendet hatte. Die beiden stritten sich offensichtlich und sehr engagiert, aber Victor konnte nicht verstehen, worum es ging. Seiner Erfahrung nach machten Beziehungen die Menschen übellaunig. Er konnte nicht begreifen, warum man zusammenblieb, wenn man unglücklich war. Er war es gewöhnt, alleine zu sein. Und er sagte sich wieder einmal, dass das etwas anderes war als Einsamkeit.

Der Taxifahrer wollte über Baseball sprechen. Victor interessierte sich nicht für Sport. Also trafen sie sich in der Mitte und redeten über Politik. Victor war mit allem einverstanden, was der Fahrer sagte. Er wollte eine möglichst reibungslose Fahrt.

Nach dem Lincoln Tunnel spürte Victor, dass die zweitägige Reise ihre Spuren hinterlassen hatte. Er wurde müde. Er ließ sich vor einem Hotel absetzen, blieb stehen, bis das Taxi abgebogen war, und ging drei Häuserblocks weiter, zu einem anderen Hotel, das geeignet aussah. Dort gab es noch viele freie Zimmer. Victor bat um eines im zweiten Stock.

Er legte seinen Diplomatenkoffer auf das Bett und blickte sich gründlich um, suchte nach irgendwelchen Dingen außerhalb der Norm und prägte sich die exakte Position der Möbel und anderer Gegenstände genau ein, die er im Notfall als Waffe benützen konnte. Das Fenster ließ sich einen Spaltbreit öffnen. Kalte, verschmutzte Luft wehte ins Zimmer. Irgendwo in der Ferne war das gedämpfte, halb erstickte Jaulen einer Sirene zu hören. Tausend erleuchtete Fenster starrten ihn an.

Er wäre gerne ein wenig stehen geblieben, um den Blick zu genießen, aber hinter jedem dieser Fenster lauerte womöglich ein Scharfschütze.

Die Garderobe befand sich in einer Nische und ließ sich nicht vor die Tür rücken. Stattdessen nutzte Victor den schweren Schreibtisch als Barrikade. Ein wirklich entschlossener Angreifer würde sich dadurch nicht aufhalten lassen, aber dann blieb Victor zumindest genügend Zeit, um aus dem Fenster zu klettern. Zwei Stockwerke waren nicht besonders viel – hoch genug zwar, dass man nicht ohne größere Mühe emporklettern konnte, aber auch nicht so hoch, dass Victor, wenn es um sein Leben ging, zu viel Zeit damit vergeudet hätte hinunterzuklettern.

Er legte sich mit Anzug und Schuhen auf das Bett und schlief ein.

Wenn er wieder aufwachte, würde es Zeit sein, an die Arbeit zu gehen.

Kapitel 24

Die Adresse, unter der »Angelica Margolis« laut Hallecks Auskunft zu finden war, gehörte zu einem vernachlässigten Mietshaus in einem heruntergekommenen Viertel in der Bronx. Victor brauchte zwei Stunden für die vierzigminütige Fahrt, weil er intensiv nach eventuellen Beschattern Ausschau hielt.

Er wusste etliches über Raven, sodass durchaus die Chance bestand, sie zu entdecken, aber sie wusste mehr über ihn. Sie hatte ihn aufgespürt, bevor er überhaupt von ihrer Existenz gewusst hatte.

Das Viertel bestand aus baufälligen Sozialbausiedlungen und Geschäften, die in einer solchen Gegend auf ausreichend Kundschaft hoffen konnten – Secondhandläden, Pfandleiher, Kreditvermittler, Neunundneunzig-Cent-Märkte und zwielichtige

Rechtsanwälte. Jede Ladentür besaß ein Rollgitter, und weit und breit war kein Erdgeschossfenster ohne Eisenstreben zu sehen. An den Ecken der schmalen Gassen und im Schutz von Hauseingängen lungerten Drogendealer herum. Eine verlassene, mit Brettern vernagelte Kirche war dem Verfall überlassen. Jedes erreichbare Stück Mauer war mit Graffiti verziert, und die niedrigeren Mauern waren mit Stacheldraht gekrönt.

Victor ging an einem verwahrlosten Basketballfeld vorbei. Die Bretter waren mehrfach gebrochen, und die Ringe fehlten ganz. In einer Ecke lag ein schlafender Obdachloser unter ein paar feuchten Pappkartons. Ganz in der Nähe sah Victor ein handbeschriebenes Schild, auf dem mit Mühe das Wort *Kriegsveteran* zu entziffern war.

Weiter südlich wurden Multi-Milliarden-Dollar-Wolkenkratzer von der Nachmittagssonne in ein fahles Licht getaucht.

Er umkreiste den Block mit dem Mietshaus, hielt sich immer auf der abgelegenen Straßenseite, suchte nach Anzeichen, die darauf hindeuteten, dass etwas nicht stimmte. Aber niemand blieb länger als nötig an der Bushaltestelle stehen. Keine Bauarbeiter oder Handwerker lungerten untätig in der Gegend herum. Ein Beschatter, der sich als Dealer oder Penner getarnt hatte, wäre vermutlich schwieriger zu identifizieren gewesen, aber das hätten die echten Gestrandeten des Viertels vermutlich für ihn erledigt. Wenn sie jemanden bemerkt hätten, der nicht hierhergehörte, wären sie ziemlich schnell verschwunden. Man konnte ja nie wissen, ob das womöglich die Bullen waren.

Auch einige parkende Autos standen in der näheren Umgebung herum – ein schmutzig roter Impala, ein dunkelblauer Kastenwagen mit dem Logo eines Kurierdienstes, ein umgebauter Dodge-Pick-up und ein rostiger grauer Lieferwagen. Aber soweit er das von außen beurteilen konnte, waren die Autos alle leer.

Natürlich hätte im Laderaum der beiden Transporter jemand sitzen können, aber der Lieferwagen hatte gar keine Heckscheibe, und der Kastenwagen stand seitlich neben dem Mietshaus, sodass eventuelle Insassen ohnehin nichts gesehen hätten.

Victor war klar, weshalb Raven sich ausgerechnet hier einen Unterschlupf gesucht hatte. Nicht, weil sie sparen musste. In der Profikillerbranche wurde gut verdient. Wer sein Handwerk wirklich beherrschte, konnte enorme Summen einstreichen. Und Raven spielte eindeutig in der ersten Liga. Wenn sie gewollt hätte, hätte sie sich jedes Fünfsternehotel leisten können, genau wie Victor. Aber das Viertel hier bot andere Vorzüge, die nicht mit Geld zu bezahlen waren.

Trotz der Verwahrlosung und der offensichtlichen kriminellen Aktivitäten hatte Victor noch keinen einzigen Polizisten gesehen. Da es ohnehin mehr Verbrechen gab, als die Polizei bekämpfen konnte, waren für diejenigen, die am Rand der bürgerlichen Gesellschaft lebten, keine Kräfte mehr verfügbar. Die Leute, die hier wohnten, blieben am liebsten unter sich, und selbst wenn tatsächlich jemand ihr Misstrauen erregte, liefen sie garantiert nicht als Erstes zur Polizei.

Die Vermieter waren vermutlich froh, wenn jemand die Miete in bar bezahlte, und wenn man noch ein paar Scheine obendrauf legte, verzichteten sie gerne auf Führungszeugnis und Bankauskunft. Vielleicht hatte sie nicht einmal einen Ausweis zeigen müssen. So hatte sie eine sichere Wohnung, die ihr maximale Anonymität gewährleistete, und das mit minimalem finanziellem Aufwand.

Victor ertappte sich dabei, wie er nickte, während er durch die schmale Gasse auf der Rückseite des Gebäudes ging. Überall standen Mülleimer und Container und haufenweise Müllsäcke herum. Ein Teenagermädchen saß auf dem Boden und inspizierte seine Fingernägel. Sie hörte ihn kommen und hob den Kopf. Er sah, dass sie ein blaues Auge hatte. Sie rappelte sich auf und rannte weg.

Victor besah sich die Feuerleitern und Fenster und legte sich verschiedene Fluchtrouten zurecht, für den Fall, dass er eine benötigte. Er war als Kundschafter hier, um auch für den schlimmsten denkbaren Fall gewappnet zu sein. Das Einzige, was er dabei zu verlieren hatte, war Zeit, und das war gleichzeitig das Einzige, was ihm im Überfluss zur Verfügung stand.

Er näherte sich der Eingangstreppe, als eine Frau ihre Erdgeschosswohnung verließ. Sie hatte die fettigen Haare mit einem Gummiband im Nacken zusammengebunden. Asche fiel von der Zigarette zwischen ihren Lippen, während sie einen Kinderwagen durch ihre Wohnungstür zerrte. Das Baby weinte. Sie sah Victor kein einziges Mal an.

Nichts deutete darauf hin, dass der Fahrstuhl defekt war, aber wenn möglich nahm Victor immer die Treppe. Vielleicht nicht gerade, wenn er in den vierzigsten Stock musste, aber ein Fahrstuhl war im Grunde genommen nichts anderes als ein stählerner Sarg, und so etwas wollte er freiwillig im Normalfall nicht betreten. Es war unmöglich vorherzusagen, was einen erwartete, sobald die Türen sich öffneten. Als er das letzte Mal einen Fahrstuhl benutzt hatte, war er von einem Attentäter in Empfang genommen worden. Noch nie, weder davor noch danach, war Victor dem Tod so nahe gewesen.

Im obersten Stockwerk angekommen, spreizte Victor die Finger der linken Hand. Es war nicht überraschend, dass Raven sich für dieses Stockwerk entschieden hatte. Andere Hausbewohner über sich und unter sich zu haben war für niemanden eine besondere Freude, ganz besonders nicht für Auftragskiller, für die Sicherheit und Privatsphäre das oberste Gebot waren. Daher ging er davon aus, dass sie sich für eine Eckwohnung entschieden hatte, um nur einen einzigen direkten Nachbarn zu haben. Mit zwei Fensterseiten boten sich zwar mehr Optionen für Scharfschützen, aber dieser Gefahr konnte man mit Panzerglas oder auch einfachen Rollos wirkungsvoll begegnen. Zudem bedeuteten mehr Fenster auch mehr Fluchtmöglichkeiten.

Er ging einen schmalen Flur entlang und gelangte zu Ravens Wohnung in der Südwestecke des Hauses. Er hätte an ihrer Stelle genau die gleiche Entscheidung getroffen. Südfenster reflektierten einen Großteil der Sonnenstrahlung, sodass eventuelle Beobachter und Attentäter erschwerte Bedingungen vorfanden.

Ihre Wohnungstür war, genau wie die anderen, in einem unempfindlichen Grünton gestrichen. Und wie die anderen hatte auch sie den einen oder anderen Kratzer rund um das Schlüsselloch und Schleifspuren am unteren Rand abbekommen, weil sie gelegentlich mit der Fußspitze aufgedrückt worden war. Allerdings wirkte ihre Tür weniger abgenützt als die anderen. Was durchaus Sinn ergab. Raven nutzte die Wohnung schließlich nur als Zufluchtsort und nicht dauerhaft. Sie hielt sich nicht annähernd so oft hier auf wie die anderen Bewohner. Mit einer Vergleichsstudie der Kratz- und Schleifspuren an den Türen im Haus hätte er einigermaßen genau ermitteln können, wie viel Zeit Raven tatsächlich hier verbrachte, aber er brauchte ihr Leben nicht in allen Einzelheiten zu kennen, um es zu beenden.

Überrascht stellte er fest, dass die Tür nur von zwei Standardschlössern gesichert wurde, aber der wichtigste Schutz war, so dachte er, die Anonymität der Wohnung. Zumal die Feinde, die ihre Fluchtburg aufspüren konnten, sich garantiert nicht von einem Türschloss aufhalten ließen, ganz egal, wie kompliziert es war.

Victor hatte schon lange vor seinem ersten Auftragsmord angefangen, Schlösser zu knacken. Noch bevor er Auto fahren konnte, war er in der Lage gewesen, Autotüren zu öffnen. Er hatte die Geheimnisse des Zylinderschlosses bereits entschlüsselt, noch bevor er überhaupt einen eigenen Schlüssel besessen hatte. Wenn es sein musste, dann konnte er nur mit Millimeterpapier und Bleistift einen Tresor öffnen. Zwei Standardschlösser in der Tür eines billigen Mietshauses hatte er schon als jugendlicher Straftäter zahllose Male überlistet. Es dauerte keine zehn Sekunden.

Er drückte die Klinke und trat über die Schwelle.

Kapitel 25

Im Laderaum des dunkelblauen Kastenwagens saßen zwei Männer auf umgedrehten Bierkisten. Nicht besonders bequem, aber praktisch. Falls ein Polizist darauf bestand, sich den Laderaum anzusehen, dann gab es hier nichts von Interesse zu sehen. Das Fenster in der Heckklappe war mit einer Einwegfolie beklebt worden. So konnten die Insassen nach draußen sehen, aber niemand konnte ins Innere schauen. Ähnliche Folie wurde auch für Sonnenbrillen verwendet, und so erschien die Außenwelt dunkler als in Wirklichkeit. An einem grauen Wintertag machte sich das besonders deutlich bemerkbar, aber sie sahen immer noch genug, um ihre Aufgabe zu erfüllen. Diese Aufgabe bestand darin zu beobachten.

Das taten sie nicht etwa durch die Scheiben in der Heckklappe. Sie hatten den Wagen gegenüber dem Hauseingang abgestellt, auf der anderen Straßenseite. Wenn die Einwegfenster auf das Gebäude gerichtet gewesen wären, hätte das bei einer so hochprofessionellen Zielperson sofort Misstrauen geweckt.

Sie benutzten eine Kamera. Die Linse saß hinter einem Loch in der Seitenwand. Dieses Loch war mit einer Glaskappe abgedeckt und ebenfalls mit Einwegfolie beklebt worden. Außerdem war es im Logo des Kurierdienstes versteckt. Es war beinahe unsichtbar und nur zu entdecken, wenn man genau wusste, wonach man suchen musste, und außerdem nicht weiter als einen halben Meter davon entfernt war.

Einer der Männer blickte auf einen Bildschirm und bediente Zoom und Schärfeneinstellung der Kamera. Er teilte dem zweiten Mann, der alles notierte, im Flüsterton seine Beobachtungen mit. Keiner der beiden wusste genau, was eigentlich von ihnen erwartet wurde, aber sie wussten genug, um sich darüber im Klaren zu sein, dass sie nichts übersehen durften. Das Ganze war eine ernste Angelegenheit. Und ein Versagen hätte die denkbar härteste Strafe zur Folge gehabt.

»Zielperson hat Wohnung betreten«, sagte der erste Mann.

»Was macht er für einen Eindruck?«, wollte der zweite wissen.

»Er ist entspannt, genau wie vor dem Betreten des Hauses.«

»Hat er etwas dabei?«

»Wenn überhaupt, dann ist es in seinen Taschen. Die Hände hat er jedenfalls frei.«

Der zweite Mann nickte und kritzelte mit einem 2B-Bleistift etwas auf seinen Block. In seiner Brusttasche steckten noch zwei weitere Bleistifte, falls der erste stumpf wurde. Vielleicht hatte er dann gerade keine Zeit ihn zu spitzen. Die Mine könnte brechen. Kugelschreiber waren auch nicht besser. Sie versagten manchmal ohne Ankündigung ihren Dienst. Aber mit einem Bleistift konnte man auch noch schreiben, wenn der Stift selbst oder das Papier nass war, und praktisch auf jeder anderen Oberfläche. Er bevorzugte Bleistifte. Ganz eindeutig.

Ein Telefon klingelte. Der erste Mann nahm ab. Er musste nicht Hallo sagen oder seinen Namen nennen oder den Anrufer fragen, was er für ihn tun konnte. Es gab nur eine einzige Person, die diese Nummer kannte.

Der Anrufer sagte: »Ist er es?«

»Ich glaube, ja.«

»Könnt ihr ihn beschatten, wenn er das Haus verlässt?«

»Davon würde ich abraten. Die Zielperson ist sehr aufmerksam, fast schon paranoid. Er würde es merken, wenn wir ihn verfolgen. Ich wiederhole: Er wird uns bemerken. Ich schlage vor, Team Bravo hinzuzuziehen und an Point Niner einen Beobachtungsposten einzurichten, so lange, bis er sich sehen lässt.«

Der Anrufer sagte: »Der Vorschlag wurde zur Kenntnis genommen. Weitermachen wie besprochen. Ihr verfolgt die Zielperson, sobald sie das Gebäude verlassen hat. Lasst ihn nicht aus den Augen.«

»Verstanden.«

Der Anrufer legte auf.

»Wir sollten uns fertig machen«, sagte der erste Mann.

Der zweite setzte sich ans Steuer.

Kapitel 26

Es gab keine Alarmanlage. Im Flur waren weder Kameras noch Mikrofone noch Bewegungsmelder zu sehen, was aber nicht bedeutete, dass es keine gab. Victor wusste selbst, wie man solche Geräte so verstecken konnte, dass sie nur mit einer stundenlangen Suche, die gleichbedeutend mit der vollständigen Zerstörung des ganzen Apartments war, entdeckt werden konnten. Und wenn er das wusste, dann wusste sie das auch. Dafür hatte er keine Zeit, und es war auch nicht notwendig. Wenn er sie erst umgebracht hatte, dann konnte sie in ihrer sicheren Wohnung so viele Aufnahmen von ihm speichern, wie sie wollte. Oder auch nicht, jedenfalls stellten sie in den Händen einer Leiche keine Bedrohung dar.

Es brannte kein Licht in der Wohnung, und die Vorhänge waren zugezogen. Es war dunkel und es war kalt, sogar kälter als draußen auf der Straße. Heute war die Heizung noch nicht in Betrieb gewesen, und auch die Sonne hatte nicht für höhere Temperaturen gesorgt.

Victor ließ die Tür hinter sich ins Schloss fallen, blieb stehen und atmete möglichst langsam und flach, um alle anderen Geräusche wahrnehmen zu können. Auch wenn es nicht dunkel gewesen wäre, seine Ohren waren in jedem Fall wichtiger als die Augen. Licht konnte nicht durch Wände dringen.

Er hörte den Verkehrslärm von draußen, hörte das Ticken von Wasserleitungen und einen Fernseher oder ein Radio aus der Wohnung unterhalb oder von nebenan. Das ließ sich nicht genau feststellen. Mehrere Minuten lang stand er vollkommen still in der Dunkelheit. Dann war er sich sicher, dass er alleine in der Wohnung war.

Er hatte nicht damit gerechnet, Raven tatsächlich vorzufinden, aber es hätte die Dinge vereinfacht, wenn sie sich hier versteckt – oder, noch besser, wenn sie geschlafen hätte und verwundbar gewesen wäre.

Er untersuchte die Wohnung gründlich, arbeitete sich langsam und methodisch von Zimmer zu Zimmer. Die wenigen Möbel erfüllten nur die elementarsten Bedürfnisse eines Menschen, der nichts anderes tun wollte als schlafen und essen und unauffällig bleiben. Das Wohnzimmer, in dem nur ein Klappstuhl und ein Campingtisch standen, wirkte fast wie eine Höhle. Ein zweiter Klappstuhl steckte noch in der Originalverpackung. Sie hatte Tisch und Stühle als Set gekauft, aber nur das ausgepackt, was unbedingt notwendig war. Es gab weder einen Fernseher noch eine Musikanlage oder sonstige elektronische Geräte. Der einzige persönliche Gegenstand neben dem Tisch und dem Stuhl war ein Taschenbuch. Es sah neu und ungelesen aus. Der Rücken war noch intakt und die Seiten nicht geknickt.

Er hatte von dem Autor oder dem Titel noch nie etwas gehört, aber es war nicht älter als zwei Jahre. Seine eigenen Bücher besorgte er sich nach dem Zufallsprinzip in irgendwelchen Secondhandläden, oft genug einen ganzen Karton auf einmal, damit niemand, der seinen Lesestoff zu sehen bekam, daraus Rückschlüsse auf seine Persönlichkeit oder seinen Geschmack ziehen konnte. Vielleicht suchte Raven sich ihre Bücher nach demselben Prinzip aus. Aus einem einzigen ungelesenen Roman war jedenfalls nicht das Geringste zu schließen.

In der Küche gab es keinen Toaster, keinen Wasserkocher, keine Mikrowelle, kein einziges Arbeit sparendes Gerät. In einem Schrank standen drei robuste Campingtöpfe – klein, mittel und groß. In einem anderen ein zwölfteiliges Service. Das einzige Nahrungsmittel war eine ungeöffnete Packung Frühstücksflocken. Mit den darin enthaltenen Kohlenhydraten konnte man eine ganze Zeit lang überleben.

Die Besteckschublade war fein säuberlich aufgeräumt und sortiert. Das war das erste wirkliche Persönlichkeitsmerkmal, aber im Grunde genommen hatte er damit gerechnet. Wie er selbst hatte auch sie ein starkes Ordnungsbedürfnis und achtete penibel darauf, dass alles an seinem Platz lag. Bei ihm wurzelte dieses Bedürfnis in dem Willen zu überleben und in der Erkenntnis, dass die kleinste Einzelheit, der kleinste Fehler, den Unterschied zwischen Leben und Tod ausmachen konnte. Die tadellos sortierte Besteckschublade zeigte ihm, dass sie ihm auch in dieser Beziehung sehr ähnlich war. Welche Parallelen mochte es wohl sonst noch geben?

Es gefiel ihm nicht, dass er all diese Gemeinsamkeiten entdeckt hatte. Dadurch würde es ihm schwererfallen, sie zu töten. Aber trotzdem: lieber jetzt als später, wenn womöglich sein Leben davon abhing.

Im Badezimmer lag ein Stück Seife, aber keine Zahnbürste. Wahrscheinlich brachte sie jedes Mal eine neue mit und warf die alte mit den verräterischen DNA-Spuren weg.

Im Schlafzimmer gab es nur einen Schlafsack, allerdings einen sehr hochwertigen. Wahrscheinlich stammte er aus demselben Laden wie der Tisch, die Stühle und die Gegenstände in der Küche. Welche Lüge sie wohl dem Verkäufer aufgetischt hatte? Er ging in die Hocke und roch an dem Schlafsack, nahm eine Mischung aus weiblichem Duft und Synthetik wahr. Er hatte irgendwo gelesen, dass Gerüche sich besonders tief in der Erinnerung verwurzeln.

Ein wenig überrascht war er, als er keine Schusswaffe fand. Aber wahrscheinlich war es wie mit der Zahnbürste: Sie hatte eine dabei und nahm sie wieder mit. Da die Wohnungstür keinen besonderen Schutz bot, wäre es nicht klug gewesen, eine zweifellos illegale Waffe hier aufzubewahren.

Da hatte er eine Idee. Er kehrte ins Wohnzimmer zurück und nahm das Taschenbuch in die Hand. Der Aufkleber auf dem Umschlagdeckel machte es als Sonderangebot kenntlich. Er musste das Bedürfnis unterdrücken, den Aufkleber abzuziehen. Wenn es sein Buch gewesen wäre, er hätte das noch im Geschäft erledigt. Raven hatte dieses Bedürfnis offensichtlich nicht gehabt, aber es sah ohnehin nicht so aus, als hätte sie das Buch gelesen.

Er nahm es, balancierte den Buchrücken auf seiner geöffneten Handfläche und ließ die Buchdeckel los, sodass sie von selbst aufklappten. Die Seiten teilten sich nicht genau in der Mitte, sondern etwa im Verhältnis ein Drittel zu zwei Dritteln. Aber der Zustand des Buchs war viel zu gut, als dass Raven die ersten hundert des dreihundertelf Seiten langen Romans gelesen haben konnte.

Auf der aufgeklappten Seite waren keine Markierungen zu erkennen, keine eingekreisten oder unterstrichenen Wörter. Er las einen Dialog zwischen zwei Personen, die über eine dritte Person sprachen. Victor hatte keine Ahnung, worum es in der Geschichte ging. Er nahm das Buch mit in die Küche, knipste den Hauptschalter für den Herd an und schaltete den Backofen ein. Ein Ventilator erwachte zum Leben, zusammen mit der Backofenbeleuchtung. Er schaltete das Deckenlicht aus. Jetzt kam das einzige Licht aus dem Ofen und tauchte die Küche in einen sanften orangefarbenen Schimmer.

Victor setzte sich neben den Ofen, sodass das Licht waagerecht auf die Buchseiten fiel. Dadurch wurde die Papierstruktur deutlich erkennbar. Es war rau und faserig, voller kleiner Hügel und schattiger Krater. Fast wie die Mondoberfläche.

Bis auf drei Stellen.

Unter dem ersten Wort in der ersten Zeile auf Seite hundert war eine waagerechte Kerbe zu sehen. Victor legte den Nagel seines kleinen Fingers – der ungefähr dieselbe Größe hatte wie der Zeigefingernagel einer mittelgroßen Frau – in die Kerbe. Er passte ziemlich genau. Unter dem ersten Wort in der achtundzwanzigsten Zeile war eine ähnliche Kerbe zu sehen und eine erkennbar tiefere unter dem vierten Wort derselben Zeile. Es lautete *met*.

Er stellte sich vor, wie Raven das Buch auf Seite hundert aufschlug, ihren Finger unter das erste Wort legte und bis zur Zeile achtundzwanzig und dann zum vierten Wort zählte. Sie hatte den Titel des Buchs und einen sechsstelligen Zahlencode bekommen – 100, 28, 4 –, der sie zu einem Wort geführt hatte, das vielleicht aber auch ein weiterer Code aus drei Buchstaben war: m, e und t.

Er wiederholte den Vorgang noch einmal – vielleicht klappte das Buch ja beim zweiten Mal auf einer anderen Seite auf. Aber es änderte sich nichts. Zunächst erschien es ihm merkwürdig, dass sie das Buch zurückgelassen hatte. Immerhin hatte es ja eine gewisse Bedeutung. Aber wahrscheinlich brauchte sie es noch öfter zur Kommunikation mit der Person, von der sie auch den ersten Code bekommen hatte. Buchläden waren mittlerweile längst nicht mehr so verbreitet wie früher, und sie konnte sich nicht darauf verlassen, sich jederzeit wieder ein Exemplar besorgen zu können.

In seinen Anfangstagen hatte er manchmal, wenn eine persönliche Begegnung zu riskant gewesen wäre, Zeitungen oder Ähnliches zur Kommunikation genutzt, aber niemals Bücher.

Er überlegte lange, was das Wort *met* wohl zu bedeuten hatte oder was sich hinter der Buchstabenkombination *m-e-t* verbergen mochte. Er war kein Sportfan, aber er wusste, dass die New York Mets ein Baseballteam waren. Außerdem war das Metropolitan Museum of Art unter der Kurzbezeichnung »Met« bekannt. Aber genausogut konnte es sich um ein Startsignal für eine schon länger vereinbarte Handlung oder ein Codewort für etwas oder jemanden handeln.

Für sich alleine genommen war der Informationswert allerdings überschaubar. Es sei denn, die Zahlen, die ihn zu dem Wort geführt hatten, besaßen ebenfalls eine Bedeutung. Er schlug die Seite hundert auf und blätterte dann zum Anfang des Kapitels zurück. Es war das fünfzehnte. Und das heutige Datum war ebenfalls der Fünfzehnte.

100, 28 und 4. Was hatten diese Zahlen zu bedeuten? Eine Position in einem Koordinatensystem vielleicht? Bezeichnete die Vier die Zeit für ein Treffen oder eine Übergabe oder etwas in der Art? Hundert stand womöglich für die Straße, aber ob damit die E 100th Street oder die W 100th Street gemeint war?

Er hatte jedoch keine Zeit mehr, noch länger über diese Fragen nachzudenken, denn genau in diesem Augenblick traten zwei Bundesagenten die Wohnungstür ein.

Kapitel 27

Victor hatte keine Schritte gehört, also mussten sie sich heimlich angeschlichen haben. Lediglich unmittelbar bevor die Tür eingetreten wurde, hatte er im Hausflur das Scharren von Fußsohlen wahrgenommen.

»Bundespolizei!«, ertönte eine Frauenstimme.

Sie klang voll und kräftig und selbstbewusst. Es war die Stimme eines Menschen, der von der Autorität und der Richtigkeit seiner Worte voll und ganz überzeugt ist. Victor ging davon aus, dass er es tatsächlich mit Bundespolizisten zu tun hatte.

Das war ein ernsthaftes Problem. Ihm wäre es lieber gewesen, wenn die Frau nur versucht hätte, ihn zu bluffen, um ihn zu verunsichern und ihn dann zu ermorden. Mit Attentätern war es einfacher. Da gab es keine Grauzone. Da ging es nur darum, schneller zu sein, sie umzubringen, bevor sie einen umbringen konnten. Er hätte sich versteckt, den ersten aus dem Hinterhalt angegriffen und entwaffnet und dann wahrscheinlich als Schutzschild benutzt, seinen Partner erschossen und den Überlebenden so lange gefoltert, bis er ihm die eine oder andere wertvolle Information entlockt hatte. Dann hätte er auch dessen Leben beendet.

Aber Regierungsbeamte waren etwas anderes. Sie waren eine einzige Grauzone, ohne jeden Schwarz-Weiß-Bereich. Man durfte sie unter keinen Umständen töten, da das gewaltige Konsequenzen gehabt hätte. Dann hätte der Apparat keine Kosten und Mühen gescheut, ihn zur Strecke zu bringen. Mit der Ermordung von Drogenbaronen und Waffenhändlern, korrupten Spionen und anderen Auftragskillern rückte man zwar auch ins Visier der Strafverfolgungsbehörden, aber mit der Ermordung von Bundespolizisten, die ihrer Arbeit nachgingen, löste man einen kolossalen Sturm der Vergeltung aus. Im Übrigen waren die beiden keine unmittelbare Bedrohung für sein Leben, und das bedeutete, dass er es gegenüber seinem Gewissen – beziehungsweise dem, was davon noch übrig war – kaum verantworten konnte, sie umzubringen. Wenn es sein musste, wenn ihm keine andere Wahl mehr blieb, als sie auszuschalten oder den Rest seines Lebens hinter Gittern zu verbringen, dann würde er es tun. Aber nur dann.

Da er sich nirgendwo verstecken konnte, nahm er die Hände hoch. »Nicht schießen«, sagte er, bevor er in den Flur trat.

Beide Eindringlinge legten sofort auf ihn an. Die Frau, deren Stimme er gehört hatte, stand rechts. Sie war jung, hatte olivfarbene Haut und die pechschwarzen Haare so fest zu einem Pferdeschwanz gebunden, dass die Kopfhaut über der Stirn deutlich zwischen den Strähnen durchschien. Sie trug einen grauen Hosenanzug und starrte ihn mit derselben Autorität und demselben Selbstbewusstsein an, das schon in ihrer Stimme gelegen hatte.

Ihr Kollege war groß und muskulös, mit einem kräftigen Hals und einem kantigen Kinn. Die Haare hatte er militärisch kurz geschoren, und seine Haut war braun gebrannt und glatt. Er wirkte etliche Jahre älter als die Frau und musterte Victor abschätzig.

Sie hatten nicht damit gerechnet, ihn hier vorzufinden.

»Wer sind Sie denn, verflucht noch mal?«, wollte der Mann wissen.

Victor ließ seine Hände über Schulterhöhe. Er verhielt sich passiv, zeigte aber auch keine Angst. »Erst will ich einen Dienstausweis sehen. Vorher sage ich kein Wort.«

»Dazu sind wir nicht verpflichtet.«

»Dann wird dieses Gespräch sehr, sehr lange dauern.«

Die Frau trat einen Schritt vor. »Wir sind vom Ministerium für Heimatschutz. Mein Name ist Guerrero. Das da ist Agent Wallinger.«

Victor erwiderte: »Ich habe Sie nicht nach Ihren Namen gefragt. Ich möchte Ihre Dienstausweise sehen.«

»Zwingen Sie uns nicht, Sie festzunehmen«, sagte der Mann.

»Wenn Sie unbedingt wollen, dann nehmen Sie mich eben fest. Aber ich habe nichts verbrochen. Darum bin ich in einer Stunde wieder draußen, und Sie stehen vor Ihrem Chef wie der letzte Idiot da.«

Der Mann starrte ihn feindselig an. Die Frau, die ihre Pistole fest in beiden Händen hielt, ließ die Waffe sinken. »Ich stecke meine Waffe jetzt weg und nehme meine Dienstmarke raus, okay?«

Victor nickte.

Sie steckte die Pistole in das schwarze Lederholster an ihrer rechten Hüfte. Dann schob sie die Hand unter ihre Jacke und holte ein Dienstmarkenetui hervor, ebenfalls aus schwarzem Leder. Sie klappte es auf und hielt es Victor hin.

»Es ist dunkel«, sagte er. »Ich kann es von hier aus nicht erkennen. Kommen Sie näher.«

Sie gehorchte. Der Mann hatte Victor genau im Visier. Vermutlich hatte er keinen sehnlicheren Wunsch, als die Wände mit Victors Schädelinhalt zu tapezieren.

Die Frau blieb außerhalb von Victors Reichweite stehen, während er ihre Dienstmarke musterte. Die eine Hälfte wurde vom goldenen Wappen des Heimatschutzministeriums eingenommen.

Die andere Hälfte von einem Foto der Frau, die vor ihm stand. *Agentin Miriam Guerrero*. Das Foto war schon einige Jahre alt. Da waren ihre Haare über der Stirn noch voller gewesen. Die Marke schien echt zu sein, soweit Victor das beurteilen konnte, auch wenn er noch nie zuvor eine Dienstmarke des Heimatschutzes aus der Nähe gesehen hatte. Aber wenn die beiden nicht echt gewesen wären, dann hätten sie ihn mittlerweile auch erschießen können. Sie hätten gar keinen Grund gehabt, das Versteckspiel länger fortzusetzen.

Victor deutete auf den Mann. »Jetzt er.«

Doch der Mann rührte sich nicht von der Stelle, sondern starrte Victor lediglich mit vorgehaltener Waffe an.

»Na komm, regen wir uns nicht unnötig auf, okay?«, sagte die Frau namens Guerrero zu dem Mann.

»Also gut.«

Er steckte die Pistole weg und zeigte Victor seine Dienstmarke. Seine Bewegungen waren fast identisch mit denen der Frau. Vielleicht lernten sie in der Ausbildung sogar, wie man seine Dienstmarke vorzuzeigen hatte.

Guerrero blickte Victor an. »Jetzt sind Sie an der Reihe.«

»Mein Name ist Jimmy Marino. Ich bin Schuldenberater.«

Er zeigte ihnen seinen Führerschein. Er war gefälscht, aber von allerbester Qualität. Sie hätten schon bei der Führerscheinbehörde anfragen müssen, um festzustellen, dass Mr Marino in Wirklichkeit anders aussah als Victor. Falls sie die Fälschung mit bloßem Auge erkannten, dann waren sie die besten Fälschungsspezialisten im ganzen Land.

»Das heißt also, Sie sind Schuldeneintreiber«, meinte Guerrero.

»Miss Margolis ist mit der Miete im Rückstand. Der Vermieter hat mich gebeten, die ausstehenden Beträge zu beschaffen.«

Wallinger gab ihm den Führerschein zurück und sagte: »Dienstausweis.«

»Habe ich nicht. Ich bin ein Ein-Mann-Unternehmen.«

Guerrero meinte: »Dann eine Visitenkarte.«

»Ich arbeite nur auf persönliche Empfehlung.«

Wallinger musterte ihn von Kopf bis Fuß. »Also, nur damit ich Sie richtig verstehe: Sie sind Schuldeneintreiber, Sie arbeiten alleine und Sie haben keine Visitenkarten bei sich, weil Sie nur auf persönliche Empfehlung arbeiten?«

»Genau das habe ich gesagt.«

»Und wieso drängt sich mir der Verdacht auf, dass Sie in einem erheblich besser *organisierten* Umfeld tätig sind?«

»Ich weiß nicht, was Sie damit sagen wollen«, erwiderte Victor.

Wallinger sagte: »Dann will ich Ihnen auf die Sprünge helfen: Ich glaube, Sie arbeiten für die Mafia. Ich glaube, Sie sind ein Vollstrecker. Und? Hab ich recht?«

»Ich habe keine Ahnung, wie Sie darauf kommen, Agent Wallinger. Sie müssen von Natur aus sehr misstrauisch sein«, sagte Victor, ohne mit der Wimper zu zucken. In seinem Blick lag genau die nötige Portion Arroganz, um Wallinger noch weiter auf die falsche Fährte zu locken. Ihm war jede Fährte recht, die weg von Victors wirklicher Tätigkeit führte, und Wallinger hatte bereits eine falsche Schlussfolgerung gezogen. Es wäre die reinste Verschwendung gewesen, nicht darauf einzugehen. »Oder sollte Ihr Verdacht sich etwa auf meinen italienischen Nachnamen gründen? Dann wären Sie ja ein Rassist.«

Wallinger runzelte die Stirn, sagte aber nichts.

»Ich habe keinerlei Straftat begangen«, fuhr Victor fort. »Aber Sie haben die Tür eingetreten. Ich habe einen Schlüssel benützt, den ich vom Vermieter persönlich bekommen habe. Wenn ich unbefugt hier eingedrungen wäre, dann hätten Sie die Tür ja nicht kaputt treten müssen, oder? Dann wäre sie offen gewesen.«

»Meinetwegen«, knurrte Wallinger.

»Wo ist eigentlich Ihre Durchsuchungsanordnung?«, machte Victor weiter, obwohl er wusste, dass sie keine brauchten, wenn es einen hinreichenden Verdacht auf kriminelle Aktivitäten oder die Bedrohung der nationalen Sicherheit gab.

»Brauchen wir nicht«, meinte Wallinger süffisant grinsend.

»Wir sehen uns jetzt mal um«, sagte Guerrero und deutete auf den Fußboden. »Und Sie rühren sich nicht von der Stelle. Wir sind gleich wieder da.«

Genauso war es auch. Sie brauchten nicht einmal eine Minute. Es gab ja nicht viel zu sehen. Victor gehorchte und rührte sich nicht von der Stelle.

Wallinger sagte: »Braver Junge«, als hätte er es mit einem Hund zu tun. Die Stichelei ließ Victor kalt. Trotzdem kniff er die Augen zusammen und spannte seine Kiefermuskulatur, weil Marino, der Schuldeneintreiber, genauso reagiert hätte.

»Was wollen Sie eigentlich hier?«, fragte er die beiden.

Sie gaben keine Antwort.

»Die Wohnungstür muss jedenfalls repariert werden. Und ich wüsste gerne, was ich sagen soll, wenn mich jemand fragt, was hier los war.«

Sie beachteten ihn nicht. Wallinger rückte seinen Gürtel zurecht, während Guerrero eine SMS schrieb.

»Was hat Angelica denn verbrochen?«

»Wer sagt denn, dass sie etwas verbrochen hat?«, lautete Wallingers Gegenfrage.

»Zwei Heimatschutz-Agenten treten ihre Wohnungstür ein. Da geht es ja wohl nicht nur um einen Strafzettel, weil sie irgendwo falsch geparkt hat.«

»Vielleicht müssen wir ihr ja ein paar Fragen stellen.«

»Und haben versehentlich vergessen anzuklopfen?«

»Vielleicht ist sie in Gefahr.«

Guerrero sagte: »Wann haben Sie Miss Margolis zum letzten Mal gesehen?«

»Noch gar nie.«

»Haben Sie irgendeine Ahnung, wo sie jetzt sein könnte?«

»Dann wäre ich nicht hier. Das wäre dann ja Zeitverschwendung, oder nicht? Ich habe einen Auftrag zu erledigen.«

»Also gut«, sagte Guerrero. »Dann sind Sie jetzt entlassen.«

»Mir war gar nicht klar, dass Sie mich festgenommen haben.«

Wallinger bedachte ihn mit einem Stirnrunzeln.

»Wissen Sie was?«, sagte Victor dann. »Wenn Sie mir sagen, was das hier alles soll, vielleicht kann ich Ihnen dann ja weiterhelfen.«

Guerrero meinte: »Vor einer Minute haben Sie noch gesagt, dass Sie nicht wissen, wo sie sein könnte. Sollten Sie uns irgendwelche Informationen vorenthalten, dann ist das ein klarer Fall von Behinderung der Justiz. Dafür gehen Sie ins Gefängnis.«

»Warum sollte ich Ihnen Informationen vorenthalten?«

»Damit Sie Ihre Schulden eintreiben können, bevor wir sie erwischen.«

»Ach so«, meinte Victor. »Jetzt verstehe ich.«

»Was verstehen Sie?«, meldete sich Wallinger zu Wort.

»Wenn Angelica ihre Schulden nicht mehr zurückzahlen kann, nachdem Sie sie gefunden haben, bedeutet das doch, dass Sie sie nicht etwa beschützen oder ihr einfach ein paar Fragen stellen wollen. Sondern, dass Sie sie einsperren wollen.«

Wallinger und Guerrero gaben keine Antwort. Das war auch nicht nötig.

»Hören Sie«, sagte Victor. »Ich mache doch nur meinen Job. Ich arbeite auf Provisionsbasis. Und ich würde niemals eine bundespolizeiliche Ermittlung behindern, nur um mir meine fünfzehn Prozent an den drei Monatsmieten zu sichern, die Miss Margolis dem Vermieter noch schuldet. Sehen Sie sich doch mal hier um. Glauben Sie wirklich, dass man davon reich werden kann? Trauen Sie mir ernsthaft zu, dass ich wegen ein paar Hundert Dollar im Gefängnis landen möchte?«

Er lächelte angesichts einer derart lächerlichen Vorstellung. Guerrero lächelte auch. Wallinger schüttelte den Kopf.

»Ganz genau«, sagte Victor, wobei er jede Silbe bewusst in die Länge zog. »Und, das eine muss ich sagen: Ich bin zu Tode erschrocken, als Sie hier schwer bewaffnet reingestürmt sind. So was bin ich nämlich nicht gewöhnt.«

Guerrero blickte ihn entschuldigend an. Wahrscheinlich musste sie gerade an irgendeinen kleinen Jungen denken, der sie tränenüberströmt angestarrt hatte, nachdem sie bei seiner Familie genauso hereingeplatzt war wie hier. »Wir müssen immer damit rechnen, dass wir plötzlich mit bewaffneten und gefährlichen Menschen konfrontiert werden, und uns dementsprechend verhalten. Wenn unsere Annahme zutrifft, dann sind wir bereit. Und wenn nicht ... na ja, dann muss eben jemand wie Sie eine etwas unangenehme Begegnung verkraften.«

Victor spitzte die Lippen und stieß den Atem aus. »Ich habe keine Ahnung, wie Sie das schaffen.«

»Wir sind sehr gut ausgebildet«, meinte Wallinger.

»Das glaube ich sofort.«

Sie standen einander schweigend gegenüber, dann tippte Guerrero Wallinger auf den Arm und zeigte zur Tür. Anschließend reichte sie Victor ihre Visitenkarte.

»Wenn Sie irgendetwas erfahren ...«

»... sage ich Ihnen Bescheid.«

Sie gingen zur Tür.

»Hören Sie mal«, rief Victor ihnen hinterher. »Da ich hier schon keinen Erfolg gehabt habe, vielleicht können Sie mir ja bei meinem nächsten Auftrag behilflich sein.«

»Auf keinen Fall«, erwiderte Wallinger. »Machen Sie Ihre Arbeit gefälligst selber.«

Und Guerrero fügte hinzu: »Ich fürchte, diesbezüglich sind uns die Hände gebunden.«

»Na gut«, meinte Victor. »Das merke ich mir, falls ich doch noch erfahren sollte, wo Miss Margolis abgeblieben ist.«

Sie blieben stehen und drehten sich zu ihm um.

»Also gut«, sagte Guerrero dann. »Schießen Sie los.«

»Ich habe nur einige wenige Fragen. Erstens: Spielen die Mets heute?«

Wallinger sagte: »Was soll das denn heißen?«

»Nein«, antwortete Guerrero. »Die Mets spielen heute nicht.«

»Okay, danke.« Victor nickte. »Wenn ich Ihnen jetzt eine sechsstellige Zahl nenne, was fällt Ihnen dazu als Erstes ein?«

Der Blick, den sie einander zuwarfen, machte Victor klar, dass ihnen dazu gar nichts einfiel, noch bevor die Frau sagte: »Tut mir leid, keine Ahnung.«

»Und zu einer fünfstelligen Zahl?«

Sie blickte ihn an, als hätte er nicht mehr alle Tassen im Schrank: »Postleitzahl, natürlich.«

»Natürlich«, meinte Victor.

Kapitel 28

Zehn Minuten, nachdem Guerrero und Wallinger die Wohnung verlassen hatten, trat Victor hinaus auf die Straße. Vielleicht würden sie ihn ja ganz offen in Empfang nahmen, damit er wusste, dass er beobachtet wurde, in der Hoffnung, dass er dann einen Fehler beging. Oder sie wollten ihn unauffällig beschatten, um zu erfahren, was er vorhatte. Er nahm jedenfalls die Haustür. Wenn er durch den Hinterausgang hinausgeschlüpft wäre, hätten sie spätestens dann Verdacht geschöpft und nur noch entschlossener versucht, hinter seine wahren Absichten zu kommen.

Auf der Straße vor dem Haus waren weder Behördenfahrzeuge noch andere Hinweise auf irgendwelche Beschatter zu entdecken. Die Straße sah genauso aus wie bei seiner Ankunft, lediglich der rostige graue Lieferwagen war nicht mehr da.

Da der Heimatschutz sich auf Ravens Spur gesetzt und ihre sichere Wohnung unter Beobachtung genommen hatte, konnte er sie hier auf keinen Fall ermorden. Aber er hatte ja noch eine andere Option: 10028 war die Postleitzahl des Metropolitan Museum of Art. Es lag an der Upper East Side, gerade einmal zwanzig Minuten entfernt. Allerdings konnte er den direkten Weg nicht riskieren. Wenn aber die Zahl 4 für vier Uhr nachmittags stand, hatte er auch nicht die Zeit für eine sorgfältige Überprüfung des Umfelds. Vielleicht wurde er beschattet. Vielleicht auch nicht. Der knapp bemessene Zeitrahmen ließ keine eindeutige Antwort darauf zu.

Sein Verhalten war davon ohnehin kaum betroffen. Er benahm sich immer so, als wären seine Feinde ganz in der Nähe. Guerrero und Wallinger suchten nach Raven. Sie wollten nichts von ihm, und allem Anschein nach hatten sie ihm seine Geschichte abgekauft. Außerdem hatte er den Eindruck gewonnen, dass sie alleine arbeiteten. Trotzdem war es natürlich denkbar, dass sie sich Verstärkung geholt hatten – bei der Polizei zum Beispiel, oder bei anderen Kooperationspartnern.

Auf der Straße sah er niemanden, der nicht schon da gewesen war, bevor er Ravens Haus betreten hatte.

Bis auf die beiden Gestalten, die jetzt in der Fahrerkabine des dunkelblauen Kastenwagens saßen.

Es handelte sich um einen neuen Ford mit stark getönten Fensterscheiben. Er parkte am Straßenrand, ganz unauffällig, bis auf die Tatsache, dass zwei Personen darin saßen. Auf diese Entfernung waren sie nur als Silhouetten erkennbar, doch die Größe und die Schulterbreite ließen auf zwei Männer schließen. Zwei Männer in einem parkenden Kastenwagen waren eigentlich nichts Besonderes. Aber vor einer Viertelstunde waren die beiden noch nicht da gewesen. Und sie bewegten sich nicht, sondern saßen einfach nur da. Falls sie sich unterhielten, dann ohne zu gestikulieren oder den Kopf zu bewegen. Und ohne einander anzusehen.

Entweder langweilten sie sich oder sie waren hoch konzentriert. Welches von beiden ließ sich problemlos herausfinden.

Victor ging auf einen schmutzigen roten Impala zu, der ungefähr fünfzig Meter von dem Kastenwagen entfernt auf der anderen Straßenseite parkte. Er bückte sich und nahm einen seiner Schnürsenkel heraus, legte ihn einmal zusammen und setzte in der Mitte einen Slipknoten, sodass der Schnürsenkel eine große Schlaufe bildete.

Dann stand er wieder auf und zog an den beiden losen Enden, sodass die Schlaufe sich immer enger zusammenzog, bis sie schließlich fest in der Mitte des Schnürsenkels saß. Diese Schlaufe stopfte er in den kleinen Spalt in der Ecke zwischen Fahrertür und Türrahmen. Mit sägenden Bewegungen zwängte er den Schnürsenkel immer tiefer in den Spalt, bis die Schlaufe beim Schließmechanismus angelangt war. Dann straffte er die Enden des Schnürsenkels, sodass die Schlaufe sich um den Riegel legte, und zog fest daran. Die Tür sprang auf.

Er setzte sich ans Steuer und fädelte den Schnürsenkel wieder ein. Dabei beobachtete er den Kastenwagen im Seitenspiegel. Die Silhouetten waren jetzt so klein, dass er nicht einmal mehr erkennen konnte, ob sie sich bewegten oder nicht. Sie verschwammen zu einer einzigen, dunklen Masse.

Er blieb noch eine ganze Weile so sitzen. Sie konnten ihn schließlich genauso wenig erkennen wie er sie. Er wartete, weil sie seine Beschatter waren. Er wollte sie nervös machen oder zumindest unruhig. Je länger er abwartete, desto mehr Fragen würden ihnen durch den Kopf gehen. Ob er sie entdeckt hatte? Was er wohl vorhatte? Wohin er wollte?

Aber sobald er losfuhr, würden sie automatisch denken wie Beschatter. Sie würden sich voll und ganz darauf konzentrieren, ihn zu verfolgen, ohne gesehen zu werden. Die Fragen, die ihnen jetzt noch durch den Kopf gingen, würden in den Hintergrund gerückt, aber nicht vollkommen verdrängt werden. Vielleicht wurden sie dadurch ein bisschen ungeduldiger. Ein bisschen unvorsichtiger.

Genau so war es. Victor war noch nicht einmal ganz aus seiner Parklücke herausgefahren, da stieß der Auspuff des Ford bereits Abgaswolken aus. Zu früh. Zu hastig. Nervös oder unsicher.

Das war gut, weil dadurch seine eigene Frage eindeutig beantwortet und sein Verdacht bestätigt wurde, aber auch schlecht, weil er jetzt ein Verfolgerfahrzeug im Nacken hatte. Und er wusste nicht, wer sie waren. Wallinger und Guerrero beziehungsweise ihre Kollegen, das war die naheliegende Vermutung, aber Spekulationen konnte er sich nicht leisten.

Natürlich hatte er auch Halleck im Verdacht. Der hatte ihm seine eigenen Leute zur Unterstützung angeboten, und Victor hatte abgelehnt. Es war ja auch kein ehrliches Angebot gewesen. Halleck hatte deutlich gemacht, dass er Victor misstraute, und er hatte auch allen Grund dazu. Daher war ihm durchaus zuzutrauen, dass auch er seine Leute losgeschickt hatte.

Zudem wusste Victor nicht, welchen konkreten Auftrag die Beschatter hatten. Sollten sie ihn nur beobachten? Oder hatten sie einen anderen Auftrag?

Der Kastenwagen blieb die üblichen zwei Wagenlängen hinter ihm. Victor kurvte eine Viertelstunde lang durch die Gegend, bog immer wieder ab oder wechselte die Spur, wenn ihm danach zumute war. Der Ford blieb die ganze Zeit hinter ihm. Victor fuhr in ein Parkhaus, weil er wissen wollte, wie ihre Anweisungen lauteten. Wenn sie ihm nach dem Leben trachteten, dann konnten sie keine bessere Gelegenheit bekommen. Aber sie blieben draußen stehen und warteten, bis er wieder herauskam. Dann hefteten sie sich erneut an seine Fersen. Also nur Beschatter. Zumindest im Augenblick.

Er ließ sie nicht merken, dass er sie bemerkt hatte, und falls er es mit Hallecks Leuten zu tun hatte, dann würden sie davon ausgehen, dass er nur die üblichen Routine-Vorsichtsmaßnahmen traf.

Aber, wie gesagt, er wusste nicht genau, ob wirklich Halleck dahintersteckte. In Bezug auf Victors Vergangenheit hatte Halleck jedenfalls recht gehabt. Es gab zahlreiche Einzelpersonen und Organisationen, die ihm an den Kragen wollten. Und darum war klar, dass er immer wieder aufgespürt wurde, auch wenn er es seinen Feinden so schwer wie nur möglich machte. Aber solange er sich nicht in irgendeine abseitige Gegend jenseits aller Zivilisation zurückziehen wollte, bestand auch das Risiko einer Entdeckung. Und er war nicht bereit, alles aufzugeben, nur um weiterzuleben.

Ein paar Querstraßen weiter ließ er den Impala stehen. Er lieferte sich nur im Notfall der Enge eines Fahrzeugs aus. Außerdem wollte er endlich mehr über seine Beschatter erfahren. Waren die beiden im Kastenwagen die Einzigen, oder gehörten sie zu einem größeren Team?

Er ging nach Norden, weil er nach Süden wollte. Der Kastenwagen fuhr an ihm vorbei und verschwand in der Ferne. Nach ein paar Häuserblocks fing es heftig an zu regnen. Busse fuhren an ihm vorbei und ließen kleine Wellen gegen den Bordstein schlagen. Etliche Autos hatten die Scheinwerfer eingeschaltet. Die Scheibenwischer hatten größte Mühe, dem Wolkenbruch Herr zu werden. Fußgänger ohne Schirm hasteten geduckt an denen vorbei, die vorgesorgt hatten und mit aufreizender Lässigkeit durch den Regen spazieren konnten. Ein Taxi fuhr zu dicht am Bordstein entlang und spritzte ein paar unglückliche Passanten nass.

Victor setzte nur langsam einen Fuß vor den anderen. Der Regen ließ seinen Mantel dunkel werden, und die Haare klebten ihm am Kopf. Ihm gefiel das Wetter. Er mochte Regen, schon immer. Regen half ihm, am Leben zu bleiben. Er half ihm, Beschatter zu entdecken. Wenn es regnete, gingen die Menschen schneller oder sie gingen gar nicht nach draußen, sondern blieben im Trockenen. Auf den Straßen war weniger los, und es gab weniger potenzielle Gefahren. Fast niemand stand einfach nur so herum, nicht einmal die, die auf ihre Verabredung warteten. Die Leute suchten

Schutz und keine Beobachtungsposten. Jeder, der sich nicht unter ein Vordach oder in einen Hauseingang flüchtete, fiel sofort auf, und ein Beschatter, der trocken bleiben oder zumindest diesen Eindruck erwecken wollte, schränkte damit automatisch seinen Bewegungsspielraum ein.

Trotz des peitschenden Regens setzte Victor nur langsam einen Fuß vor den anderen. Falls es ihm jemand nachmachte, dann war das ein sicheres Zeichen. Dann wusste er genau, was der- oder diejenige vorhatte. Ein Schirm hätte ihn vor dem Regen geschützt, aber dann hätte er eine Hand weniger zur Verfügung und nur eingeschränkte Sicht gehabt. Lieber vom Regen durchnässt werden als vom eigenen Blut.

Ein paar Touristen waren vom Wetter vollkommen überrascht worden und boten – falsch gekleidet und unvorbereitet – einen ausgesprochen amüsanten Anblick. Victor empfand leises Bedauern, aber sie lachten über ihr Pech und ihr lächerliches Erscheinungsbild, und Victor musste daran denken, dass er als kleiner Junge im Regen immer viel Spaß gehabt hatte.

Pfützen waren nichts als eine Aufforderung gewesen hineinzuspringen. Bis auf die Haut durchnässt zu werden, war der Sinn des Ganzen gewesen und nichts, was man um jeden Preis vermeiden wollte. Und wenn er am Fenster gesessen und aufsteigende Nebelfahnen gesehen hatte, dann hatten Zauberer und böse Flüche seine Fantasie bevölkert.

Ein Lastwagen rumpelte vorbei, und Victor schlug die Tür zu seinen Erinnerungen wieder zu. Wenn er gekonnt hätte, er hätte jede Erinnerung an seine Kindheit ausradiert. Alles nur Ablenkungen, die er bekämpfen musste. Wer an die Vergangenheit dachte, brachte für die Gegenwart nicht genügend Aufmerksamkeit auf. Er hatte zu viele Feinde, als dass er sich nostalgischen Träumereien hingeben konnte.

Tausende Regentropfen trommelten Sekunde für Sekunde auf die Straße und die Bürgersteige. Ob es dafür ein bestimmtes

Schema gab, eine Formel, einen regelmäßigen Rhythmus – einen Algorithmus –, den nur die Natur kannte? Der böige Wind blies Muster in den Regenvorhang. Scheinwerfer spiegelten sich im Straßenbelag.

Eine junge Frau hatte sich eine Plastiktüte über den Kopf gestülpt und rannte den Bürgersteig entlang. Sie trug ein dünnes weißes Kleid. Aus Höflichkeit senkte Victor den Blick, bis sie vorbeigelaufen war.

Als er den Kopf wieder hob, stand auf dem Bürgersteig auf der anderen Straßenseite ein Mann, dicht am Straßenrand, ungeschützt, mit klatschnassen Haaren.

Kapitel 29

Ein Latino. Klein und mit einem gepflegten schwarzen Vollbart. Er trug eine Lederjacke, die bis zu den Oberschenkeln reichte, und eine Strickmütze. Um die fünfunddreißig Jahre alt. Als Victor ihn ansah, wandte der Mann sich ab, fischte ein Handy aus seiner Lederjacke und drückte auf das Display.

Er kam Victor bekannt vor, und da er davon ausgehen musste, dass es keine Zufälle gab, vermutete er hinter jedem bekannten Gesicht zunächst einmal einen Beschatter oder einen Attentäter. Etwas anderes konnte er sich gar nicht leisten. Und er würde sich auch nichts anderes gestatten.

Vielleicht hatte er den Mann am Flughafen gesehen, und er war ihm bis hierher gefolgt. Vielleicht hatte er auch nur einen ähnlich aussehenden Mann mit Lederjacke und Strickmütze gesehen. Victors Gedächtnis funktionierte hervorragend, aber es war schlicht und einfach unmöglich, sich jedes einzelne Gesicht zu merken. Niemand besaß von Natur aus ein so fotografisches Gedächtnis.

Victor ging weiter bis zum Ende des Straßenzugs, schön langsam, damit er nicht gerade dann ankam, wenn die Fußgängerampel auf Grün stand. Er wollte einen guten Grund haben, um stehen bleiben und sich umsehen zu können. Der Latino war ihm nicht gefolgt. Victor konnte ihn nirgendwo mehr sehen.

Das konnte bedeuten, dass er völlig unwichtig war. Keine Gefahr. Oder aber, dass er sich zurückgezogen hatte, um keinen Verdacht zu erregen.

Victor betrat ein kleines Café mit Selbstbedienung und reihte sich in die Schlange ein, um sich einen Americano zu bestellen. Er bekam eine Tasse aus feinem Porzellan mit Untertasse, beide mit einer hübschen Glasur verziert. Er nippte an dem Kaffee. Es war ein Genuss, fast so stark wie Espresso und trotzdem beinahe süß. Er konnte sich nicht erinnern, in letzter Zeit einen besseren getrunken zu haben.

Das Café bezeichnete sich als moderne Bäckerei, aber die Aufmachung war alt und rustikal und eher europäisch als amerikanisch. Es hieß Clayton & Bale. Mit Sicherheit ausgedacht – der Name klang gediegen und authentisch und nicht nach einer seelenlosen Backwarenkette. Das Personal bestand ausschließlich aus jungen weißen Frauen. Und alle stammten aus Australien, zumindest die, die er hatte sprechen hören. Er setzte sich auf eine Polsterbank mit Blick auf den Eingang und die Schaufenster, direkt neben zwei alte Männer, die sich über den Preis für den Kaffee beschwerten und gleichzeitig ununterbrochen das Personal begafften. Sie würdigten Victor keines Blicks.

Zu seiner Linken befand sich ein langer Tresen, wo ein Barista die Kaffeemaschine bediente. Die große Auswahl an Kuchen, Muffins und anderen Leckereien ließ den Kunden das Wasser im Mund zusammenlaufen. Mit einem schnellen Blick stellte er fest, dass er hier nichts zu befürchten hatte. Die Kundschaft war entweder noch nicht alt genug, um eine Bedrohung zu sein, oder schon zu alt dafür. Die Einzigen, die überhaupt als Beschatter infrage gekommen wären, waren zwei Männer, die schon vor

Victors Eintreten an ihrem Tisch gesessen hatten. Aber da er sehr spontan beschlossen hatte, das Café zu betreten, konnten seine Feinde das unmöglich gewusst haben.

Sie würden nicht lange auf sich warten lassen. Sie wussten, dass es schwer war, ihn aufzuspüren. Und sie konnten nicht wissen, warum er das Café betreten hatte. Wenn er gleich wieder durch die Hintertür verschwinden wollte, dann würden sie ihn aus dem Auge verlieren. Und das würden sie niemals riskieren.

Wenn der Latino wirklich keine Bedeutung gehabt hatte, dann war diese Vorsichtsmaßnahme sinnlos und Victor, der eigentlich dringend ins Met wollte, verschwendete nur kostbare Zeit. Aber man konnte nie vorsichtig genug sein. Er hatte Halleck im Verdacht, ihm ein paar Aufpasser hinterhergeschickt zu haben, was aber nicht bedeuten musste, dass der Heimatschutz oder womöglich sogar eine dritte Partei ihn nicht ebenfalls ins Visier genommen hatten. Und es war sinnlos, sich auf Raven zu konzentrieren, wenn er sich dadurch einer anderen Gefährdung aussetzte.

Es dauerte eine Minute, dann betrat ein Mann das Café. Victor hatte ihn noch nie gesehen, aber er konnte durchaus zu Hallecks Mannschaft gehören. Er sah ganz ähnlich aus wie die, die Victor in Dublin gesehen hatte: der gleiche breitschultrige Körperbau, die gleichen stillosen Klamotten, die gleiche Frisur. Das war keine Uniform, und es geschah auch nicht absichtlich. Zumindest nicht bewusst. Aber so etwas passierte, wenn ein Team längere Zeit zusammen war. Die Männer hatten angefangen, sich gleich zu kleiden und sich wie eine Art Stamm zu benehmen, einschließlich einer eigenen, unbewussten Identität.

Es hatte einmal eine Zeit gegeben, als die Mitglieder des britischen Special Air Service gegen den Trend der Zeit Schnurrbärte getragen hatten. Menschen, die einander respektierten und aufeinander angewiesen waren, tendierten dazu, sich einander anzupassen. Und das war gut für Victor. Dadurch waren sie leichter zu erkennen. Aber noch hilfreicher war die Tatsache, dass diese

Kerle eine verschworene Einheit waren. Falls sie zu Feinden wurden, dann würden sie emotional reagieren, sobald er angefangen hatte, sie zu töten. Sie würden auf Rache sinnen. Sie würden Fehler machen.

Aber nur, falls es tatsächlich so weit kam. Victor traute Halleck zwar nicht über den Weg, aber das alleine war kein Grund, seine Männer hinzurichten. Nicht einmal als präventive Maßnahme – obwohl Victor ein großer Anhänger präventiver Maßnahmen war. Aber nicht am helllichten Tag in einem gut besuchten Café. Zum einen gab es keine Notwendigkeit, so etwas zu tun. Und zum zweiten ... Victor mochte diesen Kerl. Er machte alles falsch, was man nur falsch machen konnte. Victor bekam richtiggehend Mitleid mit ihm. Er blieb im Eingang stehen und sah sich nach allen Seiten um. Er trat unruhig von einem Fuß auf den anderen, während er so tat, als würde er sich für das Warenangebot interessieren. Er wusste nicht, was er bestellen sollte, als eine der Australierinnen ihn nach seinem Wunsch fragte. Er setzte sich an den falschen Platz – dicht bei Victor und nicht etwa dicht bei der Tür. Er rührte seine Tasse nicht einmal an. Er tat sein Möglichstes, um nicht in Victors Richtung zu schauen.

Gut möglich, dass er schon längere Zeit zum Team gehörte, aber für diese Aufgabe war er sicherlich nicht die beste Wahl. Vielleicht war er ein exzellenter Scharfschütze oder Taktiker, aber seine Fähigkeiten als Beschatter tendierten gegen null. Er war viel eher Zivilist als Profi. Es wäre fast grausam gewesen, jemanden mit so wenig Durchblick umzubringen. Victor war kein Sadist.

Er trank seinen Kaffee aus und ging wieder nach draußen. Bis jetzt hatte er vier Leute zu Gesicht bekommen – den Kerl im Café, die beiden im Kastenwagen und den Latino mit dem Handy. Er musste wissen, ob es noch mehr von der Sorte gab.

Mittlerweile hatte es aufgehört zu regnen.

Ein Stück weiter vorn stand ein Bus an einer Haltestelle, davor eine Schlange von einsteigenden Fahrgästen. Zu seiner Rechten, auf der anderen Straßenseite, befand sich der Eingang zu einer U-Bahn-Station. Beides waren praktikable Möglichkeiten, um ein wenig Abstand zwischen sich und seine Verfolger zu bringen. Er überquerte die Straße, weil direkt vor ihm ein Taxi angehalten hatte und der Fahrgast auf der rechten Seite ausstieg.

Die U-Bahn-Station war alt. Es war heiß und stank nach Schweiß und Schmutz. Für jemanden von Victors Körpergröße waren die gewölbten Gänge niedrig, ja fast schon klaustrophobisch eng.

Er steuerte das linke Ende des Bahnsteigs an, um direkt hinter dem Fahrer in den ersten Wagen einzusteigen. Es gab mehrere freie Sitzplätze, aber er stellte sich mit dem Rücken zur Fahrerkabine, sodass er den ganzen Waggon und alle Fahrgäste im Blick hatte – insbesondere diejenigen, die mit ihm zusammen eingestiegen waren. Er beobachtete die Leute aus dem Augenwinkel, versuchte, ihr Alter, ihre Kleidung, ihren Körperbau und ihr Verhalten einzuschätzen. Waren potenzielle Beschatter darunter? Stellte jemand gar eine Bedrohung dar?

Das Alter war der erste Indikator. Er schloss alle aus, die entweder zu alt waren, um den körperlichen Strapazen gewachsen zu sein, oder zu jung, um über die nötige Ausbildung und Erfahrung zu verfügen. Danach folgten die, die zwar das richtige Alter hatten, aber nicht fit genug waren und weder die erforderliche Ausdauer noch die nötige Beweglichkeit mitbrachten. Unpraktische Kleidung – zu eng, zu hinderlich oder zu auffällig – war das nächste Ausschlusskriterium. Danach blieben noch genau zwei Personen übrig, ein Mann und eine Frau. Aber der Mann war betrunken. Er hatte ein rotes Gesicht, große, starr blickende Augen und musste ununterbrochen schlucken. Die Frau – weder alt noch jung, schlank und sportlich, trug locker sitzende Kleidung und flache Schuhe – spielte mit ihren Haaren und versuchte, einen Blick von Victor zu erhaschen.

Er ignorierte ihre Flirtversuche und blieb wachsam, während

die U-Bahn losfuhr und beschleunigte. Die Füße etwa schulterbreit auseinander stand er da und hielt sich mit der linken Hand fest, um nicht aus dem Gleichgewicht zu geraten.

Bis jetzt war er allem Anschein nach unerkannt entkommen, aber er wurde das Gefühl nicht los, dass er immer noch beschattet wurde. Vielleicht wollte sein Unterbewusstsein ihm mit diesem Gefühl etwas mitteilen. Vielleicht hatte er irgendetwas Merkwürdiges gesehen oder gerochen, ohne es bewusst wahrzunehmen. Seiner Erfahrung nach war es jedenfalls so, dass dieses ungute Gefühl in über fünfzig Prozent der Fälle tatsächlich zutraf. Er musste in seinem Leben immer mit dem Schlimmsten rechnen. Für ihn war Optimismus nichts anderes als mutwillige Unwissenheit.

Wenn ihm jemand bis in die Station gefolgt war, dann hatte der Beschatter auch dieselbe Bahn bestiegen, das war klar. Aber selbst als er sich sicher war, dass von den Fahrgästen im Waggon keine unmittelbare Bedrohung ausging, beobachtete er bei jedem Halt sehr gründlich alle zusteigenden Fahrgäste. Ein guter Beschatter ließ seine Zielperson nie aus den Augen, hielt aber gleichzeitig immer so viel Abstand wie irgend möglich. Und sofort in denselben Waggon zu steigen hätte Victors Chancen, den Verfolger zu identifizieren, enorm gesteigert.

Taktisch klüger wäre es also gewesen, zunächst einmal einen anderen Waggon zu nehmen und erst ein paar Haltestellen später zu Victor zu steigen.

Hätte Victor in einer vergleichbaren Situation gesteckt, er hätte frühestens bei der zweiten oder dritten Haltestelle den Waggon gewechselt, um so unauffällig wie möglich zu wirken und gleichzeitig die Zielperson nicht länger als nötig aus dem Blick zu verlieren.

Bei der zweiten Haltestelle stieg kein Beschatter in den Waggon.

Aber bei der dritten.

Kapitel 30

Es dauerte fast eine Minute, bis Victor sich wirklich sicher war, weil dieser Beschatter sehr viel besser war als der im Café. Insgesamt fünf Fahrgäste betraten den Waggon: zwei Frauen und drei Männer, darunter ein Rentnerpaar. Victor ignorierte sie. Einer der Männer war so übergewichtig, dass er zwei Sitzplätze benötigte. Ihn schloss Victor ebenfalls aus. Aber die beiden übrig gebliebenen, ein Mann und eine Frau, hatten das richtige Alter und waren richtig gekleidet.

Der Mann trat direkt neben Victor durch die Tür und streifte so dicht an ihm vorbei, dass Victor den Impuls unterdrücken musste, ihm unmissverständlich seine Grenzen klarzumachen. Der Mann sagte »'tschuldigung«, ließ sich auf einen freien Platz neben Victor plumpsen und fing an, mit seinem Handy herumzuspielen. Das alles – neben der Zielperson den Waggon zu betreten, obwohl es auch andere Türen gab, die Zielperson anzusprechen, sich dichter als nötig zu ihr zu setzen und dann auch noch durch das Handy unnötig Aufmerksamkeit auf sich zu ziehen – stand im krassen Widerspruch zu den elementaren Verhaltensregeln eines Beschatters.

Damit blieb nur noch die Frau übrig.

Sie machte alles richtig: Sie kam durch die am weitesten von Victor entfernte Tür in den Waggon, gleich hinter dem Rentnerpaar, und entschied sich für einen möglichst weit entfernten Platz.

Victor musterte die Beschatterin sehr eingehend, wollte wissen, wo sie möglicherweise eine Waffe versteckt hatte oder welche Schwäche er sich unter Umständen zunutze machen konnte. Im Augenblick konnte er noch nicht sagen, was sie vorhatte – ob sie ihm nur folgen oder ihn womöglich ausschalten sollte. Die anderen, die ihm bisher aufgefallen waren, waren reine Beobachter gewesen, aber Befehle konnten sich ändern. Außerdem war es durchaus denkbar, dass die Frau von Anfang an als Attentäterin vorgesehen war.

Aber jetzt hatte sie das Überraschungsmoment aus der Hand gegeben. Falls sie also etwas unternahm, dann war Victor vorbereitet.

Doch bei der nächsten Haltestelle merkte er, dass er einen Fehler gemacht hatte.

Der übergewichtige Mann stieg aus, und drei junge Frauen betraten den Waggon durch die mittlere Tür. Sie trugen gepflegte Bürokleidung, hatten aber wohl ein klein wenig über den Durst getrunken. Sie blieben bei der Tür stehen und hielten sich schwankend an den Haltegriffen fest. Sie waren laut und sie waren attraktiv, lachten und machten ständig Witze. Alle anderen Fahrgäste warfen ihnen mindestens einen Blick zu – amüsiert oder verärgert, je nachdem. Und die Männer sahen mehrmals hin.

Alle, bis auf Victor und den Mann, der mit seinem Handy herumspielte.

Das bekam Victor aus dem Augenwinkel mit und erkannte seinen Fehler.

Der Kerl mit dem Handy war dreist. Er machte alles anders, als es eigentlich üblich war. Er war zur nächstgelegenen Tür hereingekommen, hatte Victor angesprochen, hatte sich neben ihn gesetzt und mit seinem Handy Aufmerksamkeit auf sich gezogen. Und weil das alles dem üblichen Vorgehen so sehr widersprach, hatte er auf Victor unverdächtig gewirkt. Victor war beeindruckt. Der Beschatter war gut, allerdings auch nicht überragend. Er hatte die drei jungen Frauen nicht beachtet. Das hatte er einfach nicht mehr geschafft, weil er mit dem Handy und Victors Beschattung schon ausgelastet war.

Die drei jungen Frauen stiegen bei der nächsten Haltestelle wieder aus, und es wurde still im Waggon.

Victor blickte den Mann an und versuchte, die Bedrohung, die von ihm ausging, abzuschätzen. Er war nicht besonders groß oder kräftig, aber Wendigkeit und eine gute Technik waren ohnehin entscheidender. Er trug Wanderstiefel und eine locker sitzende Cargohose. Der Reißverschluss seiner billigen Nylonjacke war nicht zugezogen. Darunter trug er eine eng anliegende Weste. Sehr sinnvolle Kleidung, falls es zum Kampf kam: Die Stiefel gaben den Knöcheln Halt und verliehen eventuellen Tritten zusätzliche Wucht, und die weite Hose gewährleistete größtmögliche Bewegungsfreiheit. Die Nylonjacke war leicht und störte nicht, zumal sie sich durch den geöffneten Reißverschluss jederzeit abstreifen ließ, entweder schon vor dem Kampf oder aber dann, wenn der Gegner sie festhielt. Und sie war aus billigem Material, das heißt, sie würde sofort reißen, falls der Träger sie aus irgendeinem Grund nicht gleich abstreifen konnte. Und auch die eng anliegende Weste ließ sich nur schlecht greifen, während sie die Bewegungsfreiheit des Trägers nicht so stark einschränkte wie beispielsweise ein enges T-Shirt.

Der Mann war also mehr als ein Beschatter.

Er hatte zwar keine Schusswaffe bei sich – die hätte Victor bemerkt –, aber ein kleines Messer ließ sich praktisch überall verstecken.

Victor gab sich keine Mühe, seine abschätzenden Blicke zu verbergen. Der Mann merkte es schnell. Er versuchte zunächst, sie zu ignorieren, hoffte, dass er sich getäuscht hatte, aber das erwies sich bald als sinnlos. Sie wussten beide Bescheid.

Der Mann beendete das Spielchen und steckte das Handy in seine Hosentasche. Die Jackentasche wäre keine Option gewesen, schließlich bestand eine realistische Chance, dass er sie bald loswurde, so oder so.

»Welchen Fehler habe ich gemacht?«, fragte er dann, ohne Victor anzuschauen – oder zumindest ohne direkten Blickkontakt.

Victor sah keinen Grund, nicht zu antworten. »Sie haben die drei Frauen ignoriert.«

Der Mann stutzte und ließ die letzten Minuten vor seinem geistigen Auge noch einmal Revue passieren. »Ich könnte doch schwul sein, oder?«

»Dann hätten Sie mich nicht links liegen lassen.«

Er kniff die Lippen zusammen und nickte.

Victor sagte: »Aber wenn es Sie tröstet: Bis auf diese Kleinigkeit haben Sie alles richtig gemacht. Ich hätte es nicht gemerkt.«

Der Mann überlegte, dann zuckte er mit den Schultern. »Versagen bleibt Versagen, auch wenn es nur knapp war.«

Victor blieb stumm. Er hatte kein Interesse, noch mehr begütigende Floskeln abzusondern.

»Und jetzt?«, wollte der Mann wissen und blickte Victor in die Augen.

»Das kommt darauf an.«

»Worauf?«

»Ob Sie besser kämpfen als beschatten können.«

Sie starrten einander an.

»Ich bin gut«, sagte der Mann.

Victor nickte. »Das glaube ich. Sie sind auch ein guter Beschatter.«

»Aber Sie haben mich trotzdem bemerkt.«

Victor nickte noch einmal.

»Dann«, meinte der Mann nach einer langen Pause, »bleibe ich vielleicht einfach hier sitzen, wenn Sie aussteigen.«

»Das klingt nach der besten Idee, die Sie je gehabt haben«, erwiderte Victor. »Und wissen Sie, was die zweitbeste Idee wäre?«

»Ihnen alles zu sagen, was ich weiß?«

»Gleich beim ersten Versuch ins Schwarze getroffen. Wer hat Sie geschickt?«

»Halleck.«

»Das habe ich mir gedacht. Wieso?«

Der Mann sagte: »Um Sie zu beobachten.«

»Und um mich zu töten?«

»Nein.«

Verblüfft stellte Victor fest, dass er dem Mann glaubte. »Wie viele Leute hat er auf mich angesetzt?«

»Zwanzig.«

Victor hob die Augenbrauen. »Zwanzig?«

»Na ja, einundzwanzig insgesamt, mich eingeschlossen.«

»Drei Sieben-Mann-Teams, die sich alle acht Stunden abwechseln?«

Der Mann erwiderte achselzuckend: »Über die anderen weiß ich nichts.«

»Und wie genau lautet Ihr Auftrag?«

»Ich soll Sie im Blick behalten. Bericht erstatten. So was eben.«

»Aber Sie sollen nicht eingreifen.«

Der Mann sagte: »Nur überwachen.«

»Sie waren beim Militär, nicht wahr? Nicht beim Geheimdienst.«

»Bei den Army Rangers«, präzisierte der Mann.

Die U-Bahn näherte sich der nächsten Station und wurde langsamer.

»Hier steige ich aus«, sagte Victor, als die Türen aufgingen.

Der Mann sagte: »Danke für die Lektion.«

»Gern geschehen.«

»Und danke, dass Sie mich am Leben gelassen haben.«

»Bedanken Sie sich nicht zu früh. Vielleicht hole ich es ja nach, bevor ich die Stadt verlasse.«

Der Mann nickte gedankenverloren. »Ich sage den anderen, dass Sie mich abgehängt haben.«

»Sagen Sie ihnen, was immer Sie wollen. Aber eines muss Ihnen klar sein: Wenn Sie wieder losgeschickt werden und ich Sie noch einmal sehe …«

»Sie sehen mich nie wieder«, unterbrach ihn der Mann.

»Ah«, meinte Victor. »Also, das ist jetzt wirklich die beste Idee, die Sie je hatten.«

Er stieg aus, und die Bahn rollte davon. Dann blieb er alleine auf dem Bahnsteig stehen und sah ihr nach, wie sie im Tunnel verschwand.

Kapitel 31

Das Metropolitan Museum of Art befindet sich in der Fifth Avenue, auf der Upper East Side von Manhattan. Victor kam zu Fuß dort an, nachdem er mit der U-Bahn bis zur 86th Street/Ecke Lexington Avenue gefahren war und sich anschließend kreuz und quer durch das Viertel geschlängelt hatte. Hier wimmelte es von Museen und Galerien, wunderschönen Apartmenthäusern sowie erstklassigen Geschäften und Boutiquen. Überall hing der Duft nach Geld und Kultiviertheit in der Luft.

Und es war ein gutes Umfeld, um nach Beschattern Ausschau zu halten, die in der Regel bequeme Freizeitkleidung trugen, um in möglichst vielen unterschiedlichen Umgebungen möglichst wenig aufzufallen. Aber hier waren vor allem zwei klar unterscheidbare Bevölkerungsgruppen unterwegs: Bewohner und Touristen. Die Bewohner waren modisch und teuer gekleidet und die Touristen in der Regel noch legerer als ein normaler Beschatter.

Er sah nirgendwo eine potenzielle Bedrohung, aber hier waren so viele Fußgänger und Fahrzeuge zu sehen, dass er sich unmöglich sicher sein konnte.

Er näherte sich von Norden her, ging am westlichen Rand des Central Park entlang, direkt hinter einer Gruppe deutscher Touristen. Er sah nicht aus wie sie. Er war auch nicht gekleidet wie sie. Aber es war eine große Gruppe, und das machte er sich zunutze.

Auf der breiten Steintreppe vor dem Museum blieben die Deutschen stehen. In der Nähe flatterte eine US-Flagge im Wind. Sie warteten auf ein verspätetes Mitglied ihrer Gruppe. Victor hörte, wie jemand etwas von »verschlafen« sagte. Er ließ sie stehen – noch länger zu warten hätte das Risiko einer Entdeckung nur vergrößert – und ging die Treppe hinauf zu dem von gewaltigen Säulen gesäumten Eingangsportal.

Davor stauten sich die Touristen und fotografierten. Er betrachtete die Wegweiser zu den verschiedenen Ausstellungen, registrierte die, die ihn thematisch am meisten interessierten, und versuchte gleichzeitig festzustellen, welche sich wohl am besten eigneten, um eventuelle Beschatter zu isolieren. Außerdem hielt er auch nach Raven Ausschau.

Es war ein gewaltiges und wahrhaft spektakuläres Bauwerk. Ein weitverzweigter, Ehrfurcht gebietender Koloss mit einer Ausstellungsfläche von rund hundertdreißigtausend Quadratmetern – das größte Museum seiner Art in den Vereinigten Staaten. Von der Südspitze bis zum nördlichen Ende des Gebäudes waren es fast vierhundert Meter. Die Fassade mit ihren hochgezogenen Rund- und Spitzbogenfenstern, den tiefen, umlaufenden Kranzgesimsen und den kunstvollen Skulpturen war ein atemberaubendes Beispiel für die Architektur des Neoklassizismus. Victor, der etwas von schöner Architektur verstand, war beeindruckt. Das Museum umfasste eine Gesamtfläche von knapp zweihunderttausend Quadratmetern und besaß etliche der kostbarsten Kunstschätze der Welt. Victor hatte seit vielen Jahren gehofft, die Gelegenheit zu einem Besuch zu bekommen, aber in die USA reiste er eben nur, wenn es sich absolut nicht vermeiden ließ.

Raven in einem Gebäude dieser Größe aufzuspüren, das war eine echte Herausforderung. Aber falls er immer noch beschattet wurde, dann war es im Inneren eines Gebäudes, wo er die Situation selbst unter Kontrolle hatte, einfacher, den unbekannten Verfolgern eine Falle zu stellen und sie zu zwingen, sich zu zeigen.

Jetzt betrat er die gewaltige, höhlenartige Eingangshalle. Viele Besucher standen staunend und voller Ehrfurcht da, hatten den Kopf in den Nacken gelegt und bewunderten die herrliche Kuppel. Andere kauften gerade ihre Eintrittskarten oder informierten sich in den überall ausliegenden Faltblättern über die angebotenen Ausstellungen, Führungen und Vorträge.

Victor wartete, bis er an der Reihe war, und bezahlte den angezeigten Eintrittspreis. Er hätte liebend gerne mehr bezahlt – er liebte Museen –, aber er musste sich unauffällig verhalten. Wenn er sich jetzt großzügig gab – auch wenn er diese Großzügigkeit als absolut angemessen empfunden hätte –, dann wäre er aufgefallen. Die Engländerin hinter ihm spendete einen Dollar.

Die Eingangshalle war überhaupt kein geeigneter Ort, um Beschatter zu isolieren. Hier gab es zu viele Menschen, zu viele Ein- und Ausgänge, zu viele Balkone. Und Hallecks Leute hatten den Vorteil zu wissen, wie er aussah. Victor kannte erst fünf von einundzwanzig.

Er betrat den Souvenirladen. Ungewöhnlich für jemanden, der zum ersten Mal hier war, aber der Laden war sehr viel kleiner als die Eingangshalle. Außerdem gab es zwei Ein- beziehungsweise Ausgänge, sodass eventuelle Beschatter ihm entweder in den Laden folgen oder sich aufteilen mussten. Er blieb fünf Minuten dort und merkte sich jedes Gesicht, das nach ihm den Laden betrat. Und beim Hinausgehen prägte er sich alle ein, die von ihrem Standort aus den Ausgang im Blick hatten.

Er blätterte Informationsbroschüren durch und mietete sich einen Audioführer auf Deutsch, während er ununterbrochen nach Raven Ausschau hielt.

Wie erwartet, sah er niemanden, der ihr auch nur annähernd ähnlich sah. Er hatte keine Ahnung, wo sie sein konnte, also tat er das, was viele andere Besucher auch machten. Er steuerte die breite Treppe am hinteren Ende der Eingangshalle an, die hinauf zu den Galerien mit europäischer Kunst führte.

Er hätte sich liebend gerne die Zeit genommen, um die verschiedenen Meisterwerke gebührend zu bewundern, aber er war ja nicht hier, um Sehenswürdigkeiten zu bestaunen. Er war hier, um eine tödliche Bedrohung auszuschalten. Vielleicht hatte er ja irgendwann Gelegenheit, mit einem neuen Gesicht und genügend Freizeit zwischen zwei Aufträgen noch einmal wiederzukommen und eine Woche lang kreuz und quer durch das Museum zu streifen. Er wollte am liebsten alles in sich aufsaugen. Nichts verpassen. Er warf einen Blick auf Jackson Pollocks *Autumn Rhythm*. Es erinnerte ihn an eine Tapete im Flur eines Pariser Hotels.

Ein anderes Mal, sagte er sich. Es war jetzt kurz vor halb drei. Wenn Raven genauso vorsichtig war wie er selbst – und davon ging er, nach allem, was er bis jetzt erfahren und erlebt hatte, aus –, dann war sie bereits hier und sah sich ebenfalls nach eventuellen Verfolgern um. Vermutlich wollte sie sich mit einem Kunden oder Makler oder sonst einer Kontaktperson treffen.

Er wechselte in die griechische und die römische Galerie. Hier war es sehr voll, aber nirgendwo zwischen den Touristen, die die antiken Statuen und Artefakte bewunderten, war Raven zu entdecken. Er stellte sich ein wenig abseits und wartete, bis eine geführte Gruppe an ihm vorbeigegangen war. Als Teilnehmer an einer solchen Führung hätte er zwar größere Anonymität genossen, aber die festgelegte Route hätte die Suche nach Raven oder anderen potenziellen Bedrohungen schwieriger gemacht.

Gemälde und Zeichnungen, Skulpturen und Einrichtungsgegenstände, Waffen und Musikinstrumente aus einer jahrtausendelangen Menschheitsgeschichte buhlten während seines Streifzugs um Aufmerksamkeit. Es gab so viel zu sehen, so viel Ablenkung, dass die Konzentration auf sein vordringlichstes Ziel eine echte Herausforderung war. Aber da er sein Leben lang Disziplin geübt und sich an seine Grundsätze gehalten hatte, hielt die Ablenkung auch dieses Mal nur einen kurzen Augenblick an.

Im sonnendurchfluteten Atrium mit dem Tempel von Dendur stieß er auf ein potenzielles Problem. Er stand mit den anderen Besuchern bewundernd vor den gewaltigen Sandsteinquadern dieses ägyptischen Tempels, der der Göttin Isis geweiht gewesen war. In dem Ausstellungssaal befand sich auch ein Wasserbecken, und darin spiegelten sich sowohl der Himmel über dem Atrium als auch die Personen, die in der Nähe standen. Auch Victors Spiegelbild tanzte über die Wasseroberfläche.

Genauso wie das eines Mannes im blauen Anzug. Er war groß und schlank, ungefähr dreißig Jahre alt, mit blasser Haut und kurz geschorenen, leicht zurückgehenden braunen Haaren. Er hatte nichts Besonderes an sich. Er schenkte Victor keinerlei Beachtung, aber irgendetwas an ihm störte Victor.

Er konnte nur nicht sagen, was. Vielleicht hatte er ihn schon einmal irgendwo gesehen, in der U-Bahn, auf der Straße oder womöglich auch im Museum. Er kannte den Mann nicht, wusste nicht, wann oder wo er ihm begegnet sein könnte, aber das bedeutete nicht, dass es nicht so gewesen war.

Er sah nicht aus wie einer von Hallecks Leuten, weder was die Kleidung noch was die Körperhaltung anging, und er benahm sich auch nicht so. Victor ging weiter. Er wollte wissen, wie der Mann im blauen Anzug darauf reagierte.

Im Flur zur nächsten Galerie blieb Victor stehen und blätterte eine Broschüre durch, die er am Informationsstand in der Eingangshalle mitgenommen hatte und die eine neue Wechselausstellung ankündigte. Gleichzeitig wartete er, ob der Mann im blauen Anzug ihm vielleicht folgte.

Er ließ sich nicht sehen.

Victor ging weiter.

Kapitel 32

Während seines weiteren Streifzugs durch das Museum bekam Victor den Mann im blauen Anzug nicht mehr zu Gesicht, aber bis jetzt hatte er auch nur einen Bruchteil der Beschatter identifiziert. Einundzwanzig Mann, das war ein großes Team und erschien für die Überwachung eines einzigen Mannes reichlich übertrieben. Oder auch nicht … immerhin war es Victor gelungen, Halleck verschwinden zu lassen, obwohl er von elf Beschützern umgeben gewesen war. Halleck wollte kein Risiko eingehen. Da elf nicht genügt hatten, hatte er die Anzahl seiner Männer nahezu verdoppelt. Aber die elf in Irland waren zu Hallecks Schutz da gewesen. Die einundzwanzig in New York sollten Victor beobachten. Das ergab eigentlich keinen Sinn.

Der Beschatter aus der U-Bahn hatte den eigentlichen Anlass für diese ganze Aktion nicht gekannt. Sonst hätte er ihn Victor verraten. Er war viel zu eingeschüchtert gewesen, um etwas Entscheidendes zurückzuhalten. Und ihm war klar, dass Victor kein zweites Mal Gnade walten lassen würde. Darum hatte er garantiert einen Weg gefunden, um sich vor seiner Aufgabe zu drücken – indem er vorgab, krank oder verletzt zu sein vielleicht. Womöglich war er sogar desertiert. Aber das Wie war letztlich nicht von Bedeutung, entscheidend war nur, dass Victor die Gesamtstärke von Hallecks Team auf zwanzig reduziert hatte. Immer noch eine Menge. Obwohl – zumindest im Augenblick waren sie einfach nur lästig.

Er wollte Raven aufspüren, ohne dass sie etwas davon merkte, und dieses Vorhaben wurde durch Hallecks Truppe deutlich schwieriger. Er war ständig in Bewegung. Er wusste nicht, wie lange sie im Museum bleiben würde. Und es bestand durchaus die Möglichkeit, dass er ihr gar nicht begegnete, weil auch sie immer in Bewegung war und ihre Wege sich nicht kreuzten. Aber dieses Risiko musste er eingehen. Das Museum war seine einzige Spur. Da ihre sichere Wohnung von Bundesagenten beobachtet wurde, kehrte sie vielleicht nie wieder dahin zurück, und dann bekam Victor nie wieder die Chance, sie zu überrumpeln.

Andererseits … vielleicht sah er Raven erst wieder, kurz bevor sie ihn tötete.

Das Museum verfügte über eine ganze Anzahl von Cafés und

Bars, wo Besucher und Personal sich ausruhen und ein wenig verschnaufen konnten. Er sah sich alle an, da sie besonders naheliegende Treffpunkte waren, falls Raven tatsächlich im Museum verabredet war. Dann trank er eine Flasche Wasser, um seinen Flüssigkeitshaushalt ins Gleichgewicht zu bringen, hielt sich aber nirgendwo länger auf. Er musste schnell sein. Er hatte keine Zeit zu verlieren.

Im sogenannten Astor Court, einem Innenhof im Stil der Ming-Dynastie, entdeckte er eine Frau, die von hinten ziemlich genau Ravens Größe und Statur hatte. Doch bei näherer Betrachtung stellte sich heraus, dass sie es nicht war.

Sein nächstes Ziel war der Flügel mit moderner Kunst, der sich bis auf das Dach des Museums erstreckte. Hier waren ein richtiger kleiner Park und eine Freiluft-Skulpturengalerie eingerichtet worden. Der Dachgarten war sehr gut geeignet für ein Treffen – keine vorbeischlendernden Touristen, weniger Möglichkeiten, unbemerkt beobachtet oder belauscht zu werden. Es war jetzt zehn Minuten vor vier. Die kühle Luft wirkte erfrischend, und es regnete nicht mehr. Die Herbstsonne wärmte ihm das Gesicht. Besucher standen hingerissen da und bestaunten den fantastischen Ausblick auf den Central Park.

Er spazierte durch den Dachgarten, ließ den Blick über Touristen und Kunstliebhaber gleiten und hielt Ausschau nach schlanken Frauen über eins fünfundsiebzig und dem Mann im blauen Anzug.

Die Freiluftgalerie bestand aus Installationen von Künstlern des 20. Jahrhunderts oder der Gegenwart, die Jahr für Jahr wechselten. Victor hatte für moderne Kunst nicht viel übrig, aber das Arrangement des Skulpturengartens und seine Lage auf dem Dach zusammen mit dem herrlichen Blick über den Park und den Westen der Stadt machten den Aufenthalt hier sehr angenehm. Die Skulpturen waren dazu gar nicht notwendig. Allein der spektakuläre Blick auf Manhattan war den Aufstieg wert. Die Sonne stand schon relativ tief, und die Skyline im Westen bildete eine schwarze Silhouette vor einem orangerot glühenden Himmel.

Am südlichen Rand des Dachgartens, dicht bei der Mauer und der Hecke, stand eine Frau in einem grauen Kostüm. Sie hatte Victor den Rücken zugewandt und den Blick nach draußen gerichtet. Was sie da anschaute, wusste er nicht. Sie war schätzungsweise eins fünfundsiebzig groß, mit Absätzen an die eins achtzig. Die dunklen Haare hatte sie zu einem Knoten hochgesteckt. Größe und Körperbau passten. Und sie war allein. Wenn sie sich hier mit jemandem treffen wollte, dann war der- oder diejenige noch nicht da oder schon wieder weggegangen.

Er ging auf sie zu und wählte, um seine wahren Absichten zu verbergen, einen Weg, der ihn dicht an Skulpturen vorbeiführte, deren Sinn er nicht verstand. Er sah sich um. Überall waren Besucher damit beschäftigt, die Kunstwerke, das Panorama oder einander zu betrachten.

Hier konnte er sie nicht töten. Vor so vielen Zeugen. Womöglich wurde er dabei sogar auf einem der allgegenwärtigen Smartphones oder Fotoapparate verewigt.

Er hätte dieser Gefahr am liebsten hier und jetzt ein Ende gesetzt. Schließlich wusste er nicht, wann und ob er überhaupt noch einmal die Chance bekommen würde.

Doch das Risiko einer Entdeckung war zu groß. Er würde ihr folgen und auf eine bessere Gelegenheit warten.

Da wurde ihm bewusst, dass sich jemand neben ihn gestellt hatte. »Hast du mal Feuer?«, sagte Raven.

Kapitel 33

Victor drehte sich um und trat einen Schritt zurück, um etwas Abstand zu schaffen. Allerdings machte er keine Anstalten, zuzuschlagen oder sich zu verteidigen, aus demselben Grund, aus dem er auch die Frau im grauen Kostüm nicht angegriffen hatte. Die Dachterrasse war dafür einfach nicht geeignet. Unter anderen Umständen hätte Raven die Möglichkeit gehabt, ihn zu töten. Er hatte sie nicht gesehen, sondern sich ganz auf die Frau mit den hohen Absätzen konzentriert. Raven hielt eine Zigarette zwischen den Fingern der rechten Hand.

Sie sagte: »Warum hörst du nicht endlich auf, sie anzustarren, und fragst sie nach ihrer Telefonnummer? Du siehst richtig widerlich aus.«

Sie hatte rote Haare und trug eine Schildpattbrille auf der Nase, dazu einen maßgeschneiderten schwarzen Nadelstreifenanzug. Eine elegante schwarze Handtasche hing über ihrer Schulter. Bis auf die Zigarette hielt sie nichts zwischen den manikürten Fingern, und die stellte im Ernstfall kein nennenswertes Hindernis dar.

»Also, was ist jetzt mit dem Feuer?«, sagte sie.

»Hier ist Rauchen verboten«, entgegnete Victor.

Sie seufzte, als hätte sie eine tiefe Traurigkeit ergriffen. »Als Nächstes erzählst du mir wahrscheinlich, dass ich ganz mit dem Rauchen aufhören soll.«

»Es ist ungesund.«

Sie hielt seinem Blick stand. Seine Augen waren dunkel, fast schon schwarz. Ihre waren noch eine Spur dunkler.

»Werde ich daran sterben?«

Er starrte zurück, sah sein Spiegelbild in ihren Augen. »Nein, das nicht. Das kann ich dir garantieren.«

Sie legte die Zigarette wieder in ein silbernes Etui, ließ es zuschnappen und in ihre Tasche fallen.

»Ich nehme an, du willst dafür sorgen, dass ich lieber früher als später ins Gras beiße.«

Victor nickte. »Wie hast du das erraten?«

Sie wandte sich ab und ließ den Blick über den Central Park schweifen. »Gibt es dafür eigentlich einen vernünftigen Grund?«

»Ich bin nicht der irrationale Typ, falls du das meinen solltest.«

Sie blickte ihn an. »Nur weil ich ein paar Mal auf dich geschossen habe?«

»Das war längst nicht alles.«

»Dann geht es dir also um Rache?«

»Rache hat für mich noch nie eine Rolle gespielt«, gab Victor zurück und dachte an das eine Mal, als es doch so gewesen war.

Sie sah ihn an, als könne sie die Wahrheit und die Lüge in seinen Worten gleichzeitig erkennen. »Aber warum dann?«

»Selbstschutz«, erwiderte er. »Das ist der einzige Grund, wieso ich jemanden töten würde, ohne dass mich jemand dafür bezahlt.«

Sie zog die Augenbrauen etwas dichter zusammen. »Du wirst also nicht dafür bezahlt, dass du mir an den Kragen willst?«

»Ich bin mein eigener Auftraggeber.«

Sie grinste schief. »Ich mag dich.«

»Das beruht nicht auf Gegenseitigkeit.«

»Wart's ab. Mit der Zeit wirst du noch ganz vernarrt in mich.«

»Nichts kann mich daran hindern, dich umzubringen.«

»Warum erledigst du es dann nicht sofort, an Ort und Stelle? Ich stehe direkt neben dir. Ich bin unbewaffnet. Verletzlich. Eine kleine, schwache Frau gegen einen großen, starken Mann.«

»Du bist nicht schwach«, sagte er. »Und du bist nicht verletzlich.«

»Dann bist du also feige?«

Sein Lächeln sollte ihr signalisieren, dass er ihren Scherz zur Kenntnis genommen hatte. »Zwei Gründe: Erstens ...« Er ließ den Blick über die vielen potenziellen Zeugen schweifen. »Und zweitens: Zuerst möchte ich ein paar Informationen haben.«

Das schien sie zu überraschen. Was wiederum ihn überraschte. »Worüber denn?«

»Über deine Auftraggeber. Diejenigen, die dich auf mich gehetzt haben. Ich will alles erfahren, was du über sie weißt.«

Ihre Überraschung verwandelte sich in Neugier. »Wie kommst du denn darauf, dass mich jemand auf dich gehetzt hat?«

»Du tötest im Auftrag. Das ist dein Beruf. Genau wie meiner. Wer hat dich geschickt?«

Sie zog den einen Mundwinkel ein winziges Stückchen nach oben. »Liegt es vollkommen außerhalb deiner Vorstellungskraft, dass mich niemand beauftragt hat? Dass ich auf eigene Rechnung unterwegs bin? So, wie du es von dir behauptet hast?«

»Das liegt außerhalb meiner Vorstellungskraft«, sagte Victor. »Wir sind uns noch nie begegnet. Ständig versuchen irgendwelche Leute, mich umzubringen, aber niemals zufällig. Es steckt jedes Mal ein Auftraggeber oder ein Vermittler dahinter. Und es gibt immer einen guten Grund. Aber in diesem Fall nicht. Ich habe ja nicht einmal von deiner Existenz gewusst, bevor du versucht hast, mich zu töten.«

»Und das bedeutet, dass du nicht mein Feind sein kannst?«

Er musterte sie aufmerksam. »Habe ich deinen Mann oder Bruder oder Vater getötet?«

»Nein, nein und nein«, lautete ihre Antwort. »Zumindest nicht, soweit ich weiß.«

»Ganz genau. Also, wer bezahlt dich? Mit wem willst du dich hier treffen? Mit einem Auftraggeber? Einem Makler? Wenn das so ist, dann hast du vielleicht doch eine Chance weiterzuleben.«

»Du stehst so dicht vor der Wahrheit und kannst sie doch nicht sehen, nicht wahr?«

»Ich komme dahinter, so oder so.«

»Daran habe ich keine Zweifel. Immerhin hast du es bis hierher geschafft.«

In ihrer Stimme lag ein Hauch Sarkasmus, aber er ging nicht darauf ein, sondern blieb zunächst einmal stumm. Genau wie Raven. Rings um sie herum standen alte und junge Menschen, Männer und Frauen, unterhielten sich, lachten und bewunderten den Ausblick und die Kunst. Sie fotografierten die Installationen und sich selbst und sich selbst mitsamt den Installationen. Sie tranken Kaffee, schlürften Cocktails und knabberten die teuren Snacks, die im Café und an der Bar des Dachgartens angeboten wurden.

»Ich liebe diese Dachterrasse«, sagte Raven. »Sie ist ein Kind der Arroganz. Die Erbauer wollten einen Ort schaffen, der sich mit den großen europäischen Museen messen kann.«

»Ich würde sagen, das ist ihnen gelungen.«

»Bist du zum ersten Mal hier?«

Er blickte sie an. »Und zum letzten.«

Sie begriff, was er damit sagen wollte. »Zu schade. Für uns beide, meine ich. Aber das muss ja nicht unbedingt sein.«

»Oh doch. Das weißt du genau.«

Ein Anflug von Traurigkeit huschte über ihr Gesicht. »Ich schätze, dann sollten wir das Ganze hinter uns bringen. Aber du hast recht, hier oben gibt es zu viel Publikum. Wir könnten uns etwas suchen, wo wir ungestört sind. Damit wir die netten Menschen hier nicht unnötig belästigen.«

Er wusste, dass das eine Falle war. Aber er wollte die Dachterrasse mit all den potenziellen Zeugen möglichst schnell verlassen.

Er nickte. »Ungestört. Das klingt gut.«

Kapitel 34

Sie gingen quer über das Dach zum Fahrstuhl. Sie hatte die Richtung gewählt, und er ließ sie gewähren, hielt sich dicht, aber nicht zu dicht in ihrer Nähe und behielt sie aus dem Augenwinkel immer im Blick. Sie machte es ganz genauso. Sie ließen eine dickliche Familie aussteigen und betraten gemeinsam die Kabine. Beäugten einander. Außer ihnen stieg niemand ein. Victor blinzelte nicht einmal, als sie die Hand ausstreckte und mit dem Knöchel die Taste für das Untergeschoss drückte.

Sie hatte lange, schlanke Finger, aber auffallend kräftige Handgelenke und Unterarme. Die Flexoren waren sehr klar definiert und der Brachioradialis ungewöhnlich gut ausgeprägt.

Sie nahm seinen Blick wahr und ballte eine Hand zur Faust,

sodass die Muskeln noch deutlicher hervortraten. »Wollen wir armdrücken?«

»Du solltest etwas Langärmeliges tragen.«

»Ich sage den Leuten immer, dass ich klettere.«

»Das sage ich auch«, erwiderte er. »Aber bei mir stimmt es.«

»Bist du sicher, dass du das durchziehen willst?«, fragte sie.

»Ich bin nicht deshalb noch am Leben, weil ich Gefahren ignoriert habe.«

»Aber ich bin keine Gefahr für dich.«

»Du wolltest mich töten.«

»Na und? Was hat das zu bedeuten?«

Er musterte ihr Gesicht, die weiche Haut, die Sommersprossen über den Wangenknochen. »Soll das heißen, dass du mich jetzt nicht mehr umbringen willst?«

»Von *wollen* konnte noch nie die Rede sein.«

»Mit Spielchen kommst du bei mir nicht weiter, Constance«, sagte Victor. »Ich lasse mich nicht manipulieren. Die niedliche Unschuld zu spielen ist reine Zeitverschwendung. Du brauchst gar nicht erst zu versuchen, an meine Menschlichkeit zu appellieren. Ich habe nämlich keine mehr. Den letzten Rest habe ich schon vor langer Zeit eingetauscht. Ich bin hier, um dich zu töten, bevor du mich tötest, nicht mehr und nicht weniger.«

Als sie ihren Namen hörte, hob sie die Augenbrauen. »Du weißt eine Menge über mich.«

»Selbstverständlich.«

»Selbstverständlich«, wiederholte sie. »Das klingt nicht besonders sexy, oder? Constance. Irgendwie altmodisch. Meine Eltern waren Hippies. Meine amerikanische Mutter und mein indischer Vater hatten das Bedürfnis, ihre ungewöhnliche Verbindung zu zelebrieren. Ungewöhnlich zumindest für damalige Verhältnisse. Sie wollten ihrem ersten Kind einen Namen geben, der die Vereinigung von Ost und West symbolisiert. Hast du schon einmal etwas so Kitschiges gehört?«

»Also Constance, für Konstantinopel, dort, wo Europa und Asien aufeinandertreffen.«

»Wahrscheinlich haben sie nichts gefunden, was sich aus Istanbul bilden lässt.«

»Mir gefällt Constance«, gestand er. »Ich mag Namen, die eine Bedeutung haben.«

»Ich habe mich wohl mittlerweile daran gewöhnt. Aber jetzt bin ich im Nachteil«, sagte Raven. »Wenn du meinen Namen kennst, dann weißt du alles über mich. Ich hingegen weiß gar nichts über dich.«

»Genauso ist es mir am liebsten.«

Sie sagte: »Wie heißt du?«

»Ich habe keinen Namen.«

»Jeder hat einen Namen.«

»Ich nicht.«

»Na gut. Von mir aus. Aber gibt es denn gar keinen Sportsgeist mehr?«

»Sehe ich so aus, als würde ich mich an irgendwelche Regeln halten?«

Sie musterte ihn kritisch, mit einer steilen Falte zwischen den Augenbrauen. »Ehrlich gesagt, ja. Du siehst aus wie ein Gentleman. Wie jemand, der an Fairness glaubt.«

»Dann kann ich besser schauspielern, als ich dachte.«

»In jeder Rolle, die wir spielen, steckt ein Stück von uns selbst«, erwiderte sie.

Victor blieb stumm.

»Findest du nicht?«, hakte Raven nach.

»Ich bin nicht hierhergekommen, um Small Talk zu machen«, gab er zurück. »Und das Ganze wird mir langsam langweilig.«

Ein schmales Lächeln stahl sich auf ihre Lippen. »Wird es nicht.«

Die Fahrstuhltüren glitten auf, und sie sahen die Tiefgarage vor sich.

»Nach dir«, sagte sie.

Victor verzog die Lippen zu einem schiefen Grinsen und trat rückwärts aus der Fahrstuhlkabine. Zwischen seinem Kopf und der niedrigen Decke waren nicht mehr als zehn Zentimeter Platz. Raven folgte ihm.

»Und? Wie soll es jetzt weitergehen?«, fragte sie ihn.

»Das möchte ich vorerst lieber für mich behalten.«

»Was ich damit sagen wollte: Soll ich schon mal loslaufen?«

»Ich lasse mich nicht aufs Glatteis führen, Constance. Wir wissen beide, dass du dich nicht einfach umbringen lassen wirst. Du wirst kämpfen bis zum letzten Atemzug.«

»Und woher willst du das wissen?«

»Weil ich es genauso machen würde«, erwiderte Victor. »Du bist nicht anders als ich.«

Sie legte die Stirn in Falten. »Ich weiß nicht, ob das jetzt ein Kompliment oder eine Beleidigung war.«

»Weder noch.«

»Ich glaube ja, es war ein Kompliment«, sagte sie und lächelte kokett. »Ich glaube, du magst mich.«

»Dann hast du eine übersteigerte Selbstwahrnehmung. Und du versuchst, Zeit zu schinden. Glaub nicht, dass mir das nicht klar ist. Aber worauf wartest du? Auf deinen Auftraggeber? Unterstützung? Sind das die Leute, die du um 16 Uhr treffen wolltest?«

»Ich wollte hier niemanden treffen«, sagte sie. »Nur dich.«

»Was soll denn das Herumgerede?«, fragte Victor. »Ich habe dich doch hier aufgespürt, oder etwa nicht? Was glaubst du wohl, wie ich das gemacht habe?«

Sie lächelte ihn mit ungläubigem Blick an. »*Du* hast *mich* aufgespürt?«

Er sah sie an, ihre Lippen, ihre Augen, weit aufgerissen, verblüfft, amüsiert, ungläubig.

Einen Augenblick lang betrachtete er sie aufmerksam. Ihre Überraschung wirkte echt. Er dachte an das Buch und den Code und dass er hierher ins Museum gekommen war, weil er gedacht hatte, dass er auf eine Spur gestoßen war. Dabei war es womöglich nur ein Köder gewesen. Er hatte schon in Prag festgestellt, dass sie seine Handlungen genauso präzise vorhersehen konnte wie er ihre. Eine Lektion, die er sich hätte besser merken sollen.

»Du hast das Buch absichtlich liegen lassen? Du wolltest, dass ich es finde?«, fragte er.

»Was soll das denn heißen?« Sie runzelte die Stirn. »Welches Buch?«

Er wollte gerade antworten, doch dann riss er sich zusammen und machte sich wieder einmal klar, dass Manipulation eine ebenso tödliche Waffe sein konnte wie eine Pistole. Er sah, dass sie ihn genauso anstarrte wie er sie.

Dann wanderte ihr Blick über seine Schulter hinweg und wurde härter. Victor ließ sich nicht ablenken. Auf einen so offensichtlichen Trick würde er nicht hereinfallen.

»Bist du alleine hergekommen?«, wollte Raven wissen.

»Ich arbeite alleine.«

Sie verarbeitete seine Worte und sagte dann: »Kann es sein, dass dich jemand beschattet hat? Nicht umdrehen.«

»Keine Sorge, ich drehe mich nicht um. Du wirst dir etwas sehr viel Besseres einfallen lassen müssen, um mich hinters Licht zu führen.«

»Das ist kein Trick.«

In ihrer Stimme lag ein Unterton, der ihn glauben ließ, dass sie die Wahrheit sagte. Er musste an den Mann denken, der sich im Teich des Tempels von Dendur gespiegelt hatte. Trotzdem war es denkbar, dass sie log, dass sie nur wollte, dass er kurz wegsah und sie die Gelegenheit bekam, ein Messer aus ihrer Handtasche zu ziehen und es ihm zwischen die Rippen direkt ins Herz zu treiben.

Victor sagte: »Groß und schlank. Um die dreißig. Nicht mehr viele Haare. Und er trägt einen schwarzen Anzug. Ist er das?«

»Nein«, sagte sie. »Blauer Anzug.«

Victor drückte den Rücken durch. »Das ist er. Aber wenn er sich für mich interessiert, dann ist er nichts weiter als ein Beschatter. Einigen seiner Kollegen bin ich auch schon begegnet. Er wird sich nicht einmischen. Könnte sogar sein, dass er mir seine Unterstützung anbietet.«

»Das ist kein Beschatter. Das ist ein Killer.«

»Aber wieso? Das ergibt doch keinen Sinn. Was will er denn?«

»Was glaubst du denn? Er kann mich nicht besonders gut leiden. Na ja, oder die Leute, für die er arbeitet. Ich bin nicht übermäßig beliebt.«

»Dann stehen er und ich auf der gleichen Seite«, meinte Victor.

»In diesem Punkt könntest du gar nicht falscher liegen«, erwiderte sie. »Er ist nämlich nicht hinter dir her, sondern hinter mir. Und da wir beide jetzt zusammen sind, hat er es auf uns beide abgesehen. Ich fürchte, dass ich dich zum Freiwild gemacht habe, nur dadurch, dass wir miteinander reden.«

Victor zuckte mit den Schultern. »Kann sein, immer vorausgesetzt, du lügst mich nicht an. Aber selbst wenn es so sein sollte, steht es immer noch zwei gegen einen.«

Sie schüttelte den Kopf, lächelnd, ganz so, als hinge sie einer süßen Erinnerung nach. »Er hat Freunde mitgebracht.«

Kapitel 35

Die Tiefgarage war gut beleuchtet, und abgesehen von den näher kommenden Schritten war es still. Victor konnte keinen Menschen sehen. Zwischen den Pfeilern standen dicht an dicht, fein säuberlich aufgereiht, parkende Autos, in denen sich das Licht der Neonleuchten spiegelte.

»Wie viele sind es?«, wollte Victor wissen.

»Vier«, erwiderte Raven. »Einschließlich des Kerls im blauen Anzug.«

»Einschätzung?«

»Ein Aufräumtrupp. Und keine Amateure. Irgendjemand muss uns auf der Dachterrasse zusammen gesehen haben. Jetzt glauben sie, dass wir zusammenarbeiten oder dass du weißt, was ich weiß.«

»Haben sie uns schon entdeckt?«

»Noch nicht. Aber das wird nicht mehr lange dauern. Sie schwärmen aus und kommen in unsere Richtung. Sie wissen, dass wir mit dem Fahrstuhl gekommen sind. Es ist also nur eine Frage der Zeit.«

Victor widerstand dem Drang, sich umzublicken. Egal, was Raven sagte, er wollte ihr unter keinen Umständen den Rücken zukehren. Und außerdem brauchte er noch mehr Informationen.

»Für wen arbeiten diese Typen?«

»Ich habe jetzt keine Zeit, das alles ausführlich zu erklären. Im Augenblick ist nur wichtig, dass sie mich umbringen wollen. Und da du zufälligerweise neben mir stehst, bist du in ihren Augen ein Zeuge oder eine Bedrohung. Sie werden kein Risiko eingehen.«

»Ich weiß, wie solche Dinge gehandhabt werden.«

»Wie sollen wir deiner Meinung nach vorgehen?«

Zwischen seinen Augenbrauen bildete sich eine steile Falte. »Was soll das denn heißen? Wir stehen doch nicht auf derselben Seite.«

»Das wissen die aber nicht. Wir müssen unbedingt zusammenarbeiten.«

»Es gibt kein ›Wir‹, Constance. Wir sind keine Verbündeten.«

»Aber das wissen die nicht. Wir arbeiten also entweder zusammen, oder sie erlegen uns einen nach dem anderen.«

»Nein«, entgegnete Victor. »Ich arbeite alleine.«

»Dann sind wir beide tot. Mit diesen Typen ist nicht zu spaßen.«

»Ich bin nicht so leicht umzubringen, wie es den Anschein hat.«

Ihre Züge wurden weich, aber dieses Mal – das konnte er sehen – war es echt. »Ich schon.«

Sie sah ihn an, als wäre er für sie der wichtigste Mensch der Welt, und das war er in diesem Augenblick ja auch. Außerdem hatte sie recht: Zwei waren besser als einer, besonders, wenn diese Typen wirklich so gut waren, wie sie behauptete.

»Waffe?«, fragte er.

Sie schüttelte den Kopf. »Ich habe normalerweise keine dabei. Ist zu riskant.«

»So halte ich das auch. Und die anderen?«

Er sah, wie sie über seine Schulter spähte. »Ihre Jacketts sind nicht auffällig ausgebeult, also müssen wir im schlimmsten Fall mit Pistolen rechnen.«

»Ist etwas anderes als der schlimmste Fall überhaupt realistisch? Sie sind ganz bestimmt nicht unbewaffnet, so wie wir.«

Raven neigte den Kopf zur Seite. »Wer sagt denn, dass wir unbewaffnet sind?«

Sie fasste in ihre Handtasche.

Victor sagte: »Vorsicht, Constance.«

Sie holte eine kleine Pistole hervor. Victor spannte unwillkürlich die Muskeln an. Sie streckte ihm die Waffe entgegen, mit dem Griff voraus.

Er beäugte sie verblüfft und misstrauisch.

»Nimm schon«, sagte sie.

Er gehorchte, rechnete aber immer noch mit einer Finte, einem Trick. Vielleicht würde das Ding ja in seinen Händen explodieren? Aber nichts dergleichen geschah. Die Waffe war echt, das spürte er sofort am Gewicht.

»Du willst mich tatsächlich nicht umbringen«, sagte er, ohne darüber nachzudenken.

»Genau das versuche ich dir schon die ganze Zeit klarzumachen.«

Victor drehte sich um, und jetzt sah auch er die vier Männer.

Auch der Kerl im blauen Anzug, den er im Museum gesehen hatte, war dabei. Es war genau, wie Raven gesagt hatte. Alle vier trugen Anzüge. Keiner war jung. Keiner alt. Und sie sahen wirklich nicht aus wie Amateure. Das waren keine Beschatter. Sie hatten sich in der Tiefgarage verteilt und arbeiteten sich nun langsam in ihre Richtung vor, blickten sich aufmerksam nach allen Seiten um. Alle vier hatten ihre Jacketts aufgeknöpft.

»Aber was war das in Prag?«, wollte er wissen.

»Das war damals. Jetzt ist jetzt«, erwiderte sie.

»Das würde mich, ehrlich gesagt, sehr viel genauer interessieren.«

»Grundsätzlich spricht wirklich überhaupt nichts dagegen«, meinte sie. »Aber im Augenblick haben wir dafür keine Zeit. Wir treffen uns in der Wohnung in der Bronx. In genau zwei Stunden. Sieh zu, dass du dich nicht verspätest.«

»Wo willst du denn hin?«

»Die vier da sind garantiert nicht die Einzigen. Sie haben bestimmt noch ein paar Kollegen mitgebracht. Wenn wir zusammenbleiben, dann kreisen sie uns ein. Wir müssen uns trennen.«

Victor sagte: »Du entkommst mir nicht.«

Sie sah ihn an wie einen Volltrottel. »Ich habe dir meine Pistole gegeben.«

Für einen Augenblick kam er sich tatsächlich wie ein Volltrottel vor.

Die Leuchtstoffröhren flackerten und erloschen dann, eine nach der anderen.

Es wurde vollkommen dunkel, allerdings nur für eine Sekunde, dann flackerten die Lichter wieder auf, wenn auch deutlich schwächer als zuvor. Das Notstromaggregat des Museums, das die unbezahlbaren Ausstellungsstücke schützen sollte, war angesprungen. Da hatte also nicht einfach jemand das Licht ausgeknipst. Da war der gesamte Komplex vom Stromnetz getrennt worden.

»Es geht los«, sagte Raven leise, wie zu sich selbst. »Verdammt, ich bin zu spät dran.«

Victor zielte genau auf ihr Gesicht.

»Das war ich nicht«, sagte sie hastig. »Dieses Mal nicht.«

»Was geht los?«, wollte er wissen.

»Für Erklärungen haben wir jetzt keine Zeit. Später.«

»Wir können nicht zurück in die Wohnung. Die wird bewacht«, sagte er.

»Gut«, sagte sie und nickte. »So soll es sein. Wir müssen sie aus der Deckung locken.«

»Wen denn? Wer sind ›sie‹?«

»Später«, entgegnete sie.

Er schüttelte den Kopf. »Ich gehe da nicht noch einmal hin. Der Heimatschutz kennt deine sichere Wohnung und beschattet sie.«

»Der Heimatschutz will überhaupt nichts von mir.«

»Da waren zwei Agenten. Sie haben deine Wohnungstür eingetreten. Ich habe ihre Ausweise gesehen. Sie waren echt.«

»Kann ja sein, dass die Ausweise echt waren, aber die Agenten garantiert nicht. Wer immer dir da seine Dienstmarke vor die Nase gehalten hat, hat keine wirkliche Legitimation, das kannst du mir glauben.«

»Ich glaube dir überhaupt nichts.«

»Noch dreißig Sekunden, dann können sie uns sehen«, sagte sie nach einem weiteren Blick über seine Schulter. »Los geht's.«

Er beachtete sie nicht. »Warum?«, fragte er und starrte sie aufmerksam an. »Warum bist du dir so sicher, dass die beiden keine echten Heimatschutz-Agenten waren?«

»Weil ich in dieser Wohnung kein Buch hinterlassen habe« erwiderte sie. »Und weil das gar nicht meine sichere Wohnung ist.«

Kapitel 36

Er hatte keine Zeit mehr, ihr noch mehr Fragen zu stellen, da die vier Männer immer näher rückten. Sie wich ein Stück zurück, drehte sich um und ging weg. Er sah ihr nach. Es wäre leicht gewesen, ihr in den Rücken zu schießen und sein Vorhaben zu Ende zu bringen, aber er hatte das ungute Gefühl, dass sie die Wahrheit gesagt hatte.

Das ist nicht meine sichere Wohnung.

Sekunden später war sie um die nächste Ecke verschwunden. Er steckte die Pistole, die sie ihm gegeben hatte, vorn in seinen Hosenbund, sodass sie von seinem Jackett verdeckt wurde, und trat aus der Deckung.

Die vier Männer sahen ihn und blieben stehen. Sie wirkten wie Profis: entschlossene, ernste Mienen, aber ohne es darauf anzulegen, jemanden einzuschüchtern. Sie trugen Anzüge, die ihnen etwas Respekt Einflößendes verliehen. Dass sie Clip-Krawatten trugen, war mit dem bloßen Auge nicht zu erkennen, aber kein echter Profi würde sich freiwillig eine fertige Würgeschlinge um den Hals legen.

Keiner der Männer war größer als Victor, keiner hatte breitere Schultern oder dickere Arme. Sie waren schlank, durchtrainiert und gefährlich. Sie wussten, dass Geschwindigkeit und Ausdauer oftmals wertvoller waren als Masse und Muskelberge.

Raven hatte recht: Diese Männer waren mehr als nur Beschatter.

Der Kerl im blauen Anzug sagte: »Wo ist sie?«

»Wer?«, fragte Victor zurück.

»Man hat dich mit ihr zusammen gesehen.«

Victor blieb stumm.

Mehrere Sekunden vergingen, während sie sich gegenseitig musterten, nach Stärken und möglichen Schwächen suchten.

Niemand zeigte Furcht oder machte irgendwelche hastigen Bewegungen.

»Du kommst mit uns mit«, sagte der Kerl im blauen Anzug.

»Das glaube ich nicht, ehrlich gesagt.«

Sie hatten sich in der Tiefgarage verteilt, waren aber alle stehen geblieben, weil auch er stehen geblieben war. Sie wussten nicht, was er vorhatte, aber er wusste, was sie vorhatten. *Du kommst mit uns mit.* Sie wollten ihn mitnehmen – vielleicht wollten sie ihn über Raven ausquetschen, vielleicht wollten sie ihn auch ermorden, ohne Zeugen und ohne Überwachungskameras.

Der Kerl im blauen Anzug starrte Victor an. Er schien genügend Erfahrung zu haben, um zu sehr exakten Schlussfolgerungen zu kommen, genau wie Victor auch. Aber der Kerl im blauen Anzug lächelte, weil Victor den Kopf gesenkt hatte. Damit signalisierte er die Bereitschaft zur Unterwerfung, zeigte seine Angst. Er wusste, dass sie auf solche verräterischen Zeichen der Körpersprache achten und ihn daher falsch einschätzen würden.

Dann gab der Kerl im blauen Anzug den anderen ein Zeichen, und sie rückten langsam näher. Sie machten ihre Sache gut, konzentrierten sich nicht auf seinen momentanen Standort, sondern auf die Stelle, wo er im Fall eines Fluchtversuchs versuchen würde, ihre Linien zu durchbrechen. Er musterte jeden Einzelnen, suchte das schwächste Glied der Kette, allerdings erfolglos. Sie waren allesamt kräftig, schnell und vollkommen davon überzeugt, es mit ihm aufnehmen zu können.

Noch während er die theoretische Möglichkeit hatte, zu handeln, wurde ihm klar, was sie vorhatten. Sie näherten sich in einer Dreiecksformation und hielten jeweils mehrere Meter Abstand zueinander. Das war klug, denn wenn er jetzt den einen angriff, musste er den anderen beiden den Rücken zukehren.

Sie waren gut. Profis.

Als er sich in eine Lücke zwischen zwei Autos schob, trat derjenige, der vor ihm war, auch zur Seite und schnitt ihm am Ende der Reihe den Weg ab. Victor wurde langsamer, als müsse er überlegen, was sein Gegenüber vorhatte, und gab so den beiden anderen die Gelegenheit, sich von hinten zu nähern.

Sie hatten bereits beschlossen, über ihn herzufallen, also gab es keinen Grund mehr, so zu tun, als wolle er den Angriff wehrlos über sich ergehen lassen.

Er ging auf den Ausgang und auf den Mann zu, der ihm den Weg abschnitt, und stellte sich vor, wie er mit gestreckten Fingern einen Schlag antäuschte, als wolle er seinem Gegner die Augen ausstechen oder ihn wenigstens für einen Moment ablenken, um die Sekundenbruchteile zu gewinnen, die nötig waren, um ihm mit einem kräftigen Tritt die Kniescheibe oder mit einem Ellbogen die Nase zu brechen und ihn anschließend in den Schwitzkasten zu nehmen, ihn herumzuwirbeln und auf die anderen zu schleudern.

Die beiden hinteren beschleunigten ihre Schritte, weil sie spürten, dass er zum Kampf bereit war.

Der Mann, der den Ausgang blockierte, reagierte auf Victor, der mit wilden Blick auf ihn zustürmte, stellte den linken Fuß vor, drehte sich seitlich und hob die Fäuste.

Die beiden anderen konnten zwar Victors Augen nicht sehen, sehr wohl aber die Reaktion ihres Kollegen. Victor hörte, wie sie noch einmal beschleunigten und anfingen zu laufen. Er hatte ein Bild vor seinem geistigen Auge: wie sie zwischen den parkenden Autos hindurchhuschten und in den breiten Mittelgang liefen, um den Abstand zu ihm zu verkürzen.

Genau das hatte er gewollt.

Victor blieb abrupt stehen, wirbelte herum und hatte die beiden, die jetzt nicht mehr zwei Eckpunkte eines breit gefächerten Dreiecks bildeten, dicht vor sich.

Er stürzte explosionsartig nach vorn und traf den ersten mit einem kräftigen Tritt seitlich am Knie.

Das Gelenk knickte zur Innenseite um, und der Mann sackte mit einem lauten Aufschrei zu Boden.

Der andere reagierte blitzschnell. Er zog eine schallgedämpfte Ruger, die ihm allerdings genauso schnell wieder aus der Hand geschlagen wurde, und ging dann mit bloßen Händen auf Victor los. Victor blockierte den Schlag mit dem Unterarm und packte den Angreifer am Handgelenk und am Trizeps, um einen Armhebel anzusetzen. Der Kerl spürte, was Victor vorhatte. Er reagierte blitzschnell und winkelte den Arm an. Victor hielt nicht dagegen, ganz im Gegenteil. Er nutzte die Bewegung seines Gegners und drehte ihm den Arm auf den Rücken.

Dann wirbelte er ihn um hundertachtzig Grad herum. Der Pistolenhieb des dritten Mannes, der eigentlich für Victors Hinterkopf gedacht gewesen war, traf seinen Gegner im Gesicht.

Zähne und Blutspritzer regneten, begleitet von einem prasselnden Geräusch, auf die Windschutzscheibe des nächsten Autos.

Victor schubste seinen bewusstlosen Gegner auf den dritten Angreifer, sodass sie sich ineinander verhedderten und gemeinsam zu Boden gingen.

Der Kerl im blauen Anzug hatte seine Waffe gezogen und zielte, während er in ein am Handgelenk befestigtes Mikrofon sprach.

Wir brauchen Verstärkung, konnte Victor von seinen Lippen lesen, bevor er sich hinter ein paar parkenden Autos in Deckung warf.

Er zog Ravens Pistole und behielt den Kopf unten, schlängelte sich zwischen den parkenden Fahrzeugen hindurch, versuchte, so viel Abstand wie möglich zwischen sich und die Typen im Anzug zu bringen. Zwei hatte er kampfunfähig gemacht, aber zwei waren noch übrig, und jede Sekunde konnte Verstärkung eintreffen.

Ein schallgedämpfter Schuss ertönte ganz in seiner Nähe, aber die Betonwände der Tiefgarage warfen das Echo von allen Seiten zurück, sodass er unmöglich feststellen konnte, wo der Schütze sich befand. Er kauerte sich hinter einen Reifen, während weitere Schüsse ertönten. Etliche Kugeln schlugen in die Karosserien umstehender Wagen ein oder rissen Splitter aus Betonpfeilern.

Er blieb sitzen, bis er hastige Schritte näher kommen hörte. Sie waren deutlich leiser als die Schüsse und lösten fast kein Echo aus. Darum ließ sich auch leichter feststellen, aus welcher Richtung sie kamen.

Er sprang auf, um ein paar Schüsse auf den Angreifer abzugeben. Der Kerl war um die dreißig, groß gewachsen, trug eine Lederjacke mit hochgeklapptem Kragen und ein cremefarbenes Halstuch. Außerdem hatte er die Waffe im Anschlag und drückte zuerst ab.

Victor hatte keine Gelegenheit mehr, anständig zu zielen. Die Kugeln des Angreifers zischten knapp an ihm vorbei. Victor verfehlte ihn weit.

Der große Mann mit der Lederjacke schoss erneut. Dieses Mal kam er Victor noch näher und ließ eine Windschutzscheibe splittern, während Victor sich an dem Fahrzeug entlangschob, um einen besseren Winkel zu bekommen.

Der Schütze merkte, dass er ungedeckt war, gab zwei weitere Schüsse ab, während er gleichzeitig seitlich Deckung suchte. Victor duckte sich hinter den Wagen und erwiderte das Feuer, folgte den Schritten seines Gegners, zielte nicht direkt auf ihn, sondern auf einen Punkt dicht vor ihm, weil auch eine Kugel, die mit etwa eintausendeinhundert Stundenkilometern durch die Luft fliegt, eine Dreißigstelsekunde braucht, um zehn Meter zurückzulegen. Der Mann, der sich mit etwa sieben Stundenkilometern seitwärts bewegte, schaffte in derselben Zeit knapp sieben Zentimeter. Ein direkt auf den Kopf gerichteter Schuss hätte ihn womöglich verfehlt.

Darum zielte Victor auf den Oberkörper, wo die Chance auf einen Treffer am größten war. Sein zweiter Schuss erwischte den Kerl an der rechten Schulter.

Er wurde umgerissen, schrie laut auf und ließ die Pistole fallen. Dann warf er sich in Deckung, bevor der dritte Schuss ihm endgültig den Garaus machen konnte.

Victor schlich näher, vorsichtig und ohne seine Deckung aufzugeben. Schließlich wusste er nicht, ob der Mann eine zweite Waffe dabeihatte.

Quietschende Reifen und lautes Motorengeheul hallten durch die Tiefgarage und kündigten eine neue Gefahr an, die schnell näher kam.

Kapitel 37

Victor drehte sich zur Seite und schlug mit dem Ellbogen das Fahrerfenster des nächststehenden Autos ein. Hunderte kleine Splitter verteilten sich im Innenraum des Wagens. Die Alarmanlage schrillte los. Er ignorierte das laute, grelle Jaulen, zog die Tür auf und riss die Abdeckung unterhalb der Lenksäule ab, suchte sich die benötigten Kabel heraus, legte die Kupferdrähte frei und presste sie aufeinander.

Der Anlasser jaulte, und der Motor sprang an.

Der weiße Rauch der durchdrehenden Reifen mischte sich mit den Abgasen, und Victor schoss aus der Parklücke.

Von hinten kam ein schwarzer Audi näher gerast. Im Rückspiegel sah er, wie eine Silhouette sich zur Beifahrerseite herausbeugte.

Ein gelber Blitz zuckte durch die Dunkelheit, dann wurde die Heckscheibe von einem dichten Spinnennetz aus Rissen überzogen. Der Rückspiegel nützte ihm jetzt gar nichts mehr.

Victor duckte sich tief nach unten, ohne das, was vor ihm lag, ganz aus dem Auge zu verlieren. Noch mehr Kugeln durchschlugen die Karosserie und die Scheiben des Wagens. Aber es war Unterschallmunition, die letztlich keinen großen Schaden anrichtete.

Ein weißer Minivan kam mit quietschenden Reifen vor ihm zum Stehen und blockierte die Ausfahrt. Die hintere Schiebetür glitt auf, und ein Mann mit dunkler Jacke und Strickmütze kam zum Vorschein.

Er richtete seine UMP-Maschinenpistole auf Victor.

Victor ging vom Gas, trat auf die Bremse und riss das Lenkrad herum, sodass der Wagen dem Kerl mit der MP die Beifahrerseite zeigte. Victor wollte möglichst viel Abstand und möglichst viel Metall zwischen sich und die vollautomatische Waffe bringen.

Er riss die Fahrertür auf und warf sich nach draußen in die Rauchschwaden aus verbranntem Gummi, während bereits die ersten Schüsse fielen.

Die UMP jagte schwere Geschosse, Kaliber 45, in den Wagen, der immer weiter schlitterte und seltsam gezackte Gummispuren auf dem glatten Boden hinterließ, bevor er sich einmal um die eigene Achse drehte und gegen einen parkenden Geländewagen krachte.

Victor schlitterte ebenfalls, rollte sich ab, kam taumelnd auf die Füße und rannte los. Der Kerl mit der MP sah ihn, riss die Waffe herum und verfolgte Victor mit einem Kugelhagel.

Die Projektile schlugen dicke Löcher in die umstehenden Fahrzeuge. Platzende Fensterscheiben jagten Glassplitter in alle Richtungen, doch Victor erreichte unversehrt den Ausgang und stürmte durch die Tür in das dahinter liegende Treppenhaus.

Er schaffte es tatsächlich nach draußen. Plötzlich befand er sich auf der Fifth Avenue, umgeben von einem lauten Hupkonzert. Es herrschte Stau, so weit das Auge reichte. Nirgendwo war ein Unfall oder sonst eine Ursache für die Verkehrsstörung zu erkennen, bis er bemerkte, dass alle Ampeln dunkel waren. Auch hier war also der Strom ausgefallen.

Für diejenigen, die jetzt in ihren Autos gefangen waren, war das natürlich ein Riesenärgernis, für ihn jedoch ein großer Vorteil, da er zu Fuß unterwegs war und seine Feinde ihm mit Fahrzeugen nicht folgen konnten. Einzelne Passanten schauten verängstigt in seine Richtung oder suchten hastig das Weite. Die

Nachricht, dass in der Tiefgarage Schüsse gefallen waren, hatte sich schnell verbreitet. Ein Polizist sprach gerade in sein Funkgerät und kam direkt auf Victor zu.

Ich sehe ihn, konnte Victor von seinen Lippen ablesen.

Allerdings war die Zeit viel zu kurz, als dass seine Beschreibung von einem Zeugen oder einer Überwachungskamera an einen Vernehmungsbeamten, von dort an die Funkzentrale und dann an die patrouillierenden Streifen weitergegeben worden sein konnte. Da war etwas ganz anderes im Gang.

Er blickte sich um. Nirgendwo brannte Licht. Das Tageslicht schwand immer mehr, und der Strom schien wirklich überall ausgefallen zu sein. Vielleicht sogar in der gesamten Stadt.

Er rannte hinaus auf die Straße zwischen die stehenden Autos. Auf dem gegenüberliegenden Bürgersteig versuchte eine Frau, die ein leuchtend blaues Kleid und einen ebensolchen Hut trug, ihn zu einer Spende für eine Wohltätigkeitsorganisation zu überreden. Sie breitete scherzhaft die Arme aus, um ihm den Weg zu versperren, und lachte, als er sie an den Schultern packte. Als er sie zur Seite stieß, lachte sie nicht mehr.

Er überquerte einen kleinen Platz, schlängelte sich zwischen Touristen, die neben Statuen posierten und fotografierten, und Geschäftsleuten, die Kaffee tranken und mit ihren Smartphones herumspielten, hindurch. Er ging schnell, widerstand aber dem inneren Drang loszulaufen. Sie waren motorisiert. Auf Dauer konnte er ihnen nicht davonlaufen. Aber wenn es ihm gelang, sich zu verstecken und abzuwarten, dann standen seine Chancen gar nicht so schlecht.

Er arbeitete sich tiefer in die Menge vor. Je mehr Menschen, desto größer die Wahrscheinlichkeit, unbemerkt zu bleiben. Er sah sich unablässig nach allen Richtungen um, suchte nach Bedrohungen, seien es Polizeibeamte, die nach Beteiligten an einer Schießerei in einer Tiefgarage suchten, oder Feinde, die ihm nach dem Leben trachteten.

Victor ging schnell, aber nicht wesentlich schneller als die anderen in seiner Umgebung. Er musste sich möglichst zügig von seinen Gegnern entfernen, das ja, aber wenn er sich zu hastig bewegte, dann würden andere, die er beiseitegedrängt hatte, verärgert stehen bleiben oder ihm neugierig nachschauen und seinen Verfolgern so Anhaltspunkte liefern, welchen Weg er genommen hatte. Er blieb weiter auf dem breiten Boulevard. Seine Augen waren ununterbrochen in Bewegung, aber den Kopf hielt er ruhig. Die Menge verlieh ihm nur so lange Anonymität, wie er nicht aus ihr hervorstach.

Er zog im Gehen das Jackett aus. Ließ sich auch hierbei Zeit, um keine unnötige Aufmerksamkeit auf sich zu ziehen. Er legte es zusammengefaltet über seinen Unterarm, ganz beiläufig, und ließ es dann in den nächsten Mülleimer fallen.

Die nächste Kreuzung war durch zahlreiche Autos blockiert. Einheimische und Touristen drängten sich auf den Bürgersteigen. Wenn er nach Osten ging, konnte er am schnellsten mehr Abstand zwischen sich und seine Verfolger bringen, aber das war auch das Naheliegendste. Ein Jäger ging normalerweise davon aus, dass seine Beute floh, und nicht, dass sie auf ihn zukam.

Er bog in eine kleine Seitengasse ab, mit gemächlichen Schritten, wie jemand, der sich auskennt. Er sah sich nicht um, um sich zu vergewissern, ob jemand davon Notiz genommen hatte. Falls ja, dann würde er es früh genug erfahren. Und falls nicht, dann machte er durch die Bewegung womöglich erst auf sich aufmerksam.

Victors Arbeitsschwerpunkt lag in Europa. Die Städte dort waren ihm weitaus vertrauter als die auf der westlichen Seite des Atlantiks. Er wusste genau, wie man sich die Piazzas von Bologna zunutze machen konnte, um Verfolger abzuschütteln. Er wusste, in welchen Straßen Londons die meisten Überwachungskameras hingen. Er wusste, wie er in den Seitengassen von Paris eine Zielperson in einen Hinterhalt locken konnte.

Auch in New York fühlte er sich keineswegs als Fremder, aber die Anordnung der Straßen und die Besonderheiten der Stadtarchitektur hatten sich nicht so tief in sein Gedächtnis eingegraben. Trotzdem war er keineswegs orientierungslos. Der Grundriss Manhattans war sehr viel klarer strukturiert als der der meisten europäischen Städte, die sich im Lauf von tausend oder noch mehr Jahren zu allen Seiten ausgebreitet hatten. Noch vor Vollendung seines achtzehnten Lebensjahrs war ihm beigebracht worden, wie wichtig es war, sich zu orientieren. Daher waren Nord und Süd für ihn genauso selbstverständlich wie links und rechts. Dazu kamen hier in Manhattan noch die regelmäßigen Häuserblocks und die nummerierten Straßen. Selbst mit eingebautem Navigationsgerät hätte seine Orientierung nicht besser sein können.

Die Gasse öffnete sich und führte auf einen Marktplatz, wo es zwischen dicht gedrängten Ständen von Müßiggängern und Kaufwilligen nur so wimmelte. Er hatte keine andere Wahl, als sich durch das Gedränge zu schieben, zu schubsen und zu quetschen, bis er auf der anderen Seite wieder ausgespuckt wurde.

Seine Verfolger waren schneller, weil sie seiner Spur folgen konnten und sich zu mehreren leichter einen Weg bahnen konnten.

Er hetzte quer über eine Straße, huschte im Slalom durch den Verkehr, nahm Hupen und Beleidigungen billigend in Kauf, betrat einen schmalen Arkadengang mit etlichen Modeboutiquen und Schneidereien. Sirenengeheul ertönte, wurde lauter und lauter.

Mit einem etwas größeren Vorsprung hätte er einfach eine der Boutiquen betreten und den Besitzer oder die Angestellten überredet, bestochen oder bedroht, ihm den Hinterausgang zu zeigen. Aber dafür war keine Zeit. Er hastete weiter.

Bemerkte eine Treppe und lief die Stufen hinunter. Laut hallten seine Schritte durch das steinerne Gewölbe. Unten angekommen stemmte er sich mit der flachen Hand an die gegenüberliegende Wand, um nicht unsanft dagegenzuprallen.

Er ging weiter. Am Ende der Gasse blieb er stehen und blickte sich nach seinen Verfolgern um. Auf den gesamten fünfzig Metern, die er einsehen konnte, war niemand zu sehen. Er hatte sie abgeschüttelt.

Als er wieder auf die Straße trat, hörte er Rufe: *»Bewegung, Bewegung!«* Dann sah er, wie sich zwei Polizisten durch die dichte Menschenmasse schoben. Sie hatten ihn nicht gesehen.

Er flüchtete in ein Einkaufszentrum, hastete eine Treppe hinunter, stieß andere Fußgänger beiseite. In Europa hätte er dafür vielleicht ein paar kräftige Schimpfwörter geerntet, aber Amerikaner waren diesbezüglich weit weniger tolerant. Er wurde mehrfach selbst geschubst und bekam zahlreiche Flüche und Drohungen zu hören.

Kurz nach Betreten des Einkaufszentrums blieb er stehen. Er tat so, als warte er auf jemanden, und konnte so unbehelligt durch die Schaufenster nach draußen blicken. Ein Polizist eilte vorbei. Er schaute kurz in Victors Richtung, war aber zu schnell, um ihn wirklich wahrzunehmen. Danach kamen weder andere Polizisten noch die Anzugträger.

Langsam stieß Victor den Atem aus. Zumindest für den Augenblick hatte er beide Gegner abgeschüttelt. Aber es war noch lange nicht zu Ende. Er war keineswegs in Sicherheit. Es wäre töricht gewesen, das zu glauben. Solange er in der Stadt war, saß er in der Falle. Er musste Manhattan verlassen, aber vorher musste er wissen, was seine Feinde wollten. Er war eigentlich hierhergekommen, um eine Gefahr für sein Leben zu eliminieren, und jetzt war noch eine zweite dazugekommen. Wenn er sich jetzt aus dem Staub machte, dann hatte er immer noch zwei Probleme am Hals: Raven und Hallecks Killertrupp.

Kapitel 38

Der Stromausfall machte das Entkommen schwieriger, verschaffte ihm aber auch einen Vorteil, zumindest kurzfristig. Irgendwann würde das Netz sich wieder stabilisieren, würden Straßenlaternen und Überwachungskameras, Gesichtserkennungsscanner und die Kommunikationswege innerhalb der Polizei wieder funktionieren. Dann würde das Chaos sich lichten, und es würde schwieriger werden, unerkannt zu bleiben.

Er bat ein sich streitendes Paar, ihn vorbeizulassen, und zwar mit einem amerikanischen Akzent: dem melodischen, weitverbreiteten und etwas unscharfen Singsang des Mittelwestens, den auch Muir benutzte. Es fiel ihm nicht schwer, die Stimme zu verstellen. Er beherrschte viele Sprachen, Dialekte und umgangssprachliche Ausdrücke, das war ein notwendiger Teil seines Berufs. Schließlich arbeitete er überall auf der Welt. Er musste in der Lage sein, sich an unterschiedlichsten Orten und in den verschiedensten Situationen unauffällig zu bewegen und in das Umfeld zu integrieren. Er trainierte seine sprachlichen Fähigkeiten regelmäßig, genau wie seine Körperkraft und Ausdauer – konsequent und mit einer Hingabe, die nur der aufbringen kann, der weiß, dass unter Umständen das eigene Leben davon abhing.

Überall sah er Menschen, die die Köpfe über die leuchtenden Displays ihrer Smartphones gebeugt hatten, die versuchten, zu telefonieren oder sich zu informieren, doch die Funknetze waren ausgefallen, entweder infolge des Stromausfalls oder aber wegen des gewaltigen Ansturms, weil alle gleichzeitig alles wissen wollten. Er selbst hatte nur zu besonderen Gelegenheiten ein Handy bei sich. Sie ließen sich zu leicht verfolgen. Stellten ein zu großes Risiko dar. Doch jetzt fühlte er sich ziemlich nackt. Er fiel auf, weil er nicht auf einen kleinen Bildschirm starrte.

Obwohl weit und breit keine Polizei zu sehen war, gönnte

er sich keine Entspannung. Sie suchten nach wie vor nach ihm, wurden lediglich durch den Stromausfall behindert. Die Notrufleitungen wurden von einem Ansturm von Hilferufen überschwemmt: Leute, die in Fahrstühlen oder in der U-Bahn festsaßen oder in anderen Schwierigkeiten waren. Die Notrufzentralen der Polizei kamen vermutlich gar nicht mehr hinterher. Die Einsatzleiter waren überfordert. Sogar bei krisenerprobten und finanziell gut ausgestatteten Organisationen wie dem New York Police Department, dem FBI oder dem Heimatschutz würde es drunter und drüber gehen. Daher ging er davon aus, dass es bis jetzt noch keine koordinierte Fahndung nach ihm gab.

Er blieb im Erdgeschoss des Einkaufszentrums und suchte den hinteren Ausgang. Ein Stockwerk höher hätte er sich quasi selbst eine Falle gestellt. Irgendein tief verwurzelter Instinkt sagte den Menschen, dass sie weiter oben in Sicherheit waren. Und in der Natur traf das in aller Regel auch zu. Aber in der künstlichen Wildnis der Städte galten andere Gesetze. Selbst wenn er unbeobachtet auf das Dach gelangt wäre – wohin hätte er sich von dort wenden sollen? Auf eines der Nachbargebäude zu springen war unmöglich, sie waren viel zu weit entfernt. Er wäre vielleicht seinen eventuellen Verfolgern entkommen, hätte aber in der Falle gesessen und wäre aus der Luft problemlos zu erkennen gewesen. Ein Funkspruch hätte genügt, um seine Position an die Einsatzkräfte weiterzugeben.

Sich zu verstecken war immer schlechter, als zu flüchten, und das galt ganz besonders auf einer Insel, auf der es von Polizisten, Wachpersonal und Auftragskillern wimmelte.

Er ließ den Blick forschend über die Menge gleiten und bemerkte einen uniformierten Mann mit Schnurrbart.

Er war Angestellter einer Sicherheitsfirma und blickte genau in Victors Richtung.

Da war kein Zweifel möglich. Der Kerl starrte ihn unverhohlen an, hatte aber noch nichts unternommen. Er musste eine vage

Beschreibung eines Flüchtigen bekommen haben, die ungefähr auf Victor zutraf, aber mehr konnte er unmöglich wissen.

Victor reagierte nicht. Er zuckte nicht einmal mit den Augenbrauen. Das kostete ihn keine Mühe. Es war die einzig richtige Reaktion, und er war es gewöhnt, ruhig zu bleiben, wenn andere bereits in Panik ausbrachen. Sein Körper verhielt sich auch nicht anders als der jedes anderen Menschen, darum musste er bestimmte Reaktionen bewusst unterdrücken, aber sein Geist reagierte distanziert und emotionslos, war immer und sofort auf der Suche nach einer Lösung.

Als vor vielen Jahren jene erste Kugel dicht an seinem Kopf vorbeigezischt war, war er regungslos sitzen geblieben, weil er wusste, dass seine Deckung gut war. Er hatte den Kopf oben behalten, auch als immer mehr Schüsse um ihn herum einschlugen, während seine Teamgefährten sich angsterfüllt zu Boden geworfen hatten. Er hatte den Kopf oben behalten, um die Mündungsfeuer zu beobachten und zurückzuschießen, weil ihm klar gewesen war, dass er, wenn er diesem Hinterhalt lebend entkommen wollte, kämpfen musste.

Damals war ihm endgültig bewusst geworden, dass er über Fähigkeiten verfügte, die nicht normal waren. Aber dass er irgendwie anders war, dass in ihm etwas schlummerte, was andere nicht hatten, das hatte er schon lange vorher gewusst.

Victor wandte nicht abrupt den Blick ab, drehte sich nicht um oder starrte den Wachmann lange an. Er hielt seinem Blick einen kurzen, fragenden Augenblick lang stand, dann blinzelte er und ging ganz normal weiter, wie es jeder getan hätte, der nichts zu verbergen hatte, aber trotzdem wissen wollte, wieso man ihn so forschend ansah.

Der Wachmann ließ seinen Blick weiter über die Menge schweifen, auf der Suche nach einem offensichtlicheren Flüchtigen.

Vor dem Ausgang stauten sich Männer, Frauen und Kinder.

Victor ließ sich mit der Masse treiben, wurde hierhin und dorthin geschoben und landete schließlich wieder im Freien.

Dort waren auch wieder Polizisten postiert, aber die Menschenmassen waren viel zu unüberschaubar. Es war unmöglich, ihn in diesem Gedränge zu entdecken. Er folgte der Mehrheit, bis die Menge langsam ausdünnte und sich in unterschiedliche Richtungen zerstreute.

Vor ihm lag jetzt die Kreuzung am Ende des Straßenzugs. Dort waren mehrere Polizisten zu sehen. In der Querstraße zu seiner Linken blinkte Blaulicht. Er wandte sich nach rechts.

Innerhalb einer Minute war er alleine, hatte jeden Schutz durch andere Fußgänger verloren. Er fühlte sich entblößt, ging aber trotzdem locker und entspannt weiter. Alles andere hätte nur noch mehr Aufmerksamkeit erregt.

Ein Polizeimotorrad drängte sich durch den Verkehr. Einen kurzen Augenblick lang sah es so aus, als wolle es irgendwo anders hin, doch dann steuerte es direkt auf ihn zu. Das Gesicht des Fahrers war aufgrund der Dunkelheit nicht zu erkennen, aber Victor wusste, dass er entdeckt worden war.

Er rannte los.

Die Sirene des Motorrads begann zu jaulen. Lichter blitzten. Der Motor der Maschine heulte auf, während das Zweirad auf ihn zukam. Victor sprang mit einem Satz über eine Bank, glitt über die Motorhaube eines im Stau stehenden Coupés und rannte weiter.

Die jaulenden Sirenen mehrerer Streifenwagen bildeten einen chaotischen Chor.

Er lief davon und jagte im Scheinwerferlicht der Verfolger seinen eigenen Schatten.

Kapitel 39

Victor hetzte über einen Platz in der Nähe des Einkaufszentrums, weil er wusste, dass ihm dort nur das Motorrad, nicht aber die näher kommenden Streifenwagen folgen konnten. Der Platz war praktisch menschenleer, und seine schnellen Schritte riefen ein lautes Echo hervor.

Auf der Straße am hinteren Ende des Platzes drängte sich eine dichte Menschenmenge vor dem Eingang einer U-Bahn-Station. Pendler und Touristen waren gleichermaßen verärgert und verwirrt, weil sie endlich nach Hause oder aber zur nächsten Sehenswürdigkeit kommen wollten. Das Personal tat sein Möglichstes, um ihnen die Situation auseinanderzusetzen, aber es waren einfach zu viele Menschen und der Lärmpegel war viel zu hoch, sodass die Erklärungen praktisch nicht zu hören waren. Die Leute, die nichts verstanden, versuchten, durch Drängeln und Schubsen dichter heranzukommen.

Er arbeitete sich in die Menge. Wenige Sekunden später kam der Motorradpolizist auf der Straße zum Stehen. Er sah sich nach allen Seiten um, konnte Victor aber nicht entdecken. Zu viele Menschen, zu viele Gesichter. Victor wandte sich ab.

Die anderen beachteten ihn nicht. Sie waren viel zu beschäftigt mit dem Stromausfall und den überlasteten Handynetzen, um sich über einen Typen aufzuregen, der sich an ihnen vorbeidrängelte. Mittlerweile hatten sich auch alle an die schrillen Sirenen gewöhnt. In einer Großstadt muss eine Menge passieren, bis die Einwohner solchen Dingen Beachtung schenken.

Mit gesenktem Kopf schob Victor sich weiter. Ganz in der Nähe waren Streifenwagen zu hören, aber er drehte sich nicht um. Schließlich wollte er nicht gesehen werden. Immer mehr Hindernisse standen nun zwischen ihm und dem Motorradpolizisten, und die Gefahr, entdeckt zu werden, nahm stetig ab. Er verlangsamte seine Schritte zu einem zügigen Gehen, um noch weniger aufzufallen. Jetzt war es wieder sinnvoller, sich vor den Verfolgern zu verstecken, als wegzulaufen.

Am Rand der Menge entdeckte er nun zwei andere Polizisten. Vielleicht hatte ihr Kollege vom Motorrad aus Verstärkung angefordert, vielleicht fahndeten sie auch unabhängig davon nach ihm. Oder sie waren gar nicht seinetwegen, sondern wegen des Stromausfalls hierherbeordert worden. Jedenfalls hatten sie ihn noch nicht gesehen. Sie reckten die Hälse und versuchten, ihn in der Menge zu erspähen. Sie waren beide nicht besonders groß.

Er ging auf sie zu, bemühte sich, locker und entspannt zu bleiben, sich genauso zu benehmen wie alle anderen auch. Solange ihm das gelang, war es für die Polizisten sehr schwer, ihn zu identifizieren. Er war nichts weiter als eines von Hunderten Gesichtern inmitten einer wogenden Masse. Hätte er plötzlich die Richtung geändert, dann wäre er aufgefallen. Also ging er einfach weiter geradeaus, nahm in Kauf, dass das Risiko einer Entdeckung sich mit jedem Schritt erhöhte. Aber sie sahen ihn nicht, weil sie nach jemandem suchten, der vor der Polizei auf der Flucht war, und nicht nach einem Mann, der direkt auf sie zukam.

Sie ließen die Blicke schweifen und nahmen sich dann einen anderen Teil der Menschenmenge vor. Es waren einfach zu viele. Sie ließen sich nicht von einer Stelle aus überblicken.

Genau dort, wo die Polizisten gestanden hatten, schälte Victor sich aus der Menge heraus. Sie merkten es nicht.

Er entfernte sich im selben Tempo wie eine junge Frau mit einer pinkfarbenen Strickmütze und einem durchsichtigen Schirm, die vergeblich versucht hatte, in die U-Bahn-Station vorzudringen. Sie kaute Kaugummi, während Victor seitlich versetzt ein kleines Stückchen hinter ihr herging, nicht so dicht, dass sie sich belästigt fühlen musste, aber dicht genug, dass die Polizisten, falls sie sich noch einmal umdrehten, ein Pärchen sehen würden und keinen einzelnen Mann auf der Flucht.

Er kam an Mietshäusern vorbei, deren Fassaden mit zahlreichen gusseisernen Elementen verziert waren. Über ihm machten sich die dröhnenden Rotorblätter eines heranschwebenden Hubschraubers bemerkbar. Er gehörte entweder der Polizei oder einem Fernsehsender, aber Victor sah nicht nach oben, weil er der Einzige gewesen wäre. Die New Yorker waren an das ewige Geknatter über ihren Köpfen gewöhnt. Falls es ein Polizeihubschrauber war, war er mit Infrarotkameras ausgestattet, und Victor würde als weißer Umriss auf einem Bildschirm erscheinen, genau wie alle anderen Menschen auf der Straße. Solange er sich also benahm wie alle anderen, waren die Infrarotbilder nutzlos.

Jetzt bog er in eine vollkommen verstopfte Straße ein. Das Rotorengeräusch des Hubschraubers wurde regelmäßig von wütendem Hupen unterbrochen. Einer der hilflosen Autofahrer machte das Beste aus dem Schlamassel und fing an zu rappen, unterlegt mit dem Beat seiner Hupe. Der Text handelte vom Stromausfall und dem Stau. Er war gar nicht schlecht.

»He, Mann, weißt du, wie viel Uhr es ist?«, sprach ihn ein Passant mit einem viel zu weiten T-Shirt und Baseballmütze an. »Mein Handy hat keinen Saft mehr.«

Victor schüttelte achselzuckend den Kopf.

»Ich will doch bloß wissen, wie viel Uhr es ist, du Arschloch.«

Er beschleunigte seine Schritte, weil er keine Polizisten sah und keine Hubschrauber hörte, die auf ihn hätten aufmerksam werden können, eilte an Schaufenstern vorbei, auf denen Regentropfen glitzerten, während die ausgestellte Ware unbeleuchtet im Schatten vor sich hin dämmerte.

Am Ende des Häuserblocks kam jetzt eine Straßensperre in Victors Blickfeld. Die Autos rührten sich nicht von der Stelle. Eigentlich waren die Straßensperren dazu gedacht, ihn zu umzingeln, aber in Wirklichkeit halfen sie ihm. Der ohnehin zäh fließende Verkehr kam dadurch völlig zum Erliegen. Auch die Polizei hatte keine Chance mehr auf ein Durchkommen. Sie hatten sich ihres größten Vorteils beraubt.

Victor kam an einem Elektrogeschäft vorbei. Im Schaufenster standen zahlreiche Fernseher mit schwarzen Mattscheiben. Sein Spiegelbild hüpfte von einer zur nächsten.

Er bog um die nächste Ecke und verlangsamte seine Schritte wieder, passte sich dem Strom der übrigen Fußgänger an. Auf der gegenüberliegenden Straßenseite war ein aufmerksamer Polizist einen halben Laternenpfahl emporgeklettert, um sich einen besseren Überblick zu verschaffen.

Jetzt sprang er herab, forderte über Funk lauthals Verstärkung an und rannte los.

Victor auch.

Etwas weiter vorn war eine Filiale einer Kaffeehauskette zu sehen, die einen eigenen Generator haben musste: Die Leuchtreklame funktionierte immer noch. Vor der Tür hatte sich eine lange Schlange gebildet, alles Menschen, die sich ein heißes Getränk oder eine Kleinigkeit zu essen besorgen wollten. Victor hastete an den Wartenden vorbei, die trotz der widrigen Umstände geduldig lächelten, und quetschte sich durch die Tür, nicht ohne dem dort stehenden Mann zu versichern, dass er sich auf keinen Fall vordrängeln wolle.

Das Personal war im Stress. Jeder Platz war besetzt, und manche Kunden hatten sich sogar auf eine Tischkante gesetzt. Die Luft war warm und feucht, aber trotz alledem waren die meisten Besucher gut gelaunt.

Auch vor den Toiletten hatte sich eine Schlange gebildet. Victor ignorierte sie, ebenso wie die Proteste, und trat die Tür auf.

Der klein gewachsene Russe in Sportkleidung, der am Urinal stand, wäre vor Schreck beinahe vornübergekippt. Er war so verblüfft und verängstigt, dass er keinen Ton herausbrachte. Victor ging gar nicht erst hinein. Es wäre sinnlos gewesen. Keine Fenster.

Als er sich umdrehte, starrten ihn ein Dutzend oder noch mehr Augenpaare an, fast so geschockt wie der arme Russe und ebenso schweigsam. Er beachtete sie nicht und stellte sich vor eine Tür mit der Aufschrift PERSONAL. Sie ließ sich nur mit einem Zahlencode öffnen. So ein System war nicht leicht zu überlisten, aber der Türrahmen war von derselben Qualität wie jener der Toilette.

Die Tür flog auf, prallte gegen die dahinterliegende Wand und dann wieder gegen Victors erhobenen Arm, während er bereits in das Zimmer stürmte.

Ein Angestellter – vielleicht sogar der Geschäftsführer – brüllte ihn wütend an, aber er war nicht mutig oder dämlich genug, sich jemandem in den Weg zu stellen, der so verrückt oder verzweifelt oder gefährlich war wie Victor.

Am Ende eines kurzen, beigefarbenen Flurs führte eine Treppe in den ersten Stock. Nicht ideal, aber Victor hatte keine andere Wahl. Türen gab es nämlich keine.

Die Treppe knarrte und quietschte, während er nach oben hetzte. Über dem Café sah er diverse Türen – vermutlich Lagerräume, Büroräume, eine Küche, eine Toilette fürs Personal. Er ließ alle links liegen, suchte einen Ausgang, keine Falle.

Da hörte er von unten eine laute Stimme rufen: *»Wo ist er hin? Wohin?«*

Victor blickte sich um, sah ein Fenster und schob es auf.

Er ließ sich in die Gasse hinter dem Haus fallen, brachte einen Müllsack zum Platzen und rutschte auf weggeworfenen Nahrungsmitteln aus.

Die Gasse führte auf eine breite Straße, auf der so gut wie kein Verkehr herrschte.

Geradeaus lag der Eingang zu einem Park. Das Tor stand weit offen. Er ignorierte die Versuchung. Zwar hätten ihm keine Streifenwagen dorthin folgen können, aber es wäre ein Leichtes gewesen, ihn einzukreisen. Wenn er ihnen doch noch entkommen wollte, brauchte er seine maximale Beweglichkeit.

Stakkatoartiges Quietschen schreckte ihn auf. Autos bremsten, Scheinwerfer strahlten ihn an. Er kniff die Augen zusammen und wandte sich ab, rannte weiter, an einem parkenden Lieferwagen vorbei, der seinen Verfolgern ein, zwei Sekunden lang den Blick versperren würde. Das war die Gelegenheit, blitzschnell in eine andere Seitengasse zu huschen.

Es stank nach vergammeltem Essen und noch Ekligerem. Auf halber Strecke lehnte ein dürrer junger Mann in Kochschürze neben einer geöffneten Tür an der Hauswand. Er hatte die langen Haare mit einem Nylonnetz zusammengebunden und rauchte eine Zigarette. Victor verlangsamte seine Schritte, sodass er nicht mehr wie ein Gejagter, sondern wie ein Mann in Eile wirkte. Der Kerl mit dem Haarnetz starrte ihm hinterher, bis er ihn nicht mehr sehen konnte.

Als die Gasse wieder auf eine Straße traf, blieb Victor stehen und sah sich in beide Richtungen um. Polizei war zwar keine zu sehen, aber von Osten her kamen Sirenen näher. Er wandte sich nach Westen, im selben Tempo wie die anderen Fußgänger, ja, er versuchte sogar, ihre Körperhaltung zu imitieren.

Es nützte nichts.

Die Reifen eines herannahenden Streifenwagens rutschten über den nassen Asphalt, als der Fahrer ruckartig auf die Bremse stieg.

Er nahm Victor ins Visier. Victor rannte in Schlangenlinien, versuchte immer wieder, den Fahrer zu einer falschen Lenkbewegung zu veranlassen, aber der Kerl verstand sein Handwerk. Er ließ sich nicht abschütteln, bis die Reifen auf der glitschigen Fahrbahn ins Rutschen kamen, sodass der Wagen auf den Bordstein schlingerte. Erst im letzten Moment, bevor er mit ein paar entgeisterten Fußgängern kollidierte, rutschte er zurück auf die Straße.

Victor riskierte einen Blick zurück und sah, dass der Streifenwagen immer noch hinter ihm war. Der Beifahrer starrte ihn an, während er irgendetwas in sein Funkmikro brüllte.

Victor sprintete los, noch bevor die beiden Beamten ausgestiegen waren und die Verfolgung aufgenommen hatten.

Kapitel 40

Er rannte. Schweiß und Regen ließen ihm das Hemd am Rücken kleben. Menschen und Autos und Häuser sausten verschwommen am Rand seines Blickfelds vorbei. Er blickte nach vorn und nur nach vorn. Er wusste, dass sie hinter ihm her waren. Sich umzudrehen und nachzusehen würde ihm nichts nützen.

Die Polizisten trugen schwere Gürtel mit Ausrüstung und den Dienstwaffen. Doch selbst ohne diese Gürtel hätten sie Victors Tempo niemals mitgehen können. Er war schneller als die meisten. Hinter der nächsten Ecke baute er seinen Vorsprung aus. Diesen beiden konnte er entkommen, aber gegen die gesamte Menge der Polizisten und Bundesagenten in der Stadt hatte er keine Chance.

Da bot sich ein Markt als Zuflucht an. Dort wurde fleißig gehandelt, schließlich gab es keine elektronischen Kassen, die durch den Stromausfall lahmgelegt worden waren. Es war so voll, dass Victor sich nur mit Mühe durch die Menge schieben konnte. Die Leute waren gereizt, und Victor erhielt etliche Stöße und Ellbogenschläge.

Ein Mann rief: »Pass doch auf, wo du hintrittst, du Arsch«, und schubste Victor mit beiden Händen von hinten.

Er stolperte gegen einen Marktstand, sodass das ganze Angebot auf dem Boden landete. Der Händler schleuderte ihm einen Schwall Verwünschungen hinterher, während er weiterhetzte. Er geriet aus dem Gleichgewicht, landete auf allen vieren und riss noch ein paar Jugendliche mit sich zu Boden.

Bevor sie mit ihren Schimpftiraden fertig waren, war er bereits wieder unterwegs.

Jeden Augenblick mussten die beiden Polizisten auftauchen. Er lief weiter und versetzte sich in ihre Lage. Sie würden kurz überlegen, wohin er gelaufen sein konnte, nachdem sie ihn aus dem Auge verloren hatten. Und sie würden zu dem Ergebnis kommen, dass er sich unter die schützende Menge auf dem Markt gemischt hatte, anstatt weithin sichtbar und ungeschützt durch die Straßen zu rennen, wo jederzeit die Festnahme drohte.

Er kam an einen Stand, wo zahlreiche Mützen und Hüte angeboten wurden, griff nach irgendeiner Kopfbedeckung, hielt inne, vergeudete wertvolle Sekunden mit der Suche nach einem passenderen Stück und drückte dem Händler schließlich ein paar Geldscheine in die Hand, viel zu viel, zu dessen großer Freude. Dann zog er sich die Mütze tief in die Stirn. Er hatte keine Ahnung, ob das aufgedruckte Logo einem Baseballteam, einer Band oder irgendeinem Konzern gehörte, und es war ihm auch egal. Ihn interessierte lediglich, dass die Mütze dunkel und das Motiv möglichst unauffällig war.

Er zog das Mützenschild weit über die Augen, allerdings nicht so weit, dass es sein Sichtfeld beeinträchtigte. Die Verkleidung war nur dann sinnvoll, wenn sie ihn nicht daran hinderte, eventuelle Gefahren zu erkennen.

Mit der Mütze war er für die Polizisten, die ihm auf den Fersen waren, schwieriger zu erkennen. Und all jenen, die immer noch nach einem Mann im Anzug suchten, würde es noch schwerer fallen. Es war gut gewesen, das Jackett loszuwerden, aber jetzt wurde ihm klar, dass es noch besser gewesen wäre, wenn er eine Weste getragen hätte. Dann hätte er auch noch das Hemd ausziehen können. Mit den Narben an seinen muskulösen Oberarmen wäre er dann zwar aufgefallen, aber nur auf kurze Distanz. Und aus der Ferne unterschied sich ein Mann im Unterhemd und mit Baseballmütze doch sehr von einem Anzugträger.

Falls er das alles hier überleben sollte, dann, so sagte er sich, würde er anfangen, Westen zu tragen.

Er wich einem alten Mann aus und zwängte sich zwischen zwei Kerlen in Bauarbeitermontur hindurch. Sein Blick fiel auf eine abwärts führende Treppe. Er kämpfte sich unter Stoßen und Schieben bis zu den Stufen vor und sprang über das Geländer, um ein paar Sekunden zu sparen, die vielleicht später den Unterschied zwischen Tod beziehungsweise Gefangennahme und Freiheit ausmachten.

Beinahe wäre er mit einer Frau zusammengestoßen, die gerade die Treppe heraufkam, doch sie drückte sich gegen die Wand und ließ ihn vorbei.

Ganz in der Nähe ertönten laute Rufe. Die Worte waren zwischen all dem Sirenengeheul und dem Marktlärm nicht zu verstehen, aber er wusste, dass das Polizisten waren, die einander irgendwelche Informationen zuriefen oder Unbeteiligte zur Seite scheuchten. Jedenfalls war klar, dass sie ganz in der Nähe waren.

Sie wussten nicht, ob er bewaffnet war, aber dass er gefährlich war, das wussten sie garantiert. Sie empfanden Furcht und Aufregung und hatten zumindest Pistolen, vielleicht auch noch Gewehre aus ihren Einsatzfahrzeugen dabei. Hier konnte sogar ein Streifschuss sein Ende besiegeln. Mit zerfetzter Kleidung und einer blutenden Wunde war es unmöglich, nicht aufzufallen.

Und falls sie ihn für einen Terroristen hielten, falls sie glaubten, dass er ein Attentat plante, oder falls sie schlicht und einfach nicht mehr klar denken konnten, dann würden sie ihn womöglich einfach erschießen.

Er bog um die nächste Ecke und prallte mit einem ziemlich dicken Polizisten zusammen.

Victor riss die Arme nach oben. Er war bereit, sich den Fluchtweg frei zu kämpfen, er würde diesen Polizeibeamten im äußersten Notfall sogar töten.

Doch der Mann brüllte: *»Aus dem Weg!«*

Victor gehorchte und sah dem davonstürmenden Polizisten ungläubig nach, während dieser in sein Funkgerät schrie, dass er sich an der Jagd beteiligen wolle. Die Mütze und das weggeworfene Jackett hatten sich bezahlt gemacht.

»Verschwinden Sie!«, rief der Mann Victor noch zu, ohne sich umzudrehen. »Hier ist die Kacke am Dampfen!«

»Ich habe einen Mann im Anzug gesehen. Er ist zum Fluss gelaufen«, rief Victor ihm hinterher.

Der Polizist reckte seinen fleischigen Daumen in die Höhe und brüllte in sein Funkgerät: »Täter soll Richtung Fluss unterwegs sein. Ich wiederhole: Täter flüchtet in Richtung Fluss!«

Kapitel 41

Eine Querstraße weiter entdeckte Victor ein Auto, das ihm gefiel. Die Straßen waren zwar alle mehr oder weniger verstopft, aber die Polizei suchte nach einem flüchtigen Fußgänger. Er wickelte sich den Gürtel um den Ellbogen und schlug das Beifahrerfenster ein, wischte noch ein paar störrische Scherben beiseite und fasste dann nach innen, um die Tür aufzumachen. Dann stützte er ein Knie auf den Beifahrersitz, beugte sich hinüber und entriegelte die Fahrertür. Anschließend ging er um das Auto herum und setzte sich ans Steuer, ohne auf störende Glasscherben achten zu müssen.

Das Wageninnere war auch ohne das zerschlagene Fenster ein einziges Chaos. In den Rillen des Armaturenbretts hatte sich eine dicke Staubschicht abgelagert, und der Fußraum war voller Müll. Von außen sah das Ding auch nicht besser aus. Die Karosserie war voller Schmutz und Rostflecken.

Er riss die Abdeckung unterhalb des Lenkrads ab und schloss die Zündung kurz, ohne hinzusehen. Er hatte genügend Erfahrung, um genau zu wissen, welche Kabel er wie miteinander verbinden musste.

Der Wagen zitterte, als der Motor zum Leben erwachte. Ein

kurzer Blick in die Spiegel sagte ihm, dass niemand in der Nähe war. Im Augenblick war er so sicher, wie es in seiner Situation nur möglich war. Das würde sich zwar schnell wieder ändern, aber trotzdem empfand er eine gewisse Erleichterung.

Behutsam lenkte er den Wagen aus der Parklücke. Er war immer noch vorsichtig, rechnete immer noch mit einem Hinterhalt.

Sein Spiegelbild blickte ihm müde, aber voller Energie, gehetzt, aber konzentriert entgegen.

Im Rückspiegel sah er ein Fahrzeug um die Ecke schleudern. Regenwasser spritzte. Der Wagen beschleunigte mit schlingerndem Heck. Es war ein dunkelblauer Ford. Unauffällig, abgesehen von der hoch aufragenden Dachantenne.

Ein Behördenfahrzeug, aber keine Polizei. Die beiden Silhouetten hinter der Windschutzscheibe mussten Bundesagenten sein.

Er packte das Lenkrad fest, drückte die Arme durch. Vor ihm durchdrangen rote Heckleuchten den Regen.

Er fuhr auf die Kreuzung zu und trat das Gaspedal bis zum Anschlag durch, vertraute darauf, dass er schnell genug war, um unbeschadet durch den zäh fließenden Verkehr zu kommen. Scheinwerfer blitzten auf. Hupen dröhnten. Er sah, wie andere Autos ihm ausweichen wollten, bremsten und rutschten und ins Schleudern gerieten und so zu unvorhersehbaren Hindernissen für seine Verfolger wurden.

Er schrammte an einer parkenden Limousine vorbei und löste dabei die Alarmanlage aus. Sofort hatte er das Steuer wieder im Griff, wich einem Fußgänger aus, der gerade die Straße überquerte, jagte durch Pfützen und ließ dabei Wasserfontänen aufsteigen. Er hupte durchdringend, um alle zu warnen, die seinen Weg kreuzen wollten.

Zwei Fahrzeuge konnten ihm tatsächlich noch ausweichen, prallten bei dem Ausweichmanöver allerdings aufeinander. Blech traf auf Blech, verformte sich, riss entzwei. Glas splitterte. Ein Kotflügel segelte durch die Luft. Reifen quietschten, ließen dichte Rauchwolken und Fontänen aufsteigen. Trümmer sammelten sich auf der Kreuzung.

Der dunkelblaue Ford kam hinter ihm die Straße entlang.

Victor beschleunigte. Gummi kreischte. Der Wagen zitterte und geriet ins Schlingern. Der Ford in Victors Rückspiegel wurde größer und größer, aus den zwei Silhouetten wurden zwei Männer, der Beifahrer schwarz, der Fahrer weiß. Beide trugen Anzüge. Beide hatten ernste, entschlossene Mienen aufgesetzt.

Victor riss den Wagen nach rechts. Der Ford machte einen Satz nach vorn und verfehlte seine hintere Stoßstange nur um Zentimeter. Er kurbelte am Lenkrad und sah im Rückspiegel, dass der Kerl im Ford ebenfalls sein ganzes Können in die Waagschale werfen musste, um den Wagen unter Kontrolle zu halten. Das Tempo war hoch und die Straße glitschig. Und trotzdem prallte der Ford jetzt seitlich gegen den Bordstein.

Da war Victor bereits wieder fünfzig Meter weiter.

Die kalte Luft, die zu dem zerschmetterten Beifahrerfenster hereinwehte, trieb ihm die Tränen in die Augen. Der Regen durchnässte seine Haare und sein Hemd. Fußgänger sausten nur als verwischte Schemen am Rand seines Blickfelds vorbei.

Ein längst von Fahrer und Fahrgästen verlassener Bus blockierte die Fahrspur. Victor passierte ihn auf der linken Seite. Er erschrak, als das Vorderrad kurz über den Bordstein hüpfte, bevor es wieder in einer Pfütze auf der Straße landete und einen ganzen Vorhang aus schmutzigem Regenwasser in die Luft schleuderte.

Er konnte kein Verfolgerfahrzeug mehr entdecken. Keine Scheinwerfer, die sich in den Regentropfen auf der Heckscheibe spiegelten. Aber er bezweifelte, dass er sie so einfach losgeworden war. So leicht war er nicht hinters Licht zu führen. Sie waren garantiert noch irgendwo ganz in der Nähe. Aber wo?

Als er über eine Kreuzung preschte und der Ford aus einer Gabelung hervorschoss und sich seitlich neben ihn setzte, war diese Frage beantwortet.

Hupen dröhnten, während sie andere, langsamere Fahrzeuge überholten, deren Fahrer wegen der schlechten Sichtverhältnisse und der ausgefallenen Ampeln kein Risiko eingehen wollten.

Der Ford rammte Victors Wagen auf der Beifahrerseite, sodass Victor das Lenkrad mit aller Kraft festhalten musste, um weiter geradeaus zu fahren. Der Fahrer des Ford warf ihm einen zufriedenen Blick zu: *Du gehörst mir.*

Victor kitzelte jetzt die letzten Pferdestärken aus dem dröhnenden Motor. Der Ford blieb neben ihm – er war neuer und hatte mehr Leistung und mehr Drehmoment zur Verfügung. Ein Wettrennen auf gerader Strecke war gegen ihn nicht zu gewinnen.

Darum riss Victor das Steuer herum und rammte nun seinerseits den Ford. Blech verbeulte sich. Der Fahrer hatte nicht damit gerechnet, dass Victor sich wehren würde. Metallisches Kreischen zerschnitt die Luft. Der Aufprall verblüffte den Fahrer des Ford, und er reagierte zu heftig, lenkte zu sehr dagegen. Die Reifen gerieten auf der nassen Fahrbahn ins Rutschen, der Ford fing an zu schlingern. Der Mann am Steuer kämpfte zunehmend panischer dagegen an. Genau das Falsche.

Er verlor die Kontrolle. Der Ford drehte sich um die eigene Achse. Schwarzer Rauch vermischte sich mit Sprühnebel.

Im Rückspiegel sah Victor, wie der Ford seitlich gegen ein parkendes Taxi prallte.

Für den Moment war er entkommen. Aber sein Auto war jetzt nichts weiter als ein verbeultes, kaputtes Wrack. Immer noch fahrbar, aber mittlerweile kannte jeder Polizist und jeder Bundesagent in der ganzen Stadt das Kennzeichen und die Beschreibung. Garantiert. Eineinhalb Kilometer später brachte er das Auto in einer stillen Seitenstraße, unterhalb einer Überführung, zum Stehen und stieg aus.

Die Luft am Fluss war kühl und erfrischend. Victor atmete tief ein. Der Anblick des Wassers machte ihm bewusst, wie durstig er war. Mund und Kehle fühlten sich staubtrocken an. Und er hatte Hunger.

Der Stromausfall nützte ihm in mehrfacher Hinsicht. Ohne Ampeln waren viele Straßen verstopft, entweder durch Autos oder durch Fußgänger, was die Arbeit der Polizei enorm erschwerte. Außerdem standen aufgrund der viel zu vielen Notrufe schlichtweg nicht genügend Beamte für die Jagd nach Victor zur Verfügung. Ohne dieses Handicap hätten jetzt vermutlich schon vierzig oder mehr Polizisten die nähere Umgebung abgesperrt und nach ihm durchkämmt.

Er ließ den Wagen einfach stehen. Verstärkung war garantiert im Anmarsch.

Kapitel 42

Victor machte sich auf den Weg nach Süden, und zwar in normalem Gehtempo. Während der Verfolgungsjagd hatte seine Körpertemperatur sich erhöht, und er hatte angefangen zu schwitzen. Bei trockenem Wetter wäre das ein ernsthaftes Problem gewesen, aber im Regen fielen die Regulierungsversuche seines Körpers nicht weiter auf.

Er war durchtrainiert und besaß die Kondition eines Leistungssportlers, aber auch bei ihm machten sich jetzt erste Anzeichen der Erschöpfung bemerkbar. Seine Glieder wurden schwer. Sein Mund stand offen. Sein Herz raste.

Weiter vorn bildeten zwei Streifenwagen eine durchlässige Barrikade. Sie hätte sich leicht umgehen lassen. Das Problem waren die vier Beamten, die sich davor aufgebaut hatten. Er zog sich wieder zurück, mischte sich unter die anderen Fußgänger, nur um festzustellen, dass jetzt auch am anderen Ende der Straße eine Sperre errichtet wurde.

Also musste er im Schutz der Menge nach Osten ausweichen.

Mit langen Schritten versuchte er, seine Körpergröße ein wenig zu kaschieren. Da nahm er aus dem Augenwinkel zwei Polizisten wahr, sie kamen quer über die Straße auf ihn zu.

Durchdrehende Reifen quietschten auf dem nassen Asphalt. Er drehte sich um und sah den weißen Minivan, der ihm schon in der Tiefgarage den Weg versperrt hatte. Er lief quer über die Straße Richtung Westen.

Da tauchte vor ihm ein blau-weißer Streifenwagen auf.

Victor drehte sich um und wandte sich jetzt nach Norden, in die einzige noch mögliche Richtung. Jetzt hörte er auch den Hubschrauber wieder, obwohl ... vielleicht war es auch ein anderer. Er spürte, wie das Netz sich langsam zusammenzog. Es gab keinen Ausweg mehr. Kein Versteck.

Ein Auto zu stehlen war keine gute Idee. Die Straßen waren viel zu verstopft, da gab es kein Entrinnen. Er würde sich praktisch freiwillig eine Falle stellen.

Das brachte ihn auf eine Idee.

Er trat auf die Straße und riss die hintere Tür eines Taxis auf, das im Stau feststeckte.

»Wir fahren keinen Meter«, sagte der Fahrer, noch bevor Victor sich gesetzt hatte. »Stromausfall in der ganzen Stadt. Keine Ampeln. Es wird eine Woche dauern, bis wir allein aus dieser Straße hier raus sind.«

Victor zog die Tür ins Schloss. »Kein Problem.«

Der Fahrer drehte sich mit ungläubiger Miene um. »Bitte?«

Der Mann sah aus wie Ende dreißig. Das Leben hatte tiefe Furchen in seinem Gesicht hinterlassen. Den Schädel hatte er kahl rasiert, aber dafür trug er einen Dreitagebart. Sein Hals war mit Tätowierungen übersät.

»Ich sitze gerne hier.«

»Sind Sie verrückt geworden? Was glauben Sie eigentlich, was das hier ist? Eine Parkbank? Verziehen Sie sich.« Er machte eine eindeutige Geste.

Victor holte einen Hunderter aus seiner Tasche und zeigte ihn dem Fahrer. »Aber Parkbänke sind gratis, oder nicht?«

Der Mann riss die Augen weit auf und nahm den Schein. »Auch wieder wahr.« Dann steckte er ihn in seine Tasche. Der Taxi-Unternehmer würde nichts davon zu sehen bekommen, schließlich lief auch das Taxameter nicht. Er drehte sich wieder nach vorn.

Schweigend saßen sie da, bis der Fahrer sagte: »Wollen Sie vielleicht ein bisschen Musik hören?«

»Gern. Haben Sie vielleicht etwas von Brahms da?«

Er blickte Victor im Rückspiegel an. »Von *wem*?«

»Ich finde Stille gar nicht so schlecht.«

»Wie Sie wünschen, Bruder. Es ist Ihre Parkbank.«

Er klopfte mit den Fingern auf dem Lenkrad einen Rhythmus, der zu der stummen Melodie passte, die seinen Kopf vor- und zurückwippen ließ.

Schnelle Schritte ertönten. Der Fahrer hielt inne und warf einen Blick in den Rückspiegel. Drei Polizisten rannten auf dem Bürgersteig vorbei und verschwanden in der Ferne. Dann kamen noch einmal vier hinterher.

Keiner von ihnen hatte für den Stau, geschweige denn für den Fahrgast eines Taxis, einen Blick übrig. Sie waren einem zu Fuß Flüchtenden auf den Fersen. Das glaubten sie zumindest.

Der Fahrer saß einen langen Augenblick lang still da, dachte nach, fällte eine Entscheidung und stellte dann via Rückspiegel den direkten Blickkontakt her. »Sind die …?«

»Ja.«

Jedes Leugnen wäre sinnlos gewesen. Victor hielt dem Blick des Mannes stand.

Der Fahrer brach in schallendes Gelächter aus. »Mann, voll krass.« Er schlug mit der Hand auf das Lenkrad. »Als du eingestiegen bist, hab ich gleich gewusst, dass du verrückt bist, aber *so* verrückt? Du musst Eier aus Stahl haben, dass du dich traust, so was durchzuziehen.«

»Ich möchte nicht angeben.«

Der Mann lachte jetzt noch lauter, und Victor brachte ein Lächeln zustande. Es war ein seltener Moment der Ruhe und Fröhlichkeit, wie er da auf der Rückbank eines Taxis saß, während eine Hundertschaft Polizisten in unmittelbarer Nähe nach ihm suchte.

Der Fahrer hörte auf zu lachen und legte die Stirn in Falten. »Du bist aber kein Terrorist oder irgend so was, oder?«

»Sehe ich etwa aus wie ein Terrorist?«

»Keine Ahnung«, lautete die Antwort. »Ich weiß gar nicht, wie Terroristen aussehen. Hast du vielleicht so eine Selbstmordbombe unter dem Hemd? Obwohl, nee, ich glaube, das würde ich sehen.«

Victor musste an ein Erlebnis in Italien denken. »Nicht unbedingt.«

Er knöpfte einige Hemdknöpfe auf, damit der Fahrer einen Blick auf seine bloße Brust werfen konnte.

Der Mann grinste und winkte ab. »Ach was, lass stecken, Bruder. Muss gar nicht sein. Ich schätze mal, du bist kein Terrorist.«

Victor knöpfte das Hemd wieder zu. »Schön, dass wir uns da einig sind.«

»Aber wenn du kein Terrorist bist, der sich in die Luft sprengen will, warum zum Teufel musst du dich vor den Bullen verstecken?«

»Wie viel Zeit haben Sie?«, fragte Victor zurück.

»So lange, wie du bei mir im Auto sitzt, oder etwa nicht?«

Victor riskierte einen Blick über die Schulter auf die hinter ihm liegende Straße. Keine Polizisten weit und breit. Und auch das Sirenengeheul war ein ganzes Stück weitergewandert.

Er sagte: »Ich fürchte fast, das müssen wir uns fürs nächste Mal aufsparen.«

Der Fahrer sah ebenfalls nach draußen. »Ist die Luft rein?«

Victor nickte. »Sieht ganz so aus.«

Der Fahrer grinste. »Ist alles im Service inbegriffen. Sag deinen Freunden, dass ich der verdammt noch mal beste Taxifahrer in der ganzen Stadt bin.« Er deutete mit dem Daumen auf sich. »Ich heiße Leo.«

Victor sagte: »Aber Sie werden doch bestimmt niemandem von mir erzählen, oder?«

»Sehe ich vielleicht aus wie eine Plaudertasche?«

»Nein«, erwiderte Victor. »Sie sehen nicht aus wie eine Plaudertasche.«

»Bin ich auch nicht. Ich weiß genau, wie's läuft. Ich kenne die Regeln. Ich weiß, was auf der Straße abgeht. Ich bin nicht mein ganzes Leben lang Taxi gefahren, wenn du verstehst, was ich meine.«

»Das ist gut, Leo«, sagte Victor. »Weil ich Sie nämlich wirklich nur sehr ungern töten würde.«

Der Fahrer lachte nicht und grinste nicht. Er sah ihn vielmehr neugierig an, als würde er Victors Bemerkung keineswegs für einen Scherz halten und hätte mit diesem einen Satz eine ganze Menge mehr über seinen Fahrgast erfahren.

Er sagte: »Wenn wir uns das nächste Mal sehen, gebe ich dir ein Bier aus, und dann kannst du mir erzählen, wie du auf die Rückbank meines Taxis gekommen bist. Ich habe das dumpfe Gefühl, dass das eine Geschichte ist, die sich lohnt.«

»Manche Dinge bleiben besser ungesagt.« Victor legte die Hand an den Türgriff. »Danke.«

»Kein Problem, Amigo.«

»Ich bin Ihnen etwas schuldig«, sagte Victor. »Das meine ich ernst. Falls wir uns je wieder über den Weg laufen, dann haben Sie etwas gut bei mir.«

Der Fahrer nickte nachdenklich und sagte, als Victor bereits aussteigen wollte: »Hey, ich will, dass du mir sagst, wie du heißt, Bruder. Das darf ich doch wohl erfahren, nachdem ich dir den Arsch gerettet habe.«

Und nur zum Spaß verriet Victor ihm seinen Namen.

Kapitel 43

Drei Häuserblocks von dem Taxi entfernt kaufte er sich an einem Tacostand mit eigenem Generator etwas zu essen und zu trinken. Dann stellte er sich zu zwei anderen in einen Hauseingang, um sich vor dem Regen zu schützen. Die beiden sahen ihn kurz an, aber niemand sagte ein Wort. Sie grinsten einfach zufrieden und ließen sich das Essen schmecken. Victor ging es jedoch ausschließlich um die Kalorien. Er hätte in diesem Moment alles verschlungen. Sein Blut brauchte Zucker, und seine Muskeln verlangten nach Glykogen.

Einer der beiden anderen ging zurück zum Stand und bestellte sich noch einen Taco. Victor tat es ihm nach.

Erneut entstand eine Art stummer Kameraderie zwischen ihnen, und Victor gestattete sich ein paar Minuten der Entspannung. In dieser kurzen Zeit hatte er keine Probleme und lebte auch nicht gefährlicher als der Mann, der neben ihm stand. Aber es war nur eine Atempause. Das Ganze war noch längst nicht ausgestanden. Er musste bereit und wieder bei Kräften sein, wenn der nächste Angriff kam.

Der garantiert nicht lange auf sich warten lassen würde. Die Frage war nur, wer ihn zuerst entdeckte: die Polizei oder das Killerteam.

Ein paar Straßen weiter kam er an einem Obdachlosen mit einer alten, schmutzigen Armeejacke und einer Strickmütze vorbei.

Victor sagte: »Ich gebe dir hundert Dollar für die Jacke.«

Der Obdachlose überlegte. Er registrierte Victors Ungeduld und erkannte, dass er in einer starken Verhandlungsposition war.

»Zweihundert.«

»Einverstanden«, meinte Victor. »Aber dafür will ich auch die Mütze haben.«

Eine Minute später stank er zwar nach Urin, aber die grüne Armeejacke und die Mütze hatten sein Aussehen dramatisch verändert. Jetzt nahmen ihn alle wahr, aber niemand wollte etwas mit ihm zu tun haben. Er war sichtbar und zugleich vollkommen unsichtbar. So machte er sich auf den Weg nach Norden, in Richtung Bronx.

Die Straße sah genauso aus wie zuvor. Durch den Stromausfall hatte sich nichts verändert. Die Gegend hatte im Schein der Nachmittagssonne genauso schmutzig und heruntergekommen und vernachlässigt ausgesehen wie jetzt im Dämmerlicht. Er konnte weder Behördenfahrzeuge noch dunkelblaue Lieferwagen, weiße Minivans oder irgendwelche anderen Fahrzeuge entdecken, die ihm bekannt vorkamen. Falls seine Feinde in der Nähe waren, konnte er sie nicht sehen. Und da er aussah wie ein Penner, hoffte er, dass sie ihn auch nicht sehen konnten.

Es war kurz vor 18 Uhr. Vor gut zwei Stunden hatte Raven ihn gebeten, in zwei Stunden hier zu sein. Und obwohl Victor normalerweise zusah, immer pünktlich oder sogar zu früh zu kommen, war er dieses Mal absichtlich ein wenig zu spät dran. Er wollte nicht länger warten als unbedingt nötig. Eigentlich hatte er sich, schon bevor er ein Gejagter geworden war, vorgenommen, nie wieder hierherzukommen.

Er entschied sich, von der hinteren Gasse aus in das Haus einzubrechen. Im Inneren war es düster, und er gelangte bis vor Ravens eingetretene Wohnungstür, ohne einem Menschen zu begegnen.

Er blieb stehen und lauschte. Kein Laut drang in den Hausflur. Er stellte sich neben die Tür und stieß sie mit dem Handrücken auf, fest genug, um jeden zu überraschen, der auf der anderen Seite stand, aber nicht so fest, dass sie gegen die Wand schlug.

Es blieb still. Also saß niemand dort in der Dunkelheit und lauerte nur darauf, jeden zu erschießen, der durch diese Tür trat.

Dann trat er ein, schlich behutsam und vorsichtig, die Pistole schussbereit, den Flur entlang. Erst jetzt hörte er, dass jemand in der Wohnung war. Vielleicht Raven. Vielleicht auch Guerrero oder Wallinger. Womöglich die Polizei oder andere Hausbewohner oder Hallecks Leute oder sonst irgendjemand.

Er ließ die Pistole sinken. Er wusste nicht, wer ihn dort in der Dunkelheit erwartete, aber falls es nicht seine Feinde waren, dann wollte er ihnen auf keinen Fall mit erhobener Waffe entgegentreten. Schließlich hatte er keine Lust, von einem schießwütigen Hausbewohner erschossen zu werden, der einfach nur nachsehen wollte, was hier eigentlich los war.

Im Wohnzimmer war es ein wenig heller als im Flur, weil irgendjemand die Vorhänge aufgezogen hatte, sodass die letzten Reste der Dämmerung zum Fenster hereinfielen. Victor trat ein und sah einen Mann im Anzug und einem braunen Regenmantel, der gerade versuchte, sein Handy in Gang zu bringen.

Wallinger.

»Hände hoch, und zwar so, dass ich sie sehen kann«, sagte Victor.

Wallinger drehte sich zu ihm um. Er war verblüfft, aber nicht geschockt. Und zeigte auch keine Angst. Dann sah er die Waffe in Victors Hand.

»Wozu braucht ein Schuldeneintreiber eine Pistole?«

Victor erwiderte: »Die Welt da draußen ist der reinste Dschungel.«

»Ein dunkler Dschungel«, erwiderte Wallinger. Er hielt Victor sein Handy entgegen. »Die Handymasten müssen auch ausgefallen sein. Oder das Netz ist überlastet.«

»Weil alle entweder zu Hause anrufen oder erfahren wollen, wie sie jetzt nach Hause kommen.«

Wallinger nickte. Er ließ das Handy in die Tasche seines Regenmantels gleiten. »Stecken Sie doch endlich das Ding da weg.«

Er zeigte mit dem ausgestreckten Finger auf Victors Pistole, während seine andere Hand auf Hüfthöhe schwebte und seine Finger kleine Bewegungen vollführten, als würden sie eine unsichtbare Tastatur bedienen.

Victors Blick ging von den zuckenden Fingern zu dem nur wenige Zentimeter entfernten, leicht geöffneten Regenmantel.

»Was denn?«, wollte Wallinger wissen.

»Was haben Sie unter Ihrer Jacke?«

»Gar nichts«, erwiderte er schnell. Zu schnell.

»Nehmen Sie die Hand da weg.«

Wallinger blickte nach unten und schien überrascht zu sein, seine Hand dort in Hüfthöhe zu sehen. Seine Finger hörten auf zu zucken und ballten sich zur Faust, die sich nicht von der Stelle rührte. Er hob den Blick und sah Victor an.

»Wieso?«, wollte Wallinger wissen.

»Das wissen Sie genau.«

Der Mann blieb stumm.

»Sie haben zwei Möglichkeiten«, sagte Victor. »Wir müssen die Einzelheiten jetzt nicht in aller Ausführlichkeit diskutieren, aber es liegt wirklich in Ihrem persönlichen Interesse, dass Sie sich für die zweite Möglichkeit entscheiden. Also los, machen Sie schon.«

»Ich lasse mir doch von Ihnen nicht vorschreiben, was ich machen soll. Ich bin Bundesagent. Ich glaube, Ihnen ist nicht ganz klar, mit wem Sie es hier zu tun haben.«

»Ich schreibe Ihnen nicht vor, was Sie machen sollen«, erläuterte Victor. »Ich gebe Ihnen lediglich einen guten Rat.«

Wallinger biss die Zähne aufeinander und überlegte.

»Lassen Sie sich ruhig Zeit«, meinte Victor.

Wallinger hob die Hände. »Sie machen einen schweren Fehler.«

Victor nickte. »Das passiert mir in letzter Zeit häufig. Auf einen mehr oder weniger kommt es also auch nicht mehr an. Ich möchte Ihren Ausweis sehen.«

»Den habe ich Ihnen doch schon mal gezeigt.«

Victor machte eine auffordernde Bewegung mit der Pistole. »Ich habe Probleme mit dem Kurzzeitgedächtnis.«

Wallinger grinste schief und wollte mit der rechten Hand in seine Brusttasche fassen.

»Nehmen Sie die linke.«

Wallinger runzelte die Stirn. »Meine Dienstmarke steckt aber in der linken Tasche.«

»Ich habe Zeit.«

Es dauerte ein wenig, bis Wallinger seinen Ausweis hervorgefummelt hatte, aber er hatte mit der umständlichen Bewegung weit weniger Probleme als die meisten anderen gehabt hätten.

»Und jetzt?«, erkundigte er sich.

»Werfen Sie ihn her.«

Wallinger gehorchte. Victor fing den Ausweis mit der linken Hand auf, ohne Wallinger aus den Augen zu lassen.

»Falten Sie die Hände auf dem Kopf.«

Wallinger seufzte. »Sie haben doch nicht mehr alle Tassen im Schrank, verflucht noch mal.«

»Machen Sie schon«, befahl Victor. »Und lassen Sie die unflätigen Ausdrücke sein.«

Offensichtlich verstimmt gehorchte Wallinger. Victor klappte die Brieftasche auf. Die Dienstmarke sah genauso aus wie beim ersten Mal. Echt, oder aber eine Fälschung, die absolut echt aussah.

Victor sagte: »Wo ist Guerrero?«

Wallinger gab keine Antwort, aber Guerrero sagte: »Direkt hinter Ihnen. Waffe fallen lassen.«

Kapitel 44

In seinem Rücken hörte Victor das leise Klicken eines sich spannenden Hahns, darum tat er, was sie verlangte. Warum hatte er sie nicht kommen hören? Er drehte sich langsam um und sah, dass sie die Schuhe ausgezogen hatte.

»Besonders schlau sind Sie aber nicht, oder?«, sagte Guerrero.

»Tun Sie mir bitte einen Gefallen und beurteilen Sie mich nicht nach dem, was Sie bei dieser einen, kurzen Begegnung von mir mitbekommen haben. Normalerweise bin ich sehr viel besser.«

»Im Schuldeneintreiben?«, warf Wallinger ein und zog ebenfalls eine Waffe.

Aber er lud sie nicht durch, wie Victor zu seiner Erleichterung feststellte. Also hatten sie nicht vor, ihn umzubringen. Zumindest noch nicht.

Guerrero trat ins Wohnzimmer und bedeutete Victor, ein Stück zurückzutreten. Victor gehorchte, bis er zu beiden gleich viel Abstand hatte. Er sah sich um. Das Zimmer war spartanisch möbliert und bot nichts, was sich als improvisierte Waffe oder wenigstens zur Ablenkung hätte nutzen lassen.

»Ich hätte gerne meine Dienstmarke wieder«, sagte Wallinger.

Victor warf sie ihm zu, und er fing sie genauso mühelos mit der linken Hand auf wie Victor vorhin.

»Wer sind Sie?«, wollte Guerrero dann wissen. »Und warum sehen Sie so abgerissen aus?«

»Sie wissen doch, wer ich bin«, entgegnete Victor.

»Na, klar.«

Wallinger sagte: »Ich möchte noch mal Ihren Ausweis sehen.«

»Den habe ich verloren.«

»Bestimmt«, meinte Guerrero. »Was ist mit Ihren Klamotten passiert?«

»Die habe ich umgetauscht.«

»Bei wem denn? Einem Penner?«, hakte Guerrero nach.

»Ich bin ein Menschenfreund.«

»Jetzt hören Sie doch auf mit diesem Schwachsinn«, herrschte Wallinger ihn an. »Wir lassen uns davon nicht täuschen.«

Victor sagte nichts mehr. Er wusste nicht, was sie wussten. Er wusste nicht, wer sie waren. Er wusste nicht, was sie wollten. Und solange er das nicht wusste, durfte er ihnen nichts verraten.

»Sie sind also auf der Suche nach Angelica Margolis, ja?«

Er gab keine Antwort.

Wallinger sagte: »Das wissen wir doch schon. Sie selbst haben es uns verraten. Und jetzt sind Sie schon zum zweiten Mal an diesem Tag in ihrer Wohnung. Es hat doch keinen Sinn, uns den Trottel vorzuspielen. Sie werden schon noch auspacken, so oder so.«

Guerrero fügte hinzu: »Wir wissen, dass Sie in Wirklichkeit gar kein Schuldeneintreiber sind. Verraten Sie uns doch einfach, was Miss Margolis Ihnen getan hat. Vielleicht können wir einander sogar behilflich sein.«

Er sah die beiden abwechselnd an und wusste immer noch nicht, ob sie wirklich die waren, die sie zu sein behaupteten.

Guerrero fuhr fort: »Wissen Sie eigentlich, dass Angelica Margolis gar nicht ihr richtiger Name ist? Wissen Sie, dass sie eine Staatsfeindin ist? Eine Terroristin? Haben Sie eine Vorstellung, was das bedeutet? Sie ist viel gefährlicher, als Sie es sich vorstellen können. Sie halten sich vielleicht für so was wie einen knallharten Vollstrecker, aber diese Dame boxt in einer vollkommen anderen Gewichtsklasse als Sie. Was immer sie Ihnen oder Ihren Auftraggebern getan haben mag, Sie sollten sich auf der Stelle verkrümeln. Und wir können Ihnen dabei behilflich sein. Vertrauen Sie uns.«

Vertrauen …

»Wie?«, erwiderte er.

Guerrero warf Wallinger einen Blick zu. Sie glaubten jetzt, endlich Fortschritte zu machen. Guerrero ließ sogar die Waffe sinken, um weniger bedrohlich zu erscheinen. Vertrauenswürdiger.

»Wissen Sie, wo sie ist?«, erkundigte sich Wallinger.

»Nein«, lautete Victors Antwort.

»Aber Sie wissen, wo sie sein wird, stimmt's? Sie kommt nämlich wieder hierher, hab ich recht? Und deshalb sind Sie auch hier.«

Victor nickte und tat so, als hätte er das Glitzern in Wallingers Augen nicht bemerkt.

»Wann?«, wollte dieser wissen.

»In einer halben Stunde«, erwiderte Victor. »Ungefähr. Vermutlich dauert es ein bisschen länger, wegen des Stromausfalls.«

»Und woher wissen Sie das?«, hakte Guerrero nach.

»Ich habe meine Quellen.«

Wallinger holte sein Handy hervor und versuchte zu telefonieren. Dann stöhnte er frustriert und blickte Guerrero an. »Wir sind ganz auf uns allein gestellt.«

»Ist auch egal«, erwiderte sie achselzuckend.

»Was hat Raven denn angestellt?«, erkundigte sich Victor.

Ruckartig riss Guerrero den Kopf herum und starrte ihn an. Wallinger blinzelte nicht einmal.

»Woher kennen Sie ihren Decknamen?«, wollte Guerrero wissen.

»Deckname?« Victor zog die Augenbrauen in die Höhe. »Ich dachte, das wäre so eine Art Spitzname.«

Guerrero entspannte sich wieder. »Die Einzelheiten sind nicht von Belang. Sie ist auf jeden Fall durch und durch bösartig. Mehr brauchen Sie nicht zu wissen. Seien Sie dankbar, dass Sie ihr noch nicht über den Weg gelaufen sind.«

Victor blickte Wallinger an. Er hatte nicht einmal mit der Wimper gezuckt, seitdem Victor das Wort *Raven* gesagt hatte.

Die senkrechte Doppelfalte zwischen Wallingers Augenbrauen machte seine Nervosität deutlich sichtbar und ließ seine Nase länger und scharfkantiger erscheinen. Seine Haut war dünn und wirkte älter als die vierunddreißig Jahre, die er laut Dienstausweis angeblich auf dem Buckel hatte. Rund um die Augen und die Mundwinkel hatten sich bereits zahlreiche Fältchen gebildet, und die Adern an seinen Schläfen traten überdeutlich hervor.

»Wer sind Sie wirklich? CIA, hab ich recht?«

Victor blieb stumm.

Wallinger fuhr fort: »Ich kann bloß hoffen, dass ich nicht recht habe. Sie wissen doch, dass die CIA auf US-Territorium nichts zu melden hat. Das ist unsere Aufgabe.«

»Ich habe nicht gesagt, dass ich Angestellter der CIA bin.«

»Dann eben freier Mitarbeiter. Das läuft auf dasselbe raus.«

Victor beachtete ihn nicht und sagte zu Guerrero: »Kann ich mich vielleicht kurz waschen?«

»Vergessen Sie's«, fiel Wallinger ihm ins Wort. »Sie kommen mit uns mit.«

»Mit dem größten Vergnügen«, gab Victor zurück. »Aber gewaschen wäre mir lieber. Es sei denn, Sie wollen, dass Ihr Auto eine Woche lang so stinkt wie ich.«

Die beiden Agenten warfen einander einen Blick zu, dann sagte Guerrero. »Von mir aus. Sehen Sie zu, dass Sie den Gestank loswerden.«

»Aber danach kommen Sie mit«, fügte Wallinger hinzu. »Wir haben noch eine Menge Fragen an Sie.«

»Die ich mit dem größten Vergnügen beantworten werde.«

Guerrero spitzte die Lippen. »Sie wissen, dass es vor dem Badezimmerfenster keine Feuerleiter gibt, oder?«

Victor hob die Augenbrauen. »Seien Sie unbesorgt, Agentin Guerrero. Ich habe Höhenangst.«

Kapitel 45

Victor betrat das Badezimmer und machte die Tür hinter sich zu. Leise quietschend protestierten die Angeln. Dämmerlicht drang zwischen den Lamellen der Jalousie vor dem kleinen Fenster zu seiner Rechten herein. Der Raum war gerade groß genug, dass die Badewanne hineinpasste, die sich zu seiner Linken, gegenüber dem Fenster, befand. Dazu kamen noch ein Waschbecken und eine Toilette. Ihr gegenüber befand sich der Lichtschalter, doch durch den Stromausfall war die staubbedeckte Glühbirne, die von der Decke hing, nutzlos geworden. Die Wände bildeten einen etwas verzerrten Quader, der doppelt so hoch wie breit war. Die Fliesen an den Wänden waren ursprünglich weiß gewesen, aber vom Schmutz schon ganz stumpf geworden. Schwarzer Schimmel hatte sich auf den Silikonabdichtungen zwischen Badewanne und Wand ausgebreitet. Verstaubte Spinnweben, deren Erbauer längst schon ausgezogen oder verstorben waren, hingen über dem Fenster. Eine verblasste, kreisrunde Fußmatte lag ungefähr in der Mitte des Raums. Vielleicht war sie irgendwann einmal weiß gewesen. Die Luft fühlte sich feucht an, und es roch unangenehm nach abgestandenem Wasser und Schimmel.

An der Wand vor Victor hing ein Spiegel voller Kalkflecken. Sein Spiegelbild wirkte durch das schummerige Licht und die langen Schatten sehr hart.

Er packte den Messinggriff des Türriegels mit festem Griff und drehte ihn entschlossen herum. Ein lautes Geräusch war zu hören. *Klack*.

Vor der Badewanne hing ein billiger Duschvorhang aus Plastik. Das unruhige Muster wurde an verschiedenen Stellen bereits von Schimmel überlagert. Victor zog den Vorhang beiseite. Ein langer Edelstahlschlauch führte von der Mischbatterie nach oben zum Duschkopf.

Er drehte das Wasser auf, und zwar so heiß wie nur möglich. Der Strahl prasselte mit solcher Lautstärke in die gusseiserne Wanne, dass das Klacken, als Victor die Tür wieder entriegelte, fast nicht zu hören war.

Er klappte den Toilettendeckel auf, zog die Jacke und die Mütze des Obdachlosen aus und legte die Sachen quer über die Schüssel. Dann stellte er sich mit dem Rücken an die Wand neben der Türklinke und dachte nach. Wartete.

Das Wasser war noch heiß, weil der Boiler es schon vor dem Stromausfall erhitzt hatte. Die Luft wurde immer wärmer und feuchter. Dampf legte sich auf den Spiegel über dem kleinen Waschbecken. Victor sah zu, wie sein Spiegelbild mehr und mehr verblasste.

Vierzig Sekunden, dachte er. Vielleicht fünfzig. Falls er unrecht hatte, war nichts verloren. Und falls er recht hatte …

Er hielt sich den linken Unterarm waagerecht vors Gesicht, mit der Handfläche nach innen. Als er bis siebenundvierzig gezählt hatte, schlugen die ersten Kugeln durch die Tür.

Holzsplitter, Farbfetzen und Staub wirbelten durch die Luft. Der Spiegel zerbarst. Glassplitter regneten in das Waschbecken. Wandfliesen zerplatzten und ließen Keramikscherben durch das Badezimmer fliegen. Victors Unterarm sorgte dafür, dass seine Augen geschützt waren.

Jetzt schlugen die Kugeln des Angreifers auch links und rechts neben dem Spiegel in die Wand. Die Streuung wurde breiter, dann wanderten die Schüsse von Victor aus gesehen nach links Richtung Badewanne. Er hörte Fliesen zerplatzen und sah, wie der Vorhang von Geschossen durchlöchert und zerfetzt wurde.

Als es wieder still wurde, hatte er elf Schüsse aus einer einzigen Waffe gezählt. Die Neun-Millimeter-SIG, die sowohl Wallinger als auch Guerrero bei sich gehabt hatten, fasste fünfzehn Schuss Munition.

Victor wartete eine Sekunde, dann streckte er den Fuß aus und versetzte dem Toilettendeckel einen Stups, sodass er herunterklappte. Eigentlich war klar, dass das Geräusch nicht von einem zusammenbrechenden Toten oder Sterbenden stammen konnte. Aber da die Jacke des Obdachlosen den Aufprall dämpfte, klang es immerhin so organisch, dass der Angreifer sich dazu hinreißen ließ, das Badezimmer zu stürmen.

Krachend flog die Tür auf und prallte gegen die Wand, während der Angreifer durch seinen eigenen Schwung aus dem Gleichgewicht kam und vorwärtsstolperte. Die Tür war – entgegen seiner Erwartung – nicht verriegelt gewesen.

Der kleine Spiegel war immer noch vom Wasserdampf vernebelt, sodass der Angreifer Victor nicht sehen konnte. Dieser schlug dem Eindringling mit dem Unterarm die schallgedämpfte SIG aus der Hand. Sie fiel klappernd zu Boden und landete in einer Ecke, während der Agent sich zu Victor umdrehte.

Es war Guerrero, nicht Wallinger, wie Victor vermutet hatte.

Er hatte aber keine Zeit, sich zu überlegen, weshalb er sich geirrt hatte. Das Badezimmer war klein. Es gab keine Nischen, keinen Platz, keine Möglichkeit auszuweichen, sich zu entziehen oder zu verstecken. Hier kam es nicht auf die Taktik an. Hier war grausame Entschlossenheit gefragt.

Guerrero war nicht groß, aber sie konnte kämpfen. Sie parierte Victors nächsten Angriff, und dann begann der Schlagabtausch: schnelle Haken und Ellbogenhiebe. Manche wurden abgeblockt, andere streiften den Gegner zumindest leicht. Einmal wurde Victor voll am Kinn getroffen und schmeckte Blut. Er war viel größer und stärker als sie, aber sie war flinker und konnte ihre kürzeren Arme auf dem beengten Raum besser einsetzen. Sie bearbeitete seine Rippen mit wilden Schlägen, die er einfach nicht alle abwehren konnte.

Er täuschte ebenfalls einen Körperhaken an, damit sie für einen Moment die Deckung sinken ließ, und traf sie dann mit dem Handballen an der Wange. Sie sackte auf das Waschbecken, prallte ab und landete auf dem Boden, weil Victor ihr das Standbein weggeschlagen hatte.

Dabei stieß sie gegen die Tür, und sie fiel ins Schloss. Guerrero wollte nach der Pistole in der Ecke greifen, doch Victor verpasste ihr einen Tritt in die Rippen, sodass ihr nichts übrig blieb, als keuchend nach Luft zu schnappen. Er holte ein zweites Mal aus, zielte auf ihr Gesicht, doch im selben Augenblick packte sie die Fußmatte und zog ihm mit einem kräftigen Ruck das Standbein weg.

Er fiel rückwärts in die Badewanne, riss dabei den Duschvorhang ab und wurde klitschnass.

Er landete mit dem Rücken auf dem gebogenen Wannenrand. Das war schmerzhaft, aber immer noch besser, als mit dem Hinterkopf gegen die Wandfliesen zu krachen. Heißes Duschwasser rieselte auf ihn herab.

Er blinzelte, um wieder klar sehen zu können, versuchte, den Duschvorhang abzuschütteln und sich aufzurappeln. Währenddessen holte Guerrero ihre SIG aus der Ecke und erhob sich.

Victor packte den Duschschlauch mit der linken Hand und riss den Duschkopf mit einem festen Ruck aus seiner Verankerung, fing ihn auf und schleuderte ihn in dem Moment auf Guerrero, als sie sich umdrehte, um zu schießen.

Der Duschkopf traf sie auf der Brust. Sie taumelte rückwärts und rutschte dabei auf den glitschigen Bodenfliesen aus. Jetzt hing der Duschkopf zuckend über dem Wannenrand und sprühte das ganze Badezimmer nass.

Victor zerrte den Duschvorhang beiseite und warf sich auf Guerrero, die mühsam versuchte, die Balance wiederzuerlangen.

Sie prallten gemeinsam gegen die Wand, wobei Guerrero die gesamte Wucht des Aufpralls mit ihrem Gesicht abfing. Erneut ließ sie die Pistole fallen. Sie war so kraftlos, dass sie Victor nicht daran hindern konnte, sie an der Jacke zu packen und zu Boden zu schleudern.

Mit voller Wucht landete sie auf den nassen Fliesen, aber immerhin auf allen vieren. Sie versuchte aufzustehen, doch Victor hatte den Duschschlauch bereits in der Hand und wickelte ihn ihr um den Hals. Wasser spritzte in alle Richtungen.

Guerrero reagierte sofort, kaum dass das Metall die empfindliche Haut an ihrem Hals berührt hatte, und ließ sich auf den Rücken fallen, bevor Victor die Schlinge zuziehen konnte.

Es gelang ihr, vier Finger zwischen den Schlauch und ihren Hals zu schieben, sodass Victor sie nicht mehr strangulieren konnte. Allerdings stand ihr jetzt nur noch eine Hand zur Verteidigung zur Verfügung.

Trotzdem versuchte sie, Victor zu schlagen. Er packte sie jedoch seinerseits am Handgelenk und hielt sie fest. Und damit war sie ihm wehrlos ausgeliefert.

Denn er selbst konnte die Hand, die den Duschschlauch hielt, immer noch benützen.

Sie drehte sich weg, versuchte, ihr Gesicht zu schützen, aber das gelang ihr nicht. Victor schlug ihr den Duschkopf gegen die Schläfe. Zwei kräftige Hiebe reichten aus, um sie benommen zu machen. Allerdings ging dabei auch der Duschkopf in die Brüche. Also drückte Victor ihn mit aller Macht auf Guerreros Gesicht, klemmte ihren Kopf an der Badewanne ein und ließ den Wasserstrahl direkt in ihren Mund und ihre Nase schießen. Sie gurgelte und schlug wild um sich, während der Duschschlauch ununterbrochen heißes Wasser in ihre Kehle presste, mehr, als sie schlucken konnte, so lange, bis ihr Magen voll war und das Wasser in die Lunge eindrang. Sie versuchte, sich zu wehren, aber Victor hatte den weitaus besseren Hebel, und so konnte sie nichts gegen ihn ausrichten, ganz egal, wie sehr sie sich auch mühte.

Sie hustete und würgte und spuckte, aber Victor gab nicht nach, nahm den Duschkopf nicht weg, bis Guerrero sich nicht mehr rührte. Umherwirbelndes Blut färbte die mehrere Zentimeter hohe Wasserschicht rosa, und an einigen Stellen schwebte der ölig-glitschige Schleim ihres Erbrochenen an der Oberfläche.

Kapitel 46

Als klar war, dass Guerrero nie wieder aufstehen würde, ließ Victor den Duschkopf los, schnappte sich die SIG und schüttelte das Wasser heraus, so gut es ging. Trotzdem war er sich nicht sicher, ob sie angesichts der Feuchtigkeit im Lauf, in der Kammer und im Magazin überhaupt funktionieren würde. Aber es würde auch nicht lange dauern, bis sie wieder getrocknet war.

Mit schnellen, geschmeidigen Schritten, die Waffe im Anschlag, verließ er das Badezimmer. Doch dann sah er, dass Wallinger ihn nicht belästigen würde. Darum steckte er die Waffe in den Hosenbund und ging zurück, streckte die Hand über Guerreros Leichnam hinweg und stellte die Dusche ab. Er war völlig durchnässt. Im ganzen Badezimmer gab es kein Handtuch, darum musste er das Wasser, so gut es eben ging, mit den Händen aus den Haaren und dem Gesicht streifen.

Anschließend durchsuchte er Guerreros Taschen und nahm ihr das Portemonnaie, die Ausweise, die Autoschlüssel, das Smartphone und die Ersatzmagazine ab.

Er ging zu Wallinger, der regungslos im Wohnzimmer an einer Wand lehnte. Sein weißes Hemd war voller Blut. Das lag an den zahlreichen Stichwunden in seiner Brust und im Unterleib. Alles deutete auf einen Überraschungsangriff hin, schnell und brutal. Das Messer, das ihm das Leben genommen hatte, steckte immer noch in seiner Brust. Es hatte seine blaue Krawatte durchstoßen, und die Klinge ragte zwei, drei Zentimeter weit im rechten Winkel aus seinem Brustbein hervor. Es sah so aus, als hätte Guerrero versucht, das Messer herauszuziehen, aber es hatte sich im Brustbein festgefressen. Womöglich hätte der Kampf im Badezimmer einen anderen Ausgang genommen, wenn sie das Messer noch gehabt hätte, nachdem Victor ihr die SIG aus der Hand geschlagen hatte.

Wären die Rollen vertauscht gewesen, Victor hätte es auf jeden

Fall bei sich gehabt. Er würde niemals einem erwachsenen Mann ein Messer in das ausgesprochen stabile Brustbein rammen. Genauso, wie Stiche in die Brust nur dann infrage kamen, wenn die Klinge horizontal geführt wurde, sodass sie zwischen die Rippen gleiten konnte und nicht stecken blieb. Die jetzt tote Agentin im Badezimmer hatte das entweder nie gelernt oder versäumt, ihr Wissen anzuwenden.

Wallinger war ein paar Zentimeter kleiner, dafür aber etwas kompakter gebaut als Victor. Trotzdem … sein Anzugjackett, die Hose, Socken und Schuhe konnte er ohne Weiteres tragen. Er würde damit vielleicht keine bewundernden Blicke auf sich ziehen, aber das war ihm gerade recht. Sein Hemd behielt er an, da es nicht vollkommen durchnässt und damit immer noch unauffälliger war als Wallingers mit seinen zahlreichen Löchern und Blutflecken. Victor stopfte seine nassen Kleider und Schuhe in einen Plastikbeutel, den er unter der Spüle entdeckt hatte. Dann trocknete er sich mit einem Geschirrhandtuch die Haare und benützte anschließend seine Finger als Kamm, so lange, bis er wieder einigermaßen präsentabel aussah.

Als er das Wohnzimmer betrat, wurde er dort von Raven erwartet.

Er richtete Guerreros SIG auf ihren Kopf und sagte: »Ich will Antworten haben.«

Raven hatte sich auf den Campingstuhl gesetzt. Sie trug die rote Perücke nicht mehr und hatte ihr natürliches schwarzes Haar mit einem Haarband gebändigt. Und sie hatte sich umgezogen: kein Hosenanzug mehr, stattdessen Jeans und Sweatshirt. Sie machte einen entspannten, ungezwungenen Eindruck, aber er sah ihr an, dass sie ihre Wachsamkeit nicht abgelegt hatte. Sie saß auf der Stuhlkante, die Knie im rechten Winkel abgeknickt, die Füße fest auf dem Boden, den Kopf genau über den Hüften. Wenn nötig, konnte sie jederzeit aufspringen. Egal, wie locker sie sich gab, sie wollte kein unnötiges Risiko eingehen. Und er erwies ihr denselben Respekt, indem er Abstand hielt und sie nicht aus den Augen ließ.

»So eine Schweinerei«, sagte sie und blickte mit gerunzelter Stirn den Toten an. Dann hob sie den Blick: »Ist das eigentlich eine Angewohnheit von dir, überall eine Spur aus Leichen zu hinterlassen?«

Er zuckte mit den Schultern: »Jedenfalls ist es nichts Außergewöhnliches. Aber dass innerhalb eines Tages zwei unterschiedliche Organisationen versuchen, mich umzubringen, das ist selbst für meine Verhältnisse ein bisschen viel. Also fang endlich an zu reden.«

»Jeden umzubringen, der einem in die Quere kommt, ist ja wohl nicht gerade die beste Möglichkeit, um unbemerkt zu bleiben, oder?«

»Ich glaube kaum, dass die beiden hier mich jemals wieder bemerken werden.«

Sie grinste. »Aber noch besser wäre es gewesen, wenn sie dich von Anfang an nicht bemerkt hätten. Dann hättest du keine Leichen hinterlassen müssen, die nur dafür sorgen, dass ihre Kollegen erst recht auf dich aufmerksam werden.«

»Es ist ein Teufelskreis«, musste er zugeben.

Sie warf einen Blick auf die Pistole, mit der er sie immer noch bedrohte. »Nur für den Fall, dass du nicht vorhast, mich zu erschießen … könntest du das Ding da vielleicht wegnehmen?«

Er steckte die Waffe in seinen Hosenbund.

»Danke. Und war das eigentlich nötig, ihm auch noch die Klamotten wegzunehmen? Nagst du wirklich so sehr am Hungertuch?«

Er ging nicht darauf ein.

Sie musterte ihn mit gespielter Verärgerung, weil er ihren Köder nicht geschluckt hatte, doch dann wurde ihre Miene ernst. Sie blickte Wallingers Leichnam an. »Was waren das für Typen?«

Er warf ihr die beiden Ausweise zu, die er an sich genommen

hatte. Sie betrachtete sie gründlich, fuhr mit dem Daumen darüber, als könne sie allein dadurch die Echtheit der Dokumente feststellen.

»Der Ausweis ist genauso echt wie die Marke«, sagte Victor.

»Ich kenne die beiden nicht«, entgegnete Raven, »aber es ist sehr unklug, Bundesagenten umzubringen. Ganz egal, was sie dir angedroht haben, du hast dir dadurch eine Menge zusätzlicher Probleme eingehandelt. Hast du eigentlich eine Ahnung, wie viele Polizisten und Agenten es in dieser Stadt gibt? Oder in diesem Land? Hast du eine Ahnung, was die alles in Bewegung setzen werden, nur um die beiden da zu rächen? Du hättest lieber flüchten sollen. Alles dafür tun, um eine Gefangennahme zu vermeiden. Aber du hättest sie niemals umbringen dürfen.«

»Vorhin hast du noch gesagt, dass das gar keine echten Agenten sind«, erwiderte Victor.

»Nein. Ich habe lediglich gesagt, dass sie nicht in einer offiziellen Mission für den Heimatschutz unterwegs sein können. Jetzt hast du nicht nur die beiden da auf dem Gewissen, du hast auch unsere Situation erheblich komplizierter gemacht.«

»Sieh dir mal das Messer an«, sagte Victor. »Was stimmt damit nicht?«

Sie sah ihn verwirrt an und schien zu überlegen, wie er sie jetzt wieder austricksen wollte, doch dann musste sie zu ihrem großen Erstaunen feststellen, dass er es ernst meinte. Sie neigte sich ein wenig dichter zu Wallinger. Es dauerte nur eine Sekunde, bis sie wusste, was er meinte. Er hatte auch nicht damit gerechnet, dass sie länger brauchen würde.

»Wieso hast du ihn denn ins Brustbein gestochen?«

»Ich hätte eigentlich auf die Rippen zielen müssen, stimmt's?«

»Natürlich, aber mit einer horizontalen Klinge, damit sie nicht im Knochen stecken bleibt. Ich hätte eigentlich erwartet, dass du das weißt.«

»Ganz genau«, erwiderte er. »Das weiß ich auch.«

Sie sah ihn an. »Soll das heißen, dass du die beiden hier gar nicht umgebracht hast?«

»Das soll heißen, dass ich den da nicht umgebracht habe«, erwiderte Victor. »Ich habe mir nur seine Kleider genommen. Er braucht sie schließlich nicht mehr. Die Tote im Badezimmer, die habe ich auf dem Gewissen. Sie hat zuerst ihren Kollegen erstochen, und dann wollte sie mich auch umbringen. Ich habe mich lediglich verteidigt. Schließlich bin ich nicht so lange am Leben geblieben, weil ich unnötigerweise Leute umbringe, schon gar nicht solche mit mächtigen Freunden.«

»Aber warum wollte diese Guerrero dir ans Leder? Und warum hat sie ihren Partner getötet?«

»Sie wollte mich umbringen, weil ich deinen Codenamen kannte. Er wollte mich nur festnehmen. Das konnte sie nicht zulassen.«

»Und warum hast du meinen Codenamen benützt?«

»Um eine Theorie zu überprüfen«, sagte er. »Und um herauszufinden, ob du mich womöglich angelogen hast.«

»Ich bin empört.«

Er schüttelte den Kopf. »Bist du nicht.«

»Stimmt. Aber das Ganze wäre viel geschmeidiger abgelaufen, wenn du mir ein bisschen Vertrauen entgegenbringen würdest.«

»Ich vertraue niemandem. Schon gar nicht Leuten, die versucht haben, mich umzubringen.«

Sie verdrehte die Augen. »Du kannst es einfach nicht lassen, stimmt's? Es ist nicht gut, ständig so einen Groll zu hegen. Vergeben und vergessen, heißt es doch.«

»Was willst du hier, Constance? Warum hast du die Stadt nicht verlassen, solange du noch eine Chance hattest? Ich hätte dich vielleicht nie wieder gefunden.«

Sie runzelte die Stirn. »Es wäre mir wirklich lieber, wenn du mich nicht so nennen würdest.«

»Was willst du hier? Und was soll ich hier?«

»Anscheinend helfe ich dir, das Offensichtliche zu sehen.«

»Und das wäre?«, wollte er wissen.

»Halleck hat dich in eine Falle gelockt.«

»Das weiß ich längst. Ich weiß nur immer noch nicht, weshalb. Er hat gesagt, dass er dich nicht auf mich angesetzt hat. Und das habe ich ihm geglaubt.«

»Weil er die Wahrheit gesagt hat. Er hat nicht mich auf dich angesetzt, sondern genau andersherum.«

»Nein«, sagte Victor. »Ich sollte einen saudischen Prinzen ermorden.«

Schon bevor er seinen Satz zu Ende gebracht hatte, schüttelte sie den Kopf.

»Er hat die ganze Sache so eingefädelt, dass ich mich auf deine Fährte setzen konnte, aber seine eigentliche Intention war, dass du mich umbringen solltest. Darum hat er, rein formal betrachtet, die Wahrheit gesagt. Er ist vermutlich davon ausgegangen, dass du es auf jeden Fall mit mir aufnehmen kannst.«

»Dann hat er meine Fähigkeiten überschätzt.«

»Oder eher meine Fähigkeiten *unterschätzt*. Aber das spielt ohnehin keine Rolle, da wir unsere erste Begegnung überlebt haben. Und damit hatte er ein Problem: Ich war immer noch am Leben.«

»Warum will er dich denn so unbedingt tot sehen?«

»Weil ich ihn aufhalten will.«

»Wieso? Was hat er denn vor?«

»Einen Terroranschlag auf US-amerikanischem Gebiet.«

Kapitel 47

»Der Stromausfall?«, hakte Victor nach.

»Es wäre wirklich besser, wenn wir irgendwo anders weiterreden würden«, sagte Raven. »Immerhin liegen hier zwei tote Bundesagenten herum.«

»Ich gehe nirgendwohin, bevor du mir nicht meine Fragen beantwortet hast. Ein paar Minuten haben wir noch. Selbst wenn jetzt jemand zur Tür hereinkommen würde, was soll er schon machen? Die Polizei alarmieren? Mit einer Brieftaube vielleicht?«

Raven zog die Augenbrauen zusammen. »Der Stromausfall ist der erste Schritt, ja, genau. Aber noch längst nicht alles. Solche Stromausfälle hat es in New York schon öfter gegeben. Das ist nichts Besonderes und ganz bestimmt kein Terrorangriff.«

»Und was ist dann als Nächstes geplant?«

»Tja, ich fürchte, das kann ich dir auch nicht genau sagen. Ich weiß nur, dass es sich um eine Bombe handelt. Hallecks Leute haben sich Anfang des Jahres auf dem Schwarzmarkt zwei Tonnen C4 besorgt. Der Vermittler war ein türkischer Banker, ein gewisser Caglayan.«

»Dann war er also das eigentliche Ziel in Prag«, meinte Victor. »Halleck wollte, dass ich die Verbindung kappe.«

Raven schüttelte den Kopf. »Nein. Caglayan war meine Zielperson. Halleck wusste das, und deswegen hat er dich auf den Prinzen gehetzt. Er wollte sicherstellen, dass unsere Wege sich kreuzen. Aber mir war klar, dass er mir jemanden hinterherschicken würde. Also habe ich zuerst Caglayan getötet und dann abgewartet, bis Hallecks Attentäter auftaucht.«

Victor nickte. Halleck hatte höchstwahrscheinlich durch Caglayan von den Aktivitäten des Prinzen erfahren und sich dann an Muir gewandt. Dabei hatte er sich die Tatsache zunutze gemacht, dass niemand dem Prinzen eine Träne hinterherweinen würde.

»Halleck konnte mich nicht auf direktem Weg beauftragen«, spann Victor den Faden weiter. »Er musste meine CIA-Kontaktperson genauso an der Nase herumführen wie mich. Er konnte ja nicht riskieren, dass sie deinen Namen erfährt, weil du genauso auf irgendeiner Liste stehst wie ich. Damit hätte er seine Entdeckung riskiert. Er wollte meine Kontaktperson sogar von sich aus auf dem Laufenden halten. Aber ich habe nein gesagt.«

»Weil du nicht wolltest, dass außer Halleck noch jemand weiß, was du vorhast«, fügte Raven hinzu. »Und das hat er vermutlich vorausgesehen.«

Victor sagte: »Dann habe ich in Prag also die ganze Zeit mit dir in Kontakt gestanden.«

»Ich habe mich als Caglayan ausgegeben, während du so getan hast, als wärst du der Buchhalter des Prinzen.«

»Du bist gut«, entgegnete Victor. »Du hättest mich beinahe getötet.«

»Beinahe«, wiederholte sie. »Du kannst dir sicherlich vorstellen, dass diese zwei Tonnen Plastiksprengstoff in einer dicht besiedelten Stadt einen gewaltigen Schaden anrichten würden.«

»Aber um eine Bombe zu zünden, braucht man nicht vorher einen Stromausfall.«

»Das kommt ganz darauf an, wo die Bombe platziert werden soll, findest du nicht? Kein Strom, das bedeutet keine Überwachungskameras, überlastete Hilfsdienste, keine Handymasten, kein …«

»Mir ist durchaus klar, wie Elektrizität funktioniert.«

Sie nickte entschuldigend. »Was immer Halleck in die Luft jagen will, der Stromausfall spielt dabei eine entscheidende Rolle. Mehr kann ich dazu nicht sagen, aber eines weiß ich genau: Dieser Stromausfall dauert maximal zwölf Stunden. Das heißt, es sind mittlerweile deutlich weniger geworden. Was immer Halleck also vorhat, es wird sehr bald schon stattfinden. Irgendwann heute Nacht.«

»In der Tiefgarage unter dem Museum hast du gesagt: ›Es geht los.‹ Woher weißt du, wie lange der Stromausfall dauern wird? Und als das Licht ausgegangen ist, hast du gesagt, dass du dieses Mal nichts damit zu tun hast. Erklär mir das.«

»Ich habe den Stromausfall verursacht, aber ich habe ihn nicht ausgelöst«, sagte sie. »Ich habe dafür gesorgt, dass der Virus ins System gelangen kann.«

»Ich gehe davon aus, dass du einen Computervirus meinst.«

»Ja, genau. Das Pathogen, so haben wir ihn genannt. Die Idee haben wir bei den Israelis geklaut. Der Mossad hat auf diese Weise einmal eine iranische Urananreicherungsanlage lahmgelegt. Sie haben dafür gesorgt, dass die Zentrifugen zu schnell liefen und damit die Pläne Teherans zur Urananreicherung um Jahre zurückgeworfen. Dazu haben sie den Virus einfach ins Netz eingespeist und sich zurückgelehnt, während Computer um Computer infiziert wurde, ohne dass der Virus den geringsten Schaden angerichtet hätte. Er hat sich lediglich exponentiell ausgebreitet, bis er dann irgendwann auf einem USB-Stick gelandet ist, den ein Mitarbeiter der Atomanlage mit zur Arbeit genommen hat. Die Computer, die solche Anlagen steuern, sind selbstverständlich nicht mit dem Web verbunden. Es hat ganz wunderbar funktioniert. Sie sind natürlich viel unauffälliger vorgegangen als ich. Ich bin in die Wohnung eines Mannes eingebrochen, der in einem Kraftwerk weiter oben im Norden arbeitet, und habe seinen PC mit unserem Virus infiziert, damit er auch rechtzeitig im System des Kraftwerks landet. Die Israelis haben sehr viel mehr Geduld gehabt als Halleck.«

»Aber eines verstehe ich nicht«, sagte Victor. »Halleck arbeitet doch für eine staatliche Behörde. Warum will er einen Terroranschlag ausführen? Er ist doch kein Terrorist!«

Sie stellte sich ans Fenster und drehte ihm den Rücken zu. »Für die einen ein Terrorist, für die anderen ein Freiheitskämpfer.«

»Das kann ich mir nicht vorstellen.«

»Zu Anfang habe ich ihm geglaubt.« Raven drehte sich um und sah ihn an. »Als ich Leute ermorden sollte, von denen ich mir einfach nicht vorstellen konnte, dass sie Staatsfeinde waren. Ich habe ihm den ganzen Blödsinn von wegen Opfer bringen und dem Wohl des großen Ganzen und all diese Klischees abgekauft. Irgendwann bin ich dann dahintergekommen, dass er sich immer an die Meistbietenden verkauft. Oft genug ist das tatsächlich der Staat, aber eben nicht immer.«

»Halleck hat gesagt, dass du im Jemen einen Kollegen verloren hast. Einen Geliebten. Er hat behauptet, dass du ihm die Schuld daran gibst und dich deswegen an ihm und seinen Leuten rächen willst.«

Für einen kurzen Moment schlich sich ein trauriger Zug über ihr Gesicht, und sie wich seinen Blicken aus. »Ich habe im Jemen tatsächlich einen Mann verloren, der mir etwas bedeutet hat. Aber das war niemandes Schuld. Die Informationen waren einfach falsch.«

Die Informationen waren falsch. Halleck hatte genau dieselben Worte gebraucht. Dieser Mann war ein begnadeter Manipulator. Er hatte die Lüge geschickt in der Wahrheit versteckt, um Victor von seiner Aufrichtigkeit zu überzeugen.

»Und wer bezahlt Halleck dieses Mal?«, wollte Victor wissen.

»Sie.«

»Und wer genau soll das sein?«

»Das eine Prozent. Die alten weißen Männer. Die Typen, die die Welt regieren.«

Victor sagte: »Ich halte nichts von Verschwörungstheorien. Wer?«

»Der Mann, der Halleck in diesem Fall beauftragt hat, war ein Lobbyist der Rüstungsindustrie.«

»Aha«, meinte Victor und hatte mit einem Mal begriffen. »Eine Attacke unter falscher Flagge, die man dann … lass mich raten … irgendeinem Schurkenstaat im Nahen Osten in die Schuhe schieben kann. Stimmt's?«

Sie nickte. »Dann folgt ein Tusch: Erhöhung der Verteidigungsausgaben und Milliardengewinne für die Rüstungskonzerne, die all die Bomben und die Patronen herstellen. Wie gesagt: die alten weißen Männer, die die Welt regieren. Weißt du eigentlich, woher dieser Begriff ›unter falscher Flagge‹ stammt? Aus der Zeit der Seekriege vor etlichen Jahrhunderten, als sich die Schlachtschiffe gegenseitig mit Kanonen beschossen haben und die Marinesoldaten mit Schwertern und Streitäxten aufeinander losgegangen sind. Damals war es eine gängige Kriegslist, die Flagge des Feindes zu hissen, um das angegriffene Schiff so lange wie möglich zu täuschen und dann zuzuschlagen. Erst kurz vor dem Beginn der Schlacht hat das angreifende Schiff dann die eigene Fahne gehisst. Die Täuschung wurde also noch vor dem Kampf offenbar gemacht.«

»Ich kann mir nicht vorstellen, dass Halleck uns dieselbe Ehre zuteilwerden lassen wird.«

»Natürlich nicht«, stimmte Raven zu. »Die Regierungen dieser Welt machen so etwas seit Ewigkeiten und kommen damit durch. 1962 wurde ein Plan entwickelt, um eine Invasion auf Kuba und die Entmachtung Castros zu rechtfertigen. Das Verteidigungsministerium hat sich die Operation Northwoods ausgedacht. Man wollte mehrere Schiffe versenken und Flugzeuge abschießen und das alles dann Kuba in die Schuhe schieben. Der Plan wurde nie umgesetzt, aber es war nicht der erste und ganz bestimmt nicht der letzte dieser Art.«

Victor sagte: »Dieser Lobbyist wird wissen, für wen er arbeitet.«

Raven schüttelte den Kopf. »Du bist ganz schön naiv. Er ist nichts weiter als ein Mittelsmann. Und außerdem gibt es niemanden, der für das Ganze verantwortlich ist. Nicht einmal so etwas wie eine Verschwörung. Genauso funktioniert das. Es ist wie eine Art Pakt des Schweigens. Deswegen nenne ich sie auch genauso: den Pakt.«

»Den Pakt«, wiederholte er.

»Die alten weißen Männer, die dafür sorgen, dass sich die Räder immer weiterdrehen, zu ihrem eigenen Wohl und zum Wohl derer, die ihnen behilflich sind. In diesem Fall dreht es sich um den Frieden, der schlecht ist fürs Geschäft. Die USA geben jährlich über eine Billion Dollar für Rüstung aus. Der Großteil dieses Betrags geht an US-amerikanische Waffenschmieden. Diese Ausgaben müssen ja irgendwie gerechtfertigt werden. Und das geht nur mithilfe eines Krieges. Das Problem ist, dass wir in letzter Zeit zu viele davon hatten. Die Politik muss diese Kriege schließlich auch begründen können. Sie sind auf die Unterstützung der Öffentlichkeit angewiesen. Und wie ließe sich die besser herstellen als mit einer schönen Explosion?«

»Mich würde trotzdem interessieren, wer dieser Lobbyist ist.«

»Er heißt Alan Beaumont«, sagte sie. »Beziehungsweise, um etwas präziser zu sein, er *hieß* Alan Beaumont.«

»Du hast ihn getötet«, sagte Victor.

Sie nickte. »Ich habe getan, was ich am besten kann, um Halleck aufzuhalten.«

»Aber Halleck lässt sich nicht aufhalten?«

Raven erwiderte: »Ich war zu spät dran. Er hatte das Geld bereits an Halleck überwiesen. Und jetzt erwarten die Investoren ein überzeugendes Feuerwerk. Halleck muss liefern, oder er bekommt es mit ein paar außerordentlich mächtigen Gegnern zu tun.«

»Okay«, sagte Victor. »Wenn das so ist, dann ist es an der Zeit, die Stadt zu verlassen. Ich habe keine Lust, als zufälliges Opfer von Hallecks Terroranschlag zu enden.«

»Viel Glück dabei.«

»Ich glaube nicht an Glück«, entgegnete er ihr und ging zur Tür.

»Ganz egal, an was oder an wen du glaubst, du wirst seine Hilfe jedenfalls brauchen.«

In ihrer Stimme lag ein Unterton, der ihn veranlasste, sich umzudrehen. »Was soll das denn heißen?«

»Halleck hat dich zum Sündenbock gestempelt. Du hast diese Wohnung betreten und bist dadurch in seine Falle getappt. Er wird dir die Schuld an dem Anschlag in die Schuhe schieben.«

Kapitel 48

Lange Zeit sagte er kein Wort. Er dachte an das Buch und die vermeintlich sichere Wohnung, dachte daran, wie er die codierte Botschaft entschlüsselt und geglaubt hatte, dass er Ravens Spur bis ins Museum gefolgt war. Aber es waren Hallecks Leute gewesen, die diese Spur gelegt hatten, damit er zu einem ganz bestimmten Zeitpunkt an einem ganz bestimmten Ort war.

Sie kommen mit uns mit, hatte der Mann im blauen Anzug gesagt. Victor war davon ausgegangen, dass sie ihn aufgrund seiner Verbindung zu Raven festnehmen wollten. Erst jetzt wurde ihm klar, dass Halleck das alles von langer Hand geplant hatte.

»Aber das ergibt doch keinen Sinn«, sagte Victor. »Halleck kann unmöglich gewusst haben, dass ich mich mit ihm treffen will. Er kann nicht gewusst haben, dass ich dich suchen oder wie ich das anstellen würde. Ich habe in Prag einen Stummel von einer deiner dominikanischen Zigaretten gefunden. Und die hat mich zu Marte geführt.«

»Das war mir schon immer klar, dass Jean-Claude mich eines Tages verpfeifen würde«, sagte Raven. »Aber ich habe es nie übers Herz gebracht, ihn nur als Vorsichtsmaßnahme umzubringen. Ich schätze, dass Angst nur eine gewisse Zeit lang als Druckmittel funktioniert. Er hat dir meine Tarnidentitäten gegeben?«

»Ja, genau, und dann …«

Er hielt inne, weil er den Rest bereits wusste. Er hatte diese Informationen an Halleck weitergegeben und von diesem wiederum die Adresse der Wohnung in der Bronx bekommen.

Über sich selbst verärgert schüttelte er den Kopf. »Halleck hat mir diese Adresse hier gegeben, und ich habe nicht weiter nachgefragt. Stattdessen bin ich einfach hierhergekommen. Du hast recht. Ich bin tatsächlich in eine Falle getappt, die ich mir selbst gestellt habe.«

»Sei nicht zu hart zu dir«, sagte Raven. »Halleck ist, was das angeht, ein absoluter Meister. Er hat mich jahrelang hinters Licht geführt.«

»Ich hätte es besser wissen müssen. Ich weiß es besser!«

»Das Leben ist eine einzige, lange Lektion. Wir wissen nie, wie viel wir gelernt haben, bis wir am Ende sind.«

Er ließ sich ihre Worte durch den Kopf gehen und sagte dann: »Aber ich hätte dich in Prag umbringen können. Genau das hat er ja beabsichtigt. Und dann wäre ich jetzt garantiert nicht hier.«

Sie sah ihn an, und in ihrem Blick lag ein Hauch Mitgefühl. Victor mochte solche Blicke nicht. Sie sagte: »Dann hätte er eben nicht dich benützt. Er hätte sich jemand anderes gesucht. Vielleicht sogar einen von seinen eigenen Leuten. Aber das war ja nicht nötig, stimmt's? Er hatte ja dich. Und du hast es ihm leicht gemacht, weil du mich finden wolltest. Du hast dich freiwillig angeboten, als der perfekte Sündenbock: Ein professioneller Auftragskiller, der aus eigenem Antrieb nach New York gereist ist.«

»Ich habe Guerrero und Wallinger vorhin gebeten, mich nicht danach zu beurteilen, was sie von mir mitbekommen haben. Ich habe gesagt, dass ich normalerweise sehr viel besser bin. Aber vielleicht stimmt das gar nicht? Vielleicht habe ich bis jetzt einfach nur Glück gehabt. Und dabei glaube ich nicht einmal an so etwas wie Glück.«

Raven erhob sich aus ihrem Campingstuhl und griff nach dem Taschenbuch, das immer noch auf dem Boden lag. Sie blätterte es durch. »Er hat es dir auch wirklich schwer gemacht. Und darum bist du darauf hereingefallen. Wenn es sich irgendwann falsch angefühlt hätte, wenn es dir zu leicht vorgekommen wäre, dann hättest du den Braten gerochen. Ich finde, du solltest das auf Hallecks Kompetenz schieben und nicht auf deine Inkompetenz.«

Er schüttelte erneut den Kopf. »Aber trotzdem ergibt das immer noch keinen Sinn. Er hat mir diese Adresse hier zugespielt, okay. Aber er konnte doch nicht davon ausgehen, dass ich am Tag des Stromausfalls immer noch in der Stadt bin.«

Sie sah ihn an, als hätte er etwas Entscheidendes übersehen, und genauso war es auch.

»Ach so!«, sagte Victor. »Der Stromausfall hat heute stattgefunden, *weil* ich in New York bin.« Sie nickte. »Und das Museum … auch ein guter Trick. Weil es sich hervorragend für ein geheimes Treffen eignet. Ich habe nicht den leisesten Verdacht geschöpft.«

»Wie gesagt: Halleck weiß genau, was er macht. Er ist schon sehr lange im Geschäft.«

»Wenn du mich nicht gewarnt hättest, wäre ich womöglich schon tot.« Er hielt inne. »Ich sollte mich wohl bei dir bedanken.«

»Nur, wenn du wirklich willst.«

Er schluckte. Dann sagte er: »Danke.«

Sie neigte leicht den Kopf. »Gern geschehen.« Sie sah sich in der Wohnung um. »Wir sollten lieber von hier verschwinden. Die Polizei ist zwar völlig überlastet, aber wir sollten trotzdem nicht länger bleiben als unbedingt nötig.«

Auch Victor ließ den Blick durch das Apartment schweifen. Er nickte. »Ich dachte, dass du dich für die Campingausrüstung entschieden hast, weil du in der Wohnung keine Spuren hinterlassen wolltest, mit denen du identifiziert werden könntest. Aber das war auch nur ein Teil von Hallecks Plan. Er wollte, dass ich das denke, stimmt's? Er hat ein riesiges Team auf mich angesetzt. Nur, um mich zu beobachten, hat mir einer von ihnen erzählt. Aber sie haben garantiert auch fotografiert und gefilmt. Irgendjemand hat festgehalten, wie ich das Haus betreten habe. Und nach dem Anschlag ist das hier *mein* Apartment, der Ort, an dem ich das alles geplant habe.« Er betrachtete den toten Wallinger. »Die beiden hier haben behauptet, dass sie dich suchen. Weil du angeblich eine Terroristin bist. Dabei sollten sie nur dafür sorgen, dass das Märchen noch glaubhafter wirkt. Sie hätten anschließend auch gegen mich aussagen können. Als ich dann zum zweiten Mal hier aufgetaucht bin, muss Guerrero gewusst haben, dass der eigentliche Plan – mich im Museum festzunehmen – schiefgelaufen war. Und sie hat beschlossen, die Dinge selbst in die Hand zu nehmen. Wallinger hat offensichtlich nicht zu Hallecks Truppe gehört. Er hat die ganze Zeit gedacht, dass er nur seine Arbeit macht.«

Raven schüttelte den Kopf. »Das ist nicht Hallecks Stil. Guerrero hat sicher nichts über das große Ganze gewusst. Den Überblick haben bestimmt nur ganz wenige. Und ich bin eine davon.«

Victor ließ sich die beiden Begegnungen mit den mutmaßlichen Heimatschutz-Agenten noch einmal durch den Kopf gehen, besonders die zweite, kurz bevor Guerrero ihn angegriffen hatte. »Dann muss dein Codename der Auslöser gewesen sein. Sie wusste nichts über das Museum und auch nichts darüber, dass Hallecks Leute mich beschattet haben. Aber sie wusste von dir. Und als ich zu erkennen gegeben habe, dass ich auch Bescheid weiß, war das mein Todesurteil. Ihr Partner war dann eben ein Kollateralschaden.«

»Wie gesagt, ich bin nicht übermäßig beliebt. Wenn du mir vertraut hättest, anstatt meinen Codenamen herauszuposaunen, nur um eine deiner Theorien zu überprüfen, wäre dein Hemd jetzt trocken, und wir hätten nicht zwei tote Bundesagenten am Hals. Selbst wenn es uns gelingt, den Anschlag zu vereiteln, bist du immer noch am Arsch.«

Er runzelte die Stirn. »Ich mag keine Obszönitäten.«

Sie lachte. »Aber andere Menschen umzubringen, das ist kein Problem?«

»Ich habe nie behauptet, dass ich durch und durch konsequent bin. Und außerdem gibt es kein *Wir*. Ich bin dir dankbar für deine Unterstützung im Museum, aber ich bin nicht dein Partner. Ich bin ganz bestimmt kein Befürworter von Bomben und der grausamen Verwüstung, die sie anrichten können, aber ich bleibe keine Sekunde länger in dieser Stadt. Sämtliche Strafverfolgungsbehörden haben mich offensichtlich ins Visier genommen, und zwar schon seit ich das Museum verlassen habe. Ich bin ihnen wirklich nur mit knapper Not entkommen. Jeder Polizist, jeder Bundesagent in der ganzen Stadt sucht mittlerweile nach mir.«

»Das liegt daran, dass Halleck dich verraten hat.«

»Natürlich liegt das daran«, erwiderte Victor. »Deshalb muss ich ja von hier verschwinden.«

»Wenn du jetzt weggehst und ich diesen Anschlag nicht verhindern kann, dann bist du dein Leben lang ein Flüchtling, dem die halbe westliche Welt im Nacken sitzt.«

»Das bin ich, genau genommen, sowieso schon längst«, gab Victor zurück.

»Aber nicht einmal ein Söldner wie du spielt freiwillig den Sündenbock für einen Terroranschlag. Und ganz egal, wie intensiv schon jetzt nach dir gefahndet wird, danach werden alle ihre Anstrengungen noch einmal vervielfachen.«

»Natürlich«, wiederholte er. »Das gilt für beide Seiten.«

»Aber wie willst du weiter arbeiten, wenn sie dein Gesicht in jeder Nachrichtensendung zeigen?«

Er gab keine Antwort.

»Und wie willst du als meistgesuchter Verbrecher des Erdballs deinen vielen Feinden aus dem Weg gehen?«

»Also gut«, meinte er schließlich. »Das sind überzeugende Argumente. Was schlägst du vor? Dass wir Halleck gemeinsam daran hindern, mir eine Falle zu stellen?«

»Das ist eine etwas egoistische Perspektive, finde ich«, sagte Raven. »Ich finde, wir sollten zusammenarbeiten, um einen gewaltigen Terroranschlag zu verhindern.«

»Das sind doch Spitzfindigkeiten. Wie sollen wir Halleck aufhalten? Wir wissen doch nur, dass er vorhat, eine Bombe zu zünden, und dass er dazu den Stromausfall braucht. Wir wissen nicht, wo er ist, und auch nicht, wo der Anschlag stattfinden soll.«

Sie sagte: »Die Bullen suchen uns, stimmt's? In erster Linie dich. Also sorgen wir dafür, dass sie auf dich aufmerksam werden. Und eine Meldung machen. Die Handysender sind ausgefallen, aber der Polizeifunk funktioniert noch. Hallecks Leute hören garantiert mit, oder sie werden von einem seiner Spitzel im Apparat informiert. Fünf Sekunden nach den Bullen weiß garantiert auch er Bescheid. Wir müssen Halleck gar nicht finden. Wir müssen nur dafür sorgen, dass seine Leute uns finden.«

»Und dann?«

»Ist das nicht offensichtlich? Wir schnappen uns einen von denen und quetschen ihn aus. In der Zwischenzeit müssen sie mehr wissen, zumindest, wo Halleck ist oder wo die Bombe ist. Mit ein bisschen Glück sind sie sogar beide am selben Ort.«

»Das hört sich aber sehr nach Ratespielen an, finde ich.«

Sie zuckte mit den Schultern. »Haben wir eine Wahl?«

»Du meinst eine andere Wahl, als uns gleichzeitig vor dem New York Police Department, dem FBI und Hallecks Leuten auf dem Präsentierteller zu rekeln?«

Sie nickte.

»Wenn wir uns freiwillig zu Ködern machen, während die ganze Stadt ohnehin nach uns sucht, dann bringen wir uns höchstwahrscheinlich in eine Situation, die wir nicht mehr kontrollieren können. Die Bullen sind uns zahlenmäßig schätzungsweise im Verhältnis eins zu fünftausend überlegen. Sie haben Hubschrauber. Spezialeinheiten. Und da habe ich das FBI und den Heimatschutz und Hallecks Leute noch nicht einmal mit berücksichtigt. Es ist zu riskant. Das ist niemals zu schaffen.«

Raven blickte ihn durchdringend an und hielt Wallingers Autoschlüssel hoch.

Victor zog eine Augenbraue in die Höhe. »Das ist so verrückt, dass es tatsächlich funktionieren könnte.«

Kapitel 49

Sie entdeckten den Wagen von Wallinger und Guerrero auf der Ostseite des Häuserblocks. Es war ein unauffälliger Ford Crown Victoria, ein älteres Baujahr. Er stand in der Mündung einer kleinen Gasse, in Fußentfernung von der Wohnung und gleichzeitig versteckt vor den Blicken von Passanten. Raven drückte die Taste am Sender und entriegelte die Türen. Dann setzte sie sich ans Steuer.

In der Mittelkonsole befand sich ein Funkgerät.

Sie nahm die Sprechmuschel in die Hand und sagte: »Willst du, oder soll ich?«

Victor streckte die Hand aus. »Ich habe die beiden sprechen hören. Du nicht.«

Achselzuckend ließ sie sich gegen die Sitzlehne sinken.

Er räusperte sich und drückte die SENDEN-Taste. »Hier spricht Agent Wallinger. Ich möchte eine Meldung machen: Ein Zeuge glaubt, dass er den Verdächtigen aus dem Met gesehen hat.«

Er ließ die Taste los, und die Funkzentrale meldete sich mit den Worten: »Ich höre, Agent Wallinger.«

»Der Zeuge ist sich sicher, dass er vor fünf Minuten einen knapp eins neunzig großen Mann mit dunklen Haaren und Anzug im Joyce Kilmer Park beobachtet hat. Der Mann hat sich verdächtig benommen. Ob er in Begleitung einer Frau war, ließ sich nicht eindeutig ermitteln. Ich stecke hier im Verkehr fest. Ich komme nicht weiter.«

Die Funkerin erwiderte: »Ich gebe das weiter. Pass auf dich auf, Clarence.«

Victor erwiderte: »Ganz bestimmt«, und legte die Sprechmuschel zurück in die Schale.

Es war nicht weit bis zum Joyce Kilmer Park, der einen Häuserblock weiter nördlich und einen weiter östlich lag. Es war dunkel auf den Straßen. Trotzdem wollten sie nicht riskieren, mit Wallingers und Guerreros Wagen zu fahren. Mittlerweile war auch der letzte Rest Dämmerung der Nacht gewichen. Ein fahler Mond schien durch die Wolkenfetzen über ihren Köpfen. Und ohne die Lichtverschmutzung der Stadt waren auch die Sterne gut zu erkennen.

Trotz der verstopften Straßen und der völlig überlasteten Hilfsdienste würde es bestimmt nicht lange dauern, bis die Polizei im Park eintraf. Hallecks Leute würden wohl etwas länger brauchen. Sie waren zwar ein großes Team, aber wenn sie sich gleichmäßig über die ganze Stadt verteilt hatten, dann waren die meisten ziemlich weit entfernt. Wobei ... Victor ging nicht davon aus. Sie kannten die Lage der angeblich sicheren Wohnung, und auch ohne zu wissen, dass Victor und Raven sich hier verabredet hatten, wäre es eine kluge Maßnahme gewesen, die Wohnung überwachen zu lassen, nur für den Fall, dass er oder sie sich hier blicken ließen.

»Wir können hier nicht warten«, hatte Raven gedrängt. »Wenn die Bullen uns hier mit zwei toten Heimatschutz-Agenten finden, dann ist alles vorbei.«

Victor hatte zugestimmt. In der Enge der Wohnung wäre es schwierig geworden, Gefangene zu nehmen. Und wenn ihre Jäger wussten – oder zumindest glaubten –, dass Victor oder Raven im Haus waren, dann würden sie jeden verfügbaren Mann hineinschicken. Auf der Straße hingegen konnte man dafür sorgen, dass sie sich aufteilen mussten.

Der Joyce Kilmer Park war lang und schmal – drei Häuserblocks von Nord nach Süd und einen von Ost nach West – und wurde von Straßen umrahmt. Zahlreiche, meist von Bäumen gesäumte Fußwege zogen sich kreuz und quer über den Rasen. Das Mondlicht beschien die freien Flächen, und überall waren Menschen, die auf Bänken saßen oder spazieren gingen, tranken oder rauchten oder die Sterne betrachteten.

Raven sagte: »Hallecks Leute sind schon da.«

Victor wandte sich zu ihr um und legte ihr die Hände um die Hüften. Sie wirkten wie ein Paar, das sich unterhielt. Er wartete auf weitere Informationen.

»Einer ist alleine«, sagte sie. »Trägt eine dunkle Trainingsjacke. Kurze blonde Haare. Um die dreißig. Er steht neben einer Bank, zehn Meter entfernt. Auf sieben Uhr, von dir aus gesehen.«

Er sah nicht hin. Sie legte ihm die Hände auf die Schultern und machte einen Schritt nach links, damit Victor genau zwischen ihr und dem blonden Mann stand.

»Dann war er aber schnell.«

Sie nickte. »Der war bestimmt auf dem Weg in die Wohnung, als wir den Funkspruch abgesetzt haben. Wir haben ihn nur knapp verpasst.«

Er nickte ebenfalls. »Dann müssen wir wenigstens nicht so lange im Regen rumstehen.«

»Und ich dachte, du wärst Pessimist. Wie sollen wir vorgehen?«

»Das kommt darauf an, ob er uns erschießen will, sobald er uns gesehen hat.«

Sie meinte: »Welche Möglichkeiten haben wir?«

»Du lässt dich ein bisschen zurückfallen«, sagte Victor. »Ich sorge dafür, dass er mich sieht, und gehe aus dem Park. Dann wird er mir folgen, entweder weil er wissen will, wo ich hingehe, oder um mir eine Kugel zwischen die Schulterblätter zu jagen, sobald wir alleine sind. Zum Glück haben wir den Stromausfall. Auf den Straßen ist es so dunkel, dass du ihn verfolgen kannst. Und dann sorgst du bitte dafür, dass es nicht so weit kommt. Jedenfalls sind wir dann zwei gegen einen.«

Raven erwiderte: »Das wird nicht funktionieren.«

»Und wieso nicht?«

»Weil er nicht alleine ist. Da ist nämlich noch einer. Dunkle Hautfarbe, dunkler Bart, auf drei Uhr, von dir aus gesehen. Und er hat uns schon gesehen.«

Dieses Mal sah Victor hin, weil es nichts zu verlieren gab.

Raven hatte recht. Der dunkelhäutige Mann hatte sie gesehen und sprach mit seinem linken Handgelenk. Auch er trug eine Trainingsjacke.

Ich hab sie, las Victor von seinen Lippen ab.

Sie steuerten, ohne zu zögern, den nächstgelegenen Ausgang an, und Victor wusste, ohne hinzusehen, dass die beiden Männer ihnen folgen würden. Solange sie im Park waren, bestand keine Gefahr. Ganz egal, wie loyal sie Halleck gegenüber waren, vor so vielen Zeugen würden sie Victor und Raven auf gar keinen Fall niederschießen. Sie würden auf eine bessere Gelegenheit warten, vielleicht sogar auf Verstärkung. Und dadurch bot sich für Victor und Raven eine Gelegenheit, die beiden an einen Ort ihrer Wahl zu locken.

Sie verließen den Park durch einen der Ausgänge auf der Ostseite und überquerten die zahlreichen Fahrspuren des Grand Concourse. Dann gingen sie zwischen H-förmigen Mietshäusern hindurch. Hier hatte der Mond keine Chance, darum war es stockdunkel. Victor hörte die Schritte der Verfolger näher kommen.

Sie bogen um eine Ecke. Dort, wo der Pfad, der zwischen den Häusern hindurchführte, auf die Straße traf, stand ein Streifenwagen. Zwei Polizeibeamte des New York Police Department sprachen gerade mit besorgten Anwohnern, erklärten, versicherten und beantworteten Fragen, so gut sie konnten.

Victor verlangsamte seine Schritte und versuchte, eine Ausweichroute zu finden, doch Raven schüttelte den Kopf und ging direkt auf die Polizisten zu. Victor zögerte erst, bis ihm klar wurde, was sie vorhatte. Dann folgte er ihr.

Kurz danach tauchten auch die beiden Männer mit den Trainingsjacken hinter ihnen auf. Sie sahen ihn und Raven und triumphierten. Doch das Hochgefühl war nur von kurzer Dauer. Sie merkten, was Victor vorhatte, sahen die Polizisten und verlangsamten ihre Schritte, um möglichst unbeteiligt zu wirken. Ihre Hände schwebten nicht mehr in der Nähe der Pistolenholster, sondern wurden benutzt, um Reißverschlüsse zuzuziehen und die Waffen zu verstecken.

Victor und Raven stellten sich zu den Einheimischen und taten so, als würden sie interessiert den Ausführungen der Polizisten lauschen, während sie ihre Verfolger ununterbrochen im Blick behielten.

Jetzt gesellten sich die beiden auch zu der Gruppe. Aber sie wussten nicht so recht, wie sie sich verhalten sollten. Schießen würden sie jedenfalls hier nicht, direkt vor den Augen zweier Polizisten.

Wütend und hilflos starrten sie Victor und Raven an. Victor erwiderte ihre Blicke mit einem leisen, triumphierenden Lächeln. Er wusste, dass sie das noch wütender machen und unter Umständen zu einem Fehler verleiten würde.

Doch sie hatten ihre Nerven im Griff, zumindest für den Moment. Das waren keine Amateure. Jetzt fingen sie an, sich mit Blicken und Mimik zu verständigen. Der mit den kurzen blonden Haaren verlagerte seinen Standort auf die Flanke, sodass Victor und Raven in der Menge eingekesselt waren. Ein kluger, aber auch vorhersehbarer Schachzug. Victor hatte damit gerechnet.

Hatte darauf gehofft.

Er näherte sich dem anderen Mann, dem mit dem Bart und der dunklen Hautfarbe. Der reagierte leicht verwirrt, spannte die Muskeln, rechnete jeden Augenblick damit, dass Victor die Flucht antrat, aber nicht damit, dass …

… Victor ihm mit der Faust in den Solarplexus schlug.

Der Mann ging sofort in die Knie, griff sich an die Brust, versuchte, Luft in seine Lunge zu saugen, aber es war sinnlos. Sein Zwerchfell war gelähmt.

»Hallo, Hilfe!«, rief Raven den Polizisten zu. »Das stimmt was nicht. Der Mann da …«

»Platz machen, Platz machen«, rief einer der Polizisten und kam näher.

Er winkte seinen Partner zu sich, während der Mann mit dem Bart hilflos und verzweifelt um Atem rang.

»Ich glaube, er hat einen Herzinfarkt«, sagte Raven.

»Machen Sie doch bitte etwas Platz, ja?«, sagte der Polizist und scheuchte die Leute zurück. »Bedrängen Sie den Mann nicht so.«

Victor und Raven suchten das Weite, während ein Polizist den Reißverschluss der Trainingsjacke des Mannes aufzog, die schallgedämpfte Pistole im Schulterholster sah und sofort seine eigene Glock zog.

»Hände hoch, verfluchte Scheiße noch mal!«, brüllte der zweite Polizist und zog ebenfalls seine Dienstwaffe.

Der Mann mit dem Bart schnappte nach Luft und versuchte vergeblich zu protestieren. Er hatte nicht die Kraft, die Hände zu heben. Der zweite Mann ließ den Blick immer zwischen Victor und Raven und seinem Partner hin und her schnellen, dann entschloss er sich, Victor und Raven zu folgen.

Auch das war vorherzusehen gewesen. Auch darauf hatte Victor gehofft.

Kurz vor der nächsten Ecke rannte er los und bog ab, blieb aber stehen, kaum, dass er aus dem Blickfeld des Verfolgers verschwunden war.

Vier Sekunden später kam der blonde Mann um die Ecke geschossen.

Victor schlug ihm die Kante seines Unterarms ins Gesicht. Der Schlag erhielt durch das hohe Tempo des Mannes eine enorme Wucht.

Seine Beine liefen weiter, während sein Kopf an Ort und Stelle blieb. Er klappte zusammen und landete mit voller Wucht auf der rechten Schulter. Dann blieb er regungslos liegen, bei Bewusstsein, aber benommen. Blut triefte ihm aus der Nase und verschmierte den Bürgersteig.

Victor blickte sich um und sah ein passendes Haus. »Da«, sagte er und zerrte den Mann zum Eingang.

Raven hatte das Schloss innerhalb weniger Sekunden überlistet, dann hasteten sie hinein.

Kapitel 50

Sie landeten in einem dunklen Raum voller Kartons und Müllhaufen. Bleiches Mondlicht fiel durch eines der Fenster. Der blonde Mann stöhnte, als Victor ihn an den Füßen packte und durch die Tür schleifte, um ihn dann als unförmigen Haufen liegen zu lassen, während Raven den Raum durchsuchte.

Zeitgleich durchwühlte Victor die Taschen des Mannes mit der gebrochenen Nase, die bei jedem Atemzug ein hohes Pfeifen von sich gab. Er entdeckte ein Portemonnaie, Ersatzmunition, ein Funkgerät, ein Handy und die Ruger mit montiertem Schalldämpfer in einem Schulterholster aus schwarzem Leder. Victor nahm alles an sich und ließ es außerhalb der Reichweite des Mannes auf den Boden fallen.

Dann streckte er dem Mann das Portemonnaie entgegen. »Persönliche Dokumente? Riesenfehler. Sie gehören vermutlich zum B-Team, stimmt's, Mr Sean Pachulski?«

Die Augen des Mannes wurden langsam klarer, Stück für Stück kehrten seine Sinne zurück. Sein Blick huschte zwischen Victor und Raven hin und her. Er hatte eindeutig große Schmerzen, und er war ihr Gefangener, aber trotzdem verströmte er eine Wut und einen Widerstandsgeist, die weit über das normale Maß an Tapferkeit hinausgingen. Dieser Kerl war ein Kämpfer.

»Leck mich«, brüllte Pachulski.

Er war Anfang, Mitte vierzig, sah aber älter aus – eine Folge von zu viel Sonne, Alkohol und Tabak. Um seinen Hals und an seinem linken Ringfinger funkelte Gold. Seine kräftigen Arme waren mit Tätowierungen und Narben bedeckt. Er sprach mit einem Bronxakzent.

Victor legte den Finger an die Lippen. »Pschscht.«

Der Mann knurrte: »Ich bring dich um.«

»Aber natürlich.«

Er versuchte, sich aufzurappeln und seine Drohung wahr zu machen, konnte aber die rechte Schulter nicht bewegen. Sie war vermutlich ausgekugelt, oder aber die Rotatorenmanschette war gerissen. Daher konnte er nicht aufstehen. Je mehr er es versuchte, desto lauter wurden seine Schmerzensschreie.

»Sind Sie jetzt fertig?«, wollte Victor wissen.

Pachulski starrte ihn an. Seine Nasenflügel bebten vor hilfloser Wut.

Raven kam zurück: »Alles klar, die Luft ist rein. Wir sind die Einzigen hier.«

Victor nickte und blickte auf den am Boden liegenden Krieger. »Haben Sie das gehört?«

Der Mann sagte kein Wort.

»Ist Ihnen klar, was das für Sie bedeutet?«

»Ich werde dich verflucht noch mal umbringen«, zischte Pachulski.

Er drehte sich auf den Bauch und versuchte noch einmal, auf die Füße zu kommen. Aber so wild entschlossen er auch war, durch die Beeinträchtigung des einen Arms hatte er dazu weder die Kraft noch die nötige Koordination.

»Ich respektiere natürlich Ihren Willen«, sagte Victor, »aber nicht Ihren gestörten Realitätssinn. Sie haben doch schon versucht, mich umzubringen, als Sie noch zwei Hände, eine Pistole und einen Partner hatten, und haben es nicht geschafft. Und jetzt können Sie nicht einmal alleine aufstehen.«

»Du bist ein toter Mann.«

»Die praktische Erfahrung spricht eindeutig dagegen.«

Aus Wut wurde langsam Akzeptanz. Er stierte Victor an. »Halt's Maul und mach mich kalt, du Arschloch.«

»Alles zu seiner Zeit«, gab Victor zurück.

Raven signalisierte ihm, er solle sich beeilen.

Victor bedeutete ihr, dass er alles im Griff hatte. »Es sieht so aus, als würde Ihre Schulter Ihnen große Schmerzen bereiten«, sagte er dann.

»Ich hab mich schon mal an einer Papierkante geschnitten, und das hat mehr wehgetan als das«, fauchte Pachulski. »Du bist ein Weichei.«

»Ich brauche ein paar Antworten.«

»Leck mich.«

»Ich bin nicht nachtragend«, sagte Victor, »aber wenn Sie versuchen könnten, keine Kraftausdrücke zu benutzen? Dann bringen wir diese Angelegenheit sehr viel reibungsloser zu Ende, das verspreche ich Ihnen.«

Der Mann verzog das Gesicht zu einem hämischen Grinsen. »Du glaubst, dass ich rede, wenn ihr mich foltert? Leck mich! Leck mich! Leck mich! *LECK MICH!!*«

Das war kein vorgegaukeltes Selbstbewusstsein, das waren Trotz und Selbstsicherheit gepaart mit einer großen Wut. Eine sehr mächtige Kombination. Dieser Mann würde seinen Widerstand nur unter erheblichem Aufwand aufgeben. Jeder zusätzliche Schmerz würde nur seine Wut anfachen und seinem Trotz neue Nahrung geben. Es konnte Stunden dauern, bis sie damit weiterkamen. Victor überlegte kurz.

»Das glaube ich Ihnen, Mr Pachulski. Ich könnte Ihnen noch so sehr wehtun, ohne dass Sie mir sagen würden, was ich wissen will.«

»Da hast du verdammt recht, verfluchte Scheiße.«

»Allerdings kann Schmerz sowohl körperlicher als auch emotionaler Natur sein«, fuhr Victor fort. »Mal sehen, welche Emotionen hätten wir denn noch? Angst? Nein, das würde nichts nützen. Ich kann Ihnen keine Angst machen. Liebe? Was lieben Sie am allermeisten auf dieser Welt?«

Der Mann namens Pachulski zögerte. Er wusste nicht, was er

darauf antworten sollte. Er war verwirrt, verunsichert. War das eine Falle? Ein Versuch, ihn zu manipulieren?

»Ich habe gefragt: Was lieben Sie am allermeisten auf dieser Welt?«

Der Mann blieb nach wie vor stumm. Er kniff die Augen zusammen, war misstrauisch und wurde zusehends nervöser.

»Das ist keine Fangfrage«, versicherte ihm Victor.

Dann hielt er Pachulski das aufgeklappte Portemonnaie hin, sodass dieser den Inhalt sehen konnte. Vor allem das kleine Foto hinter der Plastikfolie.

Der Blick des Mannes wurde starr. Er schluckte.

»Ist es das, was Sie am allermeisten lieben?«, fragte Victor.

Pachulski gab keine Antwort und blinzelte auch nicht.

Victor fuhr fort: »Sie haben eine wunderschöne Familie, Sean. Ich darf Sie doch Sean nennen, oder?« Er wartete nicht auf eine Antwort. »Die beiden Mädchen sind ihrer Mutter ja wie aus dem Gesicht geschnitten.«

Wut und Schmerz verschwanden aus dem Gesicht des Mannes, wurden durch Angst ersetzt.

»Mittlerweile haben Sie ein paar Kilo zugenommen. Das Foto ist schon ein paar Jahre alt, nicht wahr? Das heißt, die Mädchen müssten jetzt … wie alt sein? Sieben und acht? So ungefähr zumindest. Die Kleine sieht aus wie ein Wildfang. Man kann es ihrem Grinsen ansehen, dass sie Sie ganz schön auf Trab hält.«

Der Mann versuchte vergeblich, die Tränen zurückzuhalten.

Victor holte eine Kreditkarte aus dem Portemonnaie, betrachtete sie kurz und streckte sie dem Mann entgegen, damit er sie sehen konnte. Dann machte er dasselbe noch einmal mit dem Führerschein. Tippte er auf die aufgedruckte Adresse.

»Genau das ist der Grund dafür, dass man niemals persönliche Dinge zur Arbeit mitbringen sollte. Und genau aus diesem Grund führe ich ein Leben ohne jede persönliche Bindung. Verraten Sie mir jetzt, was ich wissen will?«

Pachulskis Augen quollen über, die Tränen liefen ihm über die Schläfen in die Haare.

»Sie wohnen gar nicht weit von hier«, sagte Victor. »Ich war heute sogar schon einmal ganz in Ihrer Nähe. Ich schätze, ich könnte in ungefähr zwanzig Minuten da sein.« Er sah Raven an. »Was meinst du?«

»Die Straßen sind jetzt wahrscheinlich nicht mehr ganz so verstopft, also vielleicht sogar in fünfzehn.«

Pachulskis Augen waren jetzt genauso rot wie seine blutige Nase.

»In einer halben Stunde könnte ich Ihre beiden Töchter am Funkgerät haben«, fuhr Victor fort. »Die Daddy anflehen, dass er sie retten soll. Sind Sie tapfer genug, ihnen zu sagen, dass Sie das nicht können?«

Der Mann heulte auf.

»Sagen Sie mir alles, was ich wissen will, dann verzichte ich später auf einen Umweg.«

Endlich stieß Pachulski, von Schluchzen unterbrochen, hervor: »Woher weiß ich, dass du dich daran hältst?«

»Das Einzige, was Sie mit absoluter Sicherheit wissen können, ganz egal, ob Sie mir sagen, was ich wissen will, oder nicht, ist, dass ich Sie töten werde«, sagte Victor. »Daran können Sie nicht das Geringste ändern. Es ist nichts Persönliches, Sean, aber Sie arbeiten für Leute, die versucht haben, mich umzubringen. Und ich habe nicht so lange überlebt, weil ich gegenüber meinen Feinden gnädig gewesen bin.«

Raven warf ihm einen Blick zu.

»Das heißt also: Sie sind tot. Ganz sicher, wie gesagt. Aber wenn Sie mir nicht sagen, wer Sie geschickt hat, dann töte ich Sie erst nach diesem kleinen Umweg, über den wir gerade gesprochen haben.«

Pachulski blinzelte die Tränen weg, schluckte und sagte: »Ich sage alles. Alles.«

»Gut«, erwiderte Victor.

Raven schaltete sich ein: »Wo ist Halleck?«

»Das weiß ich nicht, ich schwöre!«

»Wo ist eure Truppe stationiert? Wo ist eure Operationsbasis?«

»In Brooklyn«, erwiderte Pachulski. »Floyd Bennett Field.«

»Was ist denn das?«, wollte Victor wissen.

»Ein stillgelegter Flughafen«, erläuterte Raven. »Ich weiß, wo er liegt.«

»Wie viele Leute sind da?«, machte Victor weiter.

»Wir waren mal vierundzwanzig«, sagte der Mann. »Wie viele jetzt noch übrig sind, weiß ich nicht. Tut mir leid, ich ...«

Raven fiel ihm ins Wort. »Wo ist die Bombe. Wo ist das C4?«

Er ließ den Mund sperrangelweit offen stehen. »Welche Bombe? Ich weiß überhaupt nichts von einer Bombe.«

»Warum hat Halleck die Operationsbasis auf einem Flugplatz eingerichtet?«

»Er erwartet eine Lieferung«, sagte Pachulski.

»Die Einzelheiten«, herrschte Raven ihn an.

Hastig, fast panisch, stieß er seine Antwort hervor: »Das ist alles, mehr weiß ich nicht, ich schwöre! Halleck wartet auf irgendeine Lieferung. Ich weiß aber nicht, was es ist. Ich bin bloß ein einfacher Fußsoldat, mehr nicht. Ich weiß sonst nichts. Sonst würde ich es euch sagen. Ich *schwöre*!«

»Ich glaube Ihnen«, sagte Victor. »Ganz ruhig.«

»Dann tust du meiner Familie also nichts?«

»Es gibt ja keinen Grund mehr, nicht wahr?«, sagte Victor und brach Pachulski das Genick.

Kapitel 51

Als sie das Haus verließen, war die Straße leer. Es nieselte sanft und gleichmäßig, dazu wehte ein kalter, böiger Wind. Der Mond schien durch die Wolken, die am Himmel entlangzogen. Die Stadt lag still und dunkel da – ein selten friedlicher Moment in einer ansonsten chaotischen Metropole.

Raven sagte: »Das Floyd Bennett Field liegt mindestens dreißig Kilometer entfernt, ganz am unteren Ende von Brooklyn. Das ist eine lange Strecke, wenn man von der Polizei gesucht wird.«

»Haben wir eine andere Wahl?«

Sie behielten ununterbrochen ihre Umgebung im Auge, rechneten ständig damit, der Polizei oder Hallecks Männern in die Arme zu laufen.

»Hättest du es gemacht?«, wollte Raven wissen.

»Was denn gemacht?«

Sie runzelte die Stirn. »Spiel doch nicht den Ahnungslosen. Du weißt genau, was ich meine. Das mit den Kindern, den beiden Mädchen. War das bloß eine Drohung, oder hättest du sie tatsächlich wahr gemacht, wenn er nicht geredet hätte?«

»Das werden wir wohl nie erfahren, nicht wahr?«, antwortete Victor.

Sie schwieg einen Augenblick lang, dann sagte sie: »Ich hätte das nicht zugelassen.«

Victor blieb stumm.

»Vielleicht willst du nur, dass ich glaube, dass du absolut keine Skrupel kennst«, setzte Raven erneut an. »Vielleicht willst du es mir deshalb nicht sagen.«

»Du kannst glauben, was du willst.«

Niemand beachtete sie, als sie sich durch eine Menschenmenge schlängelten, die sich vor einem kleinen Supermarkt staute, wo verderbliche Waren weit unter Preis abgegeben wurden. Victor kaufte ein geschnittenes Weißbrot und schlang im Gehen drei Scheiben hinunter, um seinem Körper ein paar Kohlenhydrate zuzuführen. Raven nahm sich auch eine Scheibe. Den Rest drückte Victor dem nächstbesten Passanten in die Hand.

Ihm war ein kleines bisschen schwindelig – eine Nachwirkung des Kampfs mit Guerrero. Keine Gehirnerschütterung, aber trotzdem hatten die harten Schläge an den Kopf Spuren hinterlassen. Vielleicht eine leichte Schwellung, schlimmstenfalls ein Blutgerinnsel. Im zweiten Fall brauchte er sich über seine Verfolger keine Gedanken mehr zu machen, weil er dann ohnehin bald sterben würde. Falls es nur das Erstere war, dann mündete das leichte Schwindelgefühl möglicherweise bald in Benommenheit, Übelkeit oder gar in eine Ohnmacht. Was in seiner Situation alles andere als hilfreich gewesen wäre. Er war auf einen Geist in absoluter Hochform angewiesen, der blitzschnell und präzise funktionierte.

Sie kamen an einem geschlossenen Geschäft vorbei. Im Eingang hatte sich ein Mann mit Pelzmütze zum Schutz vor dem Regen untergestellt. Er lachte leise, wie zu sich selbst. Worüber, würden sie nie erfahren.

Fast eine Stunde lang gingen sie nach Süden, gelangten wieder nach Manhattan, bis sie auf allen Seiten von Wolkenkratzern umgeben waren. Dunkel und gesichtslos durch das Fehlen jeglicher Beleuchtung, ragten sie in den nächtlichen Himmel. Das Mondlicht spiegelte sich in ihren Fenstern ebenso wie in den Windschutzscheiben verlassener Autos. Ampeln baumelten sinnlos an langen Masten. Ein Obdachloser lag neben einer Mülltonne unter einem ganzen Stapel Decken auf dem Bürgersteig, gefangen im Alkoholnebel. Er bekam von dem Stromausfall und dessen Auswirkungen auf die Stadt überhaupt nichts mit.

Irgendetwas stimmte nicht.

Victor hatte nichts Verdächtiges gehört oder gesehen, aber trotzdem spürte er es. Er registrierte eine Veränderung bei sich selbst, eine körperliche Reaktion auf eine drohende Gefahr. Sein Unterbewusstsein hatte irgendwelche Signale registriert und seine Hormondrüsen benachrichtigt, die nun anfingen, ihren Saft auszuschütten, um seinen Herzschlag zu beschleunigen und seine Wachsamkeit zu vergrößern.

Er kannte die Ursache noch nicht, aber der Organismus, in den sein Bewusstsein eingebettet war, wusste bereits genug, um die nötigen Vorbereitungen für einen Kampf oder die Flucht zu treffen.

Es war das intuitive Gefühl, dass irgendetwas nicht in Ordnung war, jenes unerklärliche ungute Gefühl, das auch vielen Menschen der Gegenwart vertraut war, das sie aber in der Regel ignorierten. Im Gegensatz zu Victor, dessen Leben oft genug davon abhing, genau diese Botschaften wahrzunehmen.

Er sah keine anderen Menschen. Er hörte keine Schritte.

Trotzdem reagierte er. Raven hatte es ebenfalls bemerkt, oder aber sie folgte einfach seiner Reaktion. Victor wusste nicht, woher die Bedrohung kam, aber einfach stehen zu bleiben und darauf zu warten, dass etwas passierte, war nicht sein Stil. Das wäre idiotisch gewesen. Er entschied selbst, wo die Schlacht geschlagen wurde. Er hatte nicht so lange überlebt, weil er immer nur reagiert hatte.

Nachdem sie noch etliche Meter weitergegangen waren, wurde es ihm klar. In einem Schaufenster vor ihnen tauchten jetzt stecknadelkopfgroße rote Lichter auf, die immer größer wurden.

Rücklichter waren rot, aber Rücklichter wären immer kleiner geworden, weil das dazugehörige Auto sich von ihnen entfernt hätte. Diese roten Lichter hingegen wurden immer größer und kamen näher. Und damit konnte es sich nur um eine ganz bestimmte Sorte roter Lichter handeln.

Es waren die Blinklichter eines sich nähernden Streifenwagens, der seine Beleuchtung ein-, aber die Sirene ausgeschaltet hatte, um möglichst unauffällig zu bleiben.

Sein Unterbewusstsein, das nie ruhte und ständig alle möglichen Informationen verarbeitete, hatte schon viele Sekunden vor dem Bewusstsein die roten Lichtpunkte registriert und sich deren Bedeutung erschlossen.

Im Augenblick liefen sie also direkt der Gefahr entgegen.

Raven hatte die Lichter ebenfalls gesehen. Sie drehten sich um und gingen mit schnellen Schritten wieder zurück. Dann huschten sie eine Treppe hinunter, die in eine enge, stinkende Gasse führte. Hier waren auch die Geräusche der Stadt lauter, intensiver, wie gefangen zwischen den hohen Mauern.

Der Streifenwagen kam näher, ohne dass Victor ihn sehen konnte. Aber von der höher gelegenen Straße her war das Grummeln des Auspuffs zu hören, das beständig lauter wurde. Victor warf einen Blick zurück und sah den Streifenwagen an der Einmündung der Gasse vorbeigleiten. Er war mit zwei Beamten besetzt. Der rote Schein der Blinklichter huschte über die Betonstufen, ließ Schatten entstehen, wo vorher nur Dunkelheit war.

Sie warteten ab, lehnten sich gegen die feuchte Wand, ließen sich vom Schatten verschlucken, bis das Auspuffbrummen sich im Murmeln des Nieselregens verloren hatte.

Vorerst waren sie den Jägern also entkommen, aber die Männer im Streifenwagen würden nicht so schnell aufgeben. Sie würden weiter durch die Gegend fahren und erst abbrechen, wenn sie sicher waren, dass es sich um falschen Alarm gehandelt hatte. Oder aber sie waren so fest davon überzeugt, dass Victor und Raven hier irgendwo sein mussten, dass sie sich gar nicht wieder zurückzogen. Womöglich sogar Verstärkung holten. Victor und Raven blieb nichts anderes übrig, als weiter in Bewegung zu bleiben.

Agieren, nicht reagieren.

Sie unterquerten eine Brücke. Der Regen prasselte auf den genieteten Stahl. Aus einem verkohlten Fass loderten gelb-orangefarbene Flammen empor. Es stank bestialisch. Um das Fass standen drei Obdachlose, in gleichmäßigen Abständen, als Eckpunkte eines gleichschenkligen Dreiecks, und wärmten sich die Hände. Ihre Gesichter waren ausdruckslos und ausgemergelt, nichts als harte Masken aus Haut. Leere Weinflaschen reflektierten die zuckenden Flammen. Glutstückchen schwebten zum Himmel.

Victor und Raven gingen wortlos an ihnen vorüber. Sie wussten, dass die Männer sie anstarrten, aber sie hielten den Blick geradeaus gerichtet. Victor sah es ihrer Körpersprache an, dass sie sie nicht belästigen würden. Sie waren lediglich neugierig, wunderten sich vermutlich, was diese beiden hier unten, wo man nicht mehr tiefer sinken konnte, zu suchen hatten. Aber sie waren keine Bedrohung. Diese Männer hatten andere, schwerwiegendere Probleme zu bewältigen: die kommende Nacht zu überleben, zum Beispiel.

Am Ende der Brücke wurden sie erneut vom Regen empfangen und nahmen eine Betontreppe, die sie wieder zur Straße brachte. Victor wollte auf keinen Fall zwischen dem Fluss und einer anrückenden Polizistenschar eingeklemmt werden. Die Unterkühlung hätte schon lange vor dem Erreichen des anderen Ufers eingesetzt, selbst wenn sie das Glück gehabt hätten, nicht unterwegs von einem Frachtkahn oder einer Fähre getroffen zu werden. Victor hatte keine Lust zu sterben, und schon gar nicht, in einem eiskalten Fluss zu ertrinken, als Leichnam ins Meer gespült und womöglich von den Haien gefressen zu werden.

Er ging weiter, überquerte auf einer stählernen Fußgängerbrücke eine Straße. Bei jedem Schritt spritzte das Wasser an seine Beine. Von unten drang das Dröhnen der Fahrzeuge unter der Brücke nach oben.

Hinter ihnen waren jaulende Sirenen zu hören, die stetig lauter wurden. Vielleicht der Streifenwagen von vorhin, vielleicht auch ein anderer. Victor drückte den Rücken durch und bemühte sich, so zu gehen, dass er nicht wie ein Flüchtender, sondern wie ein normaler Fußgänger aussah. Raven machte es ihm nach. Ein Pärchen, das keinen zweiten Blick lohnte.

Es war dunkel, es regnete, und darum funktionierte das Täuschungsmanöver. Der Streifenwagen raste vorbei, ohne seine Fahrt zu verlangsamen.

Es war nicht derselbe, den sie vorhin gesehen hatten. Vielleicht war er zu einem anderen Notfall unterwegs, der gar nichts mit ihnen zu tun hatte.

Sie warteten ab, bis er nicht mehr zu sehen war, und beschleunigten ihre Schritte wieder – zwei Menschen in Eile, gestresst und gehetzt, aber nicht auf der Flucht. Viel eher auf der Suche nach einem Unterstand. Keiner der anderen Passanten beachtete sie. Die Leute waren mehr mit dem Regen und den Folgen des Stromausfalls beschäftigt. Oder sie waren so sehr auf sich selbst fixiert, dass es ihnen egal war, wie schnell er und Raven gingen oder wie auffällig sie sich benahmen.

Schließlich kamen sie auf einen kleinen Platz. Der Regen wurde stärker, und Victor fröstelte, während er sich zwischen den anderen Menschen hindurchschlängelte. Ständig musste er Regenschirmen ausweichen, die es allem Anschein nach auf seine Augen abgesehen hatten. Immer noch versuchten die Menschen vergeblich, ihre Handys zu benutzen. Das fahle Licht der Displays fiel auf ihre Gesichter, die in der dunklen Umgebung seltsam körperlos wirkten.

»Wir haben Gesellschaft«, sagte Raven in diesem Moment.

Kapitel 52

Er brauchte ein paar Sekunden, bis er sie identifiziert hatte, aber dann war es klar. Zum einen, weil sie weder Schirm noch Handy in der Hand hielten, zum anderen wegen ihrer Kleidung, ihrer Körperhaltung und ihres Verhaltens. Sie suchten nach ihm und Raven, und zwar intensiv. Die dichte Polizeipräsenz hatte sie angelockt. Vielleicht hörten sie den Polizeifunk ab, vielleicht wurden sie auch nur von anderen Dienststellen auf dem Laufenden gehalten.

Das spielte aber vorerst keine Rolle. Wichtig war nur, ihnen aus dem Weg zu gehen.

Er hatte diese Männer bisher noch nie gesehen, aber das war nicht weiter verwunderlich. Schließlich konnte Halleck auf eine riesige Zahl an Mitarbeitern zurückgreifen. Die Typen sahen aus, als wären sie neu. Sie wirkten wie ein Expertenteam, das kurzfristig eingeflogen worden war, um eine schwierige Aufgabe unter schwierigen Umständen zu bewältigen.

Ein Kerl mit einer schwarzrandigen Brille kam direkt auf ihn zu. Dabei blickte er sich permanent nach allen Seiten um, hoch konzentriert und voller Anspannung. Das Schulterholster mit der schallgedämpften Ruger bildete eine dicke Beule in seinem Leinenjackett. Victor ließ sich auf ein Knie sinken und band sich die Schnürsenkel, bis der Mann vorbeigegangen war. Raven schlenderte ein paar Schritte weiter, damit es nicht so aussah, als gehörten sie zusammen.

Das Team bestand ausschließlich aus Männern, alle durchtrainiert und fit, alle in legerer Freizeitkleidung. Sie arbeiteten paarweise, in drei Zweierteams, die aus unterschiedlichen Richtungen auf sie zukamen.

Ganz egal, wohin Victor und Raven sich wandten, sie riskierten in jedem Fall ihre Entdeckung. Hallecks Männer hatten sich sehr geschickt verteilt und deckten den Platz so gut ab, dass es kaum eine Möglichkeit gab, ungesehen durch das Netz zu schlüpfen. Aber anzuhalten war keine Alternative, weil sie dann garantiert irgendwann entdeckt wurden. Sie hatten keine andere Wahl, als in Bewegung zu bleiben.

Victor passte den Zeitpunkt für die nächsten Schritte genau ab und näherte sich einem Bogengang an der Westflanke des Platzes. Dabei nutzte er ein niedliches, junges Pärchen mit zwei identischen Schirmen als Deckung. Er ging hinter einem der Zweierteams vorbei, dicht genug, um den einen sagen zu hören: »… Ich kann bloß hoffen, dass sie uns dafür das Doppelte bezahlen …«

Kurz vor Erreichen des Bogengangs musste er aus der Deckung des niedlichen Pärchens heraustreten und stellte erfreut fest, dass sie den sechs Männern unbemerkt entkommen würden. Doch da erwartete sie schon das nächste Problem. Auf einer Seite des Bogengangs, im Schutz eines Vordachs, stand ein untersetzter Polizist mit dickem Bauch und gepflegtem Schnurrbart. Er hatte gerade den Deckel von einem gewachsten Pappbecher genommen und pustete in seinen heißen Kaffee.

Bitte, nicht hochschauen, war alles, was Victor dachte, als er auf ihn zusteuerte.

Der Polizist interessierte sich nur für seinen dampfenden Kaffee. Seine feuchten Lippen waren gespitzt.

Als Victor und Raven keine zehn Meter mehr entfernt waren, hob er den Becher an die Lippen und nippte daran. Er verzog das Gesicht – der Kaffee war immer noch zu heiß – und hob den Blick.

Der genau auf Victor fiel.

Der Polizist blinzelte und schaute dann gelangweilt durch die Gegend, während er darauf wartete, dass sein Kaffee abkühlte. Victor und Raven gingen unbeirrt auf den Bogengang zu, waren jetzt nur noch fünf Meter von dem Polizisten entfernt.

Der sie erneut ansah, diesmal mit einer Falte zwischen den Augenbrauen, die Neugier signalisierte. Irgendwie kam Victor ihm bekannt vor, aber warum?

Nur noch zwei Meter, dann würden sie das Sichtfeld des Polizisten wieder verlassen. Es sah ganz danach aus, als würden sie unerkannt bleiben. Doch beim Betreten des Bogengangs warf Victor einen Blick in ein Schaufenster und sah darin das Spiegelbild des Polizisten. Er stellte gerade seinen Kaffeebecher auf dem Boden ab und setzte sich in Bewegung.

Der Polizist folgte ihnen in den Bogengang.

Er hatte noch nicht nach seinem Funkgerät gegriffen. Er hatte noch keine Meldung gemacht. Keine Verstärkung angefordert. Er war sich nicht sicher. Seine Neugier war noch nicht in Erkenntnis umgeschlagen. Der untersetzte Polizist wollte auf keinen Fall falschen Alarm schlagen. Er wollte erst mehr wissen, bevor er reagierte.

Und dazu musste er näher kommen.

Victor tat erneut so, als wolle er sich die Schnürsenkel binden. Raven ging weiter. Victor ließ seine Schnürsenkel in Ruhe und lauschte den näher kommenden Schritten, malte sich genau aus, wie der Mann nur noch vier, dann drei, dann zwei Meter hinter ihm war. Jetzt blieb er stehen.

»Entschuldigen Sie bitte, Sir …«

Wäre er dichter herangekommen, hätte Victor aufspringen, ihm die Faust in den Unterleib und den Handballen gegen das Kinn rammen, ihn einfach, schnell und sauber erledigen können, noch bevor irgendjemand etwas bemerkte. Doch der Polizist hielt den Sicherheitsabstand ein. Er war sich zwar unsicher in Bezug auf Victors Identität, aber er war auch kein Dummkopf.

»Entschuldigen Sie bitte, Sir«, wiederholte der Polizist jetzt. »Würden Sie sich bitte umdrehen und mir Ihren Ausweis zeigen?«

Victor drehte sich nicht um. Er wollte, dass der Polizist sein Gesicht erst zu sehen bekam, wenn er aufgestanden war. Bereit war zu handeln. Also erhob er sich, schön langsam, damit der andere nicht erschrak und sich zu irgendwelchen unüberlegten Handlungen verleiten ließ.

Dann drehte er sich um.

Der Polizist sah ihm in die Augen. Und erkannte ihn.

Seine Reaktion war eindeutig. Dadurch hatte Victor einen Sekundenbruchteil Vorsprung, während der Polizist nach der Pistole an seinem Gürtel griff.

Victor sprang auf ihn zu und traf ihn mit dem Ellbogen am Kinn.

Seine Zähne schlugen krachend aufeinander, sein Kopf klappte nach hinten, und er kippte rückwärts um. Noch bevor er wusste, was eigentlich los war, war er bereits bewusstlos.

Victor fing ihn auf, damit er nicht mit dem Hinterkopf auf den Boden knallte. Ein solcher Sturz hätte auch tödlich sein können.

Behutsam brachte er den Polizisten in die stabile Seitenlage, genau wie es jeder gute Samariter getan hätte. Anscheinend hatte niemand gesehen, was passiert war, aber das war nicht weiter verwunderlich. Stadtbewohner tendierten dazu, alle möglichen Verrenkungen zu machen, nur um potenziellem Ärger auszuweichen.

Als er sich wieder aufrichtete, hörte er einen Schrei. Ein Kind, näher am Erdboden und vom Leben in der Stadt noch nicht abgestumpft, sah den bewusstlosen Polizisten und das Blut, das aus seinem Mund tropfte. Es fing an, laut zu weinen.

Die Mutter hob den Blick, weil sie wissen wollte, was ihr Kind so erschreckt hatte. Sie hielt den Atem an.

Jetzt reagierten auch andere, drehten sich um und starrten den Polizisten und damit auch Victor an.

Er sagte kein Wort. Wozu auch? Er stand über einen bewusstlosen Polizeibeamten gebeugt da, und es gab nichts, was an dieser Tatsache irgendetwas ändern konnte. *Er ist gestürzt*, das brauchte er gar nicht erst zu versuchen. Es gab nichts, womit er das Offensichtliche weniger offensichtlich machen konnte.

Also ignorierte er die anklagenden Blicke und lief Raven hinterher. Ein Jugendlicher hielt sein Smartphone in Victors Richtung, um ein Foto zu machen oder ein Video aufzunehmen oder was Jugendliche sonst eben so machten. Victor riss ihm das Ding aus der Hand und schleuderte es gegen die nächste Wand. Es zerplatzte in tausend Teile.

»HEY, MANN. Was soll denn …«

Victor rannte los.

Er musste sich nicht umdrehen, um zu wissen, dass irgendeiner der Kerle auf dem nahe gelegenen Platz das Durcheinander bemerkt und die Verfolgung entweder schon aufgenommen hatte oder dies in Kürze tun würde.

Er folgte Raven, sprang über eine Brüstung am Ende des Bogengangs und landete auf der Straße. Sie schlängelten sich durch den zäh fließenden Verkehr auf die andere Straßenseite.

Victor hörte Motorengeheul, während vor ihnen zwei schwarze Audi-Limousinen um die Ecke jagten. Ihre hellen Xenon-Scheinwerfer erfassten ihn. Die beiden Autos kamen näher und hielten schlingernd am Straßenrand an. Die Reifen wehrten sich mit vernehmlichem Schmatzen gegen den Widerstand des nassen Asphalts. Türen wurden aufgerissen, noch bevor die Autos zum Stillstand gekommen waren. Noch mehr Männer in dunklen Anzügen stiegen aus, vier insgesamt. Zwei aus jedem Fahrzeug.

Victor und Raven änderten die Richtung, überquerten die Straße und rannten nach Osten.

Die Männer liefen ihnen hinterher und gaben dabei über ihre Handgelenkmikrofone Anweisungen und neueste Informationen an die Teams auf dem Platz durch. Zumindest hoffte Victor, dass es so war und dass nicht noch mehr Leute nur darauf warteten, ihnen den Weg abzuschneiden.

Die Straße hatte ein starkes Gefälle. Die Häuser waren ohnehin schwarz vor Schmutz und erschienen durch den Stromausfall noch düsterer. Am Straßenrand reihten sich dicht geparkte Autos wie eine Kette aneinander.

Victor beschleunigte noch einmal. Raven ebenso. Sie waren entdeckt worden und wurden verfolgt. Es gab keinen Grund mehr, unauffällig zu wirken. Er stürmte über die Straße. Die riesige Reklametafel über der Bank auf der anderen Straßenseite war nicht zu entziffern.

Die Männer rannten ebenfalls im vollen Tempo hinter ihnen her. Er hörte das Klackern ihrer Schuhsohlen auf dem Asphalt. Sie waren fit, schnell und wild entschlossen, Victor und Raven festzunehmen oder zu töten und dafür Lob und Ehre und eine Beförderung einzuheimsen. Aber er war mindestens genauso wild entschlossen, zu überleben und frei zu bleiben. Eine stärkere Motivation gab es nicht. Keine denkbare Belohnung konnte es damit aufnehmen. Und für Raven galt mit Sicherheit dasselbe. Darum wollte sie Hallecks Vorhaben ebenso unbedingt verhindern wie Victor.

Sie liefen an Leuchtreklamen vorbei, die stumpf und leblos dahingen. Aus den Fenstern einer Bar drang warmes, gelbliches Licht – im Inneren brannten Hunderte von Kerzen und hielten das Geschäft am Laufen. Die Tür stand weit offen, um ein wenig frische Luft in die Wärme zu lassen, die die vielen Flammen erzeugten.

Ihre Verfolger stießen Leute beiseite, die zu langsam oder zu sehr mit ihrem eigenen Dasein beschäftigt waren, um mitzubekommen, was um sie herum vorging. Einer Frau schlugen sie einen Kaffeebecher aus der Hand.

Victor sprang über einen Kinderwagen und schlitterte um eine Ecke. Raven wäre beinahe mit einem Mann zusammengeprallt, der seinen Rhodesian Ridgeback ausführte. Er schrie ihnen zahlreiche Schimpfwörter hinterher.

Als die Verfolger wenige Sekunden später ebenfalls an ihm vorbeigerannt kamen, bellte der Hund.

Victor war schnell. Sein keuchender Atem bildete dichte Wolken.

Er merkte, wie sein Vorsprung langsam größer wurde. Er besaß die Geschwindigkeit eines Sprinters, die Ausdauer eines Langstreckenläufers und dazu noch den konkurrenzlosen Willen zu überleben. Er konnte diesen Männern davonlaufen, nicht aber ihren Kugeln, sollten sie sich entschließen, ihn auf offener Straße niederzuschießen. Außerdem waren auch die beiden Audis noch irgendwo unterwegs, unsichtbar im Moment, aber nichtsdestotrotz dabei, ihn einzukreisen. Es war nur eine Frage der Zeit, bis sie zwischen den Audis und den Verfolgern in der Falle saßen.

In der nächsten Straße hatten sie so viel Vorsprung herausgeholt, dass Raven ein Taxi anhalten konnte. Sie gestikulierte wild mit den Händen – völlig sinnlos, aber genau das Richtige, um den Fahrer zu verwirren – und näherte sich mit weit aufgerissenem Mund dem Fahrerfenster, als müsse sie um die richtigen Worte ringen oder spräche die Sprache nicht.

Das Fenster fuhr herunter, damit der Fahrer sie besser hören konnte. Er war ein magerer Inder und trug ein Netzhemd, das seine dicht behaarten Arme und Schultern sehen ließ. Seine schiefen Zähne leuchteten weiß.

Immer noch gestikulierend riss Raven mit der anderen Hand die Tür auf. Der Fahrer war abgelenkt und konnte nicht schnell genug reagieren. Bis er begriffen hatte, was los war, hatte Raven ihn bereits auf die Straße gezerrt.

Sie ignorierte sein wildes Protestgeschrei, setzte sich ans Steuer und knallte die Tür zu. Victor sprang auf den Beifahrersitz.

Blinklichter machten ihnen klar, dass ein Streifenwagen direkt auf sie zuhielt.

Kapitel 53

Das blau-weiß lackierte Einsatzfahrzeug schlitterte mit quietschenden Reifen heran, blieb quer vor dem Taxi stehen und blockierte die Straße. Raven hatte keine Chance, daran vorbeizukommen.

Zwei Polizisten sprangen geschmeidig aus dem Wagen und zogen ihre Pistolen. In der Eile ließen sie die Türen offen stehen. Zweistimmig brüllten sie Victor und Raven widersprüchliche Kommandos entgegen: »Keine Bewegung!« »Hände hoch!« »Aussteigen!«, »Sitzen bleiben, verflucht noch mal!«, »Rührt euch nicht von der Stelle!«

Victor wartete ab und tat so, als sei er eingeschüchtert. Raven verhielt sich ähnlich passiv. Der Polizist, der auf der abgewandten Beifahrerseite des Streifenwagens ausgestiegen war, kam jetzt um die Motorhaube herum und trat neben seinen Partner.

Im Gleichschritt kamen sie näher.

Raven duckte sich, legte den Rückwärtsgang ein und trat das Gaspedal voll durch.

Die Vorderräder drehten durch. Eine Wolke aus verdampftem Gummi und Regenwassernebel stieg vor dem Taxi auf, sodass den beiden Polizisten für einen Moment die Sicht verdeckt war. Darum verfehlten die ersten Schüsse ihr Ziel. Einer traf das Taxischild auf dem Dach. Glas- und Plastiksplitter rieselten über die Motorhaube.

Als das Taxi ungefähr fünfundzwanzig Stundenkilometer schnell war, zog Raven die Handbremse und riss das Lenkrad herum. Regenwasser spritzte nach allen Seiten. Sie legte den Vorwärtsgang ein und beschleunigte. Das Taxi vollendete seine kreischende Hundertachtzig-Grad-Drehung und schoss vorwärts. Die Splitter rutschten von der Motorhaube auf die Straße.

Die Polizisten rannten zurück zu ihrem Streifenwagen.

Durch den vielen Regen war die Straße glitschig geworden. Das Wasser spritzte im hohen Bogen nach allen Seiten weg, während die Scheibenwischer nur mit Mühe für einigermaßen freie Sicht sorgen konnten. Sie schossen an den beiden Männern vorbei, die ihnen zu Fuß gefolgt waren. Die vier aus den beiden Audis standen machtlos auf dem Bürgersteig, riefen sich gegenseitig etwas zu und schrien in ihre Handgelenksmikrofone. Aber da die Polizei ganz in der Nähe war, ließen sie alle ihre Waffen stecken.

Jetzt tauchte ein weiterer Streifenwagen in Ravens und Victors Blickfeld auf. Er schlängelte sich in hohem Tempo durch den Verkehr auf der Gegenfahrbahn und kam ihnen entgegengerast.

Raven bog scharf nach rechts ab. Wenige Sekunden später setzte sich der entgegenkommende Streifenwagen hinter sie. Ein orangefarbenes Mazda-Coupé kam auf die vor ihnen liegende

Kreuzung gerollt. Sie wich geschickt und selbstsicher aus, streifte das Fahrzeug dabei jedoch am Heck, sodass die verchromte Stoßstange abgerissen wurde und quer über die Straße schlitterte.

Eine weiße, viertürige Limousine konnte der Stoßstange gerade noch ausweichen, prallte dann jedoch in das Heck des Mazda. Berstende Bremslichter jagten rot glitzernde Splitter durch die Luft. Quietschende Reifen ließen Rauchwolken aufsteigen. Die Kofferraumklappe sprang auf, verbeult und völlig verbogen. Eine Aluminium-Radkappe taumelte die Straße entlang.

Der Fahrer eines entgegenkommenden Lieferwagens konnte gerade noch ausweichen, während das Coupé sich um die eigene Achse drehte.

Raven trieb das Taxi in eine Seitenstraße, verfolgt von einem zweiten Streifenwagen. Noch ein Polizeifahrzeug schloss sich an. Die beiden Polizisten, die auf sie geschossen hatten, hatten sie mittlerweile vermutlich abgehängt, aber höchstwahrscheinlich hatten die schon jede Menge Kollegen alarmiert. Bei einer Gabelung lenkte Raven den Wagen scharf nach links. Reihenhäuser, Wohnblocks und Bäume sausten an ihnen vorbei.

Die entgegenkommenden Fahrzeuge bremsten und fuhren zur Seite, als sie die Blinklichter und die Sirenen der verfolgenden Streifenwagen bemerkten. Das Taxi wirbelte im Vorbeifahren braune Blätter auf.

Der Fahrer des ersten Streifenwagens wurde von Ravens Manöver überrascht und raste geradeaus weiter. Der Fahrer des zweiten hatte mehr Zeit zu reagieren, bremste und schlitterte mit qualmenden Reifen um die Kurve. Dadurch wurde der Abstand ein Stückchen größer.

Raven jagte über eine vierspurige Kreuzung. Lautes Kreischen warnte sie im letzten Moment, bevor ein Lieferwagen gegen die Beifahrerseite des Taxis prallte.

Der hintere Radkasten erhielt eine Delle, und das Taxi drehte sich um die eigene Achse. Das hintere Beifahrerfenster zerplatzte, und die Heckscheibe löste sich aus dem Rahmen, überschlug sich mehrere Male, landete auf dem Asphalt und zerbrach in winzige Teilchen.

Victor spannte alle Muskeln an, um nicht durch den Wagen geschleudert zu werden, während Raven die Kontrolle über das Fahrzeug wiedererlangte und weiterjagte. Der Fahrer des Lieferwagens starrte ihr durch sein heruntergekurbeltes Seitenfenster entgeistert hinterher.

Während dieser Schleudereinlage waren die Verfolger näher gekommen. Raven schlängelte sich viel zu schnell durch den zäh fließenden Verkehr. Hupen ertönten, und sie erntete zahlreiche Beschimpfungen. Der Zusammenprall mit dem Lieferwagen hatte dem Hinterrad einen Schlag versetzt, und Victor spürte sofort, dass der Wagen langsamer geworden war und sich deutlich schlechter kontrollieren ließ. Immer wieder kamen die Hinterräder auf der nassen Fahrbahn ins Rutschen, sodass Raven am Lenkrad deutlich mehr arbeiten musste und längst nicht mehr so kräftig Gas geben konnte wie zuvor, da der Wagen sonst jedes Mal ins Schleudern geriet.

Sie bremste und schaltete einen Gang herunter, da der Verkehr jetzt dichter wurde. Die Reifen protestierten gegen die ständigen, unvorhersehbaren Brems- und Beschleunigungsmanöver. Raven zog den Wagen auf die Gegenfahrbahn und zwang die entgegenkommenden Fahrzeuge dadurch, zu bremsen oder ganz anzuhalten.

Die beiden Streifenwagen waren ihr dicht auf den Fersen. Scheinwerfer und Bremslichter spiegelten sich im Spritzwassernebel, den das Taxi hinter sich herzog. Raven musste einem Lastwagen ausweichen. Im Rückspiegel sah sie, dass die Verfolger sich aufteilten. Einer blieb hinter Raven und passierte den Laster auf der rechten Seite, der andere auf der linken.

Doch der Fahrer des Streifenwagens, der die linke Seite gewählt hatte, hatte sich verschätzt. Die Lücke war schmaler, als er gedacht hatte, und so wurde der Wagen zwischen dem Lastwagen und einem parkenden Fahrzeug eingeklemmt. Er kam unerwartet und sehr abrupt zum Stillstand.

Blieb noch einer.

Raven riss das Steuer nach links, streifte ein parkendes Auto und verlor einen Außenspiegel. Durch den Aufprall schlingerte das Taxi mit rauchenden Reifen auf die Gegenfahrbahn. Ein Lincoln Town Car konnte gerade noch rechtzeitig bremsen, wurde jedoch von einem nachfolgenden SUV gerammt. Mit zerknautschtem Heck wurde der Lincoln in die Beifahrerseite des Taxis geschoben. Victor zuckte zusammen. Die vordere Stoßstange riss ab. Glassplitter sowie winzige Metall- und Plastikteilchen wirbelten im Lichtkegel der Scheinwerfer durch die Luft.

Das Taxi drehte sich im Kreis, während der Lincoln auf den Bürgersteig raste und einen Mülleimer rammte, der daraufhin im hohen Bogen durch die Luft flog. Fußgänger stoben in alle Richtungen davon, um nicht getroffen zu werden.

Raven kämpfte mit dem Steuer und gegen die Fliehkräfte. Die Reifen quietschten auf dem nassen Asphalt und hinterließen wilde Gummispuren, bevor sie den Wagen wieder so weit in der Gewalt hatte, dass sie den Zusammenprall mit einem Umzugslaster gerade noch verhindern konnte.

Der Streifenwagen war jetzt dicht hinter ihnen, keine halbe Wagenlänge mehr entfernt. Sirenen heulten. Victor drehte sich kurz um und sah, wie der Mann auf dem Beifahrersitz in sein Funkgerät brüllte.

Ein Motorradfahrer, der ebenfalls mit hohem Tempo durch den Verkehr preschte, bemerkte das Taxi zu spät und versuchte auszuweichen. Das Motorrad geriet ins Rutschen, kippte um und schlitterte Funken sprühend über die Straße, dicht gefolgt von dem Fahrer.

Von allen Seiten ertönten Hupen und Sirenen. Raven beschleunigte wieder und wich dem Motorradfahrer aus, der stöhnend neben dem verbeulten Town Car liegen geblieben war. Gläsernes Konfetti bedeckte die Straßenoberfläche, glitzerte und funkelte im Licht der vielen Scheinwerfer.

Der Mann am Steuer des verfolgenden Streifenwagens sah den Motorradfahrer erst im allerletzten Moment. Erneutes Quietschen und qualmende Reifen, aber bremsen allein konnte das Leben des Mannes auf der Straße nicht retten. Der Fahrer riss das Steuer herum und schlingerte tatsächlich wenige Zentimeter an dem Motorradfahrer vorbei, geriet auf den Bürgersteig und rammte einen Hydranten. Ein Wasserstrahl schoss gen Himmel.

Sekunden später war der Streifenwagen nur noch ein winziger Punkt im Rückspiegel des Taxis.

Ein Lastwagen überquerte die unmittelbar vor ihnen liegende Kreuzung. Raven stieg auf die Bremse und schlitterte in eine schmale Gasse. Diesem Manöver fiel auch der zweite, noch verbliebene Außenspiegel zum Opfer.

Zwischen den hohen Wänden der engen Gasse war das Dröhnen des Auspuffs bedrohlich laut zu hören. Metall streifte kreischend an der Mauer entlang. Funken blitzten durch die Nacht.

Am anderen Ende schossen sie wieder mitten in den fließenden Verkehr.

Zwei entgegenkommende Fahrzeuge mussten bremsen, als das Taxi plötzlich vor ihnen auftauchte, und stießen zusammen. Zerschrammtes Blech knirschte. Fußgänger, die die Straße überqueren wollten, brachten sich hastig vor dem viel zu schnellen Taxi in Sicherheit. Manche konnten sich mit einem Sprung auf den Bürgersteig gerade noch retten.

Die langsameren Fahrzeuge behinderten ihre Flucht. Falls sie jetzt irgendwo stecken blieben, dann bedeutete das ihren sicheren Tod oder die Gefangennahme, aber weit und breit war keine Abzweigung in Sicht. Sie hatten gar keine andere Wahl als weiterzufahren. Außerdem war das Taxi mittlerweile ein einziges Wrack. Es war am Ende seiner Kräfte angelangt.

Raven sagte: »Wir müssen das Fahrzeug wechseln.«

»Okay.«

Sie zog auf eine andere Fahrspur und verlangsamte die Fahrt, bis sie sich hinter einen silberfarbenen Chrysler setzen konnte. Es war ein stabiler Wagen mit einem starken Motor. Vielleicht wollte sie den Stau ja beiseiterammen. Als sie noch drei Meter entfernt waren, legte sie den Leerlauf ein.

Das Taxi prallte gegen die hintere Stoßstange des Chrysler, nicht so fest, dass ein ernsthafter Schaden entstanden wäre, aber fest genug, um eine kleine Delle zu verursachen.

Victor hörte den wütenden Aufschrei des Fahrers vor ihm, als dieser seine Tür aufmachte. Victor und Raven stiegen ebenfalls aus.

Der Fahrer war ein muskulöser Kerl, dem man das Hanteltraining und die Steroide deutlich ansah. Sein guter Anzug saß stramm und hatte Mühe, die aufgepumpten Muskeln zu bändigen.

»Was soll denn das, verfluchte Scheiße?«

Er wollte Raven, die etwas dichter bei ihm war, einen Schubs geben. Sie packte seine Finger und verdrehte ihm das Handgelenk.

Der Mann stieß einen unterdrückten Schrei aus, während sie ihn zu Boden zwang.

»Sitzen bleiben«, sagte sie und wandte sich an Victor. »Möchtest du vielleicht fahren?«

Der Mann folgte ihrer Anweisung und hielt sich das schmerzende Handgelenk. Victor setzte sich ans Steuer des Chrysler, und Raven sprang auf den Beifahrersitz. Victor legte den Rückwärtsgang ein und schob das Taxi, das immer noch im Leerlauf war, so weit zurück, dass er genügend Platz hatte, um auszuscheren. Dann schob er sich zwischen den gestauten Fahrzeugen auf der anderen Fahrspur hindurch.

Ein Stück weiter vorn waren zwei schwarze Audi-Limousinen zu erkennen.

Kapitel 54

Die Xenon-Scheinwerfer verrieten sie, noch bevor Victor die charakteristische Form der Karosserie und die vier Ringe auf dem Kühlergrill wahrgenommen hatte. Er legte den Gang ein und gab Gas. Der hubraumstarke Achtzylinder des Chrysler gehorchte und machte genau das, wofür er gebaut worden war. Der Unterschied im Vergleich zu dem Taxi war nicht in Worte zu fassen. Victor raste zwischen den beiden Audis hindurch, die bremsen und wenden mussten, um die Verfolgung aufnehmen zu können. Der eine war deutlich schneller als der andere und verlor nur wenige Sekunden auf Victor.

Er holte schnell auf. Der Motor des Audi war ähnlich stark wie der des Chrysler, aber der Wagen selbst war deutlich leichter. Daher war er schneller und wendiger und außerdem durch den Allradantrieb sehr viel handlicher.

Victor schoss unter einer Unterführung hindurch und bog am hinteren Ende mit schlingerndem Heck ab, ohne die Kontrolle über das Fahrzeug zu verlieren. Der schwarze Audi folgte ihm, genauso sicher, aber deutlich schneller.

Victor überholte einen langsamen Geländewagen rechts und zog dann nach links, um einem Taxi auszuweichen. Die schwarze Limousine klebte unverändert an seiner Stoßstange und ließ sich unmöglich abschütteln. Auf freier Strecke hätte der Chrysler mit dem leistungsstärkeren Motor eine Chance gehabt, aber in der Stadt besaß der wendigere Audi einen entscheidenden Vorteil.

»Achtung, Waffe«, sagte Raven warnend.

Victor sah, wie der Beifahrer seine Pistole entsicherte und schussbereit machte.

Sie rasten hügelabwärts, aus der dunklen Stadt hinaus, Richtung Meer. Victor musste bremsen, um einem Radfahrer auszuweichen, und dann war der Audi neben ihm.

Der Beifahrer, ein Mann mit kahl rasiertem Schädel und kleinen, tief liegenden Augen, zielte mit seiner Ruger und drückte ab.

Raven hatte sich bereits geduckt, und auch Victor drückte sich tief in seinen Sitz. Glassplitter regneten auf ihn herab. Noch mehr Kugeln schlugen Dellen in das Blech und kleine Löcher in die Scheiben.

Ein kräftiger Tritt auf die Bremse genügte, um den Audi vorbeirasen zu lassen. Victor zwang den Chrysler in die nächste Seitenstraße, fuhr die Mülleimer an der Ecke um und hätte beinahe noch einen Laternenpfahl mitgenommen, als er mit zwei Rädern auf den Bürgersteig geriet.

Einen Augenblick später war auch der schwarze Audi wieder da und kam, schneller und geschmeidiger als Victor, hinter ihm die Straße entlanggerast.

Der zweite Audi hatte, geführt von den beiden im ersten Wagen, einen anderen Weg genommen und setzte sich jetzt seitlich neben Victor, drängte ihn in die Straßenmitte, auf den Gegenverkehr zu. Victor gab sich nicht kampflos geschlagen und brachte den silberfarbenen Chrysler schließlich vor den Audi, der ihn daraufhin von hinten attackierte.

Schüsse knallten. Das eine Ende der hinteren Stoßstange riss ab und streifte auf der Fahrbahn entlang. Victor verlor für einen kurzen Moment die Gewalt über den Wagen, als dieser anfing, hin- und herzuschlingern. Raven hielt sich mit einer Hand am Armaturenbrett fest.

Noch ein Stoß gegen das Heck, dieses Mal auf der Fahrerseite.

Der Aufprall bewirkte, dass der Chrysler sich um die eigene Achse drehte. Victor bekam keine Luft mehr und wurde von der Zentrifugalkraft mit verzerrter Miene in den Sitz gepresst. Die Reifen quietschten und qualmten. Bruchstücke der Karosserie und der Stoßstange landeten auf dem Asphalt. Das Granulat einer zerplatzten Windschutzscheibe regnete auf den Wagen herab.

Der Chrysler blieb schließlich im rechten Winkel quer vor

dem Audi stehen, der den Chrysler dann brutal vor sich herschob – die beiden Fahrzeuge hatten sich zu einem beweglichen T aus Metall verkeilt.

Die nun folgenden Schüsse waren sehr viel präziser als zuvor, weil Victor und Raven ein praktisch unbewegliches Ziel bildeten. Eine Zweiundzwanziger-Kugel riss ein Stück aus dem Lenkrad. Eine zweite durchschlug den Fahrersitz. Victor nahm den Geruch von geschmolzenem, angekokeltem Schaumstoff wahr.

Er duckte sich und legte den Rückwärtsgang ein. Unter lautem Knirschen löste der Chrysler sich aus dem Knäuel. Metall scheuerte auf Metall, und der Audi streifte im Vorbeifahren die Spitze des Chrysler. Ein Bremslicht zerbarst.

Victor trat auf die Bremse, legte den Vorwärtsgang ein und hielt genau auf den Audi zu, der ebenfalls gebremst und gewendet hatte und ihm jetzt entgegenkam. Ein Lieferwagen wich der schwarzen Limousine aus und kippte dabei um, sodass eine Fahrspur blockiert war.

»Gleich tut es weh«, sagte Victor, und Raven nickte.

Der Fahrer des Audi erkannte zu spät, was Victor vorhatte. Victor und Raven drehten ihre Köpfe gleichzeitig um neunzig Grad zur Seite. Dann rammten sie den Audi frontal.

Der Fahrer-Airbag des Chrysler entfaltete sich blitzartig und schlug mit solcher Wucht gegen Victors Schläfe, dass er ihm, hätte er den Kopf nicht zur Seite gedreht, höchstwahrscheinlich die Nase gebrochen hätte. Die stabile, schwere Karosserie des Chrysler erfüllte den Auftrag ihrer Konstrukteure: Sie beschützte Victor und Raven und demolierte stattdessen die Front des Audi, schob ihn rückwärts und drehte ihn herum.

Victor legte den Rückwärtsgang ein und raste davon, solange die beiden Verfolger noch benommen waren. Dann zwang er den Chrysler in eine Hundertachtzig-Grad-Wende – der zweite Audi war in seinem Rückspiegel aufgetaucht.

Er nahm die nächstmögliche Abzweigung. Die hintere Stoßstange schleifte auf der Fahrbahn. Hupen dröhnten, und Reifen quietschten. Bremsstaub, Regenwasser und Rauch wirbelten durch die kalte Luft.

Heruntergekommene Geschäfte sausten an ihnen vorüber. Zivile Freiwillige, die zur Verkehrsregelung eingeteilt worden waren, flüchteten, als sie Victor, gefolgt von dem schwarzen Audi, auf sich zurasen sahen.

Ein Streifenwagen kam Victor und Raven entgegen. Er machte jedoch keine Anstalten, die Straße zu blockieren oder sich sonst irgendwie mit ihnen zu beschäftigen, sondern jagte einfach an ihnen vorbei. Vermutlich war er zu einem anderen Krisenherd unterwegs. Womöglich im Zusammenhang mit einem gestohlenen Taxi.

Der Chrysler fuhr weiter. Er war ziemlich verbeult und verbogen, aber immer noch fahrtüchtig. Victor lenkte den Wagen eine Rampe hinunter, die in einen Tunnel führte. Ohne die sonst übliche Beleuchtung waren die Scheinwerfer der anderen Autos die einzige Lichtquelle. Aufgrund der schlechten Sichtverhältnisse fuhren sie noch langsamer als gewöhnlich.

Damit waren sie auch leichter zu überholen, sowohl für Victor als auch für seine Verfolger. Die Hupsignale der anderen klangen hier unten lauter und durchdringender als oben. Der Audi kam näher und näher.

Sie verließen den Tunnel. Durch den Regen und die zerkratzte Windschutzscheibe war die Sicht sehr stark eingeschränkt. Victor packte das Lenkrad fest mit beiden Händen, starrte angestrengt nach draußen und trat das Gaspedal bis zum Anschlag durch. Fahrzeuge und Häuser sausten als verschwommene Schatten an ihnen vorbei. Er spannte die Muskeln an, um einigermaßen stabil zu bleiben, während der Chrysler auf der nassen Fahrbahn ins Rutschen kam. Die Reifen quietschten, und das aufgewirbelte Regenwasser hüllte den Wagen in einen dichten Nebelschleier.

Er blieb auf der nassen Straße, die immer tiefer in ein Industriegebiet führte.

Dann rammte ihn der Audi von hinten. Kugeln durchschlugen die Heckscheibe. Glassplitter fielen ins Wageninnere. Außerdem verlor der Chrysler beide Außenspiegel auf einmal, als Victor ihn zwischen einem Jeep und einem Bus hindurchquetschte. Orangefarbene Funken sprühten, als Metall sich kreischend an Metall rieb.

Hupen und Reifenquietschen dröhnten ihm in den Ohren. Er ließ den Chrysler um etliche enge Biegungen schlingern. Das Röhren des Auspuffs ließ den Fußgängern ausreichend Zeit, um sich in Sicherheit zu bringen.

Als er wieder leichte Erschütterungen wahrnahm, wusste er, dass er erneut beschossen wurde. Die meisten Einschläge wurden von der Karosserie abgefangen, aber eine Kugel drang bis in den Innenraum vor und riss ein Stück Plastik aus dem Armaturenbrett. Raven hob den Arm zum Schutz vor herumfliegenden Splittern. Eine zweite Kugel erledigte den Tachometer. Das Seitenfenster auf der Fahrerseite zerbarst.

Regentropfen drangen herein, fielen auf sein Gesicht, liefen ihm in die Augen. Er trocknete sich mit dem Ärmel ab.

Seit dem Treffer ins Armaturenbrett funktionierten auch die Scheibenwischer nicht mehr. Dadurch war die Sicht noch weiter eingeschränkt. Angestrengt versuchte er, einen Blick nach draußen zu bekommen. Früher oder später, das war klar, würde er ein Hindernis rammen.

Er riss den Wagen im rechten Winkel herum. Die Hinterräder kamen ins Rutschen und schlitterten über den Asphalt. Der Audi war immer noch hinter ihm, durchbrach den Schleier aus Qualm und Wassertropfen, durchfuhr die Kurve mit einem weiteren Radius als Victor, dafür aber kontrollierter. Er streifte mehrere parkende Autos und setzte die Verfolgungsjagd unbeirrt fort.

Victor riss das Steuer immer wieder von einer Seite auf die andere, um es dem Pistolenschützen auf dem Beifahrersitz des Audi so schwer wie möglich zu machen. Das schnellere, agilere

Fahrzeug überholte andere Autos, rasierte Stoßstangen und Kotflügel und verursachte eine Menge Unfälle und Zusammenstöße.

Victor sah Mündungsfeuer im Rückspiegel zucken und duckte sich, als die Kugeln Löcher in das Sicherheitsglas seiner Windschutzscheibe stanzten. Er nutzte sie, um nach draußen zu sehen. Das Beifahrerfenster wurde ebenfalls getroffen, und die Scherben fielen nach draußen auf die Straße.

Ein Stück weiter vorn ging die Straße in einen steilen Abhang über.

Raven sagte: »Gib Gas.«

Er blickte sie an.

»Und dann bremst du.«

Victor zögerte, bis ihm klar wurde, was sie gemeint hatte. Er gab Gas. Eine Sekunde vor dem Übergang in den Hang trat er mit voller Kraft auf die Bremse.

Der Chrysler flog über die Kante. Alle vier Räder hingen für einen Augenblick in der Luft. Der Wagen gewann noch kurz an Höhe und zog einen Kometenschweif aus glitzernden Glassplittern, Regentropfen und Gummiqualm hinter sich her. Dann gewann die Schwerkraft die Oberhand, ließ die Spitze des Wagens langsam nach vorn kippen und den Chrysler schließlich mit der vorderen Stoßstange zuerst auf dem Asphalt landen. Sie brach bei dem Aufprall in Stücke und fiel ganz ab, als die Reifen kurze Zeit später ebenfalls auf die Straße trafen. Die Stoßdämpfer sorgten dafür, dass die Nase sich wieder aufrichtete. Als auch die Hinterräder gelandet waren, ging ein heftiges Zittern durch den ganzen Wagen.

Victor hielt sich am Lenkrad fest, zum Teil, um das Auto unter Kontrolle zu behalten, zum Teil aber auch, um nicht quer durch die Fahrgastzelle geschleudert zu werden.

Das rechte Hinterrad löste sich von der Felge. Der Chrysler geriet auf der nassen Straße ins Schleudern, schlingerte unkontrollierbar hin und her, ließ Regenwasserfontänen aufspritzen, schwankte im Zickzack und auf zwei Rädern von der Straße auf den Bürgersteig und wieder zurück auf die Straße, kippte schließlich ganz um, landete auf dem Dach, rollte weiter, bis er wieder auf allen vieren stand, um schließlich ächzend und zitternd zum Stillstand zu kommen. Dann schaukelte er noch ein wenig hin und her, während unzählige Glassplitter auf die Fahrbahn regneten.

Jetzt kam der Audi der Verfolger herangeschossen. Der Wagen war schneller und leichter als der Chrysler, und im Gegensatz zu Victor hatte der Fahrer den Abhang nicht rechtzeitig gesehen und deshalb auch nicht gebremst. Der Audi flog deutlich höher und weiter. Darum fiel er auch mit mehr Schwung. Die Nase neigte sich um annähernd neunzig Grad nach unten, sodass der Wagen fast senkrecht auf die Straße prallte. Die Stoßstange wurde zermalmt, die Scheinwerfer zersprangen in tausend Teile. Motorhaube und Kotflügel wurden zusammengeschoben, und aus dem zerquetschten Motor schlugen bereits die ersten Flammen.

Der Wagen rutschte noch einen Sekundenbruchteil auf der Schnauze weiter, bis er dann, begleitet von metallischem Kreischen und lautem Klirren, auf das Dach kippte. So rutschte er weiter den steilen Hang hinunter, wobei er einen rot glühenden Funkenschweif hinter sich herzog.

Als der umgekippte Audi schließlich zum Stillstand gekommen war, hing eine Wolke aus Glassplittern, Staub und Trümmern in der Luft. Rauch und Dampf quollen aus dem Motor. Flammen zischten. Drei Räder drehten sich sinnlos in der Luft. Das vierte hatte sich gelöst, war weggeschleudert worden und hatte das Dach eines näher kommenden Minivans verbeult.

Die beiden Männer im Audi hingen kopfüber in ihren Sicherheitsgurten. Der kahl rasierte Schädel des Beifahrers war blutverschmiert. Sie bewegten sich kaum.

Victor biss auf die Zähne und kontrollierte, ob er verletzt war. Sein Nacken schmerzte, und dort, wo der Sicherheitsgurt sich in seine Schulter und seine Brust gegraben hatte, würden sich noch ein paar schöne blaue Flecken bilden, aber ansonsten war nichts Besorgniserregendes passiert.

»Alles gut?«, fragte er Raven.

Sie nickte und schnitt eine Grimasse. »So gut wie selten.«

Er drehte den Zündschlüssel. Der Anlasser gab lediglich ein schwaches Jaulen von sich. Nicht weiter verwunderlich. Victor gab auf, blieb aber im Chrysler sitzen, während er sich nach weiteren Widersachern umsah. Solange sie auf einem Fleck verharrten, waren sie besonders angreifbar, aber die schwere, stabile Karosserie, der mächtige Motorblock und sogar die dicken Sitze waren ein durchaus nennenswerter Schutz gegen die durchschlagsschwachen Zweiundzwanziger, die ihre Verfolger benutzten. Falls also noch mehr in der Nähe waren, dann wollte er lieber im Auto sitzend beschossen werden als draußen auf der ungedeckten Straße.

Als er sich, so gut es eben möglich war, versichert hatte, dass keine unmittelbare Bedrohung mehr bestand, zog er am Türgriff, doch die Tür ließ sich nicht öffnen. Sie saß fest. Der Rahmen hatte sich verzogen, und gegen den verbogenen Stahl kam er auch mit all seiner Kraft nicht an. Die Fenster waren zu klein, um auch nur einigermaßen zügig nach draußen zu klettern, darum schlug er mit der Hand die Reste der Windschutzscheibe aus dem Rahmen und zwängte sich durch die entstandene Öffnung. Raven folgte ihm.

Völlig entgeisterte Passanten standen am Straßenrand. Noch war niemand mutig genug, näher zu kommen. Manche zogen ihre Smartphones und fingen an, zu fotografieren oder zu filmen. Victor wandte den Kopf ab.

Ein wenig wackelig stand er auf den Beinen und entfernte sich rückwärts von dem völlig zerstörten Auto, den Blick immer auf die Straße gerichtet, für den Fall, dass doch noch weitere Verfolger auftauchten. Aber niemand kam. Schließlich drehte er sich um und eilte zu dem umgestürzten Audi.

Er riss die nächstgelegene Tür auf und ging in die Knie, um die Ruger an sich zu nehmen, die auf die Innenseite des Daches gefallen war. Er durchsuchte die Taschen der Männer, aber bis auf einen Funksender hatten sie nichts bei sich. Der Beifahrer stöhnte und röchelte. Sein eines Auge war voller Blut, aber das andere war offen und starrte Victor an.

Hilfe, formte er mit stummen Lippen. *Bitte.*

Nein, erwiderte Victor ebenfalls stumm.

Er steckte den Funksender in die Hosentasche und die Ruger unter das Hemd in den Hosenbund. Dann hastete er den Bürgersteig entlang, an einem riesigen Bürogebäude vorbei, während ein paar junge Männer sich vorsichtig den Unfallautos näherten. Vielleicht, um zu helfen, vielleicht auch nur, um einen besseren Blick auf die Opfer zu bekommen.

»Wir müssen los. Sofort«, sagte Raven.

An der nächsten Ecke warf Victor einen Blick zurück und sah, wie der Audi, den er vorhin gerammt hatte, an der Unfallstelle eintraf. Der Beifahrer sprang aus dem Wagen und warf einen schnellen Blick in den Chrysler. Als klar war, dass Victor nicht mehr darin saß, rannte er zurück zu dem Audi. Er schüttelte den Kopf. Der umgekippte Audi oder das Schicksal der beiden Männer darin schienen ihn nicht zu interessieren.

Victor beobachtete alles aufmerksam, bis der Audi in der Dunkelheit verschwunden war.

Kapitel 55

Sie verließen Manhattan mit der Staten Island Ferry. Die Fähren fuhren nach wie vor planmäßig und waren bis an die Belastungsgrenze ausgelastet, da die anderen öffentlichen Verkehrsmittel ausgefallen waren und viele Pendler aufgrund gesperrter Straßen oder Brücken ihre Autos nicht mehr benutzen konnten. Die Polizeipräsenz am South Street Terminal schien ungewöhnlich groß zu sein, aber die überarbeiteten Polizeibeamten hatten offensichtlich genug damit zu tun, die Menschenmassen unter Kontrolle zu behalten. Ihre Kapazitäten reichten nicht aus, um nach irgendwelchen Flüchtigen Ausschau zu halten.

Die East River Ferry hätte sie auf direktem Weg nach Brooklyn gebracht, aber *wenn* Hallecks Leute eine Route überwachten, dann garantiert diese.

Victor und Raven standen auf dem Oberdeck. Die vielen Passagiere machten es fast unmöglich, ins Innere vorzudringen. Raven stellte sich an Victors linke Seite. Zu seiner Rechten hielt eine gebrechlich wirkende Frau mit schneeweißen Haaren einen handtaschengroßen Hund im Arm. Ein Teetassen-Chihuahua, erklärte sie ihm, der auf den Namen Teddy höre.

»Auf der Fähre sind eigentlich keine Haustiere erlaubt«, sagte sie. »Deswegen nehme ich normalerweise die Q-Line nach Coney Island.«

Victor erkundigte sich aus reiner Höflichkeit: »Wie haben Sie Teddy dann an Bord bekommen?«

»Ich habe gesagt: ›Wenn ich ihn nicht mitnehmen darf, dann muss ich schwimmen.‹« Sie sah ihn mit verschmitztem Grinsen an. »Ich habe auf die Tränendrüse gedrückt.«

»Raffiniert.«

Sie nickte. »Als Frau muss man das gesamte Waffenarsenal nützen.«

Raven sagte: »Das sehe ich ganz genauso.«

Die Frau streichelte Teddy und wandte sich an Victor: »Wie lange sind Sie denn schon zusammen?«

Er zögerte, aber Raven sagte: »Noch gar nicht lange. Aber man könnte sagen, dass es so etwas wie eine stürmische Romanze ist.«

Die Frau erwiderte: »Das sind die besten, meine Liebe.« Und dann zu Victor: »Sie können sich glücklich schätzen. Ich hoffe, Sie sind nett zu ihr.«

Victor blieb stumm.

»Wenn ich Sie wäre«, sagte sie dann erneut zu Raven und zwinkerte ihr dabei zu, »dann würde ich zusehen, dass ich möglichst viel von ihm habe, bevor er dick wird. Weil sie irgendwann alle dick werden.«

Raven lachte und sagte: »Oh, genau das habe ich vor.«

Die Frau entschuldigte sich, um eine Toilette für Teddy zu suchen. Victor hätte sie fragen können, wie Teddy eigentlich eine Toilette benutzen sollte, die für Menschen gedacht war, oder woher sie wusste, dass er mal musste, aber er ließ es sein.

Kurz nach 21 Uhr landeten sie am St. George Terminal. Auf Staten Island war die Stromversorgung intakt, genau wie in Brooklyn, wie sie mit einem Blick über die Bucht feststellen konnten. Sie fuhren mit dem Bus in südlicher Richtung über die Brücke nach Coney Island. Um kurz vor zehn standen sie an der Seawall Avenue, den Blick über das Wasser nach Osten auf ihr rund zwei Kilometer entferntes Ziel gerichtet.

Auf der Landkarte war das Floyd Bennet Field kaum mehr als ein großer weißer Fleck. Das an der Südostküste von Brooklyn gelegene Areal war in den Zwanzigerjahren des vergangenen Jahrhunderts durch die Aufschüttung der Salzmarschen zwischen Brooklyn und der vorgelagerten Insel Barren Island entstanden. Es hat eine Größe von gut fünf Quadratkilometern. Im Osten liegt die Jamaica Bay, im Westen die Lower Bay. Im Süden, auf der anderen Seite eines schmalen Wasserstreifens, befindet sich mit der Queens Peninsula das letzte Stück Festland vor dem Atlantik. Das Floyd Bennett Field war 1931 als erster Stadtflughafen New Yorks eingeweiht worden, aber heutzutage gab es hier nur noch bei Flugschauen tatsächlich Flugzeuge zu sehen. Ansonsten stand das Gelände unter der Verwaltung des National Park Service und wurde als Campingplatz, für Motorsport- und andere Veranstaltungen genutzt.

Aber nicht mitten in der Nacht. Im Moment war dort garantiert kein Mensch … abgesehen von Hallecks Team.

»Wenn ich recht habe, dann führen insgesamt vier Brücken auf die Halbinsel«, sagte Raven. »Zwei im Norden, eine im Westen und eine im Süden.«

In der Ferne konnte Victor die Marine Parkway Bridge erkennen, die von der Queens Peninsula her über das Wasser führte.

»Halleck hat eine große Mannschaft dabei. Sie wird zwar nicht reichen, um die gesamte Insel zu überwachen, aber auf jeden Fall, um die Brücken im Auge zu behalten.«

»Ich hoffe, du willst damit nicht andeuten, dass wir schwimmen sollen«, sagte Raven.

»Ich habe meine Badehose nicht dabei.«

Sie deutete mit dem Kinn auf die Segelboote und Motorjachten, die an einem Anleger in der Nähe lagen. »Um diese Zeit ist niemand auf dem Wasser.«

Er nickte.

»Aber ich kann nicht segeln«, sagte sie.

»Ich auch nicht.«

»Außenborder machen ziemlich viel Lärm. Dann hören sie uns schon von Weitem kommen.«

Er erwiderte: »Was traust du deinen Schultern und Oberarmen zu?«

Sie drehte sich um und folgte seinem Blick zu einem Schlauchboot, das am Heck einer der größeren Jachten festgemacht war.

»Beim Bankdrücken komme ich auf das Doppelte meines Körpergewichts«, erwiderte sie. »Und du?«

Er gab keine Antwort. »Hast du eine Ahnung, was das für eine Lieferung sein könnte, die Halleck erwartet?«

Sie schüttelte den Kopf. »Da kann ich auch nur spekulieren. Aber ich gehe davon aus, dass es irgendwie mit diesem geplanten Anschlag zu tun hat.«

»Ob Halleck persönlich da ist, um die Lieferung in Empfang zu nehmen?«

Sie sah ihn durchdringend an. »Halleck bleibt so lange am Leben, bis ich weiß, was er geplant hat und wo die Bombe ist. Ist das klar?«

»Ich bin über deine Motivation vollkommen im Bilde, ja.«

»Das habe ich nicht gemeint. Vergiss nicht: Wenn diese Bombe hochgeht, dann bist du derjenige, der dafür die Schuld in die Schuhe geschoben bekommt. Es liegt also in deinem eigenen Interesse, das zu verhindern.«

Victor blieb stumm.

Sie sahen eine Minute lang zu, wie das Mondlicht auf den Wellen tanzte, und lauschten dem leisen Plätschern der Wellen.

»Und nun?«, wollte Raven wissen.

»Essen wir etwas.«

Viele Kneipen und Restaurants hatten noch geöffnet und waren gut besucht, aber sie entschieden sich für einen ruhigen Diner, in dem außer ihnen nur ein anderer Gast saß. Sie setzten sich in eine Nische an der hinteren Wand, von wo sie die Tür im Auge behalten konnten. Die Kellnerin, die ihre Bestellung entgegennahm, sah so erschöpft aus, als hätte sie eine Doppelschicht hinter sich, und machte keinen Hehl daraus, wie sehr es ihr missfiel, dass sie jetzt noch mehr Gäste zu bedienen hatte. Victor nahm sich vor, ihr ein schönes Trinkgeld dazulassen.

Er bestellte einen Kaffee und das Ganztagesfrühstück. Raven wollte nur einen Kaffee.

»Man sollte nie mit leerem Magen in die Schlacht ziehen«, sagte er, nachdem die Kellnerin gegangen war.

»Ganz wie du willst«, erwiderte sie. »Aber ich habe meinen eigenen Stil.«

In einer Ecke unter der Decke des Diner hing ein Fernseher. Der Ton war abgestellt, aber er brauchte die Lippen des Sprechers gar nicht zu sehen, um zu wissen, welches Thema dort gerade behandelt wurde.

»Sie behaupten, dass der Stromausfall durch einen Computerfehler verursacht worden ist«, sagte er.

»Das stimmt ja irgendwie auch«, entgegnete Raven achselzuckend.

»Und dass morgen früh alles wieder funktionieren soll. Keine Andeutung, dass das Ganze ein Sabotageakt war, von Terrorismus ganz zu schweigen.«

Sie nickte. »Selbst wenn sie die genaue Ursache kennen, würde es keinen Sinn ergeben, die Leute zu beunruhigen. Als gäbe es so etwas wie einen allgemeinen Konsens, dass man immer behaupten muss, dass alles in Ordnung ist, auch wenn das überhaupt nicht stimmt.«

Dann schwiegen sie, bis die Kellnerin die Kaffeekanne auf den Tisch gestellt hatte und wieder gegangen war.

»Wenn du Halleck wärst«, wandte Victor sich dann an Raven, »was würdest du tun? Würdest du deine Leute auf die Suche nach uns schicken oder würdest du sie zusammenziehen, um die Lieferung zu beschützen?«

Sie brauchte keine Bedenkzeit. »Die Lieferung beschützen. Als Jäger haben seine Leute schon zweimal versagt, und die Polizei sucht schließlich auch nach uns. Außerdem: Selbst wenn er nicht weiß, dass wir das mit dem Flugplatz herausgefunden haben, muss er mit dieser Möglichkeit rechnen. Ganz besonders, wenn er selbst vor Ort ist oder bald sein wird. Er ist ein Kämpfer und ganz bestimmt kein Feigling, aber dumm ist er auch nicht.«

Victor nickte. »Sehe ich auch so. Pachulski hat von insgesamt vierundzwanzig Leuten gesprochen. Der Kerl, mit dem ich heute Morgen geredet habe, meinte, es seien einundzwanzig.«

»Das ist typisch Halleck. Er hält seine Leute immer im Ungewissen. Beides kann stimmen, es können aber genauso gut auch mehr oder weniger Leute sein.«

»Gehen wir mal von vierundzwanzig aus. Alles andere wäre optimistisch oder reine Spekulation. Und beides liegt mir nicht.«

»Wir haben die beiden im Audi aus dem Verkehr gezogen, dazu Pachulski und seinen Partner. Dann wären es noch zwanzig.«

»Ich habe in der Tiefgarage drei verletzt und einen getötet.«

»Sehr schön«, meinte sie. »Damit sind wir schon bei sechzehn.«

»Fünfzehn«, verbesserte sie Victor. »Der Kerl aus der U-Bahn hat sich mit Sicherheit krankgemeldet.«

»Was hast du mit ihm angestellt?«

Er meinte: »Ich habe ihn davon überzeugt, dass er seine Zeit gewinnbringender verbringen kann, als mir durch die Stadt zu folgen.«

»Du hast ihn *überzeugt*?«

»Ich kann *sehr* überzeugend sein, wenn ich will.«

Raven meinte: »Dann ist er also immer noch am Leben?«

Victor nickte.

Raven schüttelte den Kopf. »Hallecks wichtigstes Kriterium bei der Auswahl seiner Leute ist Loyalität.«

»Gut«, meinte Victor. »Besonders loyale Gegner sind mir lieber als besonders fähige.«

Sie sah ihn stirnrunzelnd an. »Ich will damit sagen, dass der Mann, den du eingeschüchtert hast, es sich unter Umständen anders überlegt hat.«

»Nein«, entgegnete Victor. »Er ist jetzt auf dem Weg nach Hause und überlegt sich, was er mit dem Rest seines Lebens anfangen soll.«

»Sechzehn Mann«, sagte Raven, als hätte sie ihm überhaupt nicht zugehört.

Sie starrten einander an.

»Oder wäre es dir lieber, wir würden unseren Gegner unterschätzen?«

»Gutes Argument«, gab Victor zu. »Bleiben wir also bei sechzehn.«

Sie triumphierte nicht, sondern biss sich auf die Unterlippe. »Das sind verdammt viele. Sechzehn Mann. Zu viele. Bis jetzt haben wir es immer nur mit ein paar auf einmal zu tun bekommen. Aber beim nächsten Mal sind sie uns achtfach überlegen.«

»Ich bin mit den Grundlagen der Arithmetik einigermaßen vertraut, Constance.«

»Ehrlich gesagt weiß ich nicht, was mir mehr zuwider ist: Dein Sarkasmus oder dass du mich ständig mit diesem Namen ansprichst.«

Victor erwiderte: »Wenn das alles hier vorbei ist, dann verrate ich dir meinen eigenen Namen. Der hat mir auch nie gefallen. Dann kannst du dich rächen.«

»Ehrlich?« Sie starrte ihn aus ungläubig aufgerissenen Augen an.

»Nein«, sagte Victor. »Das war wieder Sarkasmus.«

Stöhnend verdrehte sie die Augen. »Du bist wie ein nervtötender großer Bruder, weißt du das?«

Er nickte. »Aber ein großer Bruder mit einem Plan, wie wir die Zahl unserer Gegner reduzieren können.«

Er legte Pachulskis Funkgerät auf den Tisch.

Kapitel 56

In der unmittelbaren Umgebung gab es mehrere Bekleidungsgeschäfte, die aber alle geschlossen hatten. Darum brachen sie in einen Laden ein, der auch Camping- und Anglerausrüstung führte. Raven machte sich auf den Weg in die Damenabteilung, während Victor mehrere Kleidungsstücke aus den Herrenregalen nahm. Sie waren allesamt in dunklen Farben und nicht aus Synthetikstoffen.

Sie trafen sich in einem Hinterzimmer. Als Raven anfing, sich auszuziehen, drehte Victor sich um. So dicht in seiner Nähe ließ er sie nur ungern aus den Augen, aber während sie sich umzog, war er wohl einigermaßen in Sicherheit. Niemand unternahm halb nackt einen tödlichen Angriff.

»Falls du auf meine Sittsamkeit Rücksicht nehmen willst, das brauchst du nicht«, sagte sie. »Ich habe keine.«

Er gab keine Antwort.

»Oder möchtest du mir womöglich zu verstehen geben, dass du dir selbst nicht über den Weg traust?«

»Beeil dich einfach.«

Er konnte ihr Gesicht nicht sehen, aber er konnte ihr Lächeln spüren. Dann fing er ebenfalls an, sich auszuziehen.

Dafür erntete er einen anerkennenden Pfiff. Als er mit Kopfschütteln und Seufzen reagierte, fing sie an zu lachen.

Er schlüpfte in seine neuen Kleider. Sie passten einigermaßen und waren durchaus brauchbar für das, was jetzt kommen würde. Ein Kampfanzug in Tarnfarben und mit vielen Taschen wäre ihm zwar lieber gewesen, aber letztendlich entschied er sich für eine dunkelblaue Baumwollhose, ein schwarzes T-Shirt und einen dunkelgrauen Wollpullover. Ein nachtblauer Anorak und schwarze Schnürstiefel machten das Ensemble komplett.

Raven sagte: »Also gut, du edler Ritter, jetzt darfst du dich umdrehen.«

Sie hatte eine ganz ähnliche Wahl getroffen – holzkohlegraue Hose und schwarze Trainingsjacke über einem blauen Rollkragenpullover.

»Wie sehe ich aus?«

Er antwortete nicht, warf stattdessen einen Blick auf die Uhr. Es war kurz vor 23 Uhr. »Bist du fertig?«, erkundigte er sich.

Sie nickte. »Kann losgehen.«

Victor drückte auf die Sprechtaste an Pachulskis Funkgerät und sagte: »Ich will mit Halleck sprechen.«

Er ließ die Taste los und wartete auf eine Reaktion. Gut möglich, dass er gar keine bekam. Raven stand neben ihm und beobachtete aufmerksam die Umgebung.

Nach einigen Sekunden kam die Antwort: »Passwort.«

Der Sprecher war ein junger Mann. Seine Stimme klang ungezwungen, ganz im Gegensatz zu seiner förmlichen Aufforderung. Victor stellte ihn sich als schlaksigen Weißen vor, Nichtraucher, kein Trinker, vielleicht frisch von der Militärakademie – ein Idealist und damit der ideale Rekrut für Hallecks Organisation.

»Ich kenne das Passwort nicht«, erwiderte Victor. »Ich gehöre nicht zu euch.«

Nach einer kurzen Stille entgegnete der junge Mann: »Wer spricht da?«

»Vergeuden wir nicht unnötig kostbare Zeit. Geben Sie mir Halleck. Er möchte mich sprechen.«

»Wer spricht da?«, wiederholte der Sprecher, allerdings etwas kräftiger und bestimmter als zuvor. »Sonst unterbreche ich die Verbindung auf der Stelle. Identifizieren Sie sich.«

»Hier spricht der Killer«, sagte Victor.

Keine Reaktion. Victor stellte sich vor, wie der junge Mann zunächst zögerte, dann einen Entschluss fasste und loslief oder gestikulierte oder Halleck zu sich rief, wie er jeden Einwand, jedes ungläubige Staunen mit seiner ungekünstelten Redlichkeit beiseitewischte und die anderen mit dringlichen Gesten überzeugte.

Es folgte ein Knistern, dann sagte Halleck: »Sind Sie der, für den ich Sie halte?«

»Ja«, erwiderte Victor. »Ihr allerbester Freund. Wie geht es Ihnen?«

Victor hörte Hallecks Atemzüge, dann fragte er: »Was wollen Sie?«

»Ich will Sie töten.«

»Sehr witzig«, entgegnete Halleck. »Aber ich habe keine Zeit für Späßchen.«

»Hört es sich tatsächlich so an, als würde ich Witze machen? Ich meine es absolut ernst. Sonst würde ich Ihre Zeit gar nicht in Anspruch nehmen. Ich weiß, dass Sie jede Menge zu tun haben. Und dass Sie keine Zeit für Späßchen haben. Der Strom fällt schließlich nur noch bis morgen früh aus, nicht wahr? Davor haben Sie noch eine Menge zu erledigen. Die Bombe platziert sich ja nicht von selbst an der richtigen Stelle, habe ich recht?«

»Raven hat Ihnen also alles erzählt. Aber das spielt keine Rolle. Sie sind mir vollkommen egal.«

»Es verletzt mich zutiefst, das zu hören, nachdem Sie sich solche Mühe gegeben haben, mich als den Bombenleger zu brandmarken.«

»Ach, so groß war die Mühe gar nicht. Das meiste haben Sie ja ganz von alleine erledigt.«

»Das kann ich nicht leugnen«, erwiderte Victor. »Auf der anderen Seite können Sie nicht leugnen, dass Sie einen Teil Ihres Teams bereits verloren haben.«

Halleck schnaubte. »Natürliche Selektion. Sie tun mir einen Gefallen, wenn Sie alle die aussortieren, die meinen Anforderungen nicht entsprechen. Sie stärken damit den Genpool. Also, danke dafür.«

Victor entgegnete: »Trotzdem bleibt es eine Tatsache, dass Ihr Team nur noch fünfundsiebzig Prozent seiner ursprünglichen Stärke hat. Damit haben Sie nicht gerechnet. Ihr Zeitplan ist in Gefahr. Es könnte sein, dass Sie nicht rechtzeitig fertig werden.«

»Worauf wollen Sie hinaus?«, entgegnete Halleck.

»Raven hat mir weniger verraten, als mir lieb gewesen wäre, das muss ich zugeben. Aber es ist immer noch genügend Zeit, um alles Mögliche aus ihr herauszuholen, falls es nötig sein sollte. Sie war ja nicht untätig. Sie weiß das mit dem Sprengstoff. Sie weiß, dass Beaumont Ihr Kontaktmann war. Und sie weiß sogar, was Sie am liebsten frühstücken.«

Raven warf ihm einen Blick zu und schüttelte den Kopf.

Victor erwiderte ihren Blick mit erhobenen Augenbrauen.

»Was wollen Sie mir damit sagen?«, wollte Halleck wissen.

»Was ich Ihnen sagen will, ist Folgendes: Ich habe Raven in meiner Gewalt. Ich schaue ihr in die Augen, genau in diesem Moment. Und außerdem sind wir alleine. Das bedeutet, ich habe genügend Zeit, sie davon zu *überzeugen*, dass es besser ist, wenn sie meine Fragen beantwortet.«

»Ich kann mir nicht vorstellen, dass Sie da allzu viel Überzeugungsarbeit leisten müssen, jetzt, wo Sie beide so wunderbar zusammengefunden haben. Lassen Sie doch das Versteckspiel sein, bitte.«

»Ich glaube, Sie irren sich. Ich arbeite alleine.«

»Ja, genau«, meinte Halleck. »Ich glaube Ihnen sowieso kein Wort.«

»Ich will Ihnen doch gar nichts unterjubeln. Weshalb sollte ich versuchen, einen toten Mann von irgendetwas zu überzeugen?«

Halleck schnaubte. »Sparen Sie sich das Machogequatsche. Sie können mir keine Angst machen.«

»Auch in diesem Punkt täuschen Sie sich«, erwiderte Victor. »Ich kann Ihnen Angst machen, weil Sie bereits Angst vor mir haben. Es sei denn, Sie wollen behaupten, dass die zwölf Mann, die Sie nach Dublin mitgebracht haben, nur dazu da waren, Ihnen Gesellschaft zu leisten. Aber wahrscheinlich sind Sie nicht der allein reisende Typ, stimmt's?«

Halleck gab keine Antwort.

»Ich will Sie töten«, wiederholte Victor. »Das ist weder ein Bluff noch eine Drohung, es ist schlicht und einfach eine Tatsache. Sie haben mir eine Falle gestellt. Sie haben versucht, mich umzubringen. Sie werden mir die Schuld für Ihre Bombe in die Schuhe schieben. Es liegt also in meinem ureigenen Interesse, Ihnen bei Ihrem letzten Atemzug zuzusehen. Andererseits bin ich ein umgänglicher Mensch, und darum biete ich Ihnen ein Geschäft an. Ich will raus aus diesem ganzen Schlamassel. Ich will, dass die Polizei mich genauso in Ruhe lässt wie die Bundesbehörden, und zwar für immer. Ich will das Land verlassen und nie wieder zurückkommen. Als Gegenleistung lasse ich Sie am Leben und bringe nur Raven um.«

Sie konnte nicht verhindern, dass eine kurze Unsicherheit über ihr Gesicht huschte. Er tat so, als hätte er es nicht bemerkt.

Halleck blieb stumm.

»Lassen Sie sich ruhig Zeit«, sagte Victor.

»Warum machen Sie das?«, wollte Halleck wissen.

»Weil ich Raven nicht brauche. Und Sie sind derjenige, der sie unbedingt tot sehen will. Sie wollte, dass ich ihr helfe, Sie aufzuhalten. Ich habe kurz darüber nachgedacht, aber ich nehme es nicht persönlich, wenn mir jemand nach dem Leben trachtet. Mir ist klar, dass es dabei immer nur ums Geschäft geht, und ich bin kein Menschlichkeitsfanatiker. Es ist mir egal, ob mitten in Manhattan eine Bombe hochgeht. Es ist mir jedoch überhaupt nicht egal, ob ich einen Flughafen betreten kann, ohne gleich von den Sicherheitsleuten zu Boden geworfen zu werden.«

»Sie haben Raven also in Ihrer Gewalt?«, fragte Halleck.

»Genau das habe ich doch gerade gesagt.«

»Dann will ich sie für mich haben. Und zwar lebendig.«

»Keine Chance. Sie können doch mit Sicherheit nachvollziehen, dass das Risiko, sie lebendig zu Ihnen zu bringen, viel zu groß wäre.«

»Okay«, meinte Halleck. »Lassen Sie mich wenigstens mit ihr reden.«

»Das wird schwierig werden«, gab Victor zurück. »Sie ist im Moment ziemlich eingeschnürt.«

»Dann trödeln Sie nicht länger herum und schnüren Sie sie wieder auf. Ich will ihre Stimme hören. Ich muss wissen, ob das stimmt, was Sie behaupten. Sonst gibt es nämlich kein Geschäft. Oder soll ich etwa nur Ihrem Wort vertrauen? Das wäre absolut lächerlich.«

»Also gut«, meinte Victor. »Einen Moment, bitte.«

»Ich warte.«

Victor ließ die Sprechtaste los, damit Halleck ihn nicht hören konnte, und streckte Raven das Funkgerät entgegen. »Sei überzeugend.«

Sie sah ihn an wie einen Vollidioten … und als hätte sie ihren Spaß daran. Sie nahm ihm das Funkgerät aus der Hand, räusperte sich und drückte die Taste.

»DU ARSCHLOCH«, brüllte sie. »Ich bringe euch alle beide um, ihr verfluchten Schweine, habt ihr das kapiert? Ihr seid tot. Alle beide seid ihr …«

Sie rieb das Funkmikrofon an ihrem Pullover, damit es sich wie ein Kampf anhörte, während sie Schreie in unterschiedlichen Tonhöhen ausstieß und dabei ihren Kopf hin und her warf. Sie ließ die Sprechtaste los und überreichte Victor das Funkgerät.

»Wie war ich?«, fragte sie lässig.

»Du hast den Beruf verfehlt«, erwiderte Victor, und sie verneigte sich geschmeichelt, während er bereits wieder auf die Taste drückte: »Und, glauben Sie mir jetzt?«

»Ich schätze, schon«, sagte Halleck.

»Heißt das, wir kommen ins Geschäft?«

»Ich will ihre Leiche sehen. Ich will mit eigenen Augen sehen, dass sie tot ist. Das ist meine Bedingung. Sobald ich absolut sicher sein kann, dass sie tot ist, verständige ich den Heimatschutz, das FBI und das New York Police Department. Man wird Sie von der Liste der gesuchten Terroristen streichen. Dann müssen Sie nicht länger flüchten.«

»Genau das wollte ich hören. In fünfundvierzig Minuten, auf dem FDR Drive. Sie finden Ravens Leiche im Kofferraum eines silberfarbenen Impala unter der Williamsburg Bridge.«

»Keine Chance«, sagte Halleck. »Womöglich ist der Wagen mit einer Bombe gespickt. Oder Sie hocken irgendwo mit einem Gewehr.«

»In der Tat. Oder noch besser: Ich habe eine Bombe in den Wagen eingebaut und mich gleichzeitig mit einem Präzisionsgewehr auf die Lauer gelegt. Aber was würde mir das bringen? Ich könnte Sie umbringen, aber damit löse ich kein einziges meiner Probleme.«

»Vergessen Sie das ja nicht, Sie Arschloch.«

»Darum liegt es in meinem eigenen Interesse, Sie nicht umzubringen«, sagte Victor.

»Ganz genau«, meinte Halleck. »Sie sind sehr viel mehr auf mich angewiesen als ich auf Sie. Deswegen sollten Sie nicht versuchen, mich irgendwie zu verarschen.«

Victor entgegnete: »Das ist zwar eine ziemlich eigenartige Drohung angesichts der kniffeligen Lage, in der ich mich momentan befinde, aber ich glaube Ihnen trotzdem. Und Sie täten gut daran, mir zu glauben, wenn ich sage, dass Sie, wenn Sie auch nur das Geringste versuchen sollten, Ihre restlichen Tage auf dieser schönen Erde an einer Hand abzählen können.«

»Das klingt ja wirklich so, als gäbe es für uns beide genügend Anreiz, offen und ehrlich miteinander umzugehen.«

»Nicht wahr?«

Er nahm den Finger von der Sprechtaste, aber Halleck ließ nichts mehr von sich hören.

»Hat er dir geglaubt?«, erkundigte sich Raven, während sie ihm ein Filetiermesser reichte.

Victor überlegte kurz. »Ich glaube schon. Du hast deine Sache sehr gut gemacht, wirklich überzeugend. Er wird glauben, dass ich dich tatsächlich in meiner Gewalt habe. Aber natürlich kommt er nicht selbst. Er wird ein paar Männer schicken, um den Wagen zu überprüfen. Diese Möglichkeit kann er sich auf keinen Fall entgehen lassen. Entweder weil er hofft, mich doch noch zu erwischen, oder um sich zu vergewissern, dass du wirklich tot bist.«

»Aber wie viele?«

Victor überlegte noch einmal. »Auch wenn ich zu ihm gerade etwas anderes gesagt habe, er hat immer noch jede Menge Personal. Er hat genügend Leute mit nach New York gebracht, um die Bombe zu zünden, mich zu beschatten und nach dir zu suchen. Ein paar hat er verloren, okay. Aber es sind immer noch genügend übrig. Ich schätze, er schickt fünf bis zehn Mann. Damit haben wir es am Flughafen mit sechs bis elf Gegnern zu tun, während die anderen sich am FDR Drive auf die Lauer legen und auf einen silbernen Impala warten.«

»Das ist eine ziemlich große Spanne.«

»Ich kann ja nur schätzen. Vermutlich schickt er nur eine kleine Einheit los. Schließlich braucht es nicht mehr als ein Paar Augen, um eine Leiche zu sehen. Und da es sich auch um eine Falle handeln könnte, wird er nicht riskieren wollen, dass zu viele seiner Leute in die Luft gejagt oder erschossen werden.«

»Heißt das, du gehst jetzt von fünf aus?«

»Das heißt nur, dass ich fünf für wahrscheinlicher halte. Wenn Halleck uns wirklich geglaubt hat, dann schickt er womöglich auch ein komplettes Team los, um sicherzugehen, dass sie mich auf jeden Fall erwischen. Aber da bin ich mir nicht sicher. Er hat mich schließlich schon einmal hinters Licht geführt. Es können also fünf oder zehn oder auch irgendwas dazwischen sein, aber letztendlich spielt das sowieso keine Rolle. In jedem Fall reduzieren wir dadurch die Zahl unserer Gegner.«

Sie nickte. »Dann lass uns davon ausgehen, dass wir es am Flugplatz mit elf Mann zu tun haben. Ich gehe eigentlich immer vom schlimmsten Fall aus.«

»Ich auch.«

Raven lächelte. »Pessimisten aller Länder, vereinigt euch.«

Kapitel 57

Die Bucht war genauso schwarz wie der Himmel über ihr. Mondlicht brach sich schimmernd in den kleinen Wellen. Das sanfte Rauschen der Brandung wurde lauter. Victor und Raven paddelten noch ein paar Meter weiter, bis das Schlauchboot unter hörbarem Scharren auf einen schmalen Sandstrand lief. Sie ließen die Paddel im Boot und sprangen an Land, wichen, so gut es ging, den kleinen Wellen aus und versanken mit den Füßen im nassen Sand. Grasbewachsene Dünen säumten das Ufer. Wellen schwappten auf den Sand und gegen die Felsen. Das Dünengras schwankte und raschelte im Wind und wirkte in der Dunkelheit eher braun als gelbgrün. In der Ferne hob sich die lichtlose Skyline Manhattans als düstere Silhouette vor dem nächtlichen Himmel ab. Klein und bröselig wie schartige Zähne schienen die dunklen Wolkenkratzer aus dem Horizont emporzuwachsen.

Ein bleicher Halbmond schien am nächtlichen Himmel und beleuchtete die Wolkenfetzen, die ein kühler Wind in gemächlichem Tempo von Ost nach West trieb. Vor Victors Mund bildeten sich dichte Wolken. Er atmete durch die Nasenlöcher aus, um den Dampf nach unten zu leiten und möglichst unsichtbar zu sein. Sein Kinn war gesenkt, damit die Augen im Schatten der Augenbrauen lagen. So verringerte er das Risiko, dass das Mondlicht sich darin spiegelte.

Außerdem hatte er sich, genau wie Raven, den Umständen entsprechend gekleidet. Ihre Hände steckten in schwarzen Handschuhen, und auf ihren Köpfen saß je eine zusammengerollte Skimaske. Sobald der Zeitpunkt gekommen war, würden sie sie blitzschnell über das Gesicht ziehen. Victor hatte Guerreros SIG eingesteckt und Raven die Ruger, die er dem Beifahrer aus dem Unfall-Audi abgenommen hatte. In der linken Tasche seines Anoraks steckten zwei Reservemagazine, die beide jeweils in eine Sportsocke eingewickelt waren. So machten sie möglichst wenig Lärm. Außerdem ließen die Socken sich im Notfall auch als Aderpresse verwenden. Er hatte zwar nicht vor, verletzt zu werden, aber das hatte auch für jede andere Verletzung gegolten, die er sich während seiner langen Laufbahn als Auftragskiller zugezogen hatte. In seiner Militärzeit war er kein einziges Mal verletzt gewesen. Seine Kameraden hatten ihn deshalb als eine Art Talisman betrachtet, aber dieses Glück hatte ihn an dem Tag verlassen, als er seine Seele verkauft hatte. Er redete sich ein, dass er mittlerweile nicht mehr an das Glück glaubte.

Einen kurzen Augenblick lang gestattete er sich, an ihre Gesichter zu denken – lebendig und lächelnd, nicht vom Tod entstellt wie bei seinem letzten Blick zurück.

Sie ließen das Schlauchboot auf dem Strand liegen. Es war ein kalkuliertes Risiko. Victor hätte es am liebsten irgendwo versteckt, aber dann hätten sie eine verräterische Schleifspur im Sand hinterlassen. Und würden außerdem, wie Raven anmerkte, im Fall eines eiligen Rückzugs wertvolle Zeit verlieren, weil sie das Boot erst wieder zum Wasser schleifen mussten – eine Verzögerung, die tödlich sein konnte, weil sie dann langsame, leicht zu treffende Ziele waren. So blieb ihnen keine andere Wahl. Sie mussten das Schlauchboot gut sichtbar am Strand lassen. Wenn Halleck wirklich fünf bis zehn Mann losgeschickt hatte, um nachzusehen, ob Raven tot im Kofferraum eines Impala lag, dann waren bei Weitem nicht mehr genügend Leute übrig, um den gesamten Flugplatz zu kontrollieren.

Victor ging ohnehin davon aus, dass so weit draußen überhaupt nicht patrouilliert wurde. Trotzdem bewegten er und Raven sich nur vorsichtig vorwärts. Einerseits hatten sie zwar keine Zeit zu verlieren, aber das nutzte ja nichts, wenn sie irgendwo einem versteckten Wachposten in die Arme liefen. Die Minuten, die sie jetzt liegen ließen, retteten ihnen später womöglich das Leben.

Ganz in der Nähe klapperte ein Zaun im Wind. Seeschwalben beschwerten sich mit lautem Kreischen, als sie ihr Nest passierten.

Zwischen dem Strand und dem Flugfeld lag ein bewaldeter Streifen. Die Bäume waren nicht besonders hoch und standen auch nicht sehr dicht, aber die Blätter sorgten für genügend Schatten, sodass das Unterholz ganz im Dunkeln lag. Sie gingen stetig weiter, von Baum zu Baum, die Waffen schussbereit. In regelmäßigen Abständen blieben sie stehen, sahen sich um und lauschten. Von Hallecks Männern war nichts zu hören und zu sehen. Sie behielten aber ihr langsames Tempo bei. Je näher sie Hallecks improvisierter Einsatzzentrale kamen, desto größer war das Risiko, einem ihrer Gegner in die Arme zu laufen.

Dann erreichten Victor und Raven den Rand des Wäldchens.

Blassbraun, voller Schlaglöcher und Risse, so lag die Start- und Landebahn vor ihnen. Das gelbliche Gras reichte Victor bis an die Schienbeine. Büsche und Sträucher waren neben dem Asphalt aus dem Boden geschossen.

In der Ferne hoben sich die alten Hangars vor dem schwarzen Himmel ab. Dahinter lag das alte Terminalgebäude. Hinter etlichen Fenstern brannte Licht.

»Da müssen sie sein«, flüsterte Raven.

»Dann gehen wir da hin«, erwiderte Victor.

Kapitel 58

Er wollte weitergehen, aber Raven hob die geballte Faust, signalisierte ihm, stehen zu bleiben, weil …

Ganz in der Nähe ein leises Klicken zu hören war.

Für den Bruchteil einer Sekunde schossen Bilder von einem gespannten Hahn und einem Pistolenlauf, der in seine Richtung zeigte, durch Victors Kopf. Dann hörte er, wie raues Metall über einen Feuerstein schabte, und anschließend das Zischen einer Flamme.

Raven duckte sich tiefer in das Unterholz, genau wie Victor. Er drehte sich um. Der Ausgangspunkt des Geräuschs war zwischen den raschelnden Blättern und den Flugzeugen, die über ihre Köpfe flogen, nur schwer auszumachen.

Er folgte mit dem Blick ihrem ausgestreckten Zeigefinger. Als Erstes sah er den schwebenden, orangerot glühenden Punkt. Erst danach erkannte er auch den Umriss eines Mannes. Er stand im Schatten und war fast nicht zu erkennen, bis er den Arm bewegte und die Zigarette aus dem Mund nahm. Rauchwolken schwebten durch das silberfarbene Mondlicht.

Victor blieb regungslos hocken, beobachtete und schätzte ab. Überlegte.

Er hätte den Mann problemlos ausschalten können. Zwei Schüsse aus Guerreros SIG wären auf diese Entfernung mehr als ausreichend gewesen, aber die Waffe besaß keinen Schalldämpfer. Hallecks Leute im Flughafengebäude würden die Schüsse hören, trotz der tief fliegenden Flugzeuge, die über sie hinwegschwebten. Raven sah ihm an, was er dachte, und deutete auf ihre schallgedämpfte Ruger. Eine leisere Schusswaffe war gar nicht denkbar. Er schüttelte trotzdem den Kopf. Sie hatte keine Reservemunition dabei, und vielleicht waren noch mehr Wachposten hier draußen unterwegs, die das leise Bellen der Ruger hören konnten. Kein Mensch konnte wissen, wie viele es waren oder wo genau sie sich befanden.

Er sah, wie sie die Ruger einsteckte und das Filetiermesser zog.

Sie schlug einen kreisförmigen Bogen, bis sie vier Meter hinter dem Wächter stand, der ungerührt weiter seine Zigarette rauchte.

Victor sah, wie sie näher kam, behutsam einen Schritt vor den anderen setzte, die Füße flach über den Boden schob, anstatt aufzutreten, um möglichst keine Zweige zu zerbrechen.

Als sie noch zwei Meter entfernt war, blieb sie stehen. Jetzt konnte sie den Wachposten besser sehen. Er war ein winziges Stückchen kleiner als sie. Sie würde ihm eine Hand vor den Mund schlagen und seinen Kopf in den Nacken reißen, um ihm mit der anderen Hand die Kehle aufzuschlitzen.

Noch ein Meter. Erneut blieb sie stehen, weil der Mann sagte: »Hier Posten vier. Alles ruhig. Nächste Meldung um null-einsneunundvierzig. Ende.«

Victor sah auf seine Armbanduhr. Es war genau 01.39 Uhr. Wenn der Wachposten sich in zehn Minuten nicht meldete, wurde Alarm ausgelöst. Zehn Minuten waren zu wenig. Aber er hatte kein Passwort benutzt.

Vier vorsichtige Schritte, dann stand Raven direkt hinter dem Wachposten. Die Klinge blitzte auf, und Blut strömte über die

Kleider des Mannes. Sein gurgelnder Schrei wurde von ihrer Hand erstickt. Es dauerte keine zehn Sekunden, dann hatte er das Bewusstsein verloren.

Raven ließ ihn behutsam zu Boden gleiten. Als sie seine Taschen durchsucht und sein Funkgerät an sich genommen hatte, war er bereits tot. Victor trat zu ihr.

»Hier!« Raven warf ihm die Waffe des Mannes zu.

Victor fing sie auf. Es war eine UMP-Maschinenpistole.

»Munition«, sagte Raven und ließ noch drei Ersatzmagazine folgen.

Sie gingen weiter. Bei der Vorstellung, dass sie über das offene Gelände zwischen dem Wäldchen und den alten Flughafengebäuden laufen mussten, befiel Victor ein ungutes Gefühl. Dort waren sie leichte Beute für jeden einigermaßen ausgebildeten Scharfschützen. Auf einer Strecke von fast fünfhundert Metern gab es keinerlei Deckung. Aber sie hatten keine andere Wahl.

Er ging schneller. Kaum hatten sie den Schatten der Bäume verlassen, spendete der Mond wieder genügend Licht. Dadurch waren sie zwar leichter zu erkennen, konnten dafür aber auch selbst besser sehen.

Er versuchte, die Gedanken an einen Distanzschützen zu verscheuchen, der auf dem Dach eines Hangars lag und durch das Infrarot-Zielfernrohr eines Hochleistungsgewehrs blickte.

Kein Schuss fiel, also gab es auch keinen Schützen.

Sie überquerten die Start- und Landebahn, geduckt, um möglichst wenig aufzufallen.

Rund um die Hangars und den Terminal lagen Betonplatten, an deren Rändern bereits das Unkraut knabberte. Eine rostige Stahlklappe lag über dem Eingang zu einem unterirdischen Tunnel, der den Terminal mit dem Flugfeld verband, sodass die Passagiere nicht die Ladezone durchqueren mussten und auch vor dem Luftzug der Propeller geschützt waren. Die Klappe war fest verschlossen, aber wenn die Luke am anderen Ende nicht ohnehin mit Flüssigbeton versiegelt worden wäre, wäre das hier ein idealer Zugang zum Gebäude gewesen.

Victor hielt die SIG eng an die Hüfte gedrückt, um schneller laufen zu können. Im Moment brauchte er sie nicht. Die Gegner waren nicht zu sehen und weit weg. Falls er hier draußen gezwungen war, das Feuer zu eröffnen, bevor sie die Sicherheit der Hangars erreicht hatten, war das ohnehin der sichere Tod. Hier gab es keine Deckung, und sie hätten dann zahlreiche Feinde gegen sich gehabt.

Im Augenblick mussten sie vor allem schnell sein. Dann waren sie zwar als dunkle Schemen erkennbar, aber wenn sie am Boden entlangkrochen, um möglichst unsichtbar zu sein, blieben sie umso länger verwundbar. Sie mussten darauf vertrauen, dass sie fehlende Tarnung und Deckung durch Geschwindigkeit wettmachen konnten.

Mittlerweile waren sie schon so lange in der Dunkelheit, dass ihre Augen sich optimal an die Lichtverhältnisse angepasst hatten. Die Männer in den Flughafengebäuden, die den ganzen Abend in beleuchteten Räumen zugebracht hatten, würden im Vergleich dazu sehr viel schlechter sehen. Aber nur draußen im Freien. Sobald Victor und Raven selbst ins Licht traten, waren sie die Blinden.

Das alte Hauptquartier der Marineflieger besaß zwei Stockwerke über Grund und ein Souterrain. In der Mitte der Nordfassade ragte ein sechseckiger Turm als zusätzliches Stockwerk in die Höhe. Dort waren die Flugsicherung und die Flughafenkontrolle untergebracht gewesen.

Sie näherten sich von Süden her und gelangten von dort auf die Nordseite des Gebäudes. Gegenüber befand sich ein Flugzeughangar.

Und zwischen den beiden Gebäuden stand ein Sattelschlepper.

Kapitel 59

Der Sattelzug bestand aus einer mächtigen Zugmaschine älteren Baujahrs mit weiß lackiertem Führerhaus und einem lang gezogenen Tieflader mit vier Achsen. Auf dem Tieflader stand ein einzelner Frachtcontainer. Er war blau lackiert, aber im Lauf der Jahre schon ziemlich ausgebleicht und hatte außerdem etliche Beulen abbekommen. Victor hatte noch nie zwei Tonnen Plastiksprengstoff auf einem Haufen gesehen, aber er brauchte nicht erst in den Container zu schauen, um zu wissen, was er enthielt. Die enorme Zerstörungskraft konnte er sich nur ansatzweise vorstellen.

Ein Geräusch machte ihn auf eine näher kommende Gestalt aufmerksam. Die langsamen, schlurfenden Schritte deuteten auf einen Mann hin, der entweder gelangweilt oder müde war. Jedenfalls nicht aufmerksam. Verwundbar.

Victor nahm die UMP in die linke Hand und hielt sie am Lauf ungefähr auf Hüfthöhe fest, während er mit der rechten Hand das Filettiermesser zog. Er drückte sich mit dem Rücken an die Hauswand und platzierte die rechte Schulter direkt hinter der Ecke. Das Messer schwebte, mit der Spitze nach unten, dicht vor seiner linken Schulter, weil er den rechten Arm quer über die Brust gelegt hatte.

Er machte die Augen zu, um sich voll und ganz auf die näher kommenden Schritte zu konzentrieren. Sie wurden lauter und lauter, bis sie schließlich so dicht vor ihm waren, dass …

… Victor den Arm mit einer blitzschnellen Hundertachtzig-Grad-Bewegung nach draußen schießen lassen konnte.

Ein Keuchen.

Er spürte sofort, dass er den Mann zwischen den Rippen in die Brust getroffen hatte.

Er ließ das Messer los, während der Angegriffene keuchend

um Atem rang, wirbelte herum und schwang ihm den Gewehrkolben ins Gesicht, sodass er von den Beinen gerissen wurde.

Bewusstlos ging er zu Boden. Er würde nie wieder zu sich kommen.

Victor entsicherte die UMP und suchte die Umgebung nach anderen ab. Niemand in Sicht. Niemand in Hörweite.

»Alles in Ordnung«, sagte Raven.

Er ging in die Knie, die MP immer noch schussbereit in der rechten Hand, während er mit der linken versuchte, das Messer herauszuziehen. Das war nicht ganz einfach, weil es bis zum Schaft in der Brust des Opfers steckte. Victor wischte die Klinge an der Jacke des Mannes ab. Während er sich ununterbrochen nach weiteren Feinden umsah, tastete er den Wachposten ab, fühlte Portemonnaie, Autoschlüssel und Handy und ließ alles unangetastet. Er interessierte sich nur für Dinge, die ihm bei seiner Mission nützlich sein konnten. Er war hier, um zu töten, sonst nichts.

Also steckte er die Pistole des Mannes in seinen Hosenbund. Waffen konnte man nie zu viele haben.

Raven betrachtete derweil den Sattelschlepper.

»Worauf wartest du noch?«, flüsterte Victor ihr zu. »Kurzschließen und los.«

»Die haben noch andere, schnellere Fahrzeuge. Damit komme ich niemals vom Flugplatz runter.«

»Dann solltest du mir vielleicht behilflich sein, oder?«

Ihre Augen wurden zu schmalen Schlitzen. Er glitt dicht an der Wand entlang, hielt sich immer im Schatten. Aus einem offenen Fenster im ersten Stock drang fröhliches Gelächter nach draußen. Sie waren entspannt und unvorbereitet. Er markierte sich das entsprechende Zimmer auf dem Grundriss vor seinem geistigen Auge und ging weiter. Wenn es ihm gelang, sie dort oben im Zimmer zu überrumpeln, dann konnte er die Hälfte seiner Gegner innerhalb weniger Sekunden auf einen Schlag ausschalten.

Jetzt standen sie vor einer geschlossenen Tür. An den Rändern drang Licht nach draußen.

Victor bedeutete Raven, stehen zu bleiben, und schlich vorsichtig näher. Hinter der Tür waren Geräusche zu hören. Es hörte sich an, als würde jemand kochen – Dampf zischte, und Töpfe klapperten.

Die Tür schwang nach links auf, darum stellte Victor sich auf die linke Seite des Türrahmens und klopfte dreimal behutsam an.

Das reichte, um die Neugier des Mannes im Zimmer zu wecken. Er kam an die Tür und machte sie so weit auf, dass die äußere Klinke Victors Bauch berührte.

Victor sah den Schatten des Mannes auf dem Fußboden und sah auch, wie er verwirrt den Kopf in alle Richtungen drehte.

Dann veränderte der Schatten seine Form, und die Tür wurde wieder zugezogen.

Victor machte einen großen Schritt, packte den Mann an dem ausgestreckten Arm, mit dem er gerade die Tür wieder zumachen wollte, und riss ihn nach hinten.

Der Mann stolperte, stieß gegen die Tür, die dadurch wieder aufschwang, und stürzte außerhalb des Zimmers zu Boden.

Victor war mit einem Satz über ihm, solange der Gegner noch starr vor Schreck am Boden lag. Er stemmte die Knie auf die Oberarme des Mannes und presste ihm den Gewehrkolben der UMP gegen die Kehle. Dann drückte er zu, mit aller Kraft, die er aufbringen konnte. Der Mann keuchte und hustete und erstickte unter ihm.

Drei Mann zu erledigen, ohne entdeckt zu werden, das war Victors Minimalziel gewesen … immer unter der Voraussetzung, dass sie es mit insgesamt sechs Gegnern zu tun hatten. Jetzt waren also noch mindestens drei von Hallecks Männern am Leben – vorausgesetzt, Halleck hatte seine zehn restlichen Unterstützer zum FDR Drive geschickt. Es konnten aber auch bis zu acht mehr sein, falls Halleck deutlich unter Ravens und Victors Erwartungen geblieben war. Oder noch mehr, wenn er auf ihren Trick gar nicht hereingefallen war.

Falls Halleck ihre List tatsächlich durchschaut hatte und alle dreizehn Mann hier vor Ort waren, dann stand ihnen ein ziemliches Blutbad bevor.

Sie betraten die Küche. Das Gebäude war nicht erst seit Kurzem baufällig. Risse liefen quer durch den Putz. Farbe blätterte ab. Holz hatte sich verzogen. Fliesen waren gebrochen. Der Tote war gerade dabei gewesen, das Abendessen vorzubereiten. Victor schaltete den Herd aus. Die Hackfleischsoße kochte und fing schon an, am Topf festzukleben.

Sie durchquerten die Küche und gelangten in einen Korridor. Sie sicherten Zimmer für Zimmer, indem Victor behutsam die Tür öffnete und dann hineinstürmte, um die UMP einmal von links nach rechts zu schwenken. Raven war einen Schritt hinter ihm und schwenkte ihre Waffe von rechts nach links.

Am Ende des Korridors kamen sie zu einem leeren Türrahmen, an dem die Farbe abblätterte. Das Einzige, was von der Tür noch übrig geblieben war, waren die Angeln. Hinter dem Durchgang waren rissige Wände zu sehen. Auch hier abblätternde Farbe und bröckeliger Putz, der an vielen Stellen regelrecht abgeschlagen worden war. Dort, wo einst die Fußleisten gewesen waren, liefen Kabel an den Wänden entlang. Der Raum war leer. Er musste früher als Büro oder Schlafraum für Piloten gedient haben, damals, als es noch keine Nachtflüge gegeben hatte. Hinter einer offenen Tür an der südlichen Wand lag eine kleine Toilette.

Eine weitere geöffnete Tür führte in ein Zimmer, das ähnlich groß war wie das erste und an der Südwestecke des Gebäudes lag. Hier war gar kein Putz mehr an den Wänden, nur noch nackte Backsteine und hölzerne Stützbalken. Der Fußboden war ursprünglich mit schwarz-weißen Fliesen ausgelegt gewesen. Jetzt waren die schwarzen Fliesen grau, und die weißen hatten ein schmutziges, mit einer Staubschicht überzogenes Gelb angenommen. Manche waren locker. Andere fehlten ganz.

Hinter diesem Zimmer befand sich wieder ein Korridor mit einem Treppenhaus, das nach oben in die beiden darüber befindlichen Stockwerke und auch nach unten in das Souterrain führte. Victor hätte am liebsten jeden einzelnen Raum gründlich durchsucht, aber diese Zeit hatten sie einfach nicht. Jede Sekunde, die sie verstreichen ließen, erhöhte das Risiko einer Entdeckung – entweder der Toten oder aber ihrer selbst –, und es war unwahrscheinlich, dass sich die Gegner im Keller aufhielten. Dennoch, es war und blieb ein Risiko. Aber die meisten Pläne waren Kompromisslösungen. Und meist lösten sie sich im Moment des ersten Schusses in Luft auf.

Bis jetzt war noch kein Schuss gefallen.

Der Plan funktionierte.

Kapitel 60

Sie stiegen in normalem Tempo die Treppe hinauf. Es gab keinen Grund, besonders leise zu sein, da ihre Feinde sich über Schritte im Gebäude nicht wundern würden. Trotzdem setzte Victor seine Schritte sehr behutsam, schließlich wollte er sich nicht überstürzt in Gefahr begeben.

Vom oberen Treppenabsatz führte eine Tür in einen dunklen Flur. Die Deckenbeleuchtung war ausgeschaltet, und auch unter den geschlossenen Zimmertüren war kein Lichtschimmer zu sehen. Er wartete und lauschte.

Dann beschloss er erneut, auf eine gründliche Durchsuchung der einzelnen Räume zu verzichten, um Zeit zu sparen. Er wusste sicher, dass mehrere Feinde sich noch vor zwei Minuten im darüberliegenden Stockwerk aufgehalten hatten. Er drehte sich zu Raven um und deutete mit dem Daumen nach oben.

Sie gingen also zurück ins Treppenhaus und stiegen ins oberste Stockwerk. Noch bevor sie vor der Tür, die in den Flur führte, angelangt waren, hörten sie Geräusche und Stimmen.

Der Schaft der UMP lag fest und angenehm an seiner Schulter. Sein Blick war über den Lauf der UMP hinweggerichtet, und er hatte Kimme und Korn genau im Visier, während er mit der linken Hand die Klinke drückte und die Tür behutsam nach innen aufstieß.

Er konnte weder das Klicken des Schlosses noch das Quietschen der Angeln verhindern, aber die beiden Männer, die jetzt in sein Blickfeld kamen, ließen sich dadurch nicht stören.

Sie standen ungefähr fünf Meter von Victor entfernt, hatten ihm die Seiten zugewandt und unterhielten sich. Einer hatte die Arme verschränkt und sich mit dem Rücken an die Wand gelehnt. Der zweite stand ihm gegenüber. Er hatte seine UMP am Lauf gepackt und den Kolben auf dem Boden abgestellt.

Victor schoss dem ersten Mann zwei Kugeln in die Schläfe und zielte dann auf den zweiten, der voller Entsetzen zurückwich, während ihm der Schädelinhalt seines Kumpels übers Gesicht spritzte. Noch bevor er begriffen hatte, was los war, hatte er ebenfalls zwei Kugeln im Kopf.

Die UMP schoss mit schwerer Munition, Kaliber fünfundvierzig. Entsprechend gruselig war die Wirkung.

Victor ließ sich auf ein Knie sinken. Das war nur möglich, weil Raven ihm den Rücken frei hielt. Er wollte möglichst wenig Angriffsfläche bieten und gleichzeitig in Schussposition sein, falls noch weitere Feinde auftauchten.

Die Schüsse würden zunächst Verblüffung und dann Angst auslösen. Die Männer im Zimmer würden wie gelähmt reagieren, unfähig zu handeln, doch dann würde irgendjemand kommen und nachsehen – entweder der Mutigste oder der Schwächste, der sich dem Druck seiner Kameraden gebeugt hatte.

Victor konnte nicht wissen, was der Mann war, der jetzt die

Tür öffnete und nachsehen wollte, aber er spaltete ihm mit zwei schnell aufeinanderfolgenden Schüssen die Schädeldecke.

Der Tote sackte im Türrahmen zu Boden, wodurch die anderen jetzt die Tür nicht mehr schließen konnten.

»Los«, rief Victor Raven zu.

Sie rannte los, hielt sich immer dicht an der Wand, um nicht in sein Schussfeld zu geraten, während er sie deckte.

Sobald sie bei der Tür angelangt war, stürmte Victor los. Seine UMP spuckte eine vollautomatische Salve ins Zimmer, noch bevor er ein Ziel erfassen konnte. Raven war unmittelbar hinter ihm. Er ging nach links, sie nach rechts.

Die beiden Männer waren starr vor Entsetzen. Der erste war von den blind abgefeuerten Schüssen getroffen worden und taumelte bereits rückwärts, als Victor ihn sah. Der zweite, der etwas weiter entfernt war, riss gerade seine Waffe hoch. Raven schoss ihm dreimal in den Bauch.

Dadurch hatte Victor genügend Zeit, sich um den Angeschossenen zu kümmern, der seine MP hatte fallen lassen und nach seiner Ersatzwaffe greifen wollte. Victors UMP sorgte dafür, dass es gar nicht erst dazu kam.

»Damit wären wir bei acht«, sagte Raven. »Halleck hat also genau die Hälfte seiner Leute losgeschickt, um meinen Leichnam einzusammeln. Ich betrachte das als Kompliment. Obwohl, vielleicht ist das ja eher ein Kompliment für dich. Wann werden sie merken, dass du nicht mehr auftauchst?«

»Bald«, entgegnete Victor.

Das Funkgerät am Gürtel eines der Toten knisterte, dann ertönte eine geisterhafte Stimme: »Hier spricht Kurier. Wie ist die Lage? Kommen.«

Raven starrte zunächst das Funkgerät, dann Victor an. »Was machen wir jetzt?«

Er zuckte mit den Schultern. »Ich habe keinen von denen reden hören. Vielleicht gibt es ja einen Code.«

»Wir müssen aber irgendwie reagieren.«

»Hier spricht Kurier«, ertönte die Stimme erneut. »Erbitte Antwort.«

»Was machen wir?«, wiederholte Raven.

Victor nahm das Funkgerät und drückte die Sprechtaste. »Alles klar zur Landung, Kurier.«

Keine Reaktion.

»Heißt das, dass er's dir abgenommen hat?«, wollte Raven wissen.

Victor zuckte mit den Schultern. »Keine Ahnung. Falls ja, dann landen sie gleich da draußen vor der Tür. Aber falls nicht, dann werden sie zusehen, dass sie so weit wie möglich vom Terminal entfernt aufsetzen.«

Das Funkgerät erwachte knisternd zum Leben, und Halleck sagte: »Hübsch ausgedacht, aber leider durchschaut.«

Raven nahm Victor das Funkgerät aus der Hand und sagte: »Wie geht es dir, Jim? Wir haben ja lange nichts voneinander gehört.«

»Fahr zur Hölle«, erwiderte Halleck.

»So spricht man doch nicht mit einer Dame. Wo sind denn deine Manieren geblieben? Ich habe eigentlich mit Demut gerechnet, vielleicht mit Bitten und Flehen. Es ist vorbei, Jim. Ich habe gewonnen. Ich habe mir deine Bombe geschnappt.«

Halleck lachte. »Ist es für Schadenfreude nicht noch ein bisschen früh, Constance? Du hast nichts in der Hand. Gar nichts.«

»Was willst du denn noch einfliegen?«, hakte Raven nach. »Die Bombe steht da draußen. Die Stadt ist ohne Strom. Worauf wartest du noch? Du hast ja jetzt schon genügend Sprengstoff, um einen Wolkenkratzer in die Luft zu jagen. Mehr kannst du doch unmöglich brauchen.«

»Wofür hältst du mich eigentlich? Einen Wahnsinnigen? Ich sprenge doch keinen Wolkenkratzer in die Luft. Ich bin kein Terrorist, ganz egal, was du von mir hältst.«

Raven erwiderte: »Die zwei Tonnen Plastiksprengstoff auf dem Sattelschlepper sprechen aber eine andere Sprache.«

Halleck meinte: »Ich will mit deinem neuen Partner sprechen.«

»Ich bin hier«, sagte Victor und griff nach dem Funkgerät.

»Ich hätte nicht gedacht, dass Sie tatsächlich so dämlich sind, sich mit mir anzulegen«, sagte Halleck. »Sie werden dieses Land nicht lebend verlassen. Man wird Sie jagen und bis in die hintersten Ecken der Welt verfolgen.«

»Aber wieso?«, wollte Victor wissen. »Acht Ihrer Leute sind tot. Die anderen acht sind gerade am anderen Ende von Brooklyn. Die Bombe steht da draußen, und da bleibt sie auch. Wenn sie explodiert, wird sie keinen nennenswerten Schaden anrichten. Nichts weiter als ein Loch in der Erde. Und keine Behörde wird auch nur einen Cent für die Jagd nach dem unfähigsten Terroristen der Welt ausgeben wollen, habe ich recht? Warum haben Sie mich nicht von Anfang an mit Ravens Ermordung beauftragt? Das hätte uns allen eine Menge Ärger erspart.«

»Du Charmeur«, zischte Raven ihm zu. Dann sprach sie mit gerunzelter Stirn in das Funkgerät. »Was genau hast du geplant?«

Halleck gab keine Antwort.

»Worauf wartest du?«, hakte Raven noch einmal nach.

»Es wundert mich, dass du nicht schon längst dahintergekommen bist, Constance. Du bist doch sonst immer so schlau.«

»Wenn du kein Gebäude in die Luft jagen willst, was willst du dann mit dem ganzen Sprengstoff anfangen?«, fragte sie. »Dann wäre das Ganze ja nur ein Feuerwerk. Wenn der Container auf einer leeren Straße explodiert, hält sich der Schaden in engen Grenzen. Ein riesiger Krater und tausend zerbrochene Fensterscheiben. Na und? Damit fängt man keinen Krieg an. Aber vielleicht soll der Sprengstoff ja gar nicht unbedingt etwas zerstören. Er könnte auch als Verteiler gedacht sein. Aber wofür? Chemische Kampfstoffe? Biologische? Radioaktivität?«

Halleck blieb stumm.

»Das ist es, stimmt's?«, fuhr Raven fort. »Radioaktivität. Deshalb der Stromausfall: In Manhattan gibt es ein ganzes Netz von Detektoren für radioaktive Strahlung. Aber wenn die Stromversorgung lahmgelegt ist, kannst du mit dem Sattelschlepper direkt in die Wall Street fahren und dort eine schmutzige Bombe zünden.«

»Jetzt hast du es schließlich doch kapiert. Aber viel zu spät. Du kannst nichts mehr daran ändern.«

»Du bist doch wahnsinnig«, sagte Raven.

Hallecks Stimme klang jetzt laut und wütend. »Das ist eine gottverdammte schmutzige Bombe, ja, genau, aber keine Atombombe. Da liegen Welten dazwischen. Das Energieministerium hat schmutzige Bomben getestet ... Und weißt du was? Die sind harmlos! Man müsste monatelang im unmittelbaren Umkreis der Explosion leben, um die Wahrscheinlichkeit einer Strahlenerkrankung spürbar zu heben. Diese Waffe ist eine Erfindung der Regenbogenpresse. Sie existiert nur für die Öffentlichkeit. Diejenigen, die Bescheid wissen, lassen sich davon schon lange nicht mehr ins Bockshorn jagen. Wie gesagt, ich bin schließlich kein Monster. Der Sprengstoff wird mehr Schaden anrichten als das Plutonium. Das ist eine Waffe, die tatsächlich nur Angst und Schrecken verbreiten soll, eine Abschreckungswaffe im wahrsten Sinn des Wortes. Ich werde doch nicht Millionen meiner Landsleute in den Tod schicken. Ich bin ein Patriot!«

Raven schnaubte. »Ein Patriot, der bereit ist, sein eigenes Land zu bombardieren, und zwar auf Geheiß derjenigen, die vom Krieg profitieren wollen.«

»Ich bin kein Altruist, das stimmt. Aber wer von uns dreien könnte das von sich behaupten? Also hör auf, darauf herumzureiten. Ich arbeite für einen Zusammenschluss vieler mächtiger Individuen und Unternehmen. Aber für kein Geld der Welt würde ich eine ganze Stadt auslöschen. Darum geht es doch gar nicht.

Monat für Monat werden irgendwelche terroristischen Verschwörungen enttarnt und Anschläge vereitelt. Den Leuten ist das mittlerweile vollkommen gleichgültig. Stattdessen beschweren sie sich darüber, dass sie jetzt am Flughafen länger warten müssen. Die Leute sind Schwachköpfe. Sie brauchen dringend jemanden, der sie daran erinnert, in welcher Welt sie leben und wer ihre Feinde sind. Es ist besser, wenn ein paar Dutzend sterben und ein paar Hundert Millionen Angst bekommen als umgekehrt.

Das da ist keine Massenvernichtungswaffe. Es ist ein Weckruf. Der Stromausfall dient nicht nur dazu, die Bombe an die richtige Position zu bringen. Er soll auch dafür sorgen, dass die Leute nicht rausgehen. Sie sollen zu Hause bleiben. Damit möglichst wenige zu Schaden kommen. Es wird zu Panikreaktionen kommen, die Menschen werden Angst haben, aber die einzigen langfristigen Auswirkungen werden psychologischer Natur sein. Natürlich hat so etwas seinen Preis, aber es gibt genügend private Unternehmen, die bereit und in der Lage sind, die Auswirkungen der Bombe innerhalb kürzester Zeit zu beseitigen. Gegen entsprechende Bezahlung, selbstverständlich. Aber das ist Kapitalismus. Deswegen leben wir nicht mehr in Höhlen. Die Leute schreien doch immer nach einer Umverteilung des Reichtums, stimmt's? Weißt du, wie man das nennt? Man nennt das Existenzsicherung. Weil deine Familie verhungert, wenn es nicht genügend regnet. Der Kapitalismus bringt Wohlstand und Stabilität. Und ohne Wohlstand und Stabilität bricht Anarchie aus. Insofern, ja, tue ich auf meine ganz persönliche Art und Weise Gutes. So, dass alle etwas davon haben. Das ist Demokratie. Das ist Freiheit.«

»Du bist wirklich vollkommen wahnsinnig geworden«, sagte Raven.

»Auch wenn du nicht meiner Meinung bist, aber in diesem Leben ist alles eine Frage des Gleichgewichts. Wenn alle Menschen, die ein Smartphone besitzen, es gegen ein billiges Headset eintauschen und den Rest des Geldes spenden würden, dann wäre der Welthunger besiegt. Aber sind diese Menschen auch verantwortlich für den Welthunger, nur weil sie es nicht tun? Natürlich nicht. Ihre Väter haben mit ihrem Blut und ihrem Leben dafür gekämpft, dass sie jetzt das Leben genießen können. Es gibt nichts umsonst. Entweder man hat es sich selbst verdient oder man profitiert von den Anstrengungen eines anderen. Die Ressourcen sind begrenzt. Zeit ist begrenzt, und auch der Wille ist begrenzt. Für jeden dicken, glücklichen Menschen muss es auch einen dünnen, unglücklichen geben. Wir im Westen haben es uns zu lange zu gut gehen lassen. Wir haben ab und zu in das Wespennest im Nahen Osten hineingepikst, aber mehr als ein paar vereinzelte Stiche mussten wir dafür nicht erdulden. Meine Sponsoren wollen Bomben und Flugzeuge, Panzer und Patronen an den Mann bringen. Dafür brauchen wir einen Krieg. Und der Krieg ist etwas Gutes. Jeder Krieg hat den Fortschritt der Menschheit beschleunigt. Wenn wir immer nur in Frieden und Harmonie leben, werden wir immer schwächer und schwächer, so lange, bis jemand kommt, der konfliktgestählt ist und uns alles wegnimmt. Und dann sind wir nur noch eine Fußnote der Geschichte. Das hat bislang jedes Reich erfahren. Und es ist meine Aufgabe, dafür zu sorgen, dass uns das nicht passiert. Wir werden uns nicht einfach in unser Schicksal fügen. Wir werden dafür sorgen, dass das Schicksal sich uns fügen muss.«

»Aber das schaffst du nicht mehr«, wandte Raven ein. »Du hast versagt. Du bist ein …«

Victor nahm ihr das Funkgerät aus der Hand und sagte: »Still. Hör mal.«

Irgendwo dröhnte ein Hubschrauber. Einen Augenblick später hatte Raven es auch gehört. Victor trat ans Fenster und blickte hinaus. Er sah nichts, aber er wusste, dass er ganz in der Nähe sein musste.

»Halleck hat uns hingehalten«, sagte er.

Kapitel 61

»Wir müssen weiter nach oben«, sagte Raven.

Sie verließen das Zimmer und entdeckten eine Eisentreppe, die nach oben in den Tower führte. Sie war mit einer dicken, klebrigen Schicht aus Schmutz und Staub bedeckt. Das Eisengeländer, das an der Wand befestigt war, reichte nur bis zur halben Höhe. Die zweite Hälfte war schon vor langer Zeit abgerissen worden. Die rauen, weiß gestrichenen Wände waren genauso schmutzig wie die Treppe, die in einen Flur mündete, der wiederum zu einer Türöffnung führte, hinter der die nächste Treppe begann. Die dazugehörige Tür lag umgekippt im Flur.

Victor kam an einem Fenster aus milchigen Glasbausteinen vorbei und stieg höher, dicht gefolgt von Raven. Die abgenutzten Holzstufen hatten sich durch die Feuchtigkeit verzogen, waren rissig und spröde geworden.

Der Kontrollraum der Flugsicherung im obersten Stockwerk war in zweckmäßigem Grau gestrichen – die Wände, die Säulen, der Fußboden, ja sogar die Klappstühle und die Spüle. Nur ein einziger Tischventilator war dem grauen Einerlei entkommen, aber seine ursprünglich weiße Farbe hatte sich in ein fleckiges, unansehnliches Gelb verwandelt. Eine Tür führte auf eine Art Laufsteg, der einmal rund um den Kontrollraum lief. Und dann gab es noch eine Leiter, die noch weiter nach oben führte.

Nichts im ganzen Raum deutete darauf hin, dass hier einmal Fluglotsen ihre Arbeit verrichtet hatten, abgesehen vielleicht von den Löchern in den Wänden, die die Kabelkanäle und die zahlreichen Bildschirme hinterlassen hatten.

Im Westen konnte Victor über das Dach des Nachbargebäudes hinweg die Straße und dahinter den Hafen sehen. Im Osten und Norden befanden sich Hangars sowie die Start- und Landebahnen.

Aber im Süden waren jetzt die Positionsleuchten des Hubschraubers zu sehen, der mit jeder Sekunde größer und besser erkennbar wurde. Es war ein großes, ziviles Modell mit grafitgrauer Lackierung.

»Das ist ein Eurocopter Dauphin. Ich habe mal in so einem gesessen, vielleicht sogar in dem da«, sagte Raven. »Wir müssen verschwinden.«

»Wir sind in einer guten Verteidigungsstellung. Von hier aus können wir es mit ihnen aufnehmen.«

Sie schüttelte den Kopf. »Sie sind uns zahlenmäßig überlegen. Der Heli kann acht Passagiere befördern. Und das Gebäude hat mehrere Zugänge. Die können wir nicht alle abdecken. Sie werden uns einkreisen. Aber wir können uns immer noch mit dem Sattelschlepper aus dem Staub machen.«

»Wir bleiben hier und konzentrieren uns auf die, die aus diesem Hubschrauber kommen.«

»Du meinst, du willst hier auf Halleck warten?«

»Wenn sie sehen, dass der Sattelschlepper losfährt, dann werden sie die Verfolgung aufnehmen. Und gegen den Hubschrauber hätten wir keine Chance. Sie würden einfach vor unserer Nase landen und die Ausfahrt blockieren, ganz egal, in welche Richtung wir fahren wollen.«

»Gut«, sagte sie. »Sobald der Hubschrauber direkt über uns ist, springen wir raus. Dann können sie uns nicht sehen.«

»Lass mich raten: Wir richten es so ein, dass die Bombe kurz danach hochgeht.«

»Wie lange brauchst du, um einmal über ein Footballfeld zu laufen?«, wollte Raven wissen.

»Weil die Todeszone bei einer Explosion von dieser Dimension einen Radius von ungefähr hundert Metern hat?«

Sie nickte. »Ungefähr.«

»Ich bin ziemlich schnell«, erwiderte er. »Aber das ist kein guter Plan. Wir können nicht davon ausgehen, dass sie darauf hereinfallen.«

Sie gab nach. »Also gut. Dann machen wir es eben so, wie du willst.«

»Ich bleibe hier«, sagte er, »und nehme sie von hier oben unter Beschuss. Dann müssen sie sich aufteilen – die einen schießen auf mich, damit die anderen währenddessen ins Gebäude eindringen können. Du gehst ins Erdgeschoss und legst dich dort auf die Lauer. Dann haben wir sie in der Zange.«

Sie nickte wieder. »Viel Glück.«

Das Dröhnen der Rotorblätter wurde immer lauter, und dann war die Silhouette des Hubschraubers vor dem nächtlichen Himmel deutlich zu erkennen.

»Geh«, sagte Victor.

Sie stieg die Treppe hinunter. Victor blickte ihr hinterher. Dann stellte er sich in den Kontrollraum und sah, wie der Eurocopter rasant näher und näher kam. Der Pilot wollte eine schnelle, harte Landung, damit seine Passagiere zügig aussteigen konnten.

Er stellte den Schalter der UMP auf Vollautomatik und eröffnete das Feuer.

Die Maschinenpistole ratterte und spuckte Kugeln an den Himmel. Er zielte immer auf einen Punkt knapp vor dem Helikopter, um dessen Geschwindigkeit sowie die Strecke, die die Kugeln zurücklegen mussten, auszugleichen.

Es hätte schon einen sehr unwahrscheinlichen Glückstreffer gebraucht, um den Piloten zu treffen und den Hubschrauber abzuschießen, aber Victor hatte etwas anderes vor. Er wollte die Aufmerksamkeit der Insassen auf sich ziehen. Dann würden sie für Raven leichte Beute sein.

Jetzt prallte der Hubschrauber etwa hundert Meter entfernt mit ziemlichem Schwung auf den Rasen vor dem Flughafengebäude. Der Luftdruck, den die Rotorblätter erzeugten, drückte die Grashalme flach auf den Boden, und acht Gestalten sprangen heraus. Er erkannte auch Halleck unter ihnen, der seinen Männern befahl, sich aufzuteilen. Er hatte einen großen Aluminiumkoffer in der Hand. Er war schwer und ohne Zweifel mit Blei ausgekleidet.

Die sieben Männer und Halleck kamen näher.

Kapitel 62

Victor verjagte sämtliche Gedanken aus seinem Bewusstsein, überließ die Kontrolle über sein Handeln seinem Unterbewusstsein, jenem Teil des Gehirns, der sich im Lauf einer Jahrmillionen währenden Evolution herausgebildet hatte und in dem auch unsere Instinkte ihren Sitz haben. Das Bewusstsein ist langsamer, jünger und sehr viel leichter abzulenken oder zu beeinflussen. Der Instinkt jedoch ist alt und weise und zudem in der Lage, blitzartig zu erkennen, zu analysieren, zu verarbeiten, zu berechnen und zu handeln, sehr viel schneller jedenfalls als jeder bewusste Gedanke. Er spürte, wie über hundertfünfzig verschiedene Hormone in seine Blutbahnen gepumpt wurden, von denen das Adrenalin das vielleicht mächtigste war. Die anderen bewirkten beispielsweise die Einstellung nicht notwendiger Körperfunktionen, die Verbesserung der Sehschärfe sowie eine Reduzierung der Hörfähigkeit. Geräusche waren weniger eindeutig als das, was man sehen konnte. Außerdem war der Schall langsamer als das Licht, was zu einer verlangsamten Reaktionszeit führen konnte. Auch wenn die Differenz nur minimal war, konnte sie doch den Unterschied zwischen Leben und Tod ausmachen.

Er stand auf und jagte eine lange Salve auf die dunkle Fläche vor dem Terminalgebäude, verballerte ein komplettes Fünfundvierziger-Magazin. Drei Sekunden später kauerte er wieder auf dem Fußboden, in Deckung.

Er lehnte sich mit dem Rücken an die Wand neben dem Fenster. Automatikfeuer ließ die Scheibe platzen und riss Stücke aus dem Holzrahmen, schlug Löcher in die gegenüberliegende Wand.

Gipsstaub hing in der Luft. Glasscherben prasselten auf den Fußboden. Fünfundvierziger-Projektile sind zwar relativ durchschlagsstark, aber gegen einen massiven Backstein haben sie keine Chance. Zudem gab es im ganzen Raum nichts, was so stabil war, dass es einen Querschläger hätte verursachen können.

Er wartete. Die Schüsse waren sinnlos. Die Kerle verschwendeten ihre Munition, genau wie er vorhin auch. Mit dem Unterschied, dass er damit einen bestimmten Zweck verfolgt hatte.

Er steckte das nächste Magazin in den Schacht seiner UMP und sprang erneut auf, um ein paar Schüsse abzugeben. Dieses Mal visierte er das Mündungsfeuer der anderen an, aber da er angesichts einer Übermacht von acht zu eins keine Zeit hatte, vernünftig zu zielen, rechnete er nicht mit einem Treffer. Darum ging es ihm auch gar nicht. Er wollte Informationen über seine Feinde sammeln. Auch wenn er die höhere Stellung besetzt und genügend Deckung zur Verfügung hatte, dieses Feuergefecht konnte er nicht gewinnen.

Aber jetzt wusste er, wo seine Feinde sich befanden, wie weit sie noch entfernt waren. Und sie wussten, dass er im Tower war.

Noch mehr Fensterscheiben gingen zu Bruch. Die Glassplitter knirschten unter Victors Absätzen, als er in die Hocke ging, mit dem Rücken zur Wand, um möglichst optimale Deckung zu haben.

In wenigen Sekunden würden die Typen leichte Beute für Raven werden, doch dann erkannte er, dass der Plan nicht funktionieren würde. Raven war, entgegen der Absprache, nicht im Erdgeschoss. Sie saß am Steuer des Sattelschleppers.

Was er nur aus dem Augenwinkel wahrnahm. Das laute Dröhnen der Rotorblätter hatte die Motorgeräusche der Zugmaschine übertönt. Jetzt schob das Fahrzeug sich langsam zwischen den beiden Gebäuden hervor und beschleunigte auf der Landebahn Richtung Norden, steuerte die Ausfahrt an.

Raven machte, was *sie* wollte.

Halleck musste es auch bemerkt haben. Victor konnte seine Reaktion, die anschließenden Befehle und die daraus folgenden Handlungen, beinahe sehen und hören.

Er riskierte einen schnellen Blick und sah drei von Hallecks Männern zum Hubschrauber zurücklaufen und einsteigen. Schon im nächsten Augenblick war er in der Luft und verfolgte den Sattelschlepper. Halleck und die restlichen vier Männer näherten sich unterdessen dem Terminal.

Es dauerte keine dreißig Sekunden, bis der Hubschrauber den Sattelschlepper überholt hatte. Victor sah, wie er eindrehte und in gebührendem Abstand landete.

Der Sattelschlepper fuhr geradeaus weiter und hielt direkt auf den Hubschrauber zu. Der Pilot ging wohl davon aus, dass er irgendwann anhalten würde, aber er machte keine Anstalten, seine Fahrt zu verlangsamen. Victor sah winzige Lichtblitze – das Mündungsfeuer der Gewehre. Sie wollten die Fahrerin erschießen und den Sattelzug so zum Stillstand bringen.

Doch als klar war, dass ihnen das nicht gelingen würde, blieb dem Piloten nichts anderes übrig, als wieder abzuheben, um einen Zusammenstoß zu vermeiden. Die Männer, die ausgestiegen waren, stellten das Feuer ein und wichen beiseite.

Was sich beides als sinnlos erweisen sollte, weil in diesem Augenblick zwei Tonnen hochexplosiven Sprengstoffs detonierten.

Der Nachthimmel wurde von einem gewaltigen, grellweißen Lichtblitz erhellt. Victor war geblendet. Dann folgte ein unvorstellbarer Donnerschlag. Die Druckwelle ließ sämtliche Fenster zersplittern. Victor spürte ein schmerzhaftes Zucken seiner Trommelfelle und verlor das Gleichgewicht, während Glasscherben auf ihn herabregneten.

Der Hubschrauber war bei der Explosion vielleicht fünfzig Meter über dem Boden gewesen. Jetzt wurde er von einer riesigen, pilzförmigen Feuerwalze erfasst und in zwei Teile gerissen. Die hintere Hälfte fiel als brennendes Wrack zu Boden, während die vordere Hälfte sich zuckend um die eigene Achse drehte und schließlich in das nahe gelegene Wäldchen stürzte.

Kapitel 63

Victor wusste nicht, ob Raven lebte oder tot war, und das spielte auch keine Rolle, denn er stand immer noch fünf quicklebendigen Gegnern gegenüber. Er schüttelte sich, streifte die Glasscherben ab und rappelte sich auf. Seine Augen brannten, und seine Ohren klingelten.

Er spähte durch das Loch, in dem sich das Fenster des Kontrollturms befunden hatte, nach draußen. Halleck und seine Männer waren immer noch da – zwar benommen durch die Explosion, aber unverletzt.

Victor jagte noch ein paar Schüsse in ihre Richtung. Anschließend kroch er auf dem Fußboden über kalte Fliesen, spitze Glasscherben und ausgestoßene Patronenhülsen. Sie waren noch warm.

Ein unbewegliches Ziel, ganz egal wie gut seine Stellung war, war verwundbar, wenn die Gegner zahlenmäßig überlegen waren. Mobilität war sein wichtigster Verbündeter. Mehrere Gegner waren langsamere Gegner.

Er verließ den Kontrollturm und schlug mit dem stabilen Metallkolben seiner UMP die Glasbausteine aus dem Fenster neben der Treppe. Sie hatten zwar die Druckwelle unbeschadet überstanden, aber fünf kräftige Schläge reichten aus. Dann war das Loch groß genug. Victor zwängte sich hindurch und landete auf dem Flachdach des Terminalgebäudes.

Geduckt schlich er bis an die Kante und spähte über den Rand nach unten.

Er sah vier Gestalten. Zwei näherten sich dem Gebäude, während Halleck und ein weiterer Mann stehen geblieben waren, um jederzeit Feuerschutz geben zu können.

Victor rührte sich nicht. Er hätte die beiden vorderen mit Sicherheit erschießen können, aber dann hätten die beiden anderen ihn erwischt. Und hätte er die beiden hinteren angegriffen, hätten die vorderen leichtes Spiel mit ihm gehabt, vielleicht sogar noch bevor er die anderen getötet hatte.

Also beobachtete er nur.

Der Mann an der Spitze trug eine dunkle Nylon-Trainingsjacke, den Reißverschluss bis an den Hals geschlossen, dazu Stiefel und eine ausgebleichte Jeans. Sein weißer, kahl rasierter Schädel bildete einen starken Kontrast zu seinem sonnengebräunten Gesicht. Er war Mitte dreißig, durchschnittlich groß, aber ziemlich massig gebaut. Muskeln und Fett. Seine Bewegungen jedoch waren flink und selbstsicher – er kannte seinen Körper und wusste gut damit umzugehen.

Der zweite Mann war jünger und hatte dunkle Haut. Die etwas längeren Haare hatte er im Nacken zu einem kleinen Knoten gebunden. Ein sauber gestutzter schwarzer Bart umrahmte ein Gesicht, das grimmige Entschlossenheit ausstrahlte. Er trug eine Jogginghose, Turnschuhe und ein Kapuzenshirt.

Trotz der legeren, unauffälligen Zivilkleidung war ihnen sofort anzusehen, dass sie Profis waren.

Sie sahen zwar nicht aus wie Killer, aber das hatte nichts zu bedeuten. Gerade den wirklich Guten sieht man es nie an.

Victor sah, wie sie näher rückten und sich dabei mit Handzeichen verständigten. Der vierte aus Hallecks Team übrig gebliebene Mann war nirgendwo zu sehen. Entweder hatte Victor ihn mithilfe eines kleinen Wunders erschossen, oder aber er war auf die Rückseite des Gebäudes gegangen, um von dort aus einzudringen oder den Ausgang, der ja ein möglicher Fluchtweg war, zu bewachen.

Er zog sich von der Dachkante zurück, noch bevor die beiden vorderen Männer aus seinem Sichtfeld verschwunden waren. Einen Augenblick später hörte er Glas klirren. Der Schlag war zwar so behutsam wie möglich ausgeführt worden, aber ganz ohne Lärm ließen sich die verbliebenen Glaseinsätze einer Tür eben nicht einschlagen. Er hatte genau vor Augen, wie einer der Männer durch das Loch fasste und die Tür entriegelte, während der andere mit gezogener Waffe in Deckung gegangen war.

Wie die Tür geöffnet wurde, hörte er nicht, wohl aber die anschließenden Schritte, als die Männer ein Stockwerk unter ihm in den Flur eindrangen. Sie würden mindestens eine Minute brauchen, um die Räume im Erdgeschoss zu sichern. Auch wenn sie überzeugt waren, dass er immer noch im Tower saß, konnten sie nicht sofort nach oben stürmen. Denn dann hätten sie ihn, falls er wider Erwarten doch hier unten war, im Rücken gehabt.

Hastige Schritte signalisierten ihm, dass Halleck und der andere Mann jetzt ebenfalls das Gebäude betraten.

Victor wartete noch ungefähr dreißig Sekunden, bis auch sie tief in das Gebäude vorgedrungen waren. Dann schlang er sich die UMP über die Schulter.

Er hielt sich an der Dachkante fest und ließ sich mit dem Rücken zur Hauswand vorsichtig nach unten gleiten, bis die Arme ganz gestreckt waren und er sich nur noch mit den Fingerspitzen hielt.

Dann ließ er los. Er versuchte, die Wucht des Aufpralls mit den Ballen zumindest ein wenig abzufedern, und rollte sich anschließend ab.

Halleck und seine drei Männer hatten die Tür offen gelassen. Glassplitter lagen auf der Innenseite der Schwelle. Victor machte einen großen Schritt darüber hinweg und landete im Inneren des Gebäudes. Neben ihm stand der Aluminiumkoffer mit dem Uran oder dem Plutonium oder was immer man für eine effektive radioaktive Waffe benötigte. Halleck hatte ihn abgestellt, weil er schwer, sperrig und hinderlich war – und weil er glaubte, dass er der Jäger war und Victor die Beute.

Welch ein Irrtum.

Kapitel 64

Victor hörte Stiefeltritte auf der Treppe. Sie hatten das Erdgeschoss schneller gesichert, als er angenommen hatte. Vielleicht war ihnen ja der vierte Mann zu Hilfe gekommen, vielleicht hatten sie auch weniger gründlich gesucht, als es sinnvoll gewesen wäre. Oder aber sie waren besser, als Victor gedacht hatte.

Als die Männer die Treppe hinter sich hatten, schlich er über den gefliesten Fußboden durch die Dunkelheit. Seine Feinde machten so viel Lärm, dass sie seine eigenen Schritte überhaupt nicht hören konnten. Erst wenn er unmittelbar neben ihnen war.

Sie waren ganz in der Nähe. Er konnte sie hören, direkt über ihm – sie gaben sich noch weniger Mühe leise zu sein als er –, aber durch das Echo in dem stillen, leeren Gebäude war es schwierig, ihre exakte Position zu bestimmen.

Er ließ die Stiefel an, obwohl sie auf dem harten Boden zusätzlichen Lärm verursachten. Barfuß – mit Socken hätte er auf den Fliesen keinen vernünftigen Halt gehabt – hätte er sich beinahe lautlos fortbewegen können, aber er musste damit rechnen, in einen Kampf Mann gegen Mann verwickelt zu werden, und dafür brauchte er seine Schuhe. Einerseits wollte er nicht auf die Absätze verzichten, die seinen Tritten zusätzliche Wucht verliehen, andererseits waren seine Füße dadurch vor ähnlichen Attacken und vor den Glasscherben geschützt, die die zerborstenen Fenster auf dem Boden hinterlassen hatten.

Er nahm alles aus seinen Taschen, was klappern oder herausfallen und dadurch seine Position preisgeben konnte. Wer der Wahrscheinlichkeit ein Schnippchen schlagen will, der muss sich auch mit solch winzigen Details beschäftigen.

Er stieg die Treppe hinauf, blieb auf der Hälfte stehen und nahm Geräusche von rechts und von links wahr. Die vier Männer hatten sich im Gebäude verteilt und suchten nach ihm.

Perfekt.

Er wandte sich nach links. Als er sich einer offenen Tür am Ende des Flurs näherte, vernahm er dahinter das leise Rascheln von Nylonstoff. So wusste er, dass sich dort der Weiße mit dem rasierten Schädel befand. Victor blieb einen Meter vor der Türöffnung stehen. Er hielt den Blick auf die Bodendielen direkt vor der Schwelle gerichtet, da er, sobald der Mann herauskam, als Erstes seinen Fuß zu sehen bekommen würde.

Als es so weit war, rammte Victor ihm seinen Stiefelabsatz auf die Zehen, war dann mit einem schnellen Schritt vor ihm, legte ihm die Hand über den Mund und schlug ihm die andere Handkante wuchtig gegen die Kehle.

Der Mann taumelte rückwärts – geschockt, verletzt, überfordert und nicht in der Lage, sich zu wehren. Victor entwaffnete ihn, drehte ihn um hundertachtzig Grad und legte ihm den Arm um den Hals.

Er presste den Kopf des Mannes gegen seine Brust und blockierte mit seinem Bizeps und seinem Unterarm die beiden Halsschlagadern, verstärkte den Druck noch, indem er den Kopf seines Gegners nach vorn drückte. Die Blutzufuhr zum Gehirn wurde unterbrochen.

Nach fünf Sekunden hörte der Mann auf, sich zu wehren. Nach weiteren drei verlor er das Bewusstsein.

Da noch andere Gegner in der Nähe waren, hatte Victor nicht die Zeit, diesen einen hier zu erwürgen. Darum drehte er seinen Unterarm ein wenig, sodass die Kante der Speiche direkt über der Luftröhre des Mannes lag. Einer seiner Ausbilder hatte immer gesagt: *Wer eine Coladose zerquetschen kann, der kann auch eine Trachea zerquetschen.* Er drückte zu, spürte, wie die Knorpelspange zunächst Widerstand leistete und schließlich nachgab. Die Luftröhre kollabierte.

Victor legte den bewusstlosen und bald schon toten Mann behutsam auf den Boden.

Noch vier Feinde.

Er drehte sich um und sah sich dreien davon gegenüber.

Er riss die UMP nach oben und eröffnete das Feuer. Halleck war einer der drei, aber Victor nahm als Erstes den Nächststehenden ins Visier. Das Bellen der UMP hallte laut und dumpf durch den engen Raum. Die Mündung spuckte grelle Flammen aus explodierenden Gasen aus. Heiße, rauchende Messinghülsen wurden in hohem Bogen aus dem Verschluss der Waffe ausgestoßen, prallten klirrend gegen die Wände und auf den Boden, knirschten unter seinen Füßen. Der Rückstoß rammte ihm permanent die Waffe gegen die Schulter und jagte Vibrationen durch seinen ganzen Körper.

Die Salve traf den Angreifer, der am dichtesten vor ihm stand, in den Oberkörper. Halleck und der dritte Mann, die von dem ersten abgeschirmt wurden, wichen verblüfft zurück und suchten Deckung, während Victor langsam vorwärtsging und dabei kurze, kontrollierte Salven abgab, jeweils zwei oder drei Schüsse auf einmal. Er ging geduckt weiter. So hatte er immer noch einen festen Stand, bot aber weniger Angriffsfläche.

Bevor er zum letzten Mal abdrückte, hatte er das Ersatzmagazin bereits in der Hand. Er hatte mitgezählt. So dauerte es gerade vier Sekunden, bis er erneut schießen konnte.

Die anderen hatten sich hinter zwei Türrahmen zurückgezogen und erwiderten jetzt das Feuer. Allerdings standen sie so sehr unter Druck, dass sie nicht in der Lage waren, vernünftig zu zielen. Er nahm die beiden abwechselnd ins Visier, auch wenn nicht damit zu rechnen war, das er sie hinter ihrer stabilen Deckung ernsthaft in Gefahr bringen konnte. Aber jeder Schuss brachte ihm ein bisschen Zeit, während seine Gegner sich duckten und zusammenzuckten und die Köpfe unten halten mussten.

Victors Reaktion auf das feindliche Feuer widersprach allen Instinkten, die die Evolution in ihm verankert hatte. Er ging auf die Gefahr zu, vergrößerte dadurch bei jedem Schritt das Risiko, getötet oder schwer verletzt zu werden. Aber gleichzeitig setzte er seine Gegner damit unter Druck, körperlich und psychologisch zugleich. Sie waren mehr als er. Sie waren eigentlich in einer Position der Stärke. Und wenn Victor sie attackierte, anstatt sich zurückzuziehen, widersprach das ihren Erwartungen. Sie würden mit Verwirrung reagieren. Er musste an Sun Tzu und sein Werk *Die Kunst des Krieges* denken: *Wenn du stark bist, erscheine schwach; wenn du schwach bist, erscheine stark.*

Es funktionierte.

Seine ununterbrochenen Schüsse und sein stetiges Vorwärtsgehen ließen seine Gegner an ihrer eigenen Stärke zweifeln. Sie zogen sich zurück. Was genau das Falsche war. Hallecks Begleiter wurde getroffen und sank zu Boden. Halleck selbst konnte mit knapper Not entkommen. Er verlor dabei zwar seine Waffe, aber dann gelang es ihm mit letzter Anstrengung, eine Tür aufzustoßen und sich hindurchzuwerfen, während Victors letzte Kugel sich in den Türrahmen bohrte.

Er ließ das leere Magazin herausschnappen und wollte nachladen, da wurde hinter ihm krachend eine Tür aufgestoßen. Der vierte Killer trat hindurch.

Kapitel 65

Er kam aus dem Kontrollturm. Offensichtlich war er nach oben gestiegen, um Victor in die Zange zu nehmen, während Victor versucht hatte, in den Rücken seiner Gegner zu gelangen, indem er durch das Fenster geklettert und nach unten gesprungen war. Victor stürmte sofort los, ließ seine leere Maschinenpistole fallen, packte die UMP des anderen und rammte ihn damit gegen die nächste Wand. Er ächzte unter dem Aufprall. Victor bog seine Waffe beiseite, brachte den Mann dadurch aus dem Gleichgewicht und konnte ihm einen Ellbogenschlag verpassen.

Er erschlaffte. Victor wand ihm die MP aus der Hand und schwang sie wie einen Baseballschläger, zielte dabei auf den Kopf seines Angreifers.

Dieser duckte sich und packte die MP. Bei dem anschließenden Gerangel wollte jeder dem anderen die Waffe entreißen. Victor war stärker, aber er ließ es sich nicht anmerken, sondern setzte den Ringkampf fort, damit sein Gegner nicht merkte, was er mit seinen Füßen anstellte.

Bis er seinem Kontrahenten einen kräftigen Tritt verpasste. Eigentlich wollte er ihn seitlich am Knie treffen, erwischte aber seinen Oberschenkel. Trotzdem verzog sein Gegner das Gesicht und hob das getroffene Bein an, stützte sich mit dem ganzen Gewicht auf das andere.

Victors nächster Tritt traf das Standbein des Mannes am Fußgelenk, und er fiel wie ein Sack zu Boden.

Victor jagte ihm eine Salve mitten ins Gesicht.

Doch bevor er sich wieder umdrehen konnte, wurde ein muskulöser Unterarm um seinen Hals geschlungen.

Victor wusste nicht, ob Halleck seine Blutzufuhr blockieren oder ihn erwürgen wollte, aber das spielte auch keine Rolle. Seine Reaktion blieb dieselbe. Noch bevor Halleck seinen Griff endgültig angesetzt hatte, spannte Victor seine Halsmuskeln. Gleichzeitig ließ er die UMP fallen und hob die rechte Schulter, um Hallecks Arm ein Stückchen nach oben zu schieben und sich etwas Raum zu verschaffen. Anschließend drehte er seinen Kopf nach links, sodass Hallecks Arm jetzt auf die seitlich an Victors Hals verlaufenden Muskeln und Sehnen presste.

Hätte er auch nur einen Augenblick später reagiert, er hätte so gut wie keine Überlebenschance gehabt. Halleck hatte viele Jahre Militärdienst auf dem Buckel und wusste genau, wie man einen Gegner bekämpfte und tötete, aber er war nicht schnell genug, um Victor die Halsschlagadern abzudrücken. Darum versuchte er, ihm die Luftzufuhr abzuschnüren, ein ähnlicher Griff, der aber nicht ganz so schwierig anzusetzen war. Er verschränkte die Hände fest ineinander und brachte den Unterarmknochen in die richtige Position. Dann drückte er mit aller Kraft zu, wobei er seine Schläfe an Victors Rücken legte, um einerseits den Druck seines Würgegriffs noch einmal zu verstärken, zum zweiten aber auch, damit seine Augen nicht in Victors Reichweite lagen.

Die angespannte Halsmuskulatur, die hochgezogene Schulter sowie der zur Seite gedrehte Kopf verschafften Victor ein bisschen mehr Zeit, die er nutzte, um sich zu wehren. Er hätte versuchen können, seinem Gegner die Augen auszustechen, aber das war nach seiner Erfahrung selbst im besten Fall eine problematische Angelegenheit, besonders, wenn man gerade erdrosselt wurde. Darum konzentrierte er sich auf Hallecks Arm.

Er packte ihn mit beiden Händen. Im Grunde genommen ein ziemlich aussichtsloser Versuch, da man nicht einmal besonders stark sein muss, um einem solchen Angriff zu widerstehen ... und Halleck hatte dicke, muskelbepackte Arme. Darum zog Victor gleichzeitig die Beine an. Jetzt hing er mit dem ganzen Körpergewicht an Hallecks Arm.

Das überstieg auch Hallecks Kräfte.

Sein Unterarm gab ein kleines bisschen nach.

Nicht viel, aber gerade ausreichend, dass Victor tief Luft holen und dadurch etwas mehr Zeit und Raum gewinnen konnte. Er schaffte es, sich so weit zu drehen, dass sein Körper sich im rechten Winkel zu seinem Angreifer befand. Der Würgegriff war zu einem Schwitzkasten geworden. Halleck hielt ihn zwar immer noch fest gepackt, aber jetzt konnte er Victor nicht mehr erwürgen.

Victor griff mit der linken Hand nach Hallecks Jackett, spürte die Wölbung der kleinen Speckrolle an den Hüften und packte kräftig zu. Der Schmerz war nicht zu unterschätzen, aber vor allem konnte Halleck sich jetzt nicht von der Stelle bewegen. Falls er es doch tat, hätte er Victor unweigerlich mitgeschleift. Also blieb er, wo er war, und genau das hatte Victor gewollt.

Er rammte ihm die rechte Hand zwischen die Beine.

Halleck stöhnte, ließ aber nicht locker. Seine Schmerztoleranz war außergewöhnlich, aber mit dem zweiten Schlag war sein Widerstand schließlich doch gebrochen.

Er musste seinen Griff ein wenig lockern. Victor hob ihn hoch und rammte ihn dann mit voller Wucht auf den Boden, ließ sich auf ihn fallen und drückte ihm den Unterarm auf den Adamsapfel. Halleck keuchte und japste, bekam keine Luft mehr, wurde zusehends schwächer. Wieder und wieder hieb Victor ihm den freien Ellbogen ins Gesicht, bis er sich nicht mehr wehrte und Victors Ärmel blutgetränkt und überall dort ausgefranst war, wo er sich in einem gebrochenen Knochen verhakt hatte.

Es dauerte ein paar Sekunden, bis Victor wieder zu Atem kam. Dann schob er ein volles Magazin in den Munitionsschacht seiner Waffe und verließ das Gebäude. In der Ferne waren die Flammen des brennenden Sattelschleppers und des Hubschrauberwracks zu sehen.

Der Aluminiumkoffer stand nicht mehr neben der Tür.

Er sah sich nach Raven um, blickte in die Dunkelheit, aber sie war nirgendwo zu sehen.

Kapitel 66

Einen Monat später

Die Hotelbar war ungefähr dreißig mal dreißig Meter groß. Der dicke graue Teppich in der Mitte des Raums wurde von Kalksteinfliesen umrahmt. Glastische mit Ledersesseln, Sofas und Hockern luden zum Verweilen ein. Vor einer Wand saß eine Frau und spielte auf einer mit Intarsien verzierten Sandelholzharfe. Die langen roten Haare reichten ihr bis über die Hüften. Ihre anmutigen und geschickten Finger beeindruckten Victor ebenso sehr, wie die Musik ihn beruhigte. Sie hielt die Augen die ganze Zeit über geschlossen, hatte sich ganz der Melodie hingegeben. Victor überlegte, wann er das letzte Mal freiwillig in der Öffentlichkeit die Augen geschlossen hatte. Er konnte sich beim besten Willen nicht erinnern.

Die Wand in ihrem Rücken war mit Glas verkleidet, und die blauen Lichter dahinter tauchten die Harfenspielerin in einen sanften, beinahe metallischen Schimmer. Kellnerinnen in roten Uniformen schwebten durch die Bar, nahmen Bestellungen auf oder stellten Drinks und Snacks auf die Tische. Dabei bewegten sie sich genauso mühelos wie die Harfenspielerin. Barkeeper in Weste und Fliege mixten mit hoch konzentrierten Mienen Cocktails. Bei ihrem Anblick wurde jedem Besucher ohne Worte klar: Diese Männer würden sich schlicht und ergreifend weigern, schottischen Single Malt auf Eis zu servieren oder Bourbon mit Softdrinks zu mischen.

»Einen Woodford Reserve«, sagte Victor zu einem, der so aussah, als wäre er frühzeitig gealtert.

Der Barkeeper griff nach der Flasche mit dem edlen Bourbon und schenkte ihm einen Doppelten ein. »Einfache nur bei Tag«, sagte er.

Victor setzte sich an die Theke, blendete alle anderen Geräusche aus und lauschte der Harfenspielerin.

Er hatte das Floyd Bennett Field lange vor dem Eintreffen der ersten Streifenwagen verlassen und das durch den Stromausfall verursachte Durcheinander genutzt, um die Stadt zu verlassen und sich nach Kanada abzusetzen.

Nachdem er eine Woche lang in Nova Scotia untergetaucht war, hatte er Kontakt mit Muir aufgenommen. Sie hatte von dem Zwischenfall auf dem Flugplatz gar nichts erfahren und nur ein paar Gerüchte gehört, in denen es um Schüsse und eine Explosion gegangen war. Der Pakt funktionierte also immer noch bestens. Er selbst wurde nach wie vor gesucht, aber nur als Auftragskiller und nicht als Terrorist. Es hatte überhaupt keinen Terroranschlag gegeben. Hallecks Tod galt offiziell als Selbstmord. Und man hatte ihn im Verdacht, Guerrero ermordet zu haben.

Von Raven hatte Victor nichts gesehen oder gehört, bis sie neben ihm an der Theke auftauchte.

»Zehntausend Stunden«, sagte sie mit Blick auf die Harfenspielerin. »So lange dauert es angeblich, bis man so spielen kann.«

Victor nippte an seinem Bourbon. »Das habe ich auch schon einmal gehört.«

»Kann ich mir gut vorstellen«, meinte Raven. »Spielst du eigentlich ein Musikinstrument?«

»So gut wie sie? Nein.« Victor deutete auf die Harfenspielerin. »Aber auf dem Klavier finde ich mich einigermaßen zurecht. Na ja, früher, zumindest.«

»Warum früher?«

»Ein Klavier braucht ein Zuhause.«

Sie drehte sich zu ihm um, einen Ellbogen auf die Theke gestützt. »Bist du heimatlos? Du Armer.«

»Ich sehe mich eher als Nomaden.«

Der frühzeitig gealterte Barkeeper kam näher. »Was kann ich für Sie tun, Madam?«

Sie zeigte auf Victors Glas. »Was ist das da?«

»Woodford«, sagte der Barkeeper.

»Bourbon?« Sie sah Victor mit gerunzelter Stirn an, bevor sie sich an den Barkeeper wandte: »Nein, nein, auf keinen Fall. Einen Single Malt, bitte. Von Islay. Einen Caol Ila, wenn Sie den haben.«

Der Barkeeper nickte. »Haben wir.«

»Und kommen Sie ja nicht auf die Idee, Eiswürfel reinzutun.«

Der Barkeeper nickte und sah plötzlich wieder jung aus. »Nicht im Traum.«

»Was machst du eigentlich hier?«, wollte Victor dann wissen.

»Vielleicht wollte ich dich wiedersehen.«

Victor sah sie mit gehobener Augenbraue an.

»Was denn?«, meinte Raven. »Ist das so schwer zu glauben?«

»Immerhin hast du mich auf dem Flugplatz einfach im Stich gelassen«, erwiderte Victor.

»*Du* hast doch immer gesagt, dass wir kein Team sind.« Sie lächelte. »Aber deswegen können wir ja trotzdem Freunde sein, oder etwa nicht?«

»Ich habe noch nicht allzu viele Freunde gehabt«, sagte Victor, »aber ich bin mir ziemlich sicher, dass der Versuch, seine Freunde umzubringen, einen eklatanten Widerspruch zu der Idee von Freundschaft bildet.«

»Ach, das ist doch lange her. Das war damals. Jetzt, wo wir das alles hinter uns haben, können wir wirklich Freunde sein.«

»Können Menschen wie wir tatsächlich alles hinter uns haben?«

Sie betrachtete ihn und tat dabei so, als würde sie zum ersten Mal über diese Frage nachdenken. Aber er wusste, dass sie sich schon zahllose Male damit beschäftigt haben musste. Genau wie er auch.

Der Barkeeper brachte ihren Drink. Sie schenkte ihm ein Lächeln und blickte Victor an.

»Willst du mich nicht einladen?«

Victor hielt ihrem Blick stand und ließ sie ihr Spielchen spielen.

Er nickte dem Barkeeper zu. »Schreiben Sie den Drink der Dame auf meinen Deckel, bitte.«

»Sehr gerne, Sir.«

Raven strahlte. »Du hast mich eine Dame genannt. Wie nett von dir, Jonathan.«

»Ich heiße nicht Jonathan.«

Sie hob ihr Glas und roch an dem Whisky. »Doch, zumindest so lange, bis ich deinen richtigen Namen kenne.«

»Dann, schätze ich mal, bleibt es wohl bei Jonathan.«

Sie zwinkerte ihm zu. »Wusste ich's doch. Worauf trinken wir?«

»Auf den Weltfrieden.«

Sie lachte. »Dann wären wir beide arbeitslos.«

»Wäre das wirklich so schlimm? Aus meiner Warte hat der Ruhestand eine Menge für sich.«

»Jetzt bin ich mir wirklich ganz sicher, dass du nur Spaß machst. Du gehst doch niemals in den Ruhestand, Jonathan. Du wirst irgendwann mal der einzige neunzigjährige Totmacher der Welt sein.«

Er runzelte die Stirn. »Das Wort mag ich wirklich nicht.«

Sie grinste. »Das ist mir wirklich herzlich egal. Sei doch kein Langweiler, Jonathan. Na komm schon, Prösterchen.«

Sie stießen an und nippten an ihren Drinks. Raven schloss genießerisch die Augen.

Als sie sie wieder aufschlug, sagte sie: »Probier das mal. Dann willst du von diesem Ekelzeug da nie wieder etwas wissen.«

Sie streckte ihm ihr Glas entgegen. Er musterte die Lippenstiftspuren am Rand.

»Ich bleibe lieber bei meinem Drink, danke.«

Sie hatte seinen Blick bemerkt und seufzte. »Das macht mich traurig. Das haben wir doch längst hinter uns. Wie gesagt, wir sind doch jetzt Freunde.«

»Wenn wir Freunde sind, dann macht es dir doch bestimmt nichts aus, dass ich eher der vorsichtige Typ bin.«

Sie kniff die Augen zusammen, lächelte aber. »Aalglatt. Das gefällt mir.«

Sie sahen einander an.

»Also«, sagte sie schließlich und deutete mit einer Kopfbewegung auf Victors Glas. »Wie viele von diesen Dingern musst du intus haben, bis du mich auf dein Zimmer einlädst?«

Kapitel 67

Er schloss mit der Schlüsselkarte seine Zimmertür auf und sagte: »Nach dir.«

Lächelnd drückte sie sie auf und betrat seine Suite. »Oh, sehr hübsch. Wie ich sehe, bist du gut zu dir.«

Er folgte ihr. »Wenn es sonst keiner macht. Was hast du mit dem Koffer angestellt?«

»Bei der UNO abgegeben, Abteilung für nukleare Abrüstung.«

»Das ist doch nicht dein Ernst«, erwiderte Victor.

»Wahrscheinlich nicht.« Sie zwinkerte ihm zu und spazierte durch die Suite. »Na ja, ich schätze mal, du hast dir das alles verdient. Schließlich hast du mitgeholfen, eine schmutzige Bombe in New York zu verhindern. Du bist also so was wie ein Held, auch wenn du im Prinzip nur dich selbst retten wolltest.«

Er blieb stumm.

»Man muss übrigens nicht gleich sterben, wenn man Gefühle zeigt, wusstest du das?«

»Ich habe jetzt schon so lange überlebt, dass ich nicht alles falsch gemacht haben kann.«

Sie prostete ihm mit einem unsichtbaren Glas zu. »Darauf trinke ich.« Dann blickte sie sich um. »Apropos …«

Auf einem Sideboard stand eine Flasche mit Dessertwein. Sie nahm die Flasche in die Hand. »Einverstanden?«

Er gab keine Antwort, und sie wartete auch nicht ab, riss das Siegel auf und benutzte ihr Messer als improvisierten Korkenzieher. Keine einfache Aufgabe, wenn man nicht will, dass Korkenstückchen in den Wein fallen, die sie aber schnell und geschickt meisterte. Erneut war er fasziniert von ihrer Fingerfertigkeit. Er sah ihr ununterbrochen zu, weil sie sich ihm zugewandt hatte. Er wusste, dass das kein Zufall war. Sie wollte ihm demonstrieren, dass sie den Wein nicht irgendwie manipulierte.

Sie legte den Korken mitsamt dem darin steckenden Messer auf das Sideboard neben die Flasche und holte zwei Gläser aus der Küche. Als sie wiederkam, hatte er sich nicht von der Stelle gerührt. Sie lächelte ihn herzlich an und schenkte die beiden Gläser voll. Selbst vom anderen Ende des Zimmers war deutlich zu erkennen, dass kein Kork im Wein war.

Sie nahm ein Glas in jede Hand und trat immer noch lächelnd auf ihn zu. »Hier.«

Er ließ die Hände weiterhin regungslos nach unten baumeln.

Sie brauchte eine Sekunde, um zu begreifen, ließ sich aber nicht aufhalten, sondern sah ihn weiterhin mit einem warmen, einladenden Lächeln an.

Als er immer noch keine Anstalten machte, ein Glas zu nehmen, sagte sie: »Jetzt stell dich doch nicht so idiotisch an.«

»Idiotisch wäre es, wenn ich einen Drink von einer professionellen Attentäterin annehmen würde, die schon einmal versucht hat, mich umzubringen.«

»Du hast doch gesehen, wie ich die Flasche aufgemacht habe. Du hast gesehen, wie ich eingeschenkt habe.«

»Weil du es so wolltest.«

Sie hob die Augenbrauen. »Damit du dir keine Sorgen machen musst.«

»Ich mache mir nie Sorgen.«

»Dann trink den Wein.«

Er schwieg.

»Ist es, weil ich die Gläser geholt habe? Du kannst dir eins aussuchen.«

Seine Lippen blieben versiegelt. Er empfand keine Unruhe, keinen Druck. Warten war eine seiner Stärken. Wenn es sein musste, konnte er warten, bis er dehydriert zusammenbrach.

»Also gut.« Sie schnaubte. Dann trank sie zuerst aus dem einen und dann aus dem anderen Glas.

Sie schluckte übertrieben deutlich und machte anschließend

den Mund weit auf, um ihm zu zeigen, dass er wirklich leer war. Sie hatte perfekte weiße Zähne und eine glatte, rosafarbene Zunge.

»Zufrieden?«

»Ich sterbe gleich vor Begeisterung.«

Sie streckte ihm mit der linken Hand ein Glas entgegen. Er nahm das in ihrer rechten.

Sie lachte. »Dafür, dass du ein Roboter bist, hat man mit dir aber eine Menge Spaß.«

»Ich weiß«, sagte er und hob das Glas.

»Wir müssen uns dabei unbedingt in die Augen schauen, sonst haben wir sieben Jahre Pech. Oder war das sieben Jahre schlechter Sex?«

»Ist das nicht dasselbe?«

Sie lächelte kokett, und für einen kurzen Augenblick musste er an jemand anderes denken.

»Prost«, sagte Raven.

»Zum Wohl.«

Sie stießen an, hielten den Blickkontakt und nippten an ihren Gläsern.

»Mein Gott, schmeckt das köstlich«, sagte Raven und nahm noch einen langen Schluck. »Ich habe gar nicht geahnt, dass du so einen guten Geschmack hast.«

Sie schluckte noch einmal. Lächelte ihn an. Victor nippte ebenfalls an seinem Glas. Sie ging zu dem Sideboard, um sich nachzuschenken. »Auch noch eins?«

Victor führte das Glas an seine Lippen und ließ den Wein, den er die ganze Zeit über im Mund behalten hatte, wieder in das Glas zurückfließen.

Ravens dunkle Augen wurden groß.

Sie sah ihn, starrte auf sein Glas, dann auf ihres. Er konnte beinahe fühlen, wie das Adrenalin ihren Puls nach oben schnellen ließ, konnte beinahe das Pochen ihres Herzens hören, als ob sein Unterbewusstsein das Echo in der Luft erspürte.

Angst war das mächtigste aller Gefühle.

Sie brachte nur ein einziges Wort hervor: »Warum?«

Er stellte sein Glas ab. »Wie gesagt, ich töte nur aus zwei Gründen. Und niemand hat mich beauftragt, dich zu ermorden.«

»Ich bin doch keine Bedrohung für dich.«

»Das stimmt. Weil du nämlich sterben wirst. Du hast niemals vorgehabt, einfach wieder wegzugehen und mich in Ruhe zu lassen. Du bist genau wie ich. Auch du willst keine Schwachstelle in deinem Schutzschirm zulassen. Vielleicht hättest du zugeschlagen, bevor wir auseinandergegangen wären, vielleicht hättest du mich auch irgendwann später aufgespürt. Aber dieses ganze Theater mit der Weinflasche hatte nur einen einzigen Zweck. Du wolltest, dass ich dir vertraue, damit ich später verwundbar bin. In dem Moment habe ich gewusst, dass du mich immer noch töten willst. Ich nehme an, du wärst mit mir ins Bett gegangen und dann, irgendwann, wenn ich völlig wehrlos gewesen wäre, hättest du zugeschlagen. Du hast einfach zu sehr versucht, mein Vertrauen zu gewinnen. Dabei habe ich dir doch gesagt, dass ich niemandem vertraue. Aber du hast mir nicht richtig zugehört.«

Sie ließ ihren Blick zu dem Messer auf dem Sideboard gleiten. Wieder hatte er den Eindruck, als könne er ihre Gedankengänge erspüren. Sie wollte ihn töten, und zwar aus dem niederträchtigsten aller Beweggründe: Rache. Für einen kurzen Augenblick dachte er, dass sie aufspringen und sich auf das Messer stürzen würde. Aber dann wandte sie den Blick ab.

Sie war eine Kämpfernatur, genau wie er, und sie wollte zuallererst überleben. Wenn sie ihn jetzt tötete, dann war das auch ihr sicherer Tod. Solange sie aber am Leben war, hatte sie noch eine Chance. Darum wandte sie sich ab und sagte: »Was muss ich machen?«

»Du kannst gar nichts mehr machen. Ohne dieses ganze Theater mit dem Wein, wer weiß, vielleicht hätte ich dir dann geraten, nichts davon zu trinken. Aber das werden wir wohl nie erfahren, stimmt's?«

»Es muss eine Möglichkeit geben.« Nicht verzweifelt. Entschlossen.

»Ich habe kein Gegenmittel dabei. Ich habe dich nicht vergiftet, um dir anschließend das Leben zu retten.«

»Hilf mir.«

»Wieso?«

»Weil ich dir dann etwas schuldig bin.«

»Eine tote Schuldnerin nützt mir nichts.«

»Aber eine lebende schon.«

»Du wirst aber nicht weiterleben. Darum geht es ja.«

Sie schüttelte den Kopf. »Es gibt immer eine Möglichkeit. Irgendeine. Du hast mich vergiftet. Also weißt du genau, wie das Mittel funktioniert. Und du weißt auch, wie man es neutralisieren kann.«

Das stimmte. Er benutzte nie eine Waffe, ohne genau verstanden zu haben, wie sie wirkte.

»Wieso?«, fragte er noch einmal.

»Weil du ein Einzelgänger bist. Dadurch bist du zwar für deine Gegner nur sehr schwer zu treffen, aber es macht dich auch verwundbarer. Eines Tages wirst du jemanden brauchen, der dich unterstützt. Und es gibt niemanden, der das besser könnte als ich. Kennst du sonst noch jemanden mit meinen Fähigkeiten? Du vertraust niemandem, aber du weißt, dass du dich, wenn es hart auf hart kommt, auf mich genauso verlassen kannst wie auf dich selbst. So jemanden wie mich findest du nie wieder.«

Sie redete wie eine Verkäuferin auf ihn ein, versuchte, ihrem Kunden mit allen Mitteln klarzumachen, weshalb er auf ihr Produkt unbedingt angewiesen war. Aber sie hatte viel mehr Druck als jede andere Verkäuferin. Für sie ging es nicht um einen mehr oder weniger erfolgreichen Arbeitstag. Für sie ging es um Leben und Tod.

»Und?«, sagte sie schließlich, als sie Victors Schweigen nicht länger ertragen konnte.

»Ich denke nach.«

»Denk schneller, bitte.«

»Woher soll ich wissen, dass du dich an dein Versprechen hältst? Dass du mich nicht anlügst?«

Ihre Augen fingen an zu leuchten. Jetzt hatte sie ihn an der Angel. Sie musste ihn nur noch einholen, den Deckel draufmachen, dafür sorgen, dass beim Käufer keine Reue aufkommen konnte, die das Geschäft womöglich noch zunichtemachte.

»Es gibt keine Garantie«, erwiderte sie. »Aber wir haben dieselben Prinzipien. Wenn du an meiner Stelle wärst, was würdest du tun? Mich anlügen oder dich an dein Wort halten?«

Er blieb stumm. Das war eine rhetorische Frage. Sie wussten beide, wie die Antwort lautete.

»Iss«, sagte er. »Iss so viel du kannst und so schnell du kannst. Möglichst süßes Zeug. Je mehr Zucker, desto besser. Und trink Limonade, so viel dein Magen verkraftet. Du musst den Blutzuckerspiegel erhöhen. Das Insulin dämpft die Wirkung des Neurotoxins. Dann suchst du dir ein Krankenhaus. Mit Glück schaffst du das, bevor die ersten Lähmungserscheinungen einsetzen. Wenn nicht, dann ist es vorbei. Auf die Lähmungen folgt das Herzversagen. Im Krankenhaus wirst du sterben. Es gibt kein Gegenmittel gegen das Gift. Dein Herz wird stehen bleiben. Daran kannst du nicht das Geringste ändern. Aber wenn du stark genug bist, können sie dich wiederbeleben.«

»Ich bin stark genug«, sagte sie und stürzte in die Küche.

Er öffnete die Tür und überließ sie ihrem ungewissen Schicksal.

Tom Wood,

der eigentlich Tom Hinshelwood heißt, ist freischaffender Bildeditor und Drehbuchautor. Er wurde in Staffordshire, England, geboren und lebt mittlerweile in London. Sein Debütroman »Codename Tesseract« wurde von Kritik wie Lesern sofort begeistert gefeiert. Mit Victor, dem brillanten Auftragskiller, hat Tom Wood in diesem Roman eine Figur geschaffen, die so faszinierend ist wie nur wenige Protagonisten in der Spannungsliteratur.
Mittlerweile liegt mit »Dark Day« bereits der fünfte Action-Thriller mit dem so eiskalten wie faszinierenden Victor vor. Zusätzlich gibt es eine in Berlin spielende Kurzgeschichte mit dem Titel »Victor«, die als E-Original erhältlich ist.
Mehr zum Autor und seinen Büchern finden Sie unter www.tomwoodbooks.com

Die Victor-Romane von Tom Wood in chronologischer Reihenfolge:

Codename Tesseract. Thriller
Zero Option. Thriller
Blood Target. Thriller
Kill Shot. Thriller
Dark Day. Thriller

Alle Romane von Tom Wood sind auch als E-Book erhältlich.

Nur als E-Original lieferbar:

Victor. Thriller (Kurzgeschichte)

GOLDMANN
Lesen erleben